中国海洋大学一流大学建设专项经费资助

文艺美学新论

薛永武 著

中国社会科学出版社

图书在版编目（CIP）数据

文艺美学新论／薛永武著 . —北京：中国社会科学出版社，2023.10
ISBN 978-7-5227-2577-2

Ⅰ.①文… Ⅱ.①薛… Ⅲ.①文艺美学—研究 Ⅳ.①I01

中国国家版本馆 CIP 数据核字（2023）第 167473 号

出 版 人	赵剑英
责任编辑	安　芳
责任校对	张爱华
责任印制	李寡寡

出　　版	中国社会科学出版社
社　　址	北京鼓楼西大街甲 158 号
邮　　编	100720
网　　址	http://www.csspw.cn
发 行 部	010-84083685
门 市 部	010-84029450
经　　销	新华书店及其他书店
印　　刷	北京明恒达印务有限公司
装　　订	廊坊市广阳区广增装订厂
版　　次	2023 年 10 月第 1 版
印　　次	2023 年 10 月第 1 次印刷
开　　本	710×1000　1/16
印　　张	22.25
插　　页	2
字　　数	315 千字
定　　价	118.00 元

凡购买中国社会科学出版社图书，如有质量问题请与本社营销中心联系调换
电话：010-84083683
版权所有　侵权必究

目 录

导 论 ……………………………………………………………（1）
    一 文艺美学的初探与发展 ………………………………（1）
    二 文艺美学的学科性质 …………………………………（8）
    三 文艺美学的研究内容、意义和研究方法 ……………（15）
    四 本书的研究思路与学术创新 …………………………（19）

第一章 文艺创美主体论 ………………………………………（27）
    第一节 丰富的社会人生阅历 ……………………………（27）
    第二节 深厚的文化艺术素养 ……………………………（35）
    第三节 志趣高洁的社会定位 ……………………………（42）
    第四节 文艺作品的创造能力 ……………………………（53）

第二章 文艺创造过程论 ………………………………………（67）
    第一节 文艺创造的动因 …………………………………（67）
    第二节 文艺创造的过程 …………………………………（76）
    第三节 文艺灵感的奥秘 …………………………………（91）

第三章 文艺审美客体论 ………………………………………（98）
    第一节 文学之美 …………………………………………（98）
    第二节 影视之美 …………………………………………（115）

第三节　音乐之美 …………………………………… (122)
　　第四节　绘画之美 …………………………………… (130)
　　第五节　戏剧之美 …………………………………… (143)

第四章　文艺审美关系论 …………………………………… (152)
　　第一节　文艺审美关系的特点 ……………………… (152)
　　第二节　文艺审美关系的本质 ……………………… (158)
　　第三节　文艺审美关系的发展 ……………………… (164)

第五章　文艺审美价值论 …………………………………… (173)
　　第一节　文艺审美价值的关系性 …………………… (173)
　　第二节　文艺审美价值的潜在性 …………………… (177)
　　第三节　文艺审美价值的可变性 …………………… (181)

第六章　文艺作品构成论 …………………………………… (187)
　　第一节　文艺作品的形式 …………………………… (187)
　　第二节　文艺作品的内容 …………………………… (197)
　　第三节　文艺作品形式与内容的统一 ……………… (200)

第七章　文艺作品风格论 …………………………………… (208)
　　第一节　精神个性与作品风格 ……………………… (208)
　　第二节　作品风格的主要类型 ……………………… (215)
　　第三节　文艺风格与审美主体 ……………………… (225)

第八章　文艺审美主体论 …………………………………… (234)
　　第一节　神经美学与审美主体 ……………………… (234)
　　第二节　审美主体的审美需要 ……………………… (240)
　　第三节　审美主体的审美趣味 ……………………… (249)
　　第四节　审美主体的审美能力 ……………………… (253)

第五节　审美主体的审美标准 ……………………………（257）

第九章　文艺作品阐释论 ……………………………………（266）
　　第一节　把握文艺家的前理解 …………………………（266）
　　第二节　接受者对作品的阐释 …………………………（273）
　　第三节　作品意义的多维辐集 …………………………（281）

第十章　文艺审美濡化论 ……………………………………（291）
　　第一节　文艺美丰富审美主体的心灵 …………………（291）
　　第二节　文艺美升华审美主体的情感 …………………（301）
　　第三节　文艺美拓展审美主体的想象 …………………（306）

第十一章　文艺与人才美学论 ………………………………（312）
　　第一节　文艺与人生审美 ………………………………（312）
　　第二节　文艺与人才开发 ………………………………（316）
　　第三节　文艺美与人才美 ………………………………（323）

参考文献 ………………………………………………………（337）

后　记 …………………………………………………………（349）

导　　论

随着20世纪80年代我国各种美学热潮的广泛兴起,文艺美学成为美学研究领域的宠儿,从学科设置、理论建构以及文艺美学课程设置和人才培养,受到美学界的普遍关注,出现了一大批高质量的研究成果。

一　文艺美学的初探与发展

从学术发展史的角度来看,任何一门学科的产生与发展客观上都有一个渐进的历史进程,文艺美学的起源和发展也是如此。刘小新对我国文艺美学的发展线索进行了系统的综述,他的《改革开放四十年文艺美学的回顾与前瞻》[①]一文梳理了文艺美学发展的历程。文艺美学的起源与发展大致经历了三个阶段:20世纪80年代的初探期;20世纪90年代的发展期;21世纪以来的成熟期。

(一) 20世纪80年代的初探期

20世纪80年代,我国开始开设文艺美学课程、招收文艺美学方向的研究生,召开文艺美学学术研讨会,开始探索文艺美学研究的学科建设与人才培养,逐步形成了人才培养、学科建设与学术研究融合发展、相互促进的整体发展格局。1980年,胡经之在北京大学开设文艺美学课程,1981年招收文艺美学方向硕士研究生。1984

[①] 刘小新:《改革开放四十年文艺美学的回顾与前瞻》,《福建论坛》(人文社会科学版) 2019年第5期。

年，胡经之、盛天启等发起成立北京大学文艺美学研究会。同年，福建省美学研究会举办学术年会，探讨艺术观察、艺术思维、艺术鉴赏的美学问题以及各门艺术的美学，并将文艺美学确定为美学研究的重点方向。1986年，中华全国美学学会和山东大学美学研究所联合举办了"全国首届文艺美学讨论会"，会议围绕周来祥《文艺美学原理》一书展开讨论，研讨了文艺美学的研究对象与任务、文艺美学的体系框架、文艺美学与文学批评的关系以及文艺美学与美育的关系等重要问题。安徽青年美学研究会于同年在皖南山城旌德县召开当代文艺美学研讨会，集中研讨了文艺美学研究的方法论问题。在学术出版方面，人民出版社1981年出版王朝闻的《美学概论》，贵州人民出版社1984年出版周来祥的《文学艺术的审美特征和美学规律》，1986年，辽宁大学出版社出版杜书瀛的《文艺创作美学纲要》，四川省社会科学院出版社出版皮朝纲的《中国古代文艺美学概要》，北京大学出版社1984年和1988年推出两批文艺美学丛书，反映了80年代我国文艺美学研究的最新成果，其中有金开诚《文艺心理学论稿》、谭沛生《论戏剧性》、叶朗《中国小说美学》、伍蠡甫《中国画论研究》、龙协涛《艺苑趣谈录》、宗白华《艺境》、肖驰《中国诗歌美学》、王鲁湘等编译《西方学者眼中的西方现代美学》、叶纯之和蒋一民合著《音乐美学导论》、佛雏《王国维诗学研究》等。1989年社会科学文献出版社出版杜书瀛的《文学原理——创作论》、人民文学出版社出版杨春时的《艺术符号与解释》和杨健民的《艺术感觉论——对于作家感觉世界的考察》等，这些著作都从不同角度促进了文艺美学研究。此外，江苏文艺出版社在80年代还推出了"东方文艺美学丛书"，其中有姚文放的《现代文艺社会学》、吴功正的《小说美学》、李元洛的《诗美学》、路海波的《电视剧美学》，都对我国文艺美学研究产生了积极的影响。

　　20世纪80年代发表的文艺美学论文不是太多，主要有刘长海《美学的沉思——毛泽东文艺美学思想初探》、周来祥《文艺美学的对象、任务和方法》《文艺美学的对象与范围》、皮朝纲《关于创建中国古代文艺美学的思考》、王世德《系统论与文艺美学散论》和沈时蓉、詹杭伦《宋金元文艺美学思想巡礼》等论文。

总体而言，在20世纪80年代，我国文艺美学研究大有"忽如一夜春风来，千树万树梨花开"的发展态势。胡经之、金开诚、周来祥、曾繁仁、杜书瀛、卢善庆、皮朝纲、王世德等学者的开拓居功厥伟。

（二）20世纪90年代的发展期

文艺美学研究经过20世纪80年代的初探期，在90年代得到了蓬勃发展。这一时期的文艺美学研究出版多部著作，体现了文艺美学研究的良好趋势。

1990年江苏文艺出版社出版赵宪章的《文艺学方法通论》，1991年杭州大学出版社出版史瑶、王嘉良、钱诚一、骆寒超合著的《茅盾文艺美学思想论稿》，1992年社会科学文献出版社出版杜书瀛的《文艺美学原理》，东北师范大学出版社出版王朝闻主编的"艺术美学丛书"，包括王朝闻的《雕塑雕塑》、于民的《气化谐和——中国古典审美意识的独特发展》、卢善庆的《台湾文艺美学研究》，百花文艺出版社出版王一川的《审美体验论》，1987年辽宁大学出版社出版李春青的《艺术直觉研究》和王向峰主编的《文艺美学辞典》，1992年南京大学出版社出版赵宪章主编的《马克思主义文艺美学基础》，1994年云南人民出版社出版李春青的《文学价值学引论》、上海三联书店出版王岳川的《艺术本体论》，电子科技大学出版社出版董小玉的《古希腊罗马文艺美学概论》，1996年内蒙古教育出版社出版刘文斌的《马克思主义文艺美学研究》、上海人民出版社出版赵宪章的《西方形式美学——关于形式的美学研究》、河南大学出版社出版陈长生的《文艺美学论要》，1997年东北师范大学出版社出版金元浦的《文学解释学——文学的审美阐释与意义生成》、西南师范大学出版社出版董小玉的《西方文艺美学导论》，1998年上海三联书店出版王一川的《中国形象诗学》，2000年北京大学出版社出版胡经之的《文艺美学》，2000年作家出版社出版戴冠青的《文艺美学构想论》。这些研究成果的出版促进了文艺美学研究的持续发展，拓宽了学术研究的新视域，为文艺美学研究带来了新的契机和新的思想。

20世纪90年代研究文艺美学的论文比较少，主要有金元浦《解释学文艺美学的意义观》、赵宪章《马克思主义文艺美学中国化问题臆说》、陆梅林《何谓意识形态》和《观念形态的艺术》、邵建《马克思主义文艺美学本质辩识——兼与陆梅林先生商榷》《从人类学本体论角度论马克思主义文艺美学的建设问题》、李心峰《再论从马克思艺术生产理论看艺术的本质——兼与邵建同志商榷》、朱日复《关于马克思主义文艺美学本质的再辨析：与邵建先生商榷》、刘琪《"超越"还是否定——用波普尔的科学方法论否定马克思主义文艺思想的谬误》、嵇山《逻辑·历史·"自己运动"——关于马克思主义文艺美学当代建设的一点探讨》。这一时期围绕毛泽东《在延安文艺座谈会上的讲话》，发表了多篇研究马克思主义文论和毛泽东文艺美学思想的论文，其中有张居华《毛泽东的文艺美学观》、于茀《第三世界文化背景中的毛泽东文艺美学思想》、张松泉《论毛泽东对马克思主义文艺美学的贡献》和刘琪《毛泽东文艺美学思想体系的哲学基石》等多篇文章。这一阶段文艺美学研究成果丰富，特别是在马克思文艺美学研究方面取得了丰硕的成果，确立了文艺美学与审美实践以及马克思主义文艺美学的当代性问题。

特别需要提及的是，山东大学1999年成立文艺美学研究中心，2001年，教育部批准该中心列为"教育部普通高等学校人文社会科学百所重点研究基地"。在文艺美学和中西美学研究领域，曾繁仁的西方美学研究、周来祥的文艺美学研究在学界产生了重要影响，谭好哲的文艺美学元问题研究、程相占的古代文艺美学研究、胡友峰的西方美学研究、戚良德的《文心雕龙》美学研究、李桂奎的中国古代文论和美学研究等成果也非常丰硕。

（三）21世纪以来的成熟期

21世纪以来，文艺美学研究快速发展，文艺美学教材、专著和研究论文成果甚多，其中，专家探讨了文艺美学的现代性转向等问题，进一步深化和拓展了文艺美学研究的对象。

邢建昌、姜文振在《文艺美学的现代性建构》（2001）一书中，从三个维度出发，主张"走向拥有精神的多元并建立了主体间话语的沟通和对话机制的具有全球性的特征的现代文艺美学"[①]。王一川分析了80年代的审美论转向、90年代以来的文化论转向、2000年以来的现代论转向，认为文艺美学的现代论转向"正呈现出一种以现代学为主导的跨学科研究方法"[②]。

山东大学2002年开始出版《文艺美学研究》辑刊，高等教育出版社2005年出版曾繁仁主编的《文艺美学教程》。该书是普通高等教育"十五"国家级规划教材，阐述了文艺美学的产生、学科定位、研究对象与研究方法、艺术审美经验的一般理论，艺术审美经验的本体问题，艺术审美经验的历史形态、民族形态及其传播问题。军事谊文出版社2002年出版金元浦主编的《多元对话时代的文艺学建设》，2002年南京大学出版社出版俆荣本的《文艺美学范畴研究——论悲剧与喜剧》，河北人民出版社2006年出版邢建昌的《文艺美学研究》，广西师范大学出版社2007年出版李吟咏的《文艺美学》，2008年浙江大学出版社出版李吟咏的《价值论美学》，2009年浙江大学出版社出版李吟咏的《形象叙述学》，中国社会科学出版社2009年出版李吟咏的《审美价值体验综论》，浙江大学出版社2010年出版李吟咏的《文学批评学》，浙江大学出版社2011年出版李吟咏的《文艺美学论》。从21世纪以来的文艺美学专著来看，研究的深度和广度较之以前都有了很大的突破。

[①] 邢建昌、姜文振：《文艺美学的现代性建构》，安徽教育出版社2001年版，第445页。

[②] 王一川：《文艺美学的现代论转向》，《文艺美学研究》2022年第1辑。

21世纪以来研究文艺美学的论文成绩卓著，可谓异彩纷呈。主要文章有蒋述卓《中国古代文艺美学研究的进程与前景》，王德胜《文艺美学：定位的困难及其问题》《文艺美学："双重变革"与"集体转向"》，王德胜、胡兴艳《论文艺美学的不确定性》，谭好哲《论文艺美学的学科交叉性与综合性》《中国文艺美学的学科生成与理论进展》《后经典时期马克思主义文艺美学的形态与主题》，王元骧《"文艺美学"之我见》，钱中文《文艺美学：文艺科学新的增长点》，曾繁仁《中国文艺美学学科的产生及其发展》《试论文艺美学学科建设》《回顾与反思——文艺美学30年》《社会文化转型与文艺美学研究》，王岳川《当代中国文艺美学的学术拓展》，陈定家《关于文艺美学学科定位争论的回顾与反思》，陈伟《文艺美学学科的形成及其特点》，童庆炳《文艺美学——新时期创立的关怀人的心灵的学科》，张法《中国语境中的文艺美学》，姚文放《文艺美学走向文化美学是否可能？——三论文艺美学的学科定位》，张政文《从文艺学、美学到文艺美学建构——论康德对近现代文艺美学的理论贡献》，王一川《今日文艺美学的限度与开放》，聂振斌《当前文艺美学所面临的问题》，王杰《中国审美经验的理论阐释与文艺美学的发展》，李庆本《间性研究与中国当代文艺美学的理论创新》，冯宪光《全球化文化语境中的中西文艺美学比较》，高迎刚《论文艺美学应有的学科属性》，马龙潜《文艺美学与文艺研究诸相邻学科之间的互动关系》，李妍妍《新世纪文艺美学研究的回顾与反思》，时胜勋《思想史视域下的中国文艺美学》，冯宪光《对"文艺美学"学科的再认识》，杨杰《论文艺美学的复合关系结构特征》，欧阳友权《推进文艺美学的学科化建设》，王向远《论"寂"之美——日本古典文艺美学关键词"寂"的内涵与构造》，陶水平、徐丽鹃《新时期文艺美学学科的崛起与转向》，张晶、杨杰《中国文艺美学的学科特性与理论渊源》，陶水平《深化文艺美学研究　弘扬中华美学精神》，胡健《中国古代文艺美学综论》，张晶《中国古代文艺理论如何进入文艺美学》

《新时代文艺美学的建构维度》《对文艺美学的反思》,张盾《文艺美学与审美资本主义》,陈雪虎《试谈"文艺美学"的生成逻辑与当代问题》,邵志华《20世纪前期中国文艺美学对西方的影响》,杨杰《审美现代性与当代文艺美学的建构》,杜卫《文艺美学与中国美学的现代传统》,祁志祥《胡经之"文艺美学"的思想建树及其学科创设》,胡家祥《探寻生态美学与文艺美学的统一——关于建设"大美学"的初步思考》,张法《艺术—文艺—美学的并置、迭交、缠绕》,李天道、唐君红《中国文艺美学之"艺道合一"说》,等等。上述论文分别从不同角度出发,对文艺美学进行了多维度的审视和烛照,取得显著的研究成果。

21世纪以来,文艺美学研究主要体现在以下几个方面:一是对文艺美学学科构建的思考。"随着文艺美学研究的深化,文艺美学的学科性质、学科定位、学科发展等问题越来越引起学界关注。"[①] 文艺美学的定位、学科属性乃至学科的合法性问题引起了广泛讨论。二是学者们高度评价了毛泽东文艺思想,对马克思主义文艺美学进行了深入研究,彰显了马克思主义文艺美学的核心地位。三是重视对文艺美学的宏观研究和多维研究,探索文艺美学的新方向、新方法和新空间,探讨了生活实践论文艺美学、阐释论文艺美学、后现代文艺美学、间性文艺美学、新儒家文艺美学、文艺美学的解释学转向、中西文艺美学比较与对话等一系列新问题和新命题,进一步拓展了文艺美学的研究空间。四是探讨了中国特色文艺美学、文艺美学未来的发展走向及其对社会人生的积极作用。五是对具体研究文艺美学的重要人物进行个案研究,这类研究构成了21世纪文艺美学研究的重要风景。

在对重要人物文艺美学思想的个案研究方面,学者从不同角度研究了柏拉图、亚里士多德、但丁、卢梭、歌德、席勒、丹纳、莎

---

① 李鲁宁:《"文艺美学学科建设与发展"研讨会综述》,《东方丛刊》2001年第4辑。

士比亚、荣格、海德格尔、安·兰德、梅洛-庞蒂、希利斯·米勒、森鸥外、塞缪尔·贝克特、哈贝马斯、阿多诺、杜威、扎米亚京、本雅明、庄子、孔子、墨子、孟子、荀子、董仲舒、桓谭、刘勰、唐太宗、杜甫、司空图、钟嵘、苏轼、李贽、汤显祖、葛洪、魏禧、叶适、叶燮、李渔、冯梦龙、刘熙载、吴宓、王夫之、梁启超、康有为、严复、郑板桥、王国维、林语堂、梁漱溟、徐复观、哈斯宝、曹雪芹、郝经、陈映真、方东美、陈寅恪、李大钊、李退溪、沈从文、叶圣陶、陶行知、鲁迅、郭沫若、茅盾、巴金、胡适、朱光潜、成仿吾、仲呈祥、钱钟书、老舍、王朝闻、伍蠡甫、刘纲纪、蒋孔阳、胡经之、王世德、黄药眠、王元化、杜书瀛、曾繁仁、宗白华、王元骧、童庆炳、李衍柱、夏之放、江建文、王蒙、王向峰、陈忠实、李长之、鲁枢元、邱东平、邓以蛰、张晶等人的文艺美学思想，可谓洋洋大观。

此外，专家们还具体研究了古希腊文艺美学思想、日本古典文艺美学、《周易》《诗经》的文艺美学思想、中国古代的文艺美学思想、后经典时期马克思主义文艺美学的形态与主题、现代新儒家的文艺美学思想以及一些作家作品所蕴含的文艺美学思想，等等。

上述研究构成了 21 世纪我国文艺美学研究领域的总体风貌，各种观点百花齐放，洋洋大观，拓展和深化了文艺美学研究，显示了文艺美学研究的活力。

二 文艺美学的学科性质

关于文艺美学的学科性质，从文艺美学研究开始，学界就没有形成完全一致的意见。根据大多数学者对文艺美学的理解，一般认为文艺美学是研究文学艺术现象特殊的审美性质和审美规律的人文科学。具体而言，学者们对文艺美学的理解各具特色，仁者见仁、智者见智，各持己见。主要有以下几种观点：

（一）文艺美学是一种交叉学科

有很多学者认为文艺美学是交叉学科，而不是美学下的分支学科，主要代表有曾繁仁、杜书瀛、谭好哲、马龙潜、李庆本等。

曾繁仁认为文艺美学是美学、文艺学、艺术学三门学科之间的交叉学科。他认为："文艺美学学科的发展也是学科自身的一种内在要求。文艺美学同美学、文艺学、艺术都密切相关，从某种意义上可以说是以上三门学科的交叉学科。"①"迄今为止，如果要给文艺美学学科的内涵以一种界定的话，那就是文艺美学是中国20世纪80年代改革开放以来，在特定的历史文化背景下产生的一门新兴边缘交叉学科。它来源于美学、文艺学、艺术学，吸取了以上三门学科的重要内容，在一定意义上可以说是以上三门学科在新时期交叉融合的产物。但它又是一门独立的新兴学科，有着自己特有的内涵。正是从这个意义上，我们认为，文艺美学不能取代美学、文艺学、艺术学，同时它也独立于以上三门学科而有着自己特有的发展规律。"②李庆本的观点与曾繁仁颇为相似："文艺美学的学科间性是指文艺美学与美学、文艺学、艺术学的学科关联性和交叉性。从这个意义上讲，文艺美学是一门'间性'学科——这种认识对于文艺美学的学科定位和学科建设具有非常重要的意义。……文艺美学的学术生命力就在于它的跨学科性，这是文艺美学自产生之日起就具备的一项独特的品质。文艺美学总是在它与其他学科的相互关联中来确立自己的学术形态、知识谱系、话语方式、精神依归与价值取向，这其中主要是它与美学、文艺理论、艺术哲学、部门艺术美学的关系。"③

---

① 曾繁仁：《中国文艺美学学科的产生及其发展》，《文艺美学研究》2002年第1辑。

② 曾繁仁：《中国文艺美学学科的产生及其发展》，《文艺美学研究》2002年第1辑。

③ 李庆本：《间性研究与中国当代文艺美学的理论创新》，《马克思主义美学研究》2008年第1期。

与曾繁仁关于文艺美学交叉学科的具体交叉略有不同,杜书瀛、钱中文、胡经之、谭好哲和马龙潜认为文艺美学是美学与文艺学之间形成的交叉学科。关于文艺美学的学科性质和对象,杜书瀛在《文艺美学原理》中指出:"在迄今为止的15年左右时间里,在文艺美学的学科建设方面,我们做了一些什么工作呢?第一,初步确定了文艺美学的学科性质和对象范围。大多数学者认为,文艺美学是介于文艺学和美学之间的一门学科,它专门研究文学和艺术的审美特性和美学规律。第二,初步厘定了文艺美学的学科位置。因为文艺美学既相关于美学,又相关于文艺学,因此可以分别从美学和文艺学两个系统测定它的位置。在美学系统中,纵向看,文艺美学处在一般美学和部门艺术美学之间的中介地位上,有人说,一般美学结束的地方正是文艺美学的逻辑起点,这是有道理的。"[①] 钱中文认为:"文艺美学"作为一门学科,是将各个门类的艺术打通起来,浑成研究的一门学科,或是以一种艺术为主,兼及其他门类的艺术。[②] 胡经之先生也认为,文艺美学"不是传统的艺术哲学,也并非过去常说的文艺理论,而是和美学、文艺学相交叉的新兴学科"[③]。

谭好哲认为:"目前学界越来越多的人倾向于认定文艺美学是在美学与文艺学两个学科相互渗透、融合基础上产生的一个具有交叉性、综合性的新兴文艺研究学科,因而应该跳出执着于美学或文艺学一个学科探讨文艺美学的学科位置、学科性质以及理论架构的思路。"[④] 马龙潜认为:"肯定文艺美学作为一门横跨于美学和文艺学这两大学科之间的独立学科,是在于文艺美学集中体现了美学和文艺学内在的沟通性和关联性,这也是人类的科学观念从传统向现

---

① 杜书瀛:《文艺美学原理》,社会科学文献出版社1998年版,第7页。
② 钱中文:《文艺美学——文艺科学新的生长点》,《文艺美学研究》2002年第1辑。
③ 胡经之:《发展文艺美学》,《文艺美学研究》2002年第1辑。
④ 谭好哲:《论文艺美学的学科交叉性与综合性》,《文史哲》2001年第3期。

代转换在文艺研究上的必然反映。"① 在此基础上,马龙潜提出了"多重复合结构论的文艺美学观念和逻辑框架,是既与以往的研究范式和成果相区别,又试图将它们辩证综合、融会贯通起来的一种新的理论形态和理论结构"②。高波提出了"美学的文艺学化"和"文艺学的美学化,分析了文艺美学的交叉学科性质"③。

上述专家们看到了文艺美学作为交叉学科的特点,但在具体交叉的学科上仍然存在一些区别,并未形成具体如何交叉的共识。

(二) 文艺美学是美学的分支学科

周来祥、陈炎和杜卫等专家认为文艺美学是美学的分支学科。周来祥认为,文艺美学是把艺术本质作为其逻辑起点,而把部门美学作为其逻辑终点。文艺美学处于一般美学与部门美学之间。④ "它是美学的一个分支学科,它是整个美学学科辩证发展过程的一个中间环节。美学主要研究美与审美的一般规律,它主要包括审美活动、审美关系、审美对象、审美意识和艺术等具体内容,它以美的本质作为逻辑起点,以美与审美相统一的典型形态的艺术作为逻辑终点。而文艺美学则以美学的逻辑终点作为自己的逻辑起点。"⑤

陈炎认为:"所谓文艺美学,是美学这一基础学科在文学艺术领域中所生发出来的一个分支学科。它以美学为视角,以概念的设定、范畴的演绎、体系的建构为方法,来研究文学艺术的审美特征和美学规律。其研究内容主要包括:文学艺术的审美本质和审美类型,文艺作品的存在方式和物质媒介,文艺思潮的历史发展和美学

---

① 马龙潜:《什么是文艺美学——对文艺美学学科定位问题的思考》,《文艺美学研究》2002年第1辑。
② 马龙潜主编:《文艺美学的多重复合结构》,长春出版社2010年版,第1页。
③ 马龙潜主编:《文艺美学的多重复合结构》,长春出版社2010年版,第170—172页。
④ 夏冬红:《"文艺美学学科建设与发展"研讨会综述》,《文史哲》2001年第4期。
⑤ 周来祥:《文艺美学》,人民文学出版社2003年版,第13页。

规律，文艺风格的民族特征和审美趣味。"①

杜卫认为："文艺美学实际上就是运用美学的观点和方法来研究文学理论或艺术理论基本问题，或者说，是从美学的立场、观点和方法出发，对文学理论或艺术理论中的主要问题进行审美化的重新解释。所以，它作为美学和文学艺术理论的交叉学科，实际上是以美学为核心，以文学理论或艺术理论为对象，是美学在原先艺术哲学的基础上，向文学艺术方面的具体化延伸。"② 所以，杜卫认为，中文系的文艺美学实际上就应该是"文学美学"。

上述观点主要以美学为出发点，来统摄文艺美学研究，自觉把文艺美学纳入美学视野下的分支学科。

（三）文艺美学作为学科的不确定性

学界除了上述观点以外，还有的专家认为文艺美学就是传统的艺术哲学或者是一个有中国特色的研究学派，即文艺美学作为一个学科，尚有不确定性。

姚文放把文艺美学纳入文艺研究的学科体系进行考量。他认为，文艺研究的学科体系包括文艺批评、文艺理论和文艺美学。一方面，"文艺美学"包含在"美学"之中，相当于"艺术哲学"，而"美学"中余下的部分则为"审美哲学"；另一方面，"文艺美学"又包含在"文艺学"之中，而"文艺学"中余下的部分则为"文艺理论"和"文艺批评"。③ "文艺美学实际上就是'艺术哲学'，因而要采用哲学—美学的方法研究具体的文学艺术现象，运用演绎法，在逻辑上要遵从自上而下的顺序，注重哲学气质。"④ 由此可见，姚文放认为，文艺美学既不属于美学下的分支学科，也不

---

① 陈炎：《文艺美学、文艺社会学、文艺心理学的学科分野》，《文艺美学研究》2002年第1辑。

② 杜卫：《关于文艺美学的"学科定位"问题》，《文艺美学研究》2002年第1辑。

③ 姚文放：《文艺美学的合法性问题》，《文艺美学研究》2002年第1辑。

④ 姚文放：《论文艺美学的学科定位》，《学术月刊》2000年第4期。

是文艺学与美学之间的交叉学科。

王德胜认为："现有的文艺美学研究仍然没有真正达到抽象与具体、思辨与实证有机统一的理论境界，既难以有效地实现对于艺术的本体追问，同时也缺乏对于艺术内部结构的深入的美学证明。"① 王德胜和胡兴艳还认为："我们发现，由于'文学艺术''美学''艺术哲学''美学应用'及'审美经验''审美特征''审美规律'等不同概念既指涉一定的学科归属，又涉及对象的具体存在方式，同时还包括对于问题域的不同界定，因此，关于'文艺美学'学科对象的具体存在，并没有呈现出特定的独异性，也没有建立起基本统一的对象性指向。可以看出，'不确定性'实际上构成了文艺美学在对象把握方面的基本特点，同时也是我们理解文艺美学作为一门独立学科的一个难题。"② 作者在对问题分析的基础上，提出了研究文艺美学的建设性意义："不是从学科建构的主观意图出发，而是从特定学理方式或形态的建构维度，强化文艺美学的致思路径，扩展和深化其运思过程，文艺美学在学科建构上的力不从心，将得以在路径转换的多样化运思中现实地转化为自身特定的理论优势——不是圈地划界式独占学科空间，而是基于对文学艺术基本审美问题的不断确认，将文学艺术的审美创造、文学艺术审美特征与规律、文学艺术的审美结构与机制等融入具体问题的多层面辨析，恰恰是文艺美学内在的理论活力。"③ 这篇文章全面分析了文艺美学作为学科定位的可能性、研究困境及其发展出路，颇给人以启发。

笔者认为，从学科建构来看文艺美学研究，很多学者对于学科建构形成的基本共识是学科要有独特的研究领域、独特的研究对

---

① 王德胜：《视像与快感》，安徽教育出版社2008年版，第179页。
② 王德胜、胡兴艳：《论文艺美学的不确定性》，《天津社会科学》2017年第5期。
③ 王德胜、胡兴艳：《论文艺美学的不确定性》，《天津社会科学》2017年第5期。

象、独特的研究视角、独特的研究方法以及独特的研究目的和任务。笔者基本认同这种观点,但认为应该给予新的阐释,所谓学科独特的研究领域、研究对象、研究视角、研究方法等,也只能是相对而言,不能绝对化,因为所有的学科都是人为地划分和界定出来的,学科与学科之间客观上本身并不存在绝对的壁垒和鸿沟,而是彼此之间存在着直接或间接的千丝万缕的联系,跨学科的交叉渗透与越界扩容是学术研究的常态,这恰恰为交叉学科的创建提供了可能性与学理性,在视域融合中运用多维视野研究文艺美学,也许能够彰显文艺美学的多维价值。

从学理性上来看,无论是社会科学或者人文科学,人和社会是一切研究社会科学和人文科学都必须关注的对象,只是不同学科关注的角度和内容有所区别,但依然是你中有我,我中有你,彼此存在着很多看不见的关系,既然黑与白之间有很多中间色,那么各个学科之间客观上也会存在很多直接或间接的关系,我们虽然肯定仁者见仁、智者见智的合理性,但也要看到仁者见仁与智者见智的局限性,既要看到仁,也要看到智,自觉把仁者与智者的多维视角和谐统一起来。由此而论,笔者认为,从学科属性来看,总体来看,文艺美学应该属于文艺学与美学之间的交叉学科,既具有文艺学的一些属性,也具有美学的一些属性,体现出文艺学与美学之间的间性。当然,如果把文艺美学视为美学学科下的分支学科,而美学客观上又主要研究艺术哲学,这样从分支学科的角度研究文艺美学学科建构的必要性和必然性,也是有一定道理的。因此,在对于文艺美学学科属性的争议,我们没有必要非此即彼,而是可以亦此亦彼。"如果说,哲学美学主要是研究人类审美活动共有的普遍规律,那末,文艺美学就应着重研究艺术活动这一特殊审美活动的特殊规律以及审美活动规律在艺术领域的特殊表现。"[①] 实际上,从文艺美学研究文艺的审美特性和审美规律的角度来看,如果按照胡经之先

---

① 胡经之:《文艺美学》作者序,北京大学出版社2000年版,第2页。

生这一观点，我们也可以把文艺美学称之为文艺创美学或文艺审美学。

三 文艺美学的研究内容、意义和研究方法

（一）文艺美学的研究内容

由于不同的学者对文艺美学的学科属性认识存在差异，因而在文艺美学的研究对象上也会存在一些差异。

曾繁仁高度重视文艺美学的学科建构，对文艺美学的研究内容进行了高屋建瓴的分析，他认为"今后文艺美学学科建设应着重解决以下三个大的方面的问题：一是在基本理论方面着重探讨马克思主义及其美学、文艺学理论与文艺美学学科的指导作用；文艺美学的学科定位及其发展趋势，文艺美学与美学、文艺学、艺术学以及部门美学的关系；文艺美学的基本理论与范畴问题。二是在史的方面着重探讨中国文艺美学的发展历程；中国古代文艺美学的现代价值；西方美学与文艺学思想对中国文艺美学学科建设的影响。三是在实践方面着重探讨各艺术门类创作与接受实践同文艺美学学科建设的关系；文艺美学与中国当代文化产业及审美文化的关系；审美教育的当代意义及实践。总之，文艺美学学科产生在新时期中国思想文化的土壤之上，具有鲜明的中国特色。它运用比较综合的方法，吸取古今中外各个学科的长处，力求做到哲学与美学、自上而下与自下而上、中国与外国、古代与当代、人文与科学的有机统一"[①]。曾繁仁上述分析很深刻地阐释了文艺美学未来的重要研究任务，揭示了研究马克思主义文艺美学的重要性，涉及了西方文艺美学、中国古代文艺美学、文艺美学的学科定位以及文艺美学的基本理论和范畴问题。

胡经之不仅重视文艺美学研究文艺审美特性的重要性，而且分

[①] 曾繁仁：《中国文艺美学学科的产生及其发展》，《文艺美学研究》2002年第1辑。

析了文艺美学研究与人的诗思根基、生命体验和心灵境界紧密联系起来。他认为:"文艺美学绝非是美学和诗学的简单相加。文艺美学虽以文学艺术作为自己研究的对象,但就其本源而言却同人的现实处境和灵魂归宿息息相关。"①"文艺美学是将美学与诗学统一到人的诗思根基和人的感性审美生成上,透过艺术的创造、作品、阐释这一活动系统去看人自身审美体验的深拓和心灵境界的超越。"②胡经之这里深刻揭示了文艺美学研究的主要内容,即对审美主体审美体验等主观因素的高度重视。

关于文艺美学的研究内容,陆贵山非常重视对艺术美研究领域的拓展和深化,认为"文艺美学直接的研究对象是艺术美"③。此外,聂晴晴在《〈文艺美学如何可能〉评价》一文中充分肯定了王德胜《文艺美学如何可能》一书提出的对文艺美学研究特别需要注意的问题:"在当前文艺美学所面临的许多问题中,有三个方面需要特别关注:第一,艺术现代性追求与文化现代性建构的关联;第二,当代大众传播制度对于文学艺术活动、文学艺术作品的效果影响以及这种影响的实现过程和美学意义;第三,文学艺术与人的日常活动的现实美学关系。"④

(二) 研究文艺美学的意义

改革开放以来,随着中华民族伟大复兴历史任务的提出和我国政治经济的逐步强大,我国美学遗产的继承发扬与现代转型日益提到议事日程,学者们普遍认识到了研究文艺美学的重要意义。

曾繁仁认为,文艺美学学科的发展有利于我国传统美学在新时期的发扬光大,担当起人文学科的使命,"通过对文艺审美特性的

---

① 胡经之:《文艺美学》,北京大学出版社2000年版,第1页。
② 胡经之:《文艺美学》,北京大学出版社2000年版,第2页。
③ 陆贵山:《开掘和拓展文艺美学的研究空间》,《文艺美学研究》2002年第1辑。
④ 聂晴晴:《〈文艺美学如何可能〉评价》,《美育学刊》2020年第1期。

研究，对人类命运与前途给予终极关怀"[①]。学者们认为，文艺美学学科的发展是现实艺术发展的需要，通过文艺美学研究，第一，沟通了文艺学与美学的联系，揭示文艺作品、文艺创造和文艺接受这三个方面的审美特性和审美规律的问题。第二，通过研究文艺美学，可以抓住文艺审美的本质属性，进一步彰显和突出文艺作品的审美特性，深入把握文艺审美的意识形态和文化形态。第三，从审美的高度和整体性出发，对文艺现象和文艺本质进行多维度和全视域的探幽与烛照，既有对文艺现象和文艺作品的微观透视，也有对文艺现象和文艺作品的宏观鸟瞰，研究文艺美学，有利于从整体上把握文艺现象和文艺作品。第四，有利于深化对创造主体和审美主体的研究。文艺美学不仅要研究文艺现象和文艺作品，而且还应该深入研究创造主体和审美主体，通过研究创造主体的素质和能力，有利于人们了解文艺家的主体性、创造性和创作过程；通过研究审美主体对文艺作品的审美观照和审美接受，进一步加深对文艺作品阐释的多种可能性的理解，在肯定仁者见仁、智者见智的合理性的基础上，倡导既要见仁又要见智的整体性思维。第五，深入研究文艺美学，有利于加深对审美教育与人才开发的研究，有助于拓展人才美学的研究。

（三）文艺美学的研究方法

文艺美学本身是一个交叉学科，既具有文艺学的属性，又具有美学的属性，还具有二者之间的关系属性。因此，要研究文艺美学，可以运用多种研究方法。胡经之先生认为，文艺美学也有自己的研究方法。"这就是从美学的观点来研究文学艺术，必须把审美体验、艺术感悟和理性分析、理论概括结合起来。从艺术现象的感性具体——知性抽象——理性具体的提升过程中，时常要唤起艺术

[①] 曾繁仁：《中国文艺美学学科的产生及其发展》，《文艺美学研究》2002年第1辑。

现象的'表象',最后做出整体把握。"① 笔者认为,作为一个具体的研究者而言,既可以运用一种或几种研究方法,也应该尽可能运用多种研究方法,力求全方位和多角度、立体式地对文艺美学进行综合交叉融合研究。具体而言,研究文艺美学,可以运用文艺心理学、审美心理学、文艺学、美学、艺术哲学和艺术社会学等多种研究方法。

为了解决文艺美学发展过程中遇到的问题,"构建中国特色的文艺美学,必须坚持以马克思主义为指引,坚持学习与实践马克思主义,始终把马克思主义美学的立场、观点与方法贯穿到文艺美学研究、审美教育和文艺批评实践的全过程,贯穿到文艺美学学科体系"②。曾繁仁认为:"文艺学走向审美主义,为文艺美学的提出提供了学术语境;文艺美学学科的提出,进一步使我国文艺学研究摆脱了认识论的模式,可以自由地探讨文艺的审美维度。并且,文艺美学的提出虽然不能解决'审美反映论'和'审美意识形态论'的理论困境,但可以有效规避这种困境。文艺美学主要以美学的方法来研究文艺,把文艺的审美属性、审美规律和审美功能作为主要研究对象,它不在审美与反映的关系、审美与意识形态的关系等问题上做过多纠缠,但它也并不否认对这些问题的研究的学术价值。它也不否认文艺除了审美的属性和价值外还有其他属性和价值,但它把审美属性和审美价值视为文艺的主要属性和价值,并作为自身的研究重心。文艺美学学科并不能完全解决文艺学的基本理论问题,但它对于纠正我国长期以来占据统治地位的认识论文艺学的偏颇,确实有着非常重要的意义"③。

马龙潜认为,文艺美学作为一门独立的学科,"是迄今为止对文学艺术作整体研究的诸学科中最年轻的一门学科,也是在当代世

---

① 胡经之:《发展文艺美学》,《文艺美学研究》2002 年第 1 辑。
② 刘小新:《改革开放四十年文艺美学的回顾与前瞻》,《福建论坛》(人文社会科学版)2019 年第 5 期。
③ 曾繁仁主编:《中国文艺美学学术史》,长春出版社 2010 年版,第 16 页。

界文学艺术的总体学科格局中,惟一由我国学者自己创立的学科"①。陈伟和神慧认为,文艺美学是一门具有中国特色的学科,它在世界上特立独行,其他国家几乎找不到与它相近的学科。西方国家如美国并没有文艺美学学科。美国有美学,是哲学的分支,设在哲学系主要从本体论、认识论、方法论的角度来探索美的本质、美感、艺术等,属于美学中的"形而上学"。"美国另有艺术哲学,是艺术学的分支,设在艺术学,主要探索文艺作品的内容与形式、文艺创作的途径、文艺批语的方法等,研究文艺的实践性规律问题。"②另外,陈伟和神慧还认为,东欧国家如苏联也没有文艺美学学科。它有设在哲学系的美学和设在文学系或艺术系的文艺学。前苏联有美学,研究的范围、对象与美国的美学差不多。

由此可见,文艺美学的研究方法与文艺美学的学科性质密切相关,在很大程度上来说,文艺美学的学科性质客观上决定了文艺美学的研究方法。鉴于文艺美学学科的交叉性、复合性和独特性,我们理所当然应该采取多种研究方法,不应该把某种研究方法定于一尊。

四 本书的研究思路与学术创新

(一)研究思路

学界目前已经出版多种文艺美学的著作,给笔者以多种启示。笔者借鉴先贤时哲的智慧,在研究思路方面,力求以全新的研究思路贯穿全书,努力体现研究的创新性。

在本书的研究思路中,因为创造主体是文艺作品的创造因,所以笔者在逻辑上先从创造主体入手,第一章就研究文艺创美主体论,明确了创美主体的素质和能力、修养和社会地位等诸要素,再

---

① 马龙潜:《什么是文艺美学——对文艺美学学科定位问题的思考》,《文艺美学研究》2002年第1辑。

② 陈伟、神慧:《文艺美学:具有中国特色的学科分支》,《文艺美学研究》2002年第1辑。

深入研究文艺创造过程论，由创造过程论自然过渡到文艺审美客体论；在完成创美主体论、创造过程论和审美客体论的基础上进一步反思和研究文艺审美关系论；从审美关系论出发，再推及文艺审美价值论；在宏观上研究文艺审美价值以后，再进行文艺作品构成和文艺作品风格研究；在此基础上，进一步研究文艺审美主体论和文艺作品阐释论，循序渐进，水到渠成，步步深入，环环相扣，因果互证，逻辑严密；最后两章对文艺审美的濡化以及文艺与人才美学的关系进行了新的思考，把文艺与文艺美学与社会人生的美化、审美想象力的开发以及人才开发有机结合起来，让文艺美学深深扎根于现实的土壤。

此外，在研究思路方面，笔者注重在视域融合下凸显文艺创作与文艺美学研究的高度融合，不但引用了一些经典名篇作为案例，而且把自己创作的诗歌和散文融入文艺美学研究，注重理论联系实际，让文艺美学理论研究紧密扎根于文学创作的现实土壤。

（二）学术创新

1. 以人为本——从人出发再回归到人

美学是人的美学，也是以人为本的美学。因此，本书注重以人为本，从人出发，再回归到人。笔者试图运用美学原理和方法解读文艺美学的诸多问题，从研究文艺创美主体论开始入手，比较全面地阐释文艺家作为创美主体应该具有的素质和能力；最后一章通过文艺审美促进人才开发，促进诗意栖居，在逻辑上最终回归到人。也就是说，拙著是从人出发，最终还是为了人，旨在通过文艺审美促进人生的完善，注重人生境界的圆融与诗意栖居的理想，推动全社会的人才开发。

2. 探索文艺美学理论体系的独特性

第一，笔者研究文艺美学，拟确立创美与审美为二元核心的双核驱动模式，一方面突出创造文艺美的主旨，一方面围绕审美展开对文艺审美客体的论述。在文艺美的视域下，由创美与审美出发，研究审美主体、审美客体、审美关系和审美价值。

第二，研究文艺作品这一独特形态的精神产品的审美结构、功能和审美价值，它的各种不同的审美属性在不同文艺门类中的具体体现，以及文艺美与生活美和自然美之间的相互关系。

第三，研究文艺创作这一特殊的审美创造活动的主要因素、中间环节和创作过程以及文艺家通过审美理想的中介，按照美的规律创造美的形象体系的途径和方法。

第四，研究作品接受者对文艺作品的接受、阐释以及通过审美促进人才开发的途径和方法。

文艺美学在理论和学科属性上要借鉴文艺学和美学的原理和方法，但文艺美学一旦获得相对独立以后，又反过来可以深化和拓展文艺学和美学研究的内容。

为了体现研究的创新性，笔者在理论体系上进行了新的探索和建构。在本书的结构体系中，除导论，正文部分分为十一章内容：第一章，文艺创美主体论；第二章，文艺创造过程论；第三章，文艺审美客体论；第四章，文艺审美关系论；第五章，文艺审美价值论；第六章，文艺作品构成论；第七章，文艺作品风格论；第八章，文艺审美主体论；第九章，文艺作品阐释论；第十章，文艺审美濡化论；第十一章，文艺与人才美学论。在上述结构安排中，笔者采取先总后分的结构模式，第一章至第五章是总论；第六章和第七章是具体论述文艺作品构成和文艺作品风格；第八章文艺审美主体论引领第九章的文艺作品阐释论；第十章和第十一章既是第五章文艺审美价值论的实践确证，也是文艺美学走向社会实践和广阔人生的理论探索，最终回归到人——通过审美把文艺与文艺美学以及社会人生的美化、审美想象力的开发以及人才开发有机结合起来，让文艺美学深深扎根于现实土壤，又反过来助力文艺美学的理论创新。笔者如此探索文艺美学的理论体系，目前在文艺美学界具有鲜明的独特性，体现了笔者对文艺美学的新思考。

3. 对文艺美学的一些重要理论进行了新的思考

在第一章的文艺创美主体论中，笔者深入研究了创美主体的素质和能力，其中对于文艺家的社会责任感与创作自由的关系进行了辩证分析，指出了实现创作自由与社会责任感有机统一的科学方法；在第二章的文艺创造过程中，切入最新的元宇宙视角，分析了元宇宙理论对文艺创作的影响；在第四章的文艺审美关系论中，深入揭示了文艺审美关系的主体性、客体性和审美性特征，认为审美主体与审美客体具有共生性和统一性、历时性与共时性，揭示了审美关系变化对于作品价值变化的重要影响；在第五章的文艺审美价值论中，研究了文艺审美价值的关系性、可变性与潜在性；在第六章的文艺作品构成论中，在肯定文艺内容的前提下，充分肯定了文艺形式对于文艺作品的重要性；在第七章的文艺作品风格论中阐述了文艺风格与审美主体的互动关系，揭示了审美主体对文艺风格的应然选择；在第八章的文艺审美主体论中，运用神经美学的最新研究成果，研究了神经美学对审美发生学和文艺审美的重要影响，认为主体审美标准既有主观性、相对性、具体性和当下性，也有审美标准的客观性、恒定性和普适性，研究了审美标准的民族性、时代性和阶级性；在第九章的文艺作品阐释论中，在把握文艺家的前理解的基础上，对接受者的前理解要去蔽，多维度揭示了接受者对文艺作品阐释的多种可能性；在第十章的文艺审美濡化论中，探讨了艺术美丰富审美主体的心灵、丰富审美主体的情感、拓展审美主体的想象的基本规律；在第十一章的文艺与人才美学论中，比较系统地研究了文艺与人生、文艺与人才开发、文艺美与人才美的互动关系，运用人才美学的视角研究文艺美学，这也是笔者进行跨学科融合研究的新探索。

4. 把作者的诗文创作与文艺美学理论研究相结合

笔者为了更深入研究文艺美学，避免脱离文艺实践的纯粹抽象的逻辑演绎，在研究过程中，把笔者已经发表过的部分诗歌和散文作为创作案例，融入了文艺美学研究。这些作品包括诗歌《思想的雕像》《飘零的叶子》《问天》《风中吟》《故乡的海滩》和散文《秋之韵》《咏雪》《美丽的青海湖》。通过分析自己的创作动机、生活观察、审美体验、审美趣味、艺术构思、创作灵感等,现身说法,从个别到一般,有利于让文艺美学更接地气,促进文艺创作与文艺美学理论的相互融合,这也是拙著与以往文艺美学著作的不同之处。

"应该将文艺美学作为一种开放的方法论,从审美的意义上重新考量和汲取中外文学艺术的理论资源及创作资源,以文艺美学为一种眼光来洞照和分析大量的文艺理论文献,以原有的文艺美学学理作为基础,创建新的研究模型,揭示在当前的高科技、信息化的条件下文艺创作的审美机理。"[①] 笔者对此进行了文艺美学理论与文艺创作的融合尝试,取得了一些新的研究成果。

(三) 文艺美学未来的发展走向

从文艺美学未来发展及其对社会人生的积极作用来看,文艺美学应该为美丽中国建设和诗意栖居做出新的理论贡献。

我们要构建中国特色的文艺美学,必须坚持马克思主义的美学立场、观点与方法,坚持"用经典涵养正气、淬炼思想、升华境界、指导实践"[②]。"中国思想界,应该为美丽生活世界做出自己的贡献。文艺美学的思想任务,就是要整合政治经济法律等文化思想的视野,从审美创造意义上保证审美的自由,从政治经济法律意义上保证审美创造的权利,从而真正实现审美自由的目的与社会正义的目的,最终,构造自由美好的世界,享受自由美丽的生活幸福。"[③] 正如张盾先生所指出:"马克思对资本主义现实性的批判性考察,不仅把'自由联合体中每个人的全面发展'当作改变现实世界的目标,同时更是作为对制度与人性的彻底理解和更高真理,以此将现代政治哲学重新带回到对最好制度与最美人性的创造与认知

[①] 张晶:《对文艺美学的反思》,《文艺争鸣》2021年第2期。

[②] 习近平:《在纪念马克思诞辰200周年大会上的讲话》,《人民日报》2018年5月4日。

[③] 李咏吟:《美丽中国与文艺美学的时代思想任务》,《温州大学学报》2014年第4期。

界面，从而恢复并光大了古典政治美学的原初问题和理论传统。"[1] 从未来文艺美学发展的趋向来看，我们应该在马克思主义美学的指引下，坚持马克思主义在文艺美学研究中的指导地位，学习和领会习近平总书记《在文艺工作座谈会上的讲话》《在哲学社会科学工作座谈会上的讲话》《在中国文联十大、中国作协九大开幕式上的讲话》等系列重要讲话的精神，坚持以人民为中心，始终把满足人民精神文化需求作为新时代文艺美学的出发点和落脚点，始终坚持"把人民作为文艺表现的主体，把人民作为文艺审美的鉴赏家和评判者"[2]。

要发展和建设文艺美学，还需要进一步拓展国际视野，海纳百川，广采博取一切有益的思想资源，通过科学的比较、互鉴与融合，才能推动新时代文艺美学的新发展。从国际视域来看，国外的"共产主义美学"思想运动和"共产主义诗歌"文学运动逐渐兴起，共产主义美学重新成为文艺批评的关键概念。"如 2015 年，Jon Clay 发表'A New Geography of Delight': Communist Poetics and Politics in Sean Bonney's The Commons"[3]，阐述了共产主义的诗歌美学；2017 年，萨米尔·甘德萨（Samir Gandesha）、约翰·哈特勒（Johan Hartle）主编《美学的马克思》，在当代艺术辩论中重新阐释马克思美学的意义，表达了西方进步知识界对美学在解放政治叙述中的作用问题的浓厚兴趣；2018 年，以"为我们这个时代创造马克思主义的研究和理论"为宗旨的《观点杂志》（VIEWPOINT MAGAZINE）发表关于"共产主义诗学"的评论文章，引起了广泛的关注……在批判资本主义文化和抵抗新自由主义全球化的基础上，21 世纪西方马克思主义美学重新提出和阐释了"共产主义诗学与政治"命题及其当代意义，共产主义诗学重新成为"审美资本

---

[1] 张盾：《马克思与政治美学》，《中国社会科学》2017 年第 2 期。
[2] 习近平：《在文艺工作座谈会上的讲话》，《人民日报》2015 年 10 月 15 日。
[3] 刘小新：《改革开放四十年文艺美学的回顾与前瞻》，《福建论坛》2019 年第 5 期。

主义"的替代方案，这对中国当代文艺美学的重构具有重要的启迪意义。

文艺美学的发展要与人民的美好生活相联系，积极参与当代审美文化实践，关注日常生活审美化，关注新乡村审美文化建设和城市审美文化建设，关注科技创新与新媒体时代的文艺审美问题，提出文艺美学的新问题，开辟文艺美学的新论域，寻找文艺美学新的生长点。实际上，新媒体、人工智能、大数据、生命科学等新科技革命正在深刻地改变人类的生产生活方式与社会行为模式，正如南帆所指出："事实上，科学技术已经开始改写审美的密码……科学技术造就的新型大众传媒同时形成了多种异于传统的语言符号、叙述语法和阅读方式……科学话语的坚硬存在与强势扩张已经不容忽视。"[①]"新型的文艺美学需要自觉强调'数字性'和'审美性'的化合；需要格外关注新兴的数字媒介，以新媒介为中心重新审查和审视文艺、审美实践；需要关注虚拟审美，拓展文艺美学研究的视野和思路；更需要关注全觉审美，立足全觉审美培植文艺美学研究新的生长点。"[②] 学者们认为文艺美学在新技术语境下要高度重视"物的伦理性"问题，借鉴当代技术哲学和后人本主义技术伦理学的思想成果，"推动文艺美学对语言论转向以来'文本主义'的反思批判，展露出新世纪文艺美学研究的新动向：关注物的伦理性，探求我与'非我'的伦理主体间性，基于人—技关系意向性而阐发文艺审美活动的道德内涵"[③]。学者的这些思考突破了已有的文艺美学研究的视域，对科技创新和互联网时代新视域下拓展文艺美学空间具有重要的意义。

因此，文艺美学应该自觉与科学进行对话交流，关注技术对人

---

① 南帆：《文学理论十讲》，福建教育出版社2018年版，第7—8页。
② 何志钧、孙恒存：《数字化潮流与文艺美学的范式变更》，《中州学刊》2018年第2期。
③ 张进、姚富瑞：《物的伦理性：后人类语境中文艺美学研究的新动向》，《南京社会科学》2018年第7期。

文领域的深刻影响，关注新技术时代的审美文化嬗变趋势，聚焦技术时代的人文关怀命题，在文艺美学的实践中实现理论的重构与创新，在"以美育人，以文化人"中发挥理论引领作用，促进文艺美学的创新发展。特别是随着人才美学研究的开展，文艺美学可以更好地与人才美学相结合，深入研究文艺审美与人才开发的互动关系。"文艺美学将在对艺术本性的揭示中担当起审美之思的使命，将在时代的审美思潮中，重视艺术审美教育的功能，以美育去更新传统教育观念，形成新的总体教育体系，去培养人的诗意之思，促进人的感性的审美生成，造就有真血性、真情怀的华夏审美人格。"① 由此可见，从未来时的角度来看，文艺美学在未来的美学研究以及美学实践方面，可以为人生的审美化和诗意栖居提供新的美学智慧。

---

① 胡经之：《文艺美学》，北京大学出版社 2000 年版，第 411 页。

第一章

文艺创美主体论

文艺家是创造艺术美的主体，也是文艺美学需要研究的第一个重要问题。文艺家的素质和能力直接影响和制约着文艺作品的创作，加强对文艺家的研究，这是文艺学、美学和文艺美学都需要迫切关注的问题。我们既要在理论上加强对文艺家的研究，在实践上也应该全面提高文艺家的文化素质、美学素养和艺术创新能力。

第一节 丰富的社会人生阅历

文艺创作需要文艺家有感而发，因而特别需要文艺家具有丰富的社会人生阅历。文艺家具有丰富的社会人生阅历，才能为文艺创作提供丰富的生活源泉、艺术素材和创作动力。

一 丰富的阅历为文艺家酝酿了深厚的真情实感

从哲学的角度来看，人是环境的产物，受制于特定的社会环境和自然环境。文艺家作为一个特定的社会成员，其思想感情也要受到社会环境和自然环境的影响，在人与环境的互动中形成独特的人生经历，这些经历直接或间接影响文艺家人生的悲欢离合、喜怒哀乐、酸甜苦辣，也必然影响着文艺家的思想感情。

从文艺创造的实践来看，文艺创作是有感而发的，文艺家具有丰富的社会人生阅历，才能为文艺创作提供最直接的原创动力，因为文艺家的人生阅历经过时间的磨砺，不经意间就会转化为文艺家内在的精神生命，文艺家在触景生情的前提下，随时可能把人生经历的感悟和认知转化为文艺创作的艺术冲动。如果没有丰富的社会人生阅历，文艺家的创作就成为无源之水和无本之木。王国维《人间词话》："古今之成大事业、大学问者，必经过三种之境界：'昨夜西风凋碧树，独上高楼，望尽天涯路'，此第一境也。'衣带渐宽终不悔，为伊消得人憔悴'，此第二境也。'众里寻他千百度，回头蓦见，那人正在，灯火阑珊处'，此第三境也。此等语皆非大词人不能道。"[①] 王国维这里的第一境写的是做大事业、大学问，不能随波逐流，而是要高瞻远瞩，具有宽广的视野；第二境写的是"衣带渐宽""人憔悴"，意思是要勤奋努力；第三境写的是勤奋努力之后灵感来临时的豁然开朗与成功。王国维这里虽然谈的是干事业，做学问，但对文艺家同样具有重要的意义，文艺家的成功客观上也要经历这样三种境界。

文艺家在创作以前，都需要有深厚的真情实感，才能更好地有感而发，而不是无病呻吟。李白《黄鹤楼送孟浩然之广陵》："故人西辞黄鹤楼，烟花三月下扬州。孤帆远影碧空尽，唯见长江天际流。"这首小诗短小精悍，言简义丰，情感真挚，全诗没有一个思、念、想、情等表情的文字，但处处见出深情厚谊，可谓"不著一字，尽得风流"[②]。他与孟浩然的深厚友谊深藏于字里行间，客观上表现了他对孟浩然的深厚情感。诗人柯岩如果没有对老一辈革命家周恩来总理的崇敬之情，就不可能写出《周总理你在哪里》如此感人肺腑的诗歌，而笔者读大学时每次朗诵这首诗的时候，几乎都情不自禁而潸然泪下。

美学大师黑格尔要求文艺家要有丰富的社会人生阅历。黑格尔

[①] 王国维：《人间词话》，黄霖等导读，上海古籍出版社2000年版，正文第6页。

[②] 司空图：《二十四诗品·含蓄》。

把美看作是理念的感性显现,把意蕴看作是艺术内容,认为无论是美的理念抑或是富有生气的内在意蕴,都不是艺术家随心所欲的虚构,而是来源于丰富的社会生活。因此,他要求诗人要有丰富的生活积累,要把丰富多彩的现实世界印入心灵里。第一,他认为,人是生活中的人,按照人的本质,人是存在于一定时间和地点的,是现在的,既是个别的,又是无限的。第二,艺术理想的内容应该表现由主体与外在世界所形成的关系中所构成的具体现实,艺术理想就是对这种具体现实生活的描绘和表现。第三,艺术创作所依靠的是生活的富裕,是现实的外在形象,而不是抽象的观念,因而艺术家应与现实建立亲切的关系,应多看、多听、多记,牢牢记住所观察的事物。黑格尔明确提出了诗"应深入到生活里去"的主张。第四,诗人不仅要了解外在世界,而且还要了解内心世界,熟悉心灵内在生活通过什么方式,才可以表现于实在界,才可以通过实在界的外在形状显现出来。第五,要求"诗人必须从内心和外表两方面去认识人类生活,把广阔的世界及其纷纭万象吸收到他的自我里去,对它们起同情共鸣,深入体验,使它们深刻化和明朗化"[①],应该要求诗人对他所表现的题材也有最深刻最丰富的内心体验。

除此之外,黑格尔在分析浪漫型艺术时还指出:"人要在他的现实世界里凭艺术把现实事物本身按照它们的本来生动具体的样子再造出来。"[②] 在分析音乐时,黑格尔谈及了史诗的创造,认为"诗人把一个发生事迹和情节的客观世界展现给我们看"[③]。在论述想象时,黑格尔又认为,艺术家的创造活动首先是"掌握现实",要"把现实世界的丰富多彩的图形印入心灵里",并凭借记忆力,

---

① [德] 黑格尔:《美学》第三卷下册,朱光潜译,商务印书馆1981年版,第54页。

② [德] 黑格尔:《美学》第二卷,朱光潜译,商务印书馆1979年版,第340页。

③ [德] 黑格尔:《美学》第三卷上册,朱光潜译,商务印书馆1979年版,第408页。

把多样图形的花花世界记住。这说明黑格尔的美学思想具有浓郁的现实主义精神，强调生活必须经过心灵的加工改造，才能转化为艺术美，这也符合艺术创造规律，体现了他对生活源泉的高度重视。

实际上，在文学发展史上，所谓现实主义的文艺作品无不来自作家对现实生活的真情实感，都离不开作家丰富的社会人生阅历。从文艺与社会的关系来看，社会生活是文艺的唯一源泉，而文艺家只有具备独特的生活阅历，才能把丰富多彩的社会生活由素材转化为题材，然后进入文学艺术的内容。

二 丰富的阅历为艺术创作提供了形象原型

文艺家具有丰富的社会人生阅历，不但有利于激发文艺家有感而发，而且能为文艺家的创作提供最直接的形象原型。

从创造心理学的角度来看，文艺创造客观上有赖于文艺家的创新思维，而创新思维则有赖于丰富的社会人生阅历。无论创造真善美的艺术形象，还是创造假恶丑的艺术形象，文艺家都要从人生阅历中采撷艺术的元素，从所见所闻中感悟人生，思考创作的真谛，构思艺术形象，这也是形象思维必然具有的内在逻辑。不仅如此，文艺家的梦境许多也是来源于丰富的社会人生阅历，所谓"日有所思，夜有所梦"，而白天的思考则离不开特定的社会人生阅历。

回眸20世纪80年代我国当代文学史上的"伤痕文学"和"反思文学"可以看到，这两类文学作品都打上了作家人生经历的烙印。1978年改革开放以来，许多作家纷纷拿起笔，用文学的方式反思，许多作家塑造的艺术形象中或多或少地都有作家自己的影子。著名作家王蒙的小说主要塑造了知识分子和干部这两类形象，因为他非常熟悉的就是知识分子和干部。他担任过文化部部长，非常熟悉干部队伍的现状；他是学者，著作等身，曾经担任过中国海洋大学文学院院长，还兼职中国海洋大学顾问。早在1953年，王蒙创作了长篇小说《青春万岁》，1956年发表小说《组织部新来的青年人》，1979年平反后，先后写了《活动变人形》《恋爱的季节》

《狂欢的季节》《失态的季节》《青狐》《踌躇的季节》《这边风景》等重要作品。王蒙的人生阅历一方面为他的小说提供了丰富的形象素材；另一方面他的小说创作又非常形象地反映了他的风雨人生与时代的变迁。

从文学创作典型化的角度来看，一是所谓的"合成法"，即鲁迅所说的"杂取种种人，合成一个"；二是原型法，即从生活中某一个原型出发，创造出新的艺术形象。从文学创作的实际来看，无论是哪一种方法，都离不开作家自己丰富的生活经历，都折射着作家的影子，作家的世界观、人生观、价值观和审美观，这些诸观都会自觉不自觉地渗透到艺术形象的创造之中。罗贯中"尊刘抑曹"的思想倾向蕴含于《三国演义》的字里行间，而任何一个作家的思想感情与审美取向，也都会自觉渗透于作品的创造之中。这是艺术创造的基本规律。

笔者已逾耳顺之年，人生经历过无数的风风雨雨和酸甜苦辣，艰难困苦可谓备尝之矣！笔者发表的散文《秋之韵》在字里行间也体现了笔者对人生的体验和思考。

秋之韵

时光荏苒，蝉鸣沉寂，不经意间，天高云淡，山川寂寥，秋风已经在北方洒下了满地的金黄。江南水乡，本来山清水秀，也有了丝丝秋意，山变疏朗了，水变宁静了。体验着秋的况味，秋的遐想竟飘然而至。

秋，送来了习习的清凉。秋风入怀，爽爽的陶醉，祛除了烈日炎炎的酷暑，正所谓"日月忽其不淹兮，春与秋其代序"。秋的沧桑，秋的历练，秋的厚重；夏去秋至，秋去冬来；盛夏不可恋，秋意犹可追。忽然想起"一日不见如三秋兮"的诗句，秋何其长？又何其短！在中山公园里，一对白发苍苍的老人正在漫步，男的右手拄着拐杖，左手搀着老伴，他们蹒跚而行，彼此相扶相携。那是人生怎样的一幅秋景图啊！

秋，酝酿了成熟的韵味。当你漫步在金黄的田野，你会看到漫山遍野一片金黄，黄灿灿的玉米，高昂地仰着头；沉甸甸的谷穗，随风摇曳多姿；山坡上随处可见满树的梨儿、桃儿、枣儿，还有那诱人的栗子；新耕的土地，散发着泥土的芳香，农民们已经开始准备播种小麦了。秋收，秋耕，秋播，真是一年一度秋风劲，时光的循环往复，与其说一年之计在于春，倒不如说一年之计在于秋呢！秋是对春的升华，对夏的收藏。人生之秋，已与童稚挥手永别，恋着青春舞曲，携着三十而立的壮志，融着四十不惑的智慧，开始体验成长与收获的喜悦。

秋，写满了萧瑟的孤独。一场秋雨，一次凉意，"红衰翠减，苒苒物华休"，怎能不惹人顿生惆怅？"过尽千帆皆不是，斜晖脉脉水悠悠，肠断白蘋洲！"秋的孤独，秋的萧瑟，秋的寂寞，秋的思念……普天之下，谁没有对秋伤感、产生"秋风秋雨愁煞人"的感觉呢！休言"古道西风瘦马，夕阳西下，断肠人在天涯"；莫道"春花秋月何时了"，却说"天凉好个秋"。我捧着一片金黄色的叶子，与秋共语：悲秋、悟秋、赏秋。"众里寻他千百度，蓦然回首"：秋，已经写满了萧瑟的孤独，怎一个"秋"字了得！

秋，倾吐着情感的温馨。不论月如钩，似弯刀，还是人逢喜事精神爽，月到中秋分外明，在月朗星稀的夜晚，月亮总是最好的使者，它传递人间的甜言蜜语，寄托说不尽的相思之情。"但愿人长久，千里共婵娟"，曲尽人间多少悲欢离合，倾吐人间多少真情厚意！李白"举杯邀明月"，"对影成三人"；苏轼"明月几时有，把酒问青天"；月有阴晴圆缺，可总难免"晓风残月"啊！人生如斯，斯为人生，人们何必执着于离愁别绪的伤感，为何不描绘中秋明月的团圆之美？人生何须再彳亍，何须再徘徊！你看到了菊花插满头、香山叶正红了吗？

秋，充满了激情与豪放。"秋风萧瑟，洪波涌起。日月之行，若出其中。星汉灿烂，若出其里"，是何等的澎湃、壮美？

第一章 文艺创美主体论

"无边落木萧萧下,不尽长江滚滚来",是何等的豪迈、阳刚?"西风烈,长空雁叫霜晨月",是何等的悲壮、高远?秋风扫落叶,秋风如狂飙,如雷电,如疾风暴雨,它雷霆万钧,横扫一切,摧枯拉朽,似乎能够摧垮人间一切腐朽的东西。欧阳修云:"草拂之而色变,木遭之而叶脱;其所以摧败零落者,乃其一气之余烈。"我有时突发奇思遐想:可否踏秋风而去,凌空俯视,鸟瞰世界,审视人生,反思自我,进入精骛八极、心游万仞、视通万里的境界呢?

人生如秋。只有经历春的发芽,夏的滋长,才会有秋的成熟,秋的收获,秋的奉献。人生怎能不如秋?啊!对秋当酌,对秋当哭,对秋当笑,对秋当歌……

这篇散文反映了笔者对秋的复杂而又丰富的审美感受和多方面的审美体验,蕴含着笔者大半生的体验与思考,也受到读者的广泛好评。

古罗马诗人贺拉斯的诗歌创作和文艺批评理论与他独特的生活经历及其社会地位的变化息息相关。贺拉斯早期诗歌表现了共和派的倾向,加入麦克纳斯集团以后,其诗作就转向歌颂屋大维,尤其是后期的《颂歌集》四卷百余首中,有一部分颂歌被称为罗马颂歌,"赞美帝国统治者所提倡的道德如淳朴、坚毅、正直、尚武、虔诚等,宣扬奴隶主的爱国精神,赞颂屋大维"[①]。从贺拉斯独特的生活道路来看,他的《诗艺》可谓他人生经历及其创作的一种理论折射,不仅有其内在的必然性,而且有一定的合理性和进步性。受古希腊"摹仿说"的影响,贺拉斯在《诗艺》中提出了"作家到生活中到风俗习惯中去寻找模型"的观点。贺拉斯认为,作家在懂得写什么以后,应该再到生活中去观察,从生活中去寻找模型,从生活中汲取活生生的语言。到生活风俗中寻找模型,这可看作美学

---

① 杨周翰等主编:《欧洲文学史》上卷,人民文学出版社1979年版,第66页。

史上最早向作家发出深入生活的号召,明确了社会生活是文艺的源泉。

王元骧对文艺家的社会生活与文艺创作的关系进行了深入探析。"就艺术创作来看,按照实践的观点,创作不仅以作家的生活实践为基础,而且它本身就是作家人生实践的具体内容,是作家人生实践在另一个层面上的延伸和展现。因为人生实践无非是人的追求一定生活意义和目的的活动,而作家之所以要进行创作,不像以往人们所理解的只是单纯受到外界某些事件的激发,它离不开一个来自主体内部需要的驱使与推动。从这个意义上来说,总是产于作家自己在生活实践中感受和体验到生活中的某种匮乏以及渴望改变这种状态所做的一种努力。这决定了艺术创作的目的总是为了追求美好。正是出于这样的要求,作家才通过自己在情感激发下的想像活动,来对生活进行重新建构,以达到在对象世界实现这一目的来满足自己的企求。因而艺术创作在某种意义上也就成了作家在自己想像的世界里对理想人生的一种探寻,它需要作家像在实际生活中的处世行为那样,把自己全身都调动起来,投入进去,去进行探寻和思考。所以,在对他笔下人物生活道路所做的一切安排中,也同时反映着作家自己的人格、自己对生活的一种观点评价、态度和选择。"[①] 王元骧这里一方面看到了文艺家社会生活与文艺创作的密切关系;另一方面也强调了文艺家的创作本身就是文艺家一种特殊的实践,是作家人生实践的具体内容,是作家在自己想象的世界里对理想人生的一种探寻。

因此,文艺家为了创造成功的艺术形象,就必须自觉拓展和深化丰富的社会人生阅历,自觉去搏击风雨,大浪淘沙,历经磨砺,沧海横流,只有获得丰富的人生经历,才能够提炼出深刻丰富的思想,让文艺创作成为有源之水和有本之木。

[①] 王元骧:《实践的思想与马克思主义文艺理论研究的变革》,《文艺美学研究》2002年第1辑。

第二节 深厚的文化艺术素养

文艺作品本质上是一种审美文化，蕴含着丰富深刻的社会内容和丰富的思想感情。文艺家为了创造出优秀的文艺作品，必须具备深厚的文化艺术素养。

一 具有深厚的文化素养

文艺既是文艺家对社会生活的审美反映，也是对艺术家思想情感的艺术表达，还是对理想生活的审美创造，也是对人类诗意栖居的艺术想象创造出来的审美符号。

文学艺术的内容丰富多彩，一方面涉及古今中外人类社会生活的方方面面；另一方面也反映了人类丰富的思想感情和复杂的精神世界。文艺家为了创造出文艺作品的艺术真实性，需要具备各种与文艺创作情境相关的文化知识。比如，文艺家要写农业题材，就应该熟悉季节、气候、土壤、庄稼、蔬菜、肥料等相关的知识，还需要了解农村的风情习俗、农村复杂的宗族观念、复杂的人际关系、文明与落后的冲突等，特别是随着农民进城打工的历史进程，农民生活发生复杂的变化，留守妇女和留守儿童成为农村发展过程中一个特殊的瓶颈，而新农村建设任重道远，遥遥无期。对此，文艺家应该在了解农村历史变迁和发展现状的基础上，创造出符合农村发展要求的好作品，既要写出农村随着改革开放带来的历史变迁和变化，也要写出农民进城打工的艰辛和城乡之间的文化冲突和心理冲突。文艺家要写工业题材，不但要了解国有企业改革和发展变迁的来龙去脉，还要了解民营经济发展的活力及其遭遇的各种困境等，特别要了解许多小微企业方生即死的现象，把握发展民营经济的一般规律和特殊规律。著名作家王蒙具有干部和知识分子双重身份，他最了解干部和知识分子，因此，他主要写最熟悉的干部题材和知识分子题材。

关于文艺家的文化素养，黑格尔在《美学》序论中谈及美和艺术的科学研究方式时曾经指出，如果要把艺术经验作为研究的出发点，作为艺术学者除了对广博的古今艺术作品要有足够的认识以外，就不仅需要有"渊博的历史知识，而且是很专门的知识"①。黑格尔这里所说的"历史知识"，是指有关社会发展规律的最一般知识；"专门知识"是指与作品所写的内容有关的具体知识。在他看来，艺术作品都属于它的时代和民族，各有特殊环境，依存于特殊的历史和其他的观念和目的，所以，艺术家应有渊博的历史知识；因为艺术作品的个性是与特殊情境相联系，所以又必须具有专门知识。这样，黑格尔从知识修养的角度出发，既看到知识修养的深度和广度，又注意了宏观与微观两个方面，实质上或客观上已经看到了文艺家优化知识结构的必要性和重要性。

在现代职业的分类中，中国目前大约有1800种职业，全世界大约有2200种职业。由此而论，文艺家在写人状物之前，首先应该对所写的人物形象的职业特点了如指掌，然后还要理解具体职业与相关职业直接和间接的关系，而这往往需要涉及若干领域。从宏观的角度来看，文艺家所需要的文化知识可谓涉及方方面面，比如从哲学角度来看，文艺家需要具有哲学思维，需要了解人性和人的本质，善于洞察人与人之间的社会关系，在复杂的社会关系中考察和揭示人的本质；从社会学角度来看，文艺家需要了解社会的系统性，了解修身、齐家、治国、平天下的家国情怀和家国的一体化，从社会大系统的宏观视野考量人的复杂性；从经济学角度来看，文艺家要了解经济学的基本知识，因为其所塑造的人物往往都与经济有联系；从心理学角度来看，文艺家要了解心理学的基本原理，还要了解所塑造人物形象类型的心理学，比如写青年人物形象或少年儿童，就需要了解青年心理学或少年儿童心理学。

由此可见，从文化素养的角度来看，文艺家应该是一个杂家，

---

① [德]黑格尔：《美学》第一卷，朱光潜译，商务印书馆1979年版，第19页。

也是一个复合型的专家，具有通才的知识结构。文艺创作实践证明：文艺家只有具备渊博的文化知识，写作时才能符合生活逻辑，才能左右逢源、得心应手，信手拈来，不至于犯常识性的错误。

二 具有深厚的艺术素养

文艺家要创造出优秀的文艺作品，还必须具有深厚的艺术素养，需要从古今中外的优秀作品中汲取精华。文艺家只有培养深厚的艺术素养，才能更好地观察生活、体验生活，进行艺术构思、艺术创造和艺术传达。

（一）从古今中外优秀的文艺作品中汲取营养

在文艺发展史上，历经欣赏者的大浪淘沙，积淀下来许多优秀的文艺作品，中外文学史上最早的神话、各种古典优秀文学作品、古典绘画和古典音乐等，都是人类社会重要的精神财富，每个人都要力所能及地从优秀的古代经典作品中汲取精华，而尤其是文艺家更应该成为学习和欣赏古代经典文艺作品的典范，为自己从事文艺创作积淀丰厚的文艺积累，在特定情境的触动下，才有可能厚积薄发。

在西方文化史和文艺发展史上，古罗马时代高度重视古希腊文化，表现出了对古希腊文化的高度尊崇，非常重视对古希腊艺术的模仿、学习和借鉴，这在贺拉斯的《诗艺》中具有充足的体现。在西方文艺复兴时期，人文主义者虽然借复兴古希腊文化之名，而兴资产阶级文化创新之实，但蕴含了一个客观的事实，即古希腊文化和古希腊艺术是西方文艺复兴学习的典范，值得文艺家们认真学习，文艺复兴时期的人文主义作家应该从古希腊中汲取文学智慧，才能建构新的文艺复兴大厦。正如雅各布·布克哈特所言："那些最为人们所熟知的拉丁诗人、历史家、演说家和书信作家连同亚里士多德、普鲁塔克和一些其他希腊作家的个别作品的拉丁文译本一并构成了一个宝库，有一些佩脱拉克和薄伽丘时代的幸运的人们从这个宝库里得到了他们的灵感。"① 文艺复兴"其实正是借助古希腊罗马人文传统而对中世纪文化传统的一种改造和创新,并且对中世纪传统中优秀的部分如民间文艺等也有所继承"②。在文艺复兴时期,为了传承和学习古希腊文化,意大利甚至出现了抄写古希腊典籍的职业抄书手。由此可见,古希腊文化对于文艺复兴时期作家的重要影响。

我国历来重视对传统文化的继承。孔子最早指出"不学诗,无以言",强调了学习《诗经》对人际交往的重要性。明代前七子大力提倡"文必秦汉、诗必盛唐",虽然具有复古倾向,但客观上也强调了学习古代文学对于文学创作的重要性。清代孙洙在《唐诗三百首·序》中曾经引谚云:"熟读唐诗三百首,不会吟诗也会吟",旨在强调学习唐诗对于诗歌创作的重要性。从文艺创作来看,文艺家只有认真汲取古代文艺作品的精华,把古代文艺作品进步的思想内容和美的艺术形式自觉不自觉地转化为自己的思想、情感、风骨、意蕴以及艺术素养,通过广采博取,经多见广,才能下笔如有神。在当代诗人中,仍然有写古体诗和填词的作家,他们的创作很显然得益于我国古代诗词的熏陶和濡染。在小说创作中,明清之际的章回体小说直接影响了现代小说的创作,《金瓶梅》的叙述与语言风格直接影响了《红楼梦》的叙事方式和语言特色。

文艺创作规律表明,文艺发展史不仅体现了合目的性,而且也蕴含了艺术创造的合规律性。就整体而言,从合规律性的角度来看,每一代的文艺创作都是在继承文艺传统的基础上不断创新的结果,离开了文艺传统的内在濡染熏陶,任何所谓新的文艺创作都是无源之水和无本之木。虽然人们常说,长江后浪推前浪,后浪把前浪拍在沙滩上,但客观上前浪却为后浪引路导航,为后浪的涌动做

---

① [瑞士]雅各布·布克哈特:《意大利文艺复兴时期的文化》,何新译,商务印书馆1996年版,第182—183页。
② 童庆炳等:《文学理论》,高等教育出版社2009年版,第273页。

了坚实的铺垫和支撑，如果没有前浪的酝酿、积淀和蓄势，后浪就无所依凭，也就不可能把前浪拍在沙滩上。虽然江山代有才人出，但每一代新人的成长与发展，都是在继承前人成果的基础上，都是踏着前人的肩膀前进的。

（二）激活主体的审美移情

文艺创作是文艺家对特定的社会现实有感而发，但有感而发并不是一般的表达思想感情，而是要从审美的角度出发，既要与对象保持一定的审美距离，又要以审美主体的视野和眼光，激活主体的审美移情，对所描绘和反映的对象进行审美观照与审美表达。

文艺家在审美能力方面，需要学会观察和体验生活，善于与对象保持审美距离。审美距离是审美主体与审美客体之间的远近关系，包括心理距离和时空距离。心理距离是指审美主体与审美客体之间在心理上的远近关系，包括审美经验、审美观念、审美情感和审美态度等的距离；时空距离是指物理学意义上的距离，也是审美主体与审美客体之间现实空间的远近关系。从文艺家的修养来看，文艺家在观察生活、体验生活等诸多方面，都应该与对象保持适当的审美距离。瑞士审美心理学家布洛指出，心理距离是审美活动的基本前提，审美个体必须与审美客体保持适当的心理距离，才能欣赏美和创造美。文艺家与对象保持适当的心理距离，要求超越实际人生，忘掉实用功利，用一种纯客观的态度审美观照客体。距离太近，文艺家容易考虑审美的功利目的，实用功利就会压倒审美享受，影响真正的审美活动；距离太远，文艺家就会与审美客体失去了联系，无法欣赏到真正的美。文艺家与审美对象的审美距离必须适度恰当，才能产生正常的审美活动，获得应有的美感。

当然，与对象保持审美距离，并非对对象进行理性审视，而是应该自觉激活主体的审美情感，发生审美移情。中国古代抒情诗歌具有悠久的抒情传统，其显著的特点之一是作者把主观思想感情融入对景物的艺术描写，或者借物起兴，达到融情于景、情景交融的艺术目的。《诗经·关雎》"关关雎鸠，在河之洲。窈窕淑女，君子好逑"与《诗经·采薇》"昔我往矣，杨柳依依。今我来思，雨雪霏霏"都是借景抒情、融情于景，也是审美移情。陆机"遵四时以叹逝，瞻万物而思纷。悲落叶于劲秋，喜柔条于芳春"；刘勰"登山则情满于山，观海则意溢于海"；杜甫"感时花溅泪，恨别鸟惊心"；辛弃疾"我见青山多妩媚，料青山见我应如是"等等，这些诗句都是通过审美移情，抒发了诗人丰富的思想感情，达到了借景抒情、融情于景的艺术境界。王国维《人间词话》："有我之境，以我观物，故物我皆著我之色彩。"在诗人以"我"观物的过程中，所观之物不经意间打上了诗人的烙印。从历时性的角度来看，中国文论一直重视借景抒情，融情于景，情景交融。很显然，在情景交融中，诗人这种借景抒情、融情于景实质上体现了诗人主体向客体景物的情感投射，客观上已经蕴含了审美移情的元素。

利普斯的移情说与我国的上述理论也非常相似。利普斯认为，审美的移情就是在审美观照的前提下，把自我投射到对象之中，而且这一过程一定伴随着情感，因此，对象的内部的生命就是作者自我的生命，在对象中体验的情感就是作者自我的情感。"巴赫金认为，审美活动的第一个因素便是移情，即我应该去体验他人所体验的东西，站到他人的位置上。我由此深入到他人内心，渗入到他人内心，似乎同他融为一体。"[1] 从审美视角的角度来看，移情就是换位思考；从情感体验的角度来看，移情就是通过心灵的深入与渗入，与个体对象融为一体，这样才能获得更好的审美体验。

从审美移情的角度来看，文艺家可以充分利用心理的移情作用，把自己融入客体审美对象之中，如辛弃疾《贺新郎·甚矣吾衰矣》："我见青山多妩媚，料青山见我应如是"，辛弃疾入乎其内，似乎融入了青山。从文艺家对审美对象形式美的欣赏来看，文艺家要善于与对象保持适当的空间距离，才能更好地发挥审美感官的直觉作用，更好地进入自由想象的审美时空。

---

[1] 钱中文：《钱中文文集》，上海辞书出版社2005年版，第450页。

（三）情景交融的审美体验

在文艺家的艺术素养中，文艺家要从古今中外优秀的文艺作品中汲取营养，与审美对象保持审美距离，在审美过程中还要进行情景交融的审美体验，在内心世界中架起审美与现实之间的一座桥梁。

一般社会成员对于在社会中遇到的人和事，也会产生这样或那样的思想感情，产生特定的人生体验，甚至是喜怒哀乐，这种体验大多具有现实的功利性，虽然这种功利性可能是个人的，也可能是群体的甚至是社会的，但都与功利性具有直接或间接的关系。文艺家作为审美主体，在社会人生中遇到特定的人和事时，也会产生思想感情，甚至是喜怒哀乐，但文艺家的思想感情和喜怒哀乐在一定程度上应该超越功利性的制约，而指向超现实的精神性，所谓"形而上者谓之道，形而下者谓之器"[①]。文艺家通过艺术的审美之道来抒发特定的喜怒哀乐之情，审美地表达对社会人生的感悟和体验，明显地具有超功利性和超现实性。如果说具有功利性，也只能属于精神的功利性，即通过审美的方式，创造出优秀的文艺作品，为社会创造出美的精神产品，追求文艺作品的社会效益。

从艺术哲学和文艺美学的角度来看，文艺家在审美体验的过程中，情景交融是最高的境界。在情景交融的过程中，文艺家作为审美主体，客体化了；审美对象作为审美客体，主体化了。情景交融实现了主体客体化和客体主体化的二重化。这里需要注意的是，一方面，文艺家在审美主体客体化的过程中，不是被动地客体化，而是应该主动自觉地客体化，仿佛被客体所主宰，所控制，所支配，而实际上则自始至终都带着主体的视野、主体的思维、主体的感情甚至主体的生命，是文艺家用艺术生命来沉浸其中，在似乎无我与忘我中恰恰确证了艺术家自我的主体性，展现了文艺家的本质力量。另一方面，审美对象作为审美客体主体化，恰恰体现了文艺家

[①] 《易经·系辞》。

作为审美主体对审美对象的能动选择、自觉驾驭与凌空俯视，而进入审美主体视野和心灵的审美对象，则不经意间蕴含了文艺家对素材的审美选择，体现了文艺家的审美意识、审美趣味和审美标准，是客观素材向主客观统一的题材的转化，也是新的艺术生成。

王国维《人间词话》："诗人对宇宙人生，须入乎其内，又须出乎其外。入乎其内，故能写之；出乎其外，故能观之。入乎其内，故有生气；出乎其外，故有高致。"① 文艺家在体验生活和艺术构思的过程中，都可以进入王国维所说的"诗人对宇宙人生，须入乎其内，又须出乎其外"的哲理境界和审美境界。文艺家通过多次的入乎其内和出乎其外，客观上非常有利于把握艺术创作的情境，也有利于艺术构思和艺术表达。

黑格尔有段话对于我们理解情景交融的审美体验，也颇有启发。他指出："诗人必须从内心和外表两方面去认识人类生活，把广阔的世界及其纷纭万象吸收到他的自我里去，对它们起同情共鸣，深入体验，使它们深刻化和明朗化。"② 从文艺创作的角度来看，文艺家通过对对象同情共鸣，深入体验，使它们深刻化和明朗化，客观上非常有利于进行艺术构思，丰富艺术内容，也非常有利于深化作品的主题。

第三节 志趣高洁的社会定位

按照马克思的观点，人的本质在其现实性上是一切社会关系的总和。因此，每个人都应该在具体的社会关系中为人生定位，人的本质外化为社会关系，只有在具体的社会关系中才能得到展现。社会关系对每个社会成员都具有客观的规定性，文艺家也应该在社会

---

① 王国维：《人间词话》，黄霖等导读，上海古籍出版社2000年版，第15页。
② ［德］黑格尔：《美学》第三卷下册，朱光潜译，商务印书馆1981年版，第54页。

关系中为自己进行恰当的社会定位，应该成为人类灵魂的工程师，具有志趣高洁的社会定位，决不能把文艺创作混同于一般的谋生手段和盈利方式。

一 具有高度的社会责任感

社会生产分为物质生产与精神生产两大类。文艺家属于精神产品的创造者，具有无可替代的社会作用。文艺家的社会定位客观上要求文艺家必须具有高度的社会责任感。从人才开发的角度来看，一个人的社会责任感越强，越有利于激发人的潜能；文艺家具有高度的社会责任感，才能创造出符合时代需要的精神产品。

（一）正确认识自由与创作自由

文艺家心灵的自由与社会责任感存在着比较复杂的关系，二者都是哲学需要研究的问题。王一川先生认为："自由价值既是世界普遍的，也是民族特殊的。在当今世界，各民族有着共同的自由价值尺度，同时，每个民族也有自己的独特的自由体验、独特的追求与创造自由的方式。"[①] 从哲学角度来看，自由与责任感都是人的主体性的本质体现。文艺家是具有主体性的主体，必须具有自由的心灵，也必须具有责任感。

自由是指人作为主体，能够不忘初心，按照人性的自由和本质，自觉克服思维的遮蔽性，自由地思考问题，自主地认识问题，能动地解决问题，体现出主体对存在的正确认识和超越，而不是在现实面前的盲从或者被动选择。从哲学的角度来讲，人的自由就是在认识事物发展规律的基础上，实现对现实的自由超越，达到随心所欲不逾矩的自由境界。恩格斯在《社会主义从空想到科学的发展》一文中认为，在社会主义阶段，"人终于成为自己的社会结合的主人，从而也就成为自然界的主人，成为自身的主人——自由的

[①] 王一川：《修辞论美学》，东北师范大学出版社 1998 年版，第 364 页。

人"①。从文艺创作的角度来看，文艺家只有具备主体性，才能实现人性的自由意志，不再仅仅把创作视为谋生手段，同时也能够实现人性的自由，展现创美主体的力量，实现人生的价值，这才是文艺家主体性的劳动价值。"何谓主体性？主体性是指在具体的主客体关系活动中，人按照促进人类社会健康发展的需要，充分地发挥人的自主、自由、能动性的作用。文学的主体性，也并非泛指艺术家在创作活动中的主体的地位，而是指艺术家按照促进人类文明健康发展需要的良知，在创作活动中充分地发挥艺术家在对世界的再创造中的自主、自由、能动作用。"② 由此可见，文艺家通过主体性的自由创作，获得幸福和自由，获得人性的满足感，使人的本质力量得到外化和实现，才能为社会创作出真善美的文艺作品。

人生哲学和人才哲学都非常注重个人在社会发展史上的主体地位。所谓主体地位，这里包括三层含义：认识主体、实践主体和审美主体。这三大主体不是孤立地存在，而是人类作为主体在长期的历史进程中不断修为而成的，也是人类社会永恒的三大主题的实施者。古往今来，人类社会伴随着文明的发展，人类需要不断认识世界、改造世界和美化世界，这是人类社会永恒的三大主题：求真、向善、审美。在这三大主题中，认识主体通过认识世界，达到求真的目的；实践主体通过改造世界，达到向善的目的；审美主体通过审美，发现和创造审美价值。从人类三大主题的视角来看，文艺家的创造性实践客观上恰恰体现了求真、向善与审美的有机统一。文艺家在观察生活、体验生活时，要通过自然现象与社会现象的考察，进而把握人生与社会的本质，这是求真阶段；文艺家在整理素材、艺术构思和艺术传达阶段，需要瞻前顾后，要歌颂真善美，批判假恶丑，希望文艺作品能够成为推动社会发展进步的精神力量，这属于向善阶段；文艺家通过完美的艺术构思，通过美的艺术形式

---

① 《马克思恩格斯选集》第三卷，人民出版社2012年版，第817页。
② 敏泽、党圣元：《文学价值论》，社会科学文献出版社1997年版，第161页。

反映进步的思想内容,创造美的艺术作品,完成意象的审美传达与物化,这是审美阶段。这三个阶段共同融入艺术构思和艺术创作的全过程。

在文艺创作的过程中,文艺家一方面应该具有心灵的自由,一方面也应该体现文艺创作中自律与他律的统一。从创作自由的角度来看,文艺家应该具有写什么和怎样写的自由。文艺家如果没有心灵的自由,就不可能自由创造,就不可能创造出真正具有艺术美的文艺作品。但是创作自由并非绝对自由,而是随心所欲不逾矩的自由。庄子《庖丁解牛》表面上是写人怎样养生,实际上却具有非常丰富的文化内涵,庖丁认识和遵循牛的骨骼规律,因势利导,顺其自然,达到事半功倍的效果,体现了人生哲学和劳动美学的原理。同理,文艺家自由创作,要遵循文艺创作的基本规律,也要遵循文艺创作的特殊规律,在塑造艺术形象方面,还要遵循生活逻辑、情感逻辑和性格逻辑。文艺家的创作自由要求体现文艺创作中自律与他律的统一。

文艺家心灵的自由有利于使文艺家进入无人之境和忘我、忘他的境界。文艺家心灵的自由是文艺家对艺术创造规律的认识和驾驭,也是对个人功名利禄等功利性的超越。因此,唯有心灵自由,才能使文艺家进入无拘无束的创作自由境界。

(二) 把责任感内化为文艺家的血液和生命

从哲学的角度来看,一个人是否拥有责任感,这是衡量和判断一个人是否具有主体性的重要尺度。习近平总书记反复告诫党员领导干部,要做好为民用权的政治担当、干事创业的责任担当。实际上,我们每个人从懂事那天开始,就逐渐具有了人生的责任。文艺发展史证明,文艺家是一个特殊的创造群体,承载着创造精神食粮的重担,只有胸怀忧国忧民的情怀,敢于承担创作的责任,才能提升作品思想内容的广度和厚度。

所谓责任感,是指个人、群体或者组织对自己特定阶段思想和行为正确的自我认知、自我定位和自我践行。"因此,正像现实生活中一切对人类文明的进步、对自己民族、国家的发展抱有良知的主体人，总是要考虑到其主体地位所赋有的责任感一样，一切这样的文学家在发挥其主体的自由和创造的本能时，也必须考虑到其对社会、民族以至人类的崇高的责任感，对自己进行自律。自律并非像有人宣传的那样，纯然是一种'内省'式的。主体的自律能力，是在长期的社会实践中人类文明行为经验的积淀，因此真正的自律，并非外在力量强加于主体人的，而是他律在自律中一种本能的反映，在自律中就会自然而然地体现着或遵循着他律。对于作家来说，就是：既要充分地发挥自己的自由创造的主体功能，又必须是自由与自律和他律的统一。"① 从责任感的本质内涵来看，责任感是人具有主体性的表现，是人性超越动物性的人文闪光，是促进人生拓展和社会发展进步的重要动力和保障。文艺家的重要性决定了必须具有社会责任感，但这种责任感不是挂在口头上，不能外在于文艺家的精神生命，而是蕴含于文艺家的血液和生命，即把社会责任感自觉转化为内在的自觉意识与心灵的自由。

从文艺创作的实践来看，责任感不是社会和文艺管理部门对文艺家的他律，而是文艺家的自觉担当。"艺术家在内的所有社会人生个体，都要以自己的方式努力为艺术精神的生生不息承担一份责任，苦练人生之'功'，在人生的实际过程中体察生命的尊严，领悟生命的可敬和可畏，在以自己的方式去感受艺术的同时，发现美，创造美和思考美，让美成为整个人生过程中的有机组成部分，成为揭示和衡量人生本相和创造本相的基本尺度。"② 因此，艺术家的神圣使命就是通过创造艺术美，履行艺术家的人生责任。康德在《实践理性批判》中谈到道德判断时指出："道德法则对于绝对完满的存在者的意志是一条神圣性法则，但对于每一个有限的理性存在者的意志则是一条职责法则，一条道德强制性的法则，一条通过

---

① 敏泽、党圣元：《文学价值论》，社会科学文献出版社1997年版，第164页。
② 郑元者：《美学心韵》，上海人民出版社2000年版，第27页。

第一章 文艺创美主体论

对法则的敬重以及出于对其职责的敬畏而决定有限的理性存在者的行为的法则。"① 由康德所说的道德判断可以推论，文艺家的社会职责也应该是自觉的道德自律，"对于人和一切被造的理性存在者来说，道德的必然性就是强制性，亦即义务，每一个以此为基础的行为都被表象为职责，而不是表象为自己所中意的或可能会中意的行事方式"②。也就是说，文艺家的道德自律来自对社会职责的自我认知和自我约束，抑或自我强制，是一种高度的自律，而不是社会的他律。

音乐家李斯特年轻时在拉门内神父的帮助下，树立了一个艺术家应有的社会责任感。拉门内神父启示李斯特："艺术家向人类指明一切，艺术家能够指明上帝的创造和人的命运之间的神圣关系。唯有艺术家有足够的力量撕下多少世纪以来形成的假面具，撕下强加在耶稣基督脸上的假面具，并向人类说明，我主耶稣是穷人的救世主，贫困的援助者，劳动的鼓励者，善良人的保护者，高尚的心灵火焰的点燃者。作为艺术家，如果不为人类奋斗；如果在千万人把苦痛的脸转向你时，你忘记去抚摸他们；在同那些企图毁灭人类尊严的人作斗争时，你忘记紧握拳头，那你就是社会可耻的寄生虫。"③ 拉门内神父的话深深打动了李斯特的心灵，激发了李斯特做人的尊严精神和艺术家的社会使命。实际上，在具体的文艺创作过程中，文艺家不需要时刻想着社会责任感，而是平时加强人生修养，自觉承担历史使命，把社会责任感自觉转化为内在的精神生命，而到了具体的创作时，就会自觉不自觉地把社会责任感体现在具体的审美观察、题材筛选、艺术构思、艺术传达和反复修改的全过程，这时的责任感似乎已经成为文艺家创作的内生动力。

文艺家为了把责任感内化为文艺家的血液和生命，就必须正确

---

① [德]康德:《实践理性批判》，韩水法译，商务印书馆2016年版，第89页。
② [德]康德:《实践理性批判》，韩水法译，商务印书馆2016年版，第88页。
③ 张巍编著:《李斯特》，东方出版社1997年版，第46页。

认识和摆正"小我"与"大我"的关系。黑格尔指出:"艺术家不仅要在世界里看得很多,熟悉外在的和内在的现象,而且还要把众多的重大的东西摆在胸中玩味,深刻地被它们掌握和感动;他必须发出过很多的行动,得到过很多的经历,有丰富的生活,然后才有能力用具体形象把生活中真正深刻的东西表现出来。"① 黑格尔这段话深刻揭示了文艺创作的一条重要规律,即文艺家应该具有关注重大事件的责任感,这意味着黑格尔非常重视艺术家的主体性和艺术创造的自主性。在这方面,文艺家还应该正确对待作品接受者对自己作品的批评。古罗马政治家西塞罗认为"画家、雕塑家,甚至诗人,都希望公众评论他们的作品,以便如果某一点普遍受到批评,就可以将它改进;他们试图自己和通过他人的帮助发现自己作品的缺点;同样,我们通过向他人请教,也会发现有许多事情应做而未做,有许多事情需要改正或改进"②。由此可见,文艺家善于倾听接受者的不同意见甚至是批评意见,客观上有利于完善作品,提高文艺创作水平。

实践证明,"作家越是对生活的现状、历史及未来具有洞察的能力,不仅有助于他对生活的艺术提炼,而且能够使他的艺术作品产生巨大的社会价值"③。艺术家只有高瞻远瞩,克服"小我"的思维遮蔽性,才能超越"小我"的局限,才能海纳百川,才能"把众多的重大的东西摆在胸中玩味",避免艺术创造中的无病呻吟或流于琐屑。

二 艺术美和精神产品的创造者

文艺家是艺术美和精神食粮的创造者,也是人类灵魂的工程师。为了创造艺术美,为社会提供健康的精神食粮,文艺家要挖掘

---

① [德]黑格尔:《美学》第一卷,朱光潜译,商务印书馆1979年版,第359页。
② [古罗马]西塞罗:《论老年 论友谊 论责任》,徐奕春译,商务印书馆2011年版,第153页。
③ 敏泽、党圣元:《文学价值论》,社会科学文献出版社1997年版,第163页。

文艺创作的现实与感情动力,应该为社会提供诗意的精神。

（一）艺术美的创造者

艺术姓美,本质上是一种特殊的审美文化。"康德把艺术活动规定为人的能动性,这种能动性的目的是创造美的东西,他把艺术规定为我们努力的主观和谐在对象上的投影。"[①] 艺术之所以是艺术,就在于其本质是审美的,离开了美,任何作品都不是真正的艺术,因此,艺术家应该是艺术美的创造者。

艺术家是艺术美的创造者,应该具有高度的创造自由。李咏吟认为"主体的自由意志,就是审美创造主体不受客观历史现实关系约束的无尽创造意志,这是不拘泥于历史时空与现实时空的'体验意志'。这种自由意志,必然最大限度地追求并实现主体的创造意愿。它不畏惧任何外在的束缚,不拘泥于任何权威的法则,也不畏惧精神上的任何枷锁,只忠实于内心的体验意志与生命的反抗意志"[②]。从艺术美的创造来看,文艺家是艺术美的创造者,具有创作的高度自由,具有写什么和怎样写的权力。艺术美既包括艺术内容的美,也包括艺术形式的美,主要集中于艺术形象的美。

在艺术内容方面,从宏观方面来看,凡是歌颂真善美与批判假恶丑的艺术内容,都体现了真与善的统一,都能够促进社会的发展进步,都具有积极向上的精神力量,因而都属于内容的美;在微观方面,凡是歌颂爱国主义、集体主义,热爱和思念故乡,爱情和友谊,描绘和歌颂人性之善的具体内容,都属于美的内容。在艺术内容方面,文艺家在反映真善美的同时,也可以批判假恶丑,因为"只有既追求对立又追求和谐才是真正现代人的审美心理建构。这种审美心理的建构,并不只是审美的,它的意义远远地超出了审美的范围。……而审丑、审荒诞的教育,辩证和谐心理的建构,将大

---

① [苏]瓦·费·阿斯穆斯:《康德》,孙鼎国译,北京大学出版社1987年版,第398页。

② 李咏吟:《审美体验活动的四重确证方式》,《广东社会科学》2021年第5期。

大提高人们的承受压力、承受痛苦的能力，大大提高人们包容复杂、化解矛盾，在动态的冲突中掌握自己心理平衡的能力，从而更有效地预防和减少心理疾患，更好地提高人们的心理素质，增强人们的心理健康"①。在内容美的把握上，我们应该注意，歌颂光明，歌颂生活中的真善美，这是美的；揭露黑暗，批判生活中的假恶丑，这样的作品也是美的。文艺创作不能规定文艺家只能歌颂光明，而不能批判黑暗。

在艺术形式方面，结构布局合理均衡协调，语言具体、生动、形象、朴实平易或华丽而富有文采，人物具有鲜明的个性化，结构和谐均衡，抒情作品富有意境等，都属于艺术的形式美。在艺术形式的诸多要素中，艺术形象既属于艺术形式，也属于艺术内容，因此最能代表艺术美的主要特征。

美是艺术的根本特性，也是第一特性。黑格尔认为诗的艺术作品只有一个目的："创造美和欣赏美。"② 黑格尔从根本上抓住了艺术的审美本质，也突出了艺术的审美功能。因此，艺术家应该创造艺术美或者美的艺术，这是由艺术质的规定性所决定的艺术家的使命。

（二）精神产品的创造者

习近平总书记《在文艺工作座谈会上的讲话》和其他讲话中，高度重视艺术家队伍建设，认为"繁荣文艺创作、推动文艺创新，必须有大批德艺双馨的文艺名家。要把文艺队伍建设摆在更加突出的重要位置，努力造就一批有影响的各领域文艺领军人物，建设一支宏大的文艺人才队伍"③。习近平关于文艺人才的论述，明确了艺术家的社会定位，也阐明了文艺家是精神产品的创造者。

文艺家是精神产品的创造者，也是人类灵魂的工程师。文艺家

---

① 周来祥：《和谐美学与审美和艺术教育》，《文艺美学研究》2003年第2辑。
② ［德］黑格尔：《美学》第三卷下册，朱光潜译，商务印书馆1981年版，第46页。
③ 习近平：《在文艺工作座谈会上的讲话》，《人民日报》2015年10月15日。

固然也需要谋生，需要养家糊口，但从事文艺创作不应该仅仅成为谋生的手段和一种职业，而是应该为广大读者创造健康的精神产品。艺术是精神产品，只有满足消费者的精神需求与情感需求，才能实现艺术的多维价值。艺术不是简单地满足消费者的需要，而是满足消费者健康的精神需求与情感需求，艺术既要歌颂真善美，歌颂光明，也要批判假恶丑，揭露黑暗；既要为消费者雪中送炭，也要锦上添花，以精美的艺术提升社会整体的审美水平。顾炎武认为"文之不可绝于天地间者，曰明道也，纪政事也，察民隐也，乐道人之善也。若此者，有益于天下，有益于将来，多一篇，多一篇之益矣。若夫怪力乱神之事，无稽之言，剿袭之说，谀佞之文；若此者，有损于己，无益于人，多一篇，多一篇之损矣"[①]。顾炎武这里分析了两种不同价值的文章，主张为文"须有益于天下"，批评了那些无益于社会的不好的文章，对于我们理解艺术家的社会责任颇具启迪。

文艺家的创造活动不同于一般的科学活动，也不同于一般的社会实践，因为人们在科学活动和一般的实践活动过程中，注重活动所蕴含的善，活动的结果是创造出物质产品或者一般的精神产品；而文艺家的艺术创造活动则是为了创造艺术美，是以满足广大群众的审美感官为主观目的的审美创造活动，不是物质产品，而是审美的精神产品，是为了消费者的赏心悦目，让消费者在审美愉悦中潜移默化地受到美的熏陶和濡染，在审美中受到作品思想内容的激励和教育。因此，文艺家的创造活动是一项重要而又特殊的审美活动、思想创新和情感陶冶，体现了文艺家的艺术生命和精神生命的有机统一。

法国启蒙运动领袖狄德罗从历史哲学的高度出发为艺术家定位，确定了艺术家的宗旨和神圣职责。在《画论》中，狄德罗明确

[①] 北京大学哲学系美学教研室编：《中国美学史资料选编》下册，中华书局1981年版，第264页。

指出了艺术家应有的宗旨和责任。他说："使德行显得可爱，恶行显得可憎，荒唐事显得触目，这就是一切手持笔杆、画笔或雕刻刀的正派人的宗旨。"① 这就是说，艺术家应抑恶扬善、爱憎分明，遵守正派人的宗旨，让坏人看了严厉的画面时感到非常害怕。他认为："画家也有责任颂扬伟大美好的行为，而使它永垂不朽，表彰遇难受冤的有德行者，而谴责侥幸而得逞反倒受人称颂的罪恶行径，威慑残民以逞的暴君。请你画一个任凭猛兽吞噬的康茂德的尸体；让我看见他在画幅上受利爪獠牙的撕裂，让我听到充满愤怒和快意的呼声从他的尸体四周发出。为受凶之徒、受神祇、受命运欺凌的正直的人复仇。"② 在狄德罗看来，通过艺术表现出的恶有恶报，为正直的人复仇，就是要让坏人看了作品以后感到害怕，让善良的人得到慰藉，在此基础上他还提出了著名的"四者"：要求艺术家应该成为"人类的教导者、人生痛苦的慰藉者、罪恶的惩罚者、德行的酬谢者"③。这"四者"高度概括了艺术家作为人类灵魂工程师的本质特征，也深刻揭示了艺术的多重价值。

艺术家既然是"人类的教导者、人生痛苦的慰藉者、罪恶的惩罚者、德行的酬谢者"，那么艺术家必然要关注现实，在移风易俗中培养人们的高尚趣味，实现文学的审美、启蒙和教育作用。狄德罗认为，艺术应该促使全国人民严肃思考而坐卧不安，使人们的思想动荡起来，产生像地震在摇晃和陷裂那样震撼人心的启蒙作用。狄德罗在《论戏剧艺术》中还指出："倘使一切摹仿艺术树立一个共同的目标，倘使有一天它们帮助法律引导我们爱道德恨罪恶，人们将会得到多大的好处！哲学家应该发出这样的呼吁，他应该向诗人、画家、音乐家，大声疾呼：天才的人们，上天为什么赋予你们以天才？假使他们的呼声被接受了，那么不久以后淫秽的图画不会

---

① 王雨、陈基发编译：《狄德罗文集》，中国社会出版社 1997 年版，第 359 页。
② 王雨、陈基发编译：《狄德罗文集》，中国社会出版社 1997 年版，第 359 页。
③ 王雨、陈基发编译：《狄德罗文集》，中国社会出版社 1997 年版，第 360 页。

再挂满大厦的四壁；我们的歌唱不再成为罪恶的喉舌，而高尚的趣味和习俗可以更加得到培养。"① 狄德罗对艺术家提出要求，强调和倡导了艺术家进步的宗旨和社会责任感，是出于对青少年成长的关心和爱护，也是为了艺术家以艺术的形式，在移风易俗中除旧迎新，在思想启蒙中推动社会的文明进步。从精神生产的高度来看，艺术家应该成为人类灵魂的工程师，是社会最受尊敬的群体之一。西塞罗指出："最高最真的荣誉有赖于以下三点：人民的爱戴、信任和敬佩。"② 因此，只有真正的人民艺术家，才能得到人民的爱戴、信任和敬佩。

艺术家要关注现实，尤其要关注社会重大事件。在这方面，黑格尔以思想家的责任感，要求艺术家关心众多重大的东西，这表现了他的远见卓识。为了更好地观照和体验生活，黑格尔还要求艺术家摆脱题材的实践方面或其他方面的约束，以巡视内心世界和外在世界的自由眼光"去临高俯视"。这意味着黑格尔非常重视艺术家的主体性和艺术创造的自主性，而"临高俯视"实际上也就是鸟瞰的视野。

第四节　文艺作品的创造能力

文艺家作为创造主体，必须具有文艺作品的创造能力。在艺术创造能力中，最基本的就是艺术敏感力、艺术构思力和艺术表达力。

一　艺术敏感力

艺术敏感力是文艺家应该具备的一种重要能力，也是文艺家从

---

① ［法］狄德罗：《论戏剧艺术》，《文艺理论译丛》1958年第1期，第150—151页。

② ［古罗马］西塞罗：《论老年　论友谊　论责任》，徐奕春译，商务印书馆2011年版，第175页。

纷繁复杂的生活和社会现象中发现艺术要素、激发艺术冲动的敏锐与直觉能力。"艺术家以美学眼光与诗意思维观察世界和体悟人生,他以心灵的自由色彩挥洒于世界万象"[1],观常人所未观,想常人所未想,悟常人所未悟。

（一）从优秀文学作品中获得诗意的启迪

文艺家要具有艺术敏感力,需要在平时的艺术修养中不断培养自己的艺术感受力,包括发现艺术美和欣赏艺术美的能力。其中,在培养艺术感受力的过程中,从古今中外的优秀作品中获得诗意的启迪,这是培养文艺家艺术敏感力的重要方式。

文艺创造规律表明,一个人要想成为文艺家,需要阅读和欣赏古今中外优秀文艺作品,在潜移默化中沉浸其中,深入体验作品的艺术境界,久而久之,就会不知不觉地培育欣赏艺术美和体验艺术美的能力,也增长对艺术的敏感力。其内在机理是：文艺家在欣赏优秀文艺作品的过程中,不经意间就会逐渐发现和体验到作品所蕴含的艺术美,认识和理解作品丰富的思想内容,体会和感悟作品喜怒哀乐的各种情感,学习和借鉴优秀作品的艺术手法,文艺家通过漫长的日积月累,就会把优秀文艺作品的意蕴逐渐融入自己的内在生命,成为文艺家思想情感的有机组成部分,在外在机缘的触动下,文艺家就会触景生情,激发出特定的文艺创意和艺术灵感。

在现实中,无论是城市的绿化还是乡村的自然风光,人们通常会见到各类小草和秋天的落叶,绝大多数人都会无动于衷,甚至视而不见,但诗人面对生机盎然的小草或者一片枯萎的树叶,也许能够产生出些许诗意。散文家朱自清的《春》情景交融,意境优美,充分展现了文学家的诗意情怀,凸显了他对小草的艺术感受力。笔者受到朱自清的影响,看到初秋的落叶,曾经写过一首小诗《飘零的叶子》：

---

[1] 颜翔林：《死亡美学》,上海人民出版社2008年版,第322页。

秋风乍起
你从枝头飘然而落
我把你捧在手心
爱怜地与你共语
你说你还想陪伴着树干
不想这么早就落下
可是
你已经完成了使命
你已经塑造了金黄
你已经体验了一叶知秋的味道
你已经感悟了生命旅程的诗意

在浓浓的深秋
你的姐妹们纷纷婆娑起舞
用金灿灿的美丽
用沉甸甸的生命
离开了你的躯干
回归到你生命的本源
随风飘零
飘到原野
飘到沟壑
飘到山谷
飘到羽化登仙的境界

你用自己的生命
歌咏了美丽的春天
吟唱了浓郁的夏天
收获了富裕的秋天
奉献了寒冷的冬天

生命的伊始
　　生命的成长
　　生命的成熟
　　生命的死亡
　　生命的轮回
　　生命的延续

　　笔者通过与叶子的对话，在一定程度上也体现了笔者的艺术感受力。"我把你捧在手心/爱怜地与你共语"，客观上体现了笔者对叶子的移情，把我的思想感情和对人生哲理的叩问赋予了看似毫无诗意的枯叶，进而凸显了笔者对叶子生命的伊始、成长、成熟、死亡、轮回和延续的思考。

　　文艺创作实践表明，文艺家只有从优秀的文艺作品中获得诗意启迪，才能在外在机缘的触动下，更好地触景生情，文思泉涌，妙笔生花；反之，如果死读书，教条主义，有可能出现博士买驴、三纸无驴的荒谬。

　　（二）善于捕捉激发诗意的生活要素

　　在日常生活中，一般人对许多自然现象和社会现象也许会视而不见，甚至无动于衷，但文艺家则需要对其进行审美地观察，进行审美地体验。文艺家为了培养艺术创造能力，还需要有"三诗"：诗心、诗情、诗意，即纯洁的诗心、真挚的诗情和丰富的诗意。文艺家要善于以诗人的眼光和心境，去发现人生所蕴含的艺术美的多彩元素。

　　1. 纯洁的诗心

　　文艺家要创造出优秀的文艺作品，需要具有一颗纯洁的诗心。所谓纯洁的诗心，不仅指文艺家要有童心，而且也指文艺家在选择素材、提炼题材、艺术构思、修改定稿等一切环节，都要摆脱个人功利性的束缚和制约，以纯洁的心灵，去感悟生活，认识生活和体验生活，即使要反映生活的复杂性和丰富性，也不掺杂任何个人的利害关系，而是以无私、无我、忘我的境界，创造具有人文情怀的艺术美。

2. 真挚的诗情

人生在世，都具有喜怒哀乐和七情六欲。所谓真挚的诗情，是指文艺家创作有感而发，所感所发要有真情实感，避免无病呻吟、矫揉造作和虚假之情。一方面，文艺家对现实中的真善美，要真挚讴歌和赞美；另一方面，对现实中的假恶丑，要大胆揭露和严肃批判。换言之，真挚的诗情是在感情真挚的基础上，还要体现出人民之情和时代之情，需要浩然之气对文艺创作的精神灌注。

3. 丰富的诗意

文艺创作需要文艺家具有丰富的诗意。所谓丰富的诗意，是指文艺家在拥有纯洁的诗心、真挚的诗情的基础上，能够激发丰富的创作灵感，思维活跃，文思泉涌。

第一，文艺家要善于挖掘平凡中的伟大。文艺反映社会生活，一方面应该力求关注国家大事；另一方面也可以挖掘平凡中的伟大，于无声处听惊雷。人们常说，平凡中蕴涵着伟大，一滴水能见出太阳的光辉。文艺家尤其应该如此，应该独具慧眼，善于以火眼金睛去发现平凡中的伟大，发现一滴水所闪耀出的太阳光辉，要学会点铁成金，化腐朽为神奇。

在西方美学史上，贺拉斯作为一个杰出的诗人和文学批评家，他指出："要能把人所尽知的事物写成新颖的诗歌……使平常的事物能升到辉煌的峰顶。"① 此话言简意深，揭示了艺术创造的深刻哲理。对于艺术创作来说，选择新鲜的材料固然有利于创作，但关键是对大家所熟悉的材料能有新的发现，有独到的认识，"使平常的事物能升到辉煌的峰顶"，也就是要求作家挖掘出平凡中的伟大，并由此写成新颖的诗歌。

---

① ［古希腊］亚里士多德、［古罗马］贺拉斯：《诗学·诗艺》，罗念生译《诗学》，杨周翰译《诗艺》，人民文学出版社1984年版，第150页。

第二，文艺家还要点石成金，善于化腐朽为神奇。法国古典主义理论家布瓦洛在《诗艺》中认为，荷马简直是完美无缺，"点石成金"，"臭腐也能变为神奇"。布瓦洛这一说法与我国古代美学讲究点铁成金，化腐朽为神奇，亦有异曲同工之妙。《庄子·知北游》："腐朽复化为神奇，神奇复化为臭腐。"揭示了神奇与腐朽相互转化的辩证性。荷马能"点石成金"，而中国古代作家能"点铁成金"。宋代黄庭坚指出："古之能为文章者，真能陶冶万物，虽取古人之陈言入于翰墨，如灵丹一粒，点铁成金也。"[①] 这是黄庭坚对中国古代伟大作家的称颂，也反映了艺术创造可以挖掘平凡中的伟大，甚至能够化腐朽为神奇。

由此可见，文艺家在选择素材时，未必一定要选择那些轰轰烈烈的重大题材，而是根据对社会的认识、体验和思考，也可以选择那些看似平平淡淡，而又耐人寻味、发人深省的凡人琐事，只要文艺家对其进行恰到好处的艺术化，通过现象深入本质，仍然可以达到预期的审美效果。鲁迅在《阿Q正传》中，塑造了一个具有国民性的艺术典型，达到了化腐朽为神奇和点铁成金的艺术效果。阿Q不是什么惊天动地的英雄人物，却在较大程度上揭示出国民性的本质弱点，引起国民的广泛关注。

第三，移情具有审美的内蕴，客观上非常有利于激活文艺家内在的审美情感和艺术创作的冲动。"我们只能诗意地接近自然，否则便不能理解自然之美及其深层根源。诗意的态度正如审美的态度，它意味着，在理解和体验自然的时候，人们要用眼睛、耳朵、味觉、嗅觉和触觉，开动各种感觉器官去接受，用纯粹的心灵与纯净的心智，用放松的自由与平和的思想，关注内部世界和外部世界，渴望着超越实际的现实生活以到达本真的现实。然后，你会深刻感受到蕴含于所有事物之中的生命意蕴，你自己富有创造力的心

---

① 北京大学哲学系美学教研室编：《中国美学史资料选编》下册，中华书局1981年版，第46页。

灵就会启动起来。你可以运用想象力到达自己在日常生活中无法理解的境界。"① 我们一般人面对春天的小草、夏天的荷花、秋天的落叶和冬天的雪花等许多事物，可以表现出一颗平常心，视之为正常的自然现象。但对于文艺家来说，则是捕捉诗意和激发审美情感的大好契机。文艺家要学会移情。这里所说的移情，一方面是指文艺家把自己的情感投射到对象中去；另一方面是指文艺家能够站在审美对象的角度，用换位思考的方式，代替对象思想、说话和抒情。李白"相看两不厌，只有敬亭山"，"我歌月徘徊，我舞影零乱。举杯邀明月，对影成三人"，都是很好的移情。辛弃疾的《贺新郎·甚矣吾衰矣》："我见青山多妩媚，料青山见我应如是。"描述了作者与青山互观，主客互赏，体现了作家对青山的移情。文学创作证明，通过移情，有利于培养艺术敏感力，也有利于激活文艺家高度的想象力。

文艺家如果具有平时深厚的艺术积累，一旦遇到合适的情景和情境，创作的诗意就可以随时随地萌动出来。为此，文艺家平时要经常进行必要的艺术构思，善于对事物进行审美观察和审美体验，如果平时注意审美积累，一旦在现实中遇到特定的情景和情境，文艺家就有可能萌动创作的诗意，乃至激活艺术灵感。

二 艺术构思力

艺术构思力是文艺家进行艺术创造所需要的最重要的核心能力，直接决定和影响着文艺家艺术创造水平的高低。文艺家只有具备比较活跃的艺术构思力，才能在艺术构思中融会贯通，在艺术想象中游刃有余，通过创造性的艺术想象，创意出比较完美的艺术意象。

在中国文学史上，庄子的思维具有极大的开放性，他把人纳入

---

① [芬] 索尼娅·索沃玛：《自然诗学：文化环境下的反思》，《文艺美学研究》2003 年第 2 辑。

与自然相通相融的关系中进行思维，其哲学思想蕴含着浓浓的诗意和形象的开放性。他在《逍遥游》中对大鹏极尽开放性的描述："鹏之背，不知其几千里也；怒而飞，其翼若垂天之云。"庄子还借大夫棘回答商汤的问话："穷发之北，有冥海者，天池也。有鱼焉，其广数千里，未有知其修者，其名为鲲。有鸟焉，其名为鹏，背若泰山，翼若垂天之云；抟扶摇羊角而上者九万里，绝云气，负青天，然后图南，且适南冥也。"由此可见，庄子在《逍遥游》中塑造了一个巨大的大鹏形象，大鹏无所依凭而游于无穷，才是真正的"逍遥游"。《天下》篇注重"独与天地精神相往来"是说人的精神能像宇宙天地一样自由辽阔；其《齐物论》："天地与我并生，万物与我为一"；庄子通过极具想象力的故事，表达了天地与我共在、万物与我合为一体的思维方式，即主客一体、心与物化、与道合一、物我化一。庄子的艺术想象力对后世的艺术创作产生了非常重要的影响，尤其是对毛泽东的诗词创作影响尤深。

屈原具有很强的艺术构思力，他善于把现实与理想、人与神、香草美人与恶木秽草熔于一炉，把对理想的热烈追求融入艺术想象和神奇意境，把对香草美人的赞美讴歌蕴含于字里行间，集中艺术地思考了天、地、人的关系，蕴含了浓郁的浪漫主义想象。在表现手法上，屈原大量运用"香草美人"的比兴手法，把赋、比、兴巧妙地结合起来，在艺术思维中，自觉不自觉地把抽象的品德、复杂的现实关系和生动形象融通起来，形成艺术圆融的有机整体。屈原的《天问》根据神话传说材料，对苍天发出了带着艺术想象和科学探索的双重叩问，表现了屈原的历史观和自然观的高度开放性。屈原的浪漫主义的艺术想象力也对中国后世的文学创作产生了极其深远的影响。

《山海经》虽然不是纯正的文学作品，但作者具有很强的艺术构思力。《山海经》的内容丰富多彩，包罗万象，涉及历史、哲学、美学、宗教、地理、天文、气象、医药、动物、植物、矿物、民俗学、民族学、地质学、海洋学、心理学、人类学等多个领域，可谓一部充满瑰奇神秘色彩的百科全书。从艺术构思力的角度来看，《山海经》保存了夸父逐日、女娲补天、精卫填海、大禹治水等不少脍炙人口的远古神话传说和寓言故事，这些神话传说和寓言故事不仅表现了神话思维，而且也是一种艺术思维，既有艺术直觉和艺术想象，也有作者对自然、社会以及许多神秘事物的思考。实际上，正是作品中这种思考深度与思考广度的融合，打通了人文与自然、理想与现实、真实与虚构的界限，非常艺术地彰显了《山海经》思维的开放性。

在艺术构思力的广度上，陆机的《文赋》既是诗歌，又是文学理论，表现出了极强的艺术构思力。他说："同橐籥之罔穷，与天地乎并育。""精骛八极，心游万仞。"要"笼天地于形内，挫万物于笔端"；"观古今于须臾，抚四海于一瞬"；"遵四时以叹逝，瞻万物而思纷。悲落叶于劲秋，喜柔条于芳春"。陆机非常形象地反映了人与自然之间触景生情的亲缘关系，既有人与自然的同构性，又有天人合一的哲学内蕴，思维广度的共时性与思维深度的历时性达到了和谐统一。

刘勰的艺术构思力表现在古今融通、人与自然融通两个方面。《文心雕龙》"沿波讨源，虽幽必显""思接千载""视通万里"，"思理为妙，神与物游"。"神与物游"既是对形象思维的高度概括，也反映人类思维感性与理性和谐统一的特点。在《文心雕龙·神思》篇中，刘勰还说"登山则情满于山，观海则意溢于海"，这实际上也是对人与自然关系相融通的具体阐述，彰显了人的感情与山、海的融通性，即"情满于山"和"意溢于海"。刘勰《文心雕龙》的神思篇特别强调艺术想象的作用："故寂然凝虑，思接千载；悄焉动容，视通万里。吟咏之间，吐纳珠玉之声；眉睫之间，卷舒风云之色：其思理之致乎！故思理为妙，神与物游。"蔡仲翔、袁济喜认为:"神思"的内涵可以说就是想象。①

由此可见,中国古代的艺术构思力不拘泥于人自身,而是把人道与天地自然之道融通起来,甚至打通古今、四时的历时性局限,突破"四海"广袤的空间性制约,可以"瞻万物而思纷",达到"神与物游"、思域融通的最高境界。

在西方美学史上,许多美学家也都高度重视艺术家的艺术想象力。亚里士多德在《诗学》第二十五章中指出:"诗人既然和画家与其他造形艺术家一样,是一个摹仿者,那么他必须摹仿下列三种对象之一:过去有的或现在有的事、传说中的或人们相信的事、应当有的事。"曹顺庆认为"应当有的事"实际上"涉及到按艺术家的理想来创造的问题,这是一个更高的层次,是艺术创造的理想境界"②。亚里士多德在《诗学》第二章中还谈到艺术家"描述的人物就要么比我们好,要么比我们差,要么是等同于我们这样的人"③。亚里士多德这里所说的描写对象"比我们好"和"比我们差",很显然需要艺术家的想象力;即使"等同于我们这样的人"也不是简单模仿现实,而仍然需要艺术家的艺术构思。"虽然亚里士多德称诗人为模仿者,他还是把他们视为创造者。"④ 亚里士多德是西方古希腊"模仿说"的集大成者,但他的"模仿"不是机械反映生活,也不是抄录现实,而是允许艺术家向现实的自由迈进,这就需要艺术家的艺术想象力。

古罗马美学家朗吉弩斯在《论崇高》中对作家的艺术构思力具有深刻的见解:"过去超凡伟大的作家,总以最伟大的写作目标作

---

① 蔡仲翔、袁济喜:《中国古代文艺学》,人民文学出版社 2011 年版,第 104 页。

② 曹顺庆:《中外比较文论史》,山东教育出版社 1998 年版,第 626 页。

③ [古希腊]亚里士多德:《诗学》,陈中梅译,商务印书馆 2002 年版,第 38 页。

④ [波]沃拉德斯拉维·塔塔科维兹:《古代美学》,杨力等译,中国社会科学出版社 1990 年版,第 187 页。

为自己的目标，认为每一细节上的精确不值得他们的追求；他们心目中的真理是什么呢？在不少真理之中，有这么一条真理：作庸俗卑陋的生物并不是大自然为我们人类所订定的计划；它生了我们，把我们生在这宇宙间，犹如将我们放在某种伟大的竞赛场中，要我们既做它的丰功伟绩的观众，又做它的雄心勃勃、力争上游的竞赛者；它一开始就在我们的灵魂中植有一种所向无敌的，对于一切伟大事物、一切比我们自己更神圣的事物的热爱。因此，即使整个世界，作为人类思想的飞翔领域，还是不够宽广，人的心灵还常常超越整个空间的边缘。当我们观察整个生命的领域，看到它处处富于精妙、堂皇、美丽的事物时，我们就立刻体会到人生的真正目标究竟是什么了。"[①] 在朗吉弩斯看来，优秀作家的艺术构思力"常常超越整个空间的边缘"，超越整个世界的范围。

达·芬奇高度重视艺术创造的主体性。他在《画论》中指出："画家是所有人和万物的主人：——假如画家想见到能使他迷恋的美人，他有能力创造她们。假如他想看骇人的怪物，滑稽可笑的东西，或者动人恻隐之心的事物，他是他们的主宰与创造主。假如愿意创造荒无人烟的地区，炎热气候中的浓荫之地或寒冷天气中的温暖场所，他也全能办到。要山谷，他可能创造山谷。要从高山之巅俯览大平原或瞭望海的水平线，他是主人。事实上，由于本质、由于实在、由于想象力而存在于宇宙间的一切，画家都可先存之于心中，然后表之于手。"[②] 这就是说，艺术家想创作什么，就能够创造出什么；无论是什么题材，什么风格，艺术家都可以凭借审美主体的地位，做所有审美对象的主人、主宰和创造者。关键在于，艺术家必须把一切审美对象都"先存之于心中，然后表之于手"，即经过审美的选择过滤、艺术想象、艺术加工和艺术创造，才能转化为

---

① 伍蠡甫：《西方文论选》上卷，上海译文出版社 1979 年版，第 129 页。
② 伍蠡甫、胡经之主编：《西方文艺理论名著选编》上卷，北京大学出版社 1985 年版，第 163—164 页。

艺术作品。这与郑板桥所说的眼中之竹、胸中之竹、手中之竹和苏轼的"成竹于胸中""振笔直遂"相比，颇有异曲同工之妙。达·芬奇这里所说"先存之于心中，然后表之于手"，不仅揭示了绘画的创造规律，而且也蕴含了艺术创造的一般规律，已从具体艺术创造上升为艺术哲学的高度，具有重要的美学意义。

黑格尔也非常重视艺术构思力。他认为，艺术家的创造的想象"是一个伟大心灵和伟大胸襟的想象，它用图画般的明确的感性表象去了解和创造观念和形象，显示出人类的最深刻最普遍的旨趣"[1]。在他看来，艺术想象不是记忆表象，因为记忆表象这种方式的想象只是追忆以往生活的情境和经历过的事物；它本身并不是创造性的，而真正的艺术创造却是艺术想象的活动，而且是"伟大心灵和伟大胸襟的想象"，从而以艺术的形式"显示出人类的最深刻最普遍的旨趣"。黑格尔关于想象力的思想，超越了一般的和狭隘的想象，注重想象的广度与高度的完美结合，非常值得我们学习。黑格尔还强调了艺术构思过程中的"感性心灵化"和"心灵感性化"两个方面的有机融合，深入把握了艺术构思过程中客体主体化与主体客体化的双向互动过程。

由此可见，艺术构思力是一个文艺家创造能力的具体彰显，也是一个文艺家形象思维和艺术想象能力的重要标志。一般而言，文艺家的艺术构思力越强，就越具有艺术创造能力；反之，则表示具有较低的艺术创造能力。

三 艺术表达力

文艺家在具备艺术观察力和艺术构思力的基础上，还需要通过艺术表达力，才能转化为具体可感的艺术形象。作者如果缺乏足够的艺术表达力，就很容易导致眼高手低或词不达意的困境。

---

[1] ［德］黑格尔：《美学》第一卷，朱光潜译，商务印书馆1979年版，第50—51页。

从文艺创作的角度来看，文艺家在观察生活和体验生活的基础上，把素材筛选提炼为题材，然后进入艺术构思的环节。完成艺术构思，对整个艺术创作过程而言，也仅是完成了一半，而另一半则是艺术传达，这就需要文艺家具备艺术传达力。贺拉斯在《诗艺》中认为，诗人不仅要有判断力，而且还要有"完美的表达能力"。他在《诗艺》中赞美希腊人，说诗神把天才和完美的表达能力，赐给了希腊人。乍看上去，贺拉斯是在赞美诗神和希腊人，但实质上也是要求诗人应具备完美的表达能力。从他对创作的若干具体要求来看，贺拉斯非常重视人物刻画要恰当，要有魅力，有力量，有技巧；强调诗人要反复修改；天才与苦练相结合等，这一切实质上也都是为了提高完美的表达能力。此外，在安排字句的时候，贺拉斯也要求安排得巧妙，使家喻户晓的字取得新义，表达才能尽善尽美。

意大利美学家克罗齐忽略艺术表达的重要性，他从"艺术即直觉"和"直觉即表现"出发，把艺术表现的心理机制分为四个阶段：第一，诸印象，即对直觉对象的印象，它是自发的；第二，表现，即心灵的审美的综合作用，也就是心灵通过联想和想象对直觉对象所产生的诸印象进行综合的审美加工；第三，快感的陪伴，即在直觉过程中所产生的审美快感或者说是美的快感；第四，由审美事实到物理现象的翻译，即通过声音、运动、线条、颜色、文字等把直觉到的审美意象外化，凝定为具体的艺术作品。克罗齐认为在这四个阶段中，除了第一阶段"诸印象"是自发的以外，从第二阶段至第四阶段，自觉性体现得愈加明显。从重要性来看，克罗齐认为前三个阶段是艺术创造的心理范畴，最为重要，尤其是第二、三阶段；第四阶段则不重要，用感性材料显现审美意象，只是意象的"翻译"。

克罗齐由于重视"直觉即表现"，在他看来，艺术家的创作活动在形成审美意象时就完成了，不需要审美意象物态化，也不需要把审美意象转化为感性的艺术形象，即艺术作品只是存在于艺术家心中，艺术形象只有存在于艺术家心中时，才是审美的形象。"审美的事实在对诸印象作表现的加工之中就已完成了。我们在心中作成了文章，明确地构思了一个形状或雕像，或者找到一个乐曲的时候，表现品就已产生而且完成了，此外并不需要什么。"① 显而易见，克罗齐轻视艺术传达是很片面的，从完整的创作过程来看，审美意象的形成实际上只是艺术构思的过程，完成了艺术构思只能说完成了创作的一半，而审美意象只有通过艺术传达转化为感性的艺术存在，真正的艺术作品才能最终得以完成。

  在对于艺术表达的认知这一点上，克罗齐不如康德辩证。康德重视审美意象的形成，又重视审美意象的传达，把天才看作是表达审美意象的才能，而克罗齐却不重视艺术传达。卡西尔还批评了克罗齐这种轻视艺术传达的观点，明确指出："对一个伟大的画家，一个伟大的音乐家，或一个伟大的诗人来说，色彩、线条、韵律和语词不只是他技术手段的一个部分，它们是创造过程本身的必要要素。"② 因此，一个人如果没有较高的艺术表达力，就不可能成为一个真正的文艺家，就可能停留在眼高手低、词不达意的阶段。

---

① ［意］克罗齐：《美学原理》，朱光潜译，商务印书馆2012年版，第61页。
② ［德］卡西尔：《人论》，甘阳译，上海译文出版社1985年版，第180—181页。

第 二 章

文艺创造过程论

从人的本质力量对象化的角度来看,文艺创造是文艺家审美本质力量的外化和确证。文艺家通过文艺创造,确证了文艺家的社会价值,确证了文艺作品的质量,实现文艺作品的社会价值。

第一节 文艺创造的动因

从微观上来看,文艺家的创作动因可以归之为文艺家具体的有感而发和个人需求的驱动;从宏观的角度来看,文艺家的创作动因还要受到各种主观与客观多种因素的制约和影响。

一 个人需求的驱动

从文艺家创造艺术的内生动力来看,文艺家受到个人精神需求与情感需求的双重驱动,在特定的情境下激发艺术灵感,有感而发,就会开始文艺创作。

(一) 精神与情感需求驱动

1. 文艺家对文艺前理解与艺术感受力的诱发

从文艺家的成长轨迹来看,任何人在没有成为艺术家以前,最初也都是一个普通的读者,即文艺家的前身是普通的读者。一个人从一个普通读者成长为一个文艺家,前提是要形成比较成熟的审美观和文艺观,然后带着既定的审美观和文艺观进行文艺创作,所以

"一个艺术家竟然可以毫无先入之见地在自然面前采取他的态度，这是一种浅薄的涉猎者的见识"[1]。也就是说，艺术家在对自然事物进行审美观照以前，就已经带着既有的审美观，并且要自觉不自觉地受到既有审美观的影响。同理可证，一个人总是带着既有的文艺修养去欣赏各种文艺作品，在阅读和欣赏艺术作品的过程中，就会不知不觉地培养对艺术的审美体验，积累和丰富了审美经验，从欣赏的作品中感悟到创作的某种规则和技巧，不经意间已经培育和发展了创造艺术的潜能，一旦遇到特殊的情景或情境，就可能产生某种创作的冲动，这些艺术创造的潜能就会自觉不自觉地爆发出来。

从文艺创作的实践来看，任何文艺家在进行文艺创作之前，都要经过由读者角色逐渐发展成为文艺家的过程，因而都带有对文艺的前理解，即对文艺的认知、审美感悟和价值判断，已经基本上形成了他的文艺观和文艺趣味等，也包括对文艺内容和形式的理解等。这些主观因素都会影响文艺家对文艺创作的体裁选择、素材选择、题材提炼、艺术构思和艺术表达等，也会影响艺术家的艺术感受力和审美经验的形成和发展变化。

2. 文艺创作是文艺家自我确证的重要方式

从人的本质力量对象化的角度来看，任何个体都希望在特定的现实实践中表现自己，证明自己的价值，确证自己的本质力量。文艺创作既然是文艺家本质力量的对象化，也就必然是文艺家自我确证的重要方式。一个作者要证明自己是优秀的文艺家，就必须创造出优秀的文艺作品，这就需要文艺创造的实践检验和实践确证。

在文艺每一个领域，文艺家的创作都是主体的对象化，是文艺家本质力量的对象化，也是文艺家自我确证的重要艺术方式。"所谓主体的对象化，是从创作主体这个角度来说的：即作为创作主体的作家，将自己的审美意识，将自己的思想、情感、理想、愿望、

---

[1] ［瑞士］H. 沃尔夫林：《艺术风格学》，潘耀昌译，辽宁人民出版社 1987 年版，第 257 页。

意志等等，对象化到审美客体上去，并且进一步溶入艺术胚胎之中，使之在艺术胚胎中象酵母在面团中那样发酵，那样生发、扩展、繁殖，使得这艺术胚胎因为受到主体的滋养而变得丰满和丰富起来，变得鲜明和壮大起来，逐渐形成文学意象，并且进一步使得这意象通身流动着主体'自我'的血液，充溢着作家'自我'的气息，成为作家'自我'的化身。"[1] 在文学领域，曹雪芹用饱含血泪的《红楼梦》表明他是一个伟大的小说家，王蒙则用文学创作和文化研究的双重维度，确证了他在当代文坛的重要地位；在音乐界，音乐家柴可夫斯基用音乐语言谱写着他的人生哲学，用其全部艺术生命描绘了他人生绚烂的华章，他的交响诗《命运》就是对生命的一种咏叹和对生命之谜的美学思考。"全曲有三个主题，其中命运主题森严、神秘；主部主题坚定、豪迈；副部主题生动、欢快。这几个主题交相呼应，向我们展示生命的难以言表的复杂性。"[2] 因此，文艺创作并非创造者任意所为，而是文艺家本质力量的对象化。

实践是检验真理的唯一标准，文艺创作及其作品则是检验艺术家水平的唯一标准。在文艺创造领域，一个真正的文艺家可以在文艺创作中大显身手，展示自己的文艺才华，把文艺创造视为自己的艺术生命。当然，也有眼高手低的人，虽然纸上谈兵，夸夸其谈，或者只懂得文艺创作理论，但没有文艺创造的能力，也难以成为一个真正的文艺家。

3. 文艺创作是文艺家美学素养的符号存在或者感性显现

在现实中，一个人具有了丰富的美学素养，可以外化为多种美的形式，比如显现为美的语言和美的行为，或者创造其他的美的产品。从美学素养的外在显现来看，文艺创作也是文艺家美学素养的

---

[1] 杜书瀛：《文学原理——创作论》，社会科学文献出版社1989年版，第115页。

[2] 侯锡瑾编著：《柴可夫斯基》，新世界出版社1998年版，第25页。

符号存在或者感性显现。

文学家通过语言艺术，尽情展示自己的文学才华，彰显自己文学语言的审美性；歌唱家通过器乐和声乐的融合，尽情展示其美丽的歌声，凸显歌曲的艺术魅力；舞蹈家伴随着音乐的流动，通过自由展示美的形体动作，尽情塑造舞蹈家的形体美……总之，文艺家所创造的是具有审美意蕴的特定艺术符号，感性显现了文艺家的审美本质和审美风采。

4. 文艺创作是文艺家情感抒发的审美显现

文艺家在进行文艺创作之前，一般都是对特定现实有感而发，但不是一般的有感而发，也不是对一般生活的酸甜苦辣、恩恩怨怨和喜怒哀乐的倾述。文艺家要表情达意，不能信马由缰，忽略情感的审美性，而是必须对自己的情感进行审美濡化，然后通过审美表达或者审美抒发，通过美的艺术作品表达出来。

苏珊·朗格从丰富的艺术经验出发，以符号行为这一人类特有的基本活动为支点，进一步分析了艺术符号与艺术中的符号，把艺术看作是人类情感符号的创造，而"艺术就是对情感的处理，在我称之为符号"[1]。简言之，艺术家的工作就是创作感情的符号，"艺术家创造的是一种符号——主要用来捕捉和掌握自己经过组织的情感想象、生命节奏、感情形式的符号"[2]，即艺术家在表达情感时，借助一种可以感知的符号性投影，表达出了情感的表象。正是由于艺术家创造了艺术这种表现性符号，才为人类情感的多种特征赋予了以纯粹的形式，从而使人类实现了对其内在生命的表达与交流，因此，艺术才"是人类情感的符号形式的创造"[3]。正如敏泽和党

---

[1] [美] 苏珊·朗格：《情感与形式》，刘大基、傅志强、周发祥译，中国社会科学出版社1986年版，第441页。

[2] [美] 苏珊·朗格：《情感与形式》，刘大基、傅志强、周发祥译，中国社会科学出版社1986年版，第455页。

[3] [美] 苏珊·朗格：《情感与形式》，刘大基、傅志强、周发祥译，中国社会科学出版社1986年版，第51页。

圣元所说:"一个作家从孕育作品之日起,到形象塑造的完成,始终受着主体强烈情感的驱遣。"①

从文艺作品的内在构成来看,文艺家一切喜怒哀乐的感情要融入文艺作品,都需要进行审美修炼,要符合审美表达的艺术要求。在《红楼梦》中,曹雪芹对林黛玉充满了无限的爱怜之情,以其卓越的才华,塑造了美才女黛玉冰清玉洁的艺术形象。巴尔扎克在小说《守财奴》中极力塑造了吝啬鬼葛朗台的艺术形象,淋漓尽致地揭示和批判了葛朗台的贪婪和吝啬,艺术形象具有生动性和传神性,可谓入木三分。因此,文艺创作不能无病呻吟,文艺家必须对现实有深刻丰富的审美体验、审美感受和审美判断。

(二) 物质利益的驱动

在市场经济条件下,文艺创作仍然是文艺家谋生的重要方式,特别是作家体制的改革,有很多作家进入了写稿为生的时代,成为体制外自由撰稿的作家。文艺家受到物质利益驱动,在一定程度上影响着文艺创作的内容和艺术形式。

文艺家为了生存,就必须尊重市场规律,考虑市场对文艺作品的需求,因此,无论影视编剧、影视拍摄还是文学创作,文艺家都要了解市场对作品的审美需求,考虑消费者对文艺作品的具体需要,而唯其如此,才能赢得消费者的青睐,才能获得更大的经济效益和社会效益。狄德罗年轻时因为拒绝父母为他选择的神职道路,被父亲断绝经济来源,20岁时搬到巴黎拉丁区,靠卖文度日,并为税务总监当过家庭教师。海顿年轻时也曾经为了生存,参加各种微薄收入的演奏,而莫扎特1781年被萨尔茨堡大主教解雇以后,生活陷入困境,"在长达10年的日子里,他没有可靠的生活保障,只能靠出卖源源不断写出的作品养活自己和妻子"②。柏辽兹由于生活所迫,经常为报纸副刊写一些杂文以及音乐评论之类的文章,以

---

① 敏泽、党圣元:《文学价值论》,社会科学文献出版社1997年版,第241页。
② 义晓编著:《海顿》,东方出版社1998年版,第81页。

此来补充他的收入,"甚至在已成为世界闻名的大师后,还得继续忍受来自逼人最甚的金钱方面的苦痛。金钱之摧毁艺术,还没有像在柏辽兹的生活中表现得这样强烈"①,柏辽兹在梦中仿佛听到了一首交响曲,为了完成梦中的音乐主题,他花费了整整三四个月的时间,因此影响了他为报刊撰写杂文,也因此而影响了收入,柏辽兹为此感到遗憾,并且"终生与物质上的贫困搏斗,为了一块面包不得不加倍地工作"②。由此可见,文艺家物质匮乏时,依靠文艺创作卖文度日,此时的文艺家就不得不考虑作品的经济利益。我国近些年也有一些依靠写作谋生的自由作家,这些作者的创作活动客观上或多或少必然会受到经济效益的制约和影响。

当然,文艺家虽然受到物质利益的驱动,要依靠文艺作品养家糊口,但不能被物质利益所异化。君子爱财,取之有道。文艺家应该具有社会责任感,把社会效益放在首位,通过创造真善美有机统一的优秀文艺作品,在获得消费者青睐的同时,把经济效益与社会效益有机统一起来。

二 社会需求的驱动

在文艺与社会的关系上,文艺是反映社会的一面镜子,也是时代精神的艺术表现。因此,一方面,文艺家要自觉根据社会对文艺作品的审美需要,创造出优秀的文艺作品;另一方面,特定社会的意识形态客观上也必然对文艺创作进行必要的管控和引领,把文艺创作自觉纳入符合社会发展进步的同向轨道。

胡经之认为:"艺术活动就其本质而言,不是模仿,而是解释;不是宣泄,而是去蔽;不是麻痹,而是唤醒;不是功利目的的追逐,而是精神价值的寻觅;不是纯然的感官享受,而是积极的承诺和人类生命意蕴的拓展。艺术是人设入存在的真善美。艺术家作为精神

---

① 赵小平编著:《柏辽兹》,东方出版社1998年版,第18页。
② 赵小平编著:《柏辽兹》,东方出版社1998年版,第20页。

的寻求者,其境遇最集中地体现了人类的真实境遇,置身于有却苦苦追求无,处在此岸向彼岸超越的过渡漂泊状态中。艺术家们所感受的焦虑、痛苦、欢乐和感悟的天命和必须担当的使命,使他们不断地用艺术形式的创新去呼唤新生活。"① 所以,一个具有社会责任感的文艺家,应该自觉站在时代发展进步的角度,以文艺作品的审美形式,歌颂社会发展进步过程中表现出来的真善美,批判阻碍社会发展进步的假恶丑,急人民之所急,想人民之所想,需人民之所需,做一个人民需要的文艺家,做促进社会发展进步的精神生产者和推动者。

随着市场经济的发展,20世纪80年代中后期出现了道德滑坡,社会价值观出现了拜金主义和崇拜权力的不良现象。有感于斯,笔者一方面关注现实中知识分子的命运和使命;另一方面也受到罗丹的雕塑《思想者》的艺术影响,发表了一首小诗《思想的雕像——献给中国的思想者》:

> 你是一座思想的雕像,
> 不知肇始于何方?
> 众声喧哗,
> 熙熙攘攘。
> 唯有你,
> 依然执着于你的思想。
>
> 多少个春夏秋冬,
> 多少次苦闷彷徨;
> 多少个悠悠岁月,
> 多少次欢乐悲伤;
> 多少个殷殷嘱托,

---

① 胡经之:《文艺美学》,北京大学出版社2000年版,第18页。

多少次拳拳希望。

你苦闷着人生的彷徨；
你忧郁着人生的悲伤；
你惦记着历史的重托；
你希望着未来的希望；
你就是你，
你就是思想的雕像！

任凭岁月无情的煎熬，
任凭世俗冷酷的目光。
你就是你，
你把"蛛丝"轻轻抹光；
你就是你，
你用沉默思想着你的思想！

奇怪啊！
你只是一座思想雕像？
你真不知道人间冷暖？
你真是一个机械组装？
浩瀚的宇宙啊！
他真是来自茫茫的他乡？

　　这首小诗表现了思想者敢于打破世俗偏见，追求独立人格，不随波逐流，不甘于世俗，依然执着于追求思想的人生态度，歌颂了思想者忧国忧民的情怀。其中，"你把'蛛丝'轻轻抹光"一句，来源于恩格斯《在马克思墓前的讲话》对马克思的颂扬，恩格斯在讲话中高度评价马克思，认为马克思面对敌人的诽谤和诅咒，"他对这一切毫不在意，把它们当作蛛丝一样轻轻拂去"。由此可见，作家文学创作应该根据社会的需要，关注社会的现实人生，具有忧国忧民的情怀。

作家文艺创作考虑社会需要时，不能把社会需要仅仅理解为抽象的宏大叙事，而是应该把社会需要具体化为文艺作品的欣赏者的审美需要这个具体层面上来。"艺术家的创造过程始终是受读者制约的。首先，他要考虑当代读者大众的审美需要，根据这种审美需要来设定艺术目的。例如，读者关心的是什么社会问题、人生问题、伦理问题，读者的时代趣味是什么，读者的期待心理如何。其次，他要考虑自己的作品是否能向读者提供新的、独特的东西。艺术信息的重要标志在于它的独特性。它应当是艺术家对自己独特的审美体验的独特的再创造。再次，艺术家要使自己的个人性审美体验能够为他人所接受、体验，必须使其具有可沟通性。"[①]文艺家进行文艺创作时，既要为接受者雪中送炭，也要为接受者锦上添花，不拘泥于接受者当下的审美需要，而是应该提升和发展接受者的审美需要，为接受者创作出来具有丰富的思想内容和完美艺术形式的文艺作品。

此外，即使进入网络文学的新时代，网络文学本质上仍然是文学。网络文学使用的是现代手段，但仍然是语言艺术，只不过网络文学是平民文学，是人人都可以在网络上发表的文学，如博客、微博等。网络文学的特点是传播快捷，不受传统出版或编辑的限制。作者虽然具有较大的自由度，但随心所欲不逾矩，不能违背法律和社会公德，要具有社会责任感，绝不能媚俗，随波逐流，更不能低俗。

由此可见，文艺家要顾大局，识大体，要适应社会需要应时而作，自觉创造优秀的文艺作品，满足社会对优秀文艺作品的需求，让优秀的文艺作品引领人们的精神生活，乃至引领社会发展的未来。

[①] 王一川：《审美体验论》，百花文艺出版社1999年版，第137页。

第二节　文艺创造的过程

文艺创造是文艺家对生活的审美化，也是一次漫长而又艰苦的精神劳动，是一次煎熬心灵的呕心沥血，也是一次大浪淘沙、殚精竭虑的心灵之旅。

一　在审美中观察生活

审美地观察生活，这是文艺创造重要的主观前提。文艺家在文艺创造以前，通过多角度和全方位在审美中观察生活，善于发现生活中的美和丑，发现具有诗意和韵律的现实素材，这是一项非常重要的任务。

文艺家在审美观察生活时，应该特别注意社会生活的复杂性、丰富性和变化性。"人类生活于其中的现实在变化，它变得更广阔，可能性更丰富，变得没有限制；一旦它成为描述对象，它也随之进行着同一意义的变化；各个被描述的生活范围不再是只具有单一可能性的生活范围，或者不再是只具有单一可能性的、限定死的生活范围的一部分；生活范围常常从一个变换成另外一个，即使在没有发生这种情况的地方，也可以看出一个自由的、包容着无限世界的意识，一个作为描述基础的意识。"[①] 文艺家只有尽其所能，了解和认识社会生活的复杂性、丰富性和变化性，才能更好地从中通过现象窥见社会人生的深层本质，从形而下的感性认识开始，逐步提升为形而上的本质探幽。

文艺家在审美观察体验阶段，需要自觉进行审美感知。"所谓审美感知，是指审美主体对于客体、对象的审美价值的一种带有直观性的把握，当然这种直观性中同时也包含着主体以往的审美经

---

① ［德］埃里希·奥尔巴赫：《摹仿论》，吴麟绶、周建新、高艳婷译，商务印书馆 2014 年版，第 381 页。

验、理想等等的潜在影响。"① 文艺家要学会眼观六路、耳听八方，海纳百川，不拒小流，阅尽人世间的酸甜苦辣、恩恩怨怨、悲欢离合、乐极生悲、否极泰来、曲径通幽、峰回路转、柳暗花明，洞察人世间的众生相，千人千面，异彩纷呈，面对丰富多彩的大千世界，一方面要沉浸其中，入乎其内，把自己融入所观察的审美对象之中；另一方面文艺家在看到了现象、事实以后，还要学会在分析阶段厘清各种脉络，去粗取精，去伪存真，由此及彼，由表及里，要进一步明白这些现象和事实的内在逻辑，揭示其背后的深刻意蕴和本质规律，不但要知其然，而且还要知其所以然，通过见微知著，追求视域和思域的澄明。

文艺家通过审美地观察生活，有利于培养艺术直觉。"艺术直觉是一种包含的审美感知、审美理解、审美体验的因素而在认知的实际过程中又超越了它们的审美认知途径，作家通过艺术直觉可以直接达到对于文学深层价值的理解和体验。"② 文艺家通过广阔的人生经历，阅人无数，有利于积累生活经验，认识现实的丰富性和复杂性，为文艺创作的有感而发做好坚实的生活铺垫，为下一步的体验认识和艺术构思做好充分的准备。张德林认为："艺术感觉不同于一般感觉经验。艺术感觉是种审美化的想象感觉。它来自一般感觉经验，又超越一般感觉经验。艺术感觉是一种包孕着艺术内容和作家精神个性特点的想象感觉，主要体现在主体对感觉对象的情感介入和情绪体验上。"③ 因此，文艺家在审美观察生活时，还需要超越个人眼界、功利性和情绪化的遮蔽，需要进入无我和忘我的境界。

笔者认为，审美观察一方面可以进入特定角色的视角，以设身处地的视角去观察对象；另一方面又需要以客观的360度多视角，

---

① 敏泽、党圣元：《文学价值论》，社会科学文献出版社1997年版，第304页。
② 敏泽、党圣元：《文学价值论》，社会科学文献出版社1997年版，第314页。
③ 张德林：《现代小说美学》，湖南文艺出版社1987年版，第12页。

对审美对象进行全方位、立体式和多层次的观察，才能够更好地全面把握审美对象的特点和本质。

二　在审美中体验人生

文艺家在审美地观察生活的基础上，才能进行深入审美体验人生的阶段；如果没有审美观察，就不可能获得审美体验，即使体验，也只能是无源之水和无本之木，或者无病呻吟、空洞无物，也是一种虚幻的体验。

文艺家的审美体验，这是文艺创造的重要前提和基础。文艺家只有通过审美体验，才能切身体会现实，体验人生，才能理解和感悟社会人生的酸甜苦辣和喜怒哀乐。文艺家的审美体验分为生活体验、特殊体验和虚拟体验三种。

（一）生活体验

存在决定意识，社会生活是最主要的社会存在，客观上必然决定和影响着文艺家思想感情的发展变化，进而影响着文艺家对社会生活的观察、体验和选择。这里所说的生活体验是指文艺家作为一个社会成员，在正常的状态下学习、生活和工作中的实际体验，这是自然的现实的客观体验，不是人为地为了体验而采取的实践行动。文艺家通过自己独特的人生经历，不自觉地进行各种审美体验，把生活真实与艺术真实融合起来。这种体验因为是文艺家耳闻目睹，是亲身经历，一般感触比较深。

（二）特殊体验

特殊体验是指文艺家为了文艺创作，主观上自觉在某种特定的生活实践中进行体验，以获得相应的人生经历和生活体验。以赵树理、马烽、西戎为代表的山药蛋派特意深入农村体验生活，与农民同吃、同住、同劳动；作家张宇和张炜担任地方的领导干部，进行具体领导工作岗位的实践体验。郑板桥为了画竹子，对院落里的竹子进行审美观照，姑且也算是一种特殊的体验。郑板桥《题画》："江馆清秋，晨起看竹，烟光、日影、露气，皆浮动于疏枝密叶之间。胸中勃勃，遂有画意，其实胸中之竹，并不是眼中之竹也。因而磨墨展纸，落笔倏作变相，手中之竹又不是胸中之竹也。总之，意在笔先者，定则也；趣在法外者，化机也。独画云乎哉！"[①] 郑板桥这里强调"意在笔先"，深刻揭示了创意对于创新的重要性，要画竹，须先观察竹，对竹进行审美体验，才能从客观之竹走向眼中之竹，从眼中之竹转化为胸中之竹，最后才把胸中之竹外化为手中之竹。

（三）虚拟体验

虚拟体验是指文艺家在自己的艺术想象中进行虚拟性的体验，在意念中把自己想象成一个特定的艺术形象，如皇帝、小偷甚至罪犯等。虚拟体验是一种非常重要的体验，因为个人的实际体验客观上总会受到很多因素的制约，文艺家在审美体验中，要注意真实体验与虚拟体验的结合，因为受到人生经历的局限，许多体验不可能在实际的生活中进行，而只能在虚拟的想象中进行审美的体验。比如，作家或演员要表现皇帝等古代人物，无法穿越到古代的时空进行实际的体验；要表现小偷、罪犯和妓女，也没有必要亲自去体验一下小偷、罪犯和妓女的感觉。从虚拟体验的角度来看，文艺家只需要在意念的想象中把自己想象成是皇帝、小偷、罪犯或妓女等人物即可。

文艺家在审美体验时要入乎其内，身临其境，沉浸其中，精神振奋，意气风发，全神贯注，"一切景语皆情语"，情中有景，景中有情，达到主客体的和谐统一。"文艺家除需有深切独特的生活——生命体验和永不放弃的精神渴盼、艺术实践之外，还需特别具备这样的资质站在一个更高的角度，体察纷扰繁杂的世态，用审美的眼光重新审视自己感受和体验过的人生，并能将生活体验中的苦难和不幸感转化为美学的崇高感。要达到如此境界，则必须进一步实现

[①] 北京大学哲学系美学教研室编：《中国美学史资料选编》下册，中华书局1982年版，第340页。

其生命体验在人格精神和哲学命意上的超越这也是决定一个文艺家伟大与否的重要因素。"① 文艺家通过虚拟的审美体验，有利于超越现实的局限，逐渐进入人生哲学的境界和思维自由的高度，为艺术构思做好思维和审美意识的准备，才能把素材更好地提炼为具有真正审美价值的题材，体现出思维的高度和深度。

三　在审美中艺术构思

（一）审美联想和想象

在审美中进行艺术构思，文艺家要展开自由的联想和高度的想象。文艺家这种自由的联想和想象一方面需要丰富的记忆表象，需要康德所说的复现的想象力；另一方面更需要创造性的艺术想象。

审美联想可以分为接近联想、类似联想和对比联想。接近联想是根据事物之间在时间和空间上比较接近的特点，文艺家在审美联想中自觉把它们联系在一起，由此联想到彼。睹物思人、爱屋及乌，就属于接近联想。类似联想是文艺家根据事物在性质和特征上的相似性，在审美联想中采取比喻、拟人的艺术方式。对比联想是文艺家根据事物在性质和特征上的相反性，运用对比引发联想的艺术方式。"朱门酒肉臭，路有冻死骨"；宝钗新婚之喜与黛玉之死的对比等，都具有对比联想的特点。

审美想象是文艺家通过加工和改造记忆表象，创造出新的思维表象的过程，也是通过艺术构思创造艺术形象的过程。审美想象包括初级和高级两种形态，初级形态是简单的审美联想，即前面所说的接近联想、类似联想和对比联想；高级形态包含了再造性想象和创造性想象两种艺术形式。再造性想象是文艺家根据自己的知觉表象进行加工和综合，在大脑中重新形成关于事物形象的心理功能，如文学欣赏中的再创造等，而创造性想象则是无中生有的全新的意

---

① 宋生贵：《文艺家的生命体验与艺术体现》，《辽宁大学学报》1995 年第 3 期。

象创造。审美想象是在初级形态的基础上通过创造性的想象，关键是要创造出新的艺术形象。

文艺家在审美联想和想象中，不能拘泥于引发联想和想象的具体事物的局限，而是敢于打破现实时空的局限，无拘无束，法无定法，在全身放松中逐渐进入"精骛八极，心游万仞"的想象空间，让自由的心灵和思绪无拘无束地进入时空隧道，为构思艺术形象和美的艺术境界，进入"思接千载"和"视通万里"的艺术境界。

（二）形象思维中的逻辑思维

文艺家在艺术创作的过程中，需要运用形象思维来进行艺术构思，但形象思维并不全是形象的思维，而是蕴含着逻辑思维的形象思维，即形象思维的构思也要遵循情感逻辑、性格逻辑和情节逻辑。

审美想象可以无中生有，但不能胡思乱想。一般而言，小说艺术想象具有三个逻辑：生活逻辑、情感逻辑和性格逻辑。无论是在现实中还是在艺术世界里，每个人物都具有自己特殊的生活经历、情感经历和独特性格，因而文艺家在艺术构思时，必须遵循人物由生活经历形成的生活逻辑，由情感经历形成的情感逻辑，由不同性格所表现的性格逻辑。

所谓生活逻辑，是指文艺家在艺术构思过程中，在运用形象思维的同时，还要遵循生活本身发展的质的规定性，比如故事情节客观上要遵循开端、发展、高潮和结局四个阶段的发展特征。

所谓情感逻辑，是指作品中人物形象的喜怒哀乐要有依据，要符合情感表现和抒发的内在逻辑，人物所有的情感表现都要符合人物情感本身的质的规定性。

所谓性格逻辑，是指文艺家塑造艺术形象时，要根据人物性格的内在规定性，比如急躁、鲁莽、稳重、软弱、坚强等不同性格，具体描写人物性格的真实性，既要栩栩如生，又要各具特色，不拘一格，千人千面。

《三国演义》第四十二回写张翼德大闹长坂桥的故事情节非常具有艺术魅力：

> 却说文聘引军追赵云至长坂桥，只见张飞倒竖虎须，圆睁环眼，手绰蛇矛，立马桥上，又见桥东树林之后，尘头大起，疑有伏兵，便勒住马，不敢近前。俄而，曹仁、李典、夏侯惇、夏侯渊、乐进、张辽、张郃、许褚等都至。见飞怒目横矛，立马于桥上，又恐是诸葛孔明之计，都不敢近前。扎住阵脚，一字儿摆在桥西，使人飞报曹操。操闻知，急上马，从阵后来。张飞睁圆环眼，隐隐见后军青罗伞盖、旄钺旌旗来到，料得是曹操心疑，亲自来看。飞乃厉声大喝曰："我乃燕人张翼德也！谁敢与我决一死战？"声如巨雷。曹军闻之，尽皆股栗。曹操急令去其伞盖，回顾左右曰："我向曾闻云长言：翼德于百万军中，取上将之首，如探囊取物。今日相逢，不可轻敌。"言未已，张飞睁目又喝曰："燕人张翼德在此！谁敢来决死战？"曹操见张飞如此气概，颇有退心。飞望见曹操后军阵脚移动，乃挺矛又喝曰："战又不战，退又不退，却是何故！"喊声未绝，曹操身边夏侯杰惊得肝胆碎裂，倒撞于马下。操便回马而走。于是诸军众将一齐望西奔走。

这段故事非常精彩，但也许有人质疑，仅凭张飞一人一骑，怎么能喝退百万曹军呢？实际上，这个故事恰恰体现了文学的逻辑性，体现了人物性格逻辑和情节逻辑的有机统一。首先，从人物性格逻辑来看，张飞此时的形象是倒竖虎须，圆睁环眼，手绰蛇矛，立马桥上，怒目横矛，厉声大喝，声如巨雷，是作者所说的"霹雳之声""虎豹之吼"和"轰雷震"。很显然，张飞这种形象足以令曹军内心恐怖。其次，从生活逻辑的角度来看，一方面是因为曹操和曹军看到河对岸树林之后尘头大起，疑有伏兵，恐是孔明之计；另一方面，第二十五回写关羽"救白马曹操解重围"，在关羽斩杀袁绍大将颜良之后，曹操夸奖关羽"将军真神人也！"关公曰："某何足道哉！吾弟张翼德于百万军中取上将之头，如探囊取物耳。"曹操大惊，回顾左右曰："今后如遇张翼德，不可轻敌。"令写于衣袍襟底以记之。关羽这里对张飞武功的描述客观上给曹操和其大将害怕张飞埋下了伏笔，所以，当张飞大闹长坂桥时，曹操想起当年关羽的话，对其左右才说："今日相逢，不可轻敌。"这是一种典型的"恐张症"。因此，张飞大闹长坂桥，喝退百万曹兵，既符合人物性格逻辑，也符合生活逻辑乃至心理逻辑。

《三国演义》空城计也是诸葛亮与司马懿性格冲突的艺术表现。诸葛亮之所以敢唱空城计，是因为他熟知司马懿具有谨慎和多疑的性格；而司马懿之所以不敢进空城，是因为他也熟知诸葛亮"平生谨慎，不曾弄险。今大开城门，必有埋伏"。因此，诸葛亮弹琴退仲达，可谓神来之笔，非常符合人物性格逻辑。

实际上，形象思维与逻辑思维是互相渗透的，二者缺一不可，相辅相成，共同为艺术构思贡献智慧。文艺家在审美观察生活和审美体验生活中，既需要形象思维，也需要逻辑思维；在选择素材，提炼题材时，文艺家需要去粗取精，去伪存真，由此及彼，由表及里，也需要两种思维。在艺术构思过程，作家的艺术想象和形象思维如同我们放风筝一样，尽管风筝看似在天上自由飞翔，但风筝飞翔的高度和方向要受到风向、风力和筝线长度的制约和影响，听命于放风筝者的意愿，而不是绝对的自由飞翔。

（三）意识与无意识、理性与非理性、情感与理智的融合

文艺家在进行艺术构思的过程中，不仅需要形象思维和逻辑思维，还需要意识与无意识、理性与非理性、情感与理智的多维融合。

人的无意识不仅表现为夜间做梦，而且在白天也会形成白日梦，从而影响特定的思维内容。萨尔瓦多·达利（Salvador Dalí）是西班牙加泰罗尼亚画家，具有非凡的绘画才能和艺术想象力，尤其擅长画梦，成为世界最著名的超现实主义艺术家，其画作奇特新

颖，独树一帜。弗洛伊德的精神分析学已经注意到作家创作如同白日梦一样，揭示了文学创作的白日梦特征。美国哈佛大学的心理学教授丹尼尔·威格内尔与他的同事们在世界范围内首次对弗洛伊德一百多年前提出"日有所思，夜有所梦"的梦形成理论进行了实验验证。"参加本次实验的志愿者是该校 330 名心理学专业的学生。研究人员要求第一组志愿者在睡觉前集中精力想那些他们曾经想过的人，要求第二组志愿者只对他们所认识的人想 1 秒，要求第三组志愿者随便想其所想。早上起来受试者必须将他们所梦见的事物写出来。结果发现，受试者集中精力特意去想的事物在梦中出现的机会更多。这样，弗洛伊德的梦形成理论在世界上首次通过了实验验证。研究人员还得出了一个令人震惊的研究结果：如果受试学生们选择的想象对象与他们自己有'情感接触'的话，那么他们所想象的人物在梦中出现的机会则更多。而此前弗洛伊德也曾经强调，情感联系是影响解梦的一个重要因素。他认为，梦境是通向人类本能的神秘大道。与弗洛伊德的精神分析相类似，此次研究结果对内科治疗也有很大帮助，因为那些饱受过度紧张和忧郁折磨的人则同时会受到噩梦的摧残，这些人的梦境中还可能会显现出其白天碰到的一些重要事情。"[①]

  关于意识与无意识在创作中的融合，我曾经通过梦中作诗得到了验证。2010 年 8 月 22 日天亮前忽做一梦，我在游览某个古典园林的时候，在园内忽见两三位似曾相识的友人，不知是哪位朋友提议即兴作诗。有位朋友为了寻找写诗的灵感，走出院门，观察园外景色片刻，吟了一首绝句，我梦醒后只记得最后一句中最后的一个字是"红"字。我略微思考，用顶针的手法应对了一首《梦中作诗》：

[①] 新浪科技：《弗洛伊德"日思夜梦"理论首次通过实验论证》，《科学之友》2004 年第 5 期。

> 红日当空景色秀，
> 秀色可餐云悠悠。
> 悠然南山不见山，
> 山外有山园中楼。

我梦醒后记住了第一、二、四句，记不清第三句。梦醒后我在恍恍惚惚、似睡似醒中执着地又补上了第三句"悠然南山不见山"。"悠然南山"四字，取陶渊明"采菊东篱下，悠然见南山"之意。"园中楼"这里是指梦中古典园林内的一个类似藏经阁的高层古典建筑。精神分析学认为，白天的日有所思与夜有所梦存在着非常密切的关系，而日有所思是意识在活动，而夜有所梦则是无意识在活动，二者可以通过梦境实现新的意象组合，有利于为艺术创造激发新的灵感。

对于文艺创作中艺术家各种心理因素的平衡，狄德罗以其深刻的睿智和创作经验的升华，对艺术家的创作心理进行了深入的分析研究，认为艺术创作需要各种心理因素的平衡。狄德罗在《画论》中谈画家的心理因素时，"要求画家有丰富的想象，炽烈的激情，以及召唤幽灵，使它活跃起来，长大起来的本领；布局则无论在诗歌中或在绘画里，都有赖于判断和激情、热情和智慧、如醉如狂和沉着冷静等等的恰到好处的配合"[①]，认为应该有这样一种严格的平衡。

由此可见，艺术创造心理既是感性的，又是理性的，是感性与理性的统一。用狄德罗的话说，就是要有想象、激情、判断、智慧，要有促使灵感萌动的本领，既需要如醉如狂，又需要沉着冷静，是多种心理因素恰到好处的配合，是一种严格的平衡。这正如康德所强调的，创造心理是心意诸力合目的的自由活动，是心意诸力的和谐，而不是单一的心理因素构成。

---

① 王雨、陈基发编译：《狄德罗文集》，中国社会出版社1997年版，第361页。

四 在审美中塑造艺术形象

文艺家通过艺术构思，在审美过程中塑造理想的艺术形象，即对艺术构思进行审美物化，把艺术构思出来的意象自觉转化和凝定为具体可感的物化的艺术形象。

文艺家在审美中塑造艺术形象，从素材中选择题材，再到对题材进行审美判断和审美构思，需要在思维中反复酝酿，一方面是在逻辑思维制约下尽情展开形象思维；另一方面是在形象思维的放飞中内含着特定的人物性格逻辑、情感逻辑和生活逻辑，需要对所反映的社会生活、表达的思想感情和塑造的艺术形象进行哲理透视，充分展现出情感与逻辑的统一，具体与抽象的统一，感性与理性的统一，现象与本质的统一，完成由生活真实向艺术真实的生成。从文艺创作的实践来看，文艺家只有像王国维所说的对宇宙人生"入乎其内"与"出乎其外"的体验与思考，才能有生气和高致，才能创作出优秀的文艺作品。

在文艺家塑造文学形象的过程中，故事构思要有吸引力，要曲径通幽、柳暗花明；张弛有度，引人入胜；情理之中，意料之外；多姿多彩，魅力无限；一因多果，一果多因；蕴藉深厚，内涵丰富。写人物命运的悲欢离合，要乐极生悲，否极泰来；要写出人物命运的千变万化、偶然与必然、顺境与逆境、成功与失败，要善于通过生活真实上升为艺术真实，要具有感人的艺术力量和艺术魅力。

文艺作品的魅力主要在于通过审美的方式塑造具有生命力的艺术形象。在文艺发展史上，那些成功的艺术作品，恰恰是通过塑造感人的艺术形象，而立于艺术之林的。成功的艺术形象是一部优秀文艺作品的重要确证和彰显，因此，对于文艺家而言，就必须花大气力，努力塑造成功的艺术形象。

五 "元宇宙"背景下的文艺创作

2021年是"元宇宙"（Metaverse）"大爆炸"的一年，被称作"元宇宙元年"。在国家语言资源监测与研究中心发布的"2021年度十大网络用语"中，"元宇宙"排在第五位。自2021年开始，"元宇宙"一词迅速走红，几乎以星火燎原之势，迅速渗透到文旅产业、创意设计、互联网、数字经济、影视艺术、动漫游戏、时尚产业、数字出版、物联网、云计算、区块链、人工智能、大数据、脑机接口、教育、金融等诸多领域。基于元宇宙对诸多领域多方面的重要影响，文艺家应该认真审视元宇宙背景下的文艺创作问题。

"元宇宙"一词源于1992年尼尔·斯蒂芬森的科幻小说《雪崩》。作者想象了这样一种情形：电脑通过激光识别人的大脑，从而构建或说是呈现出与现实世界平行的虚拟真实世界，也就是元宇宙。[①] "元宇宙"是一个比较模糊的概念，至今没有统一的认识。我国著名学者韩民青对元宇宙进行了哲学思考，他在2002年连续发表了三篇关于"元宇宙"的论文，他认为："我们生活于其中的可见宇宙可称之为'本宇宙'；作为我们本宇宙层背景的更大宇宙层次，我们则把它叫作'元宇宙层'或简称'元宇宙'。"他认为"元宇宙"是"比我们的本宇宙层次更原始的背景宇宙层次，它具有与本宇宙不同的性质，属于另类宇宙；我们的本宇宙生长在元宇宙的基础上，本宇宙是由元宇宙演化生成的更高一级的宇宙"[②]。需要说明的是，韩民青对元宇宙的探索还是基于哲学甚至是天文学的视角，而不是现在学者们所说的元宇宙。周志强认为：元宇宙"就是通过人体感知技术和数字互联网的结合，让人们以身心融入的方

[①] 小说中译本翻译为"超元域"。参见［美］尼尔·斯蒂芬森《雪崩》，郭泽译，四川科学技术出版社2018年版，第19页。

[②] 韩民青：《宇宙的层次与元宇宙》，《哲学研究》2002年第2期。

式,沉浸在虚拟现实情境中的一种数字化空间"①。胡乐乐认为"我们可以把元宇宙定义为:一个将人们通过多种高科技、互联网、移动通信、专门设备等关联起来的,脱胎于、平行于、独立于现实世界的人造在线虚拟世界"②。喻国明则认为"所谓'元宇宙'就是互联网、虚拟现实、沉浸式体验、区块链、产业互联网、云计算及数字孪生等互联网全要素的未来融合形态,被称做为'共享虚拟现实互联网',也即'全真互联网'。具体地说,元宇宙是一个虚拟与现实高度互通、且由闭环经济体构造的开源平台"③。笔者则认为,所谓元宇宙,是一种基于互联网的带有虚拟性的整体思维平台,包括人元性、互联网、虚拟性和整体性等特点。这里的人元性,是指人的本真性或者说人的先天性与后天性相统一的属性,集中突出了"元"字。

目前,元宇宙理论研究方兴未艾,客观上已经影响了文艺创作,从这几年的文艺创作来看,"通过自己的作品人物和社会生活的'创生',创造一个元宇宙化的世界,开始成为艺术家的自觉。在2021年的世界互联网大会上,网络作家唐家三少就直言,未来网络作家的一个可能性贡献就是具有元宇宙意识的创作,通过这种创作,在不同的作品中创造出相对完整的、体系化的时空世界。值得一提的是,网络作家猫腻创造了不同类型的小说,但是,其《将夜》《择天记》就已经隐含了这种元宇宙化创作的影子:不同的作品,同一类人生哲学和世界知识,同一种行为范式和环境生态"④。波尔特(Jay David Bolter)认为,虚拟现实使用的是感知媒介而非

---

① 周志强:《从虚拟现实到虚拟成为现实——"元宇宙"与艺术的"元宇宙化"》,《中国文艺评论》2022年第2期。
② 胡乐乐:《"元宇宙"解析》,《中国社会科学报》2022年4月6日。
③ 喻国明:《元宇宙:以人为本、虚实相融的未来双栖社会生态》,《上海管理科学》2022年第1期。
④ 周志强:《从虚拟现实到虚拟成为现实——"元宇宙"与艺术的"元宇宙化"》,《中国文艺评论》2022年第2期。

符号媒介[①],"感知逻辑"而不是"观照逻辑"才是元宇宙叙事的核心。元宇宙追求身体的沉浸,但这种沉浸不是消极的、被动的,而是积极的,是需要参与者积极参与文本并进行"严格想象"的。在这里,场景(setting)、情节(plot)、角色(characters)才是关键,叙事者消失,故事永远没有结局,也不需要结局。[②] 周志强在《从虚拟现实到虚拟成为现实——"元宇宙"与艺术的"元宇宙化"》一文中对于元宇宙对文艺的多方面影响进行了比较深入的分析,认为从虚拟现实到虚拟成为现实,元宇宙颠倒艺术与现实的关系,并重塑艺术的美学范式[③],这对我们研究元宇宙文艺颇有启发意义。正如夏烈所言:"元宇宙文艺必然产生,我们要设计什么样的元宇宙文艺。元宇宙一旦落地并付诸更多实用,就渴望更多的元宇宙内容、元宇宙文艺、元宇宙产品,其所提供的'技术+艺术'的方法手段也超乎传统文艺的限制,产生巨大的诱惑。"[④]

从元宇宙对于影视和动漫产业的影响来看,在影视动漫产业内容体系中,虚拟人物和虚拟场景是元宇宙主要的内容,也是元宇宙同现实世界相连接的重要窗口,通过元宇宙高度的艺术想象和虚拟性,借助数字孪生和复刻技术,打造的艺术形象可以更具拟真度、辨识度和智能度,使虚拟人物和虚拟场景颇具艺术真实性,从而大大降低影视制作的成本,丰富影视创作的艺术空间。在"刚刚结束的北京冬奥会上,AI 虚拟气象主播'冯小殊'为提高气候预报影像发布的效率发挥了重要作用,知名电影《速度与激情7》在主角不幸离世后,电影通过虚拟人技术补全了他在剧中的剧情,使得电

---

① Jay David Bolter, *Writing Space: The Computer, Hypertext, and the History of Writing*, Hillsdale, NJ: Lawrence Erlbaum Associates, 1991, p.230.

② Dr. Marie-Laure Ryan, *Narrative as Virtual Reality: Immersion and Interactivity in Literature and Electronic Media (Parallax Re-visions of Culture and Society)*, Baltimore and London: The Johns Hopkins University Press, 2001, p.13.

③ 周志强:《从虚拟现实到虚拟成为现实——"元宇宙"与艺术的"元宇宙化"》,《中国文艺评论》2022 年第 2 期。

④ 夏烈:《元宇宙问题和元宇宙文艺》,《中国文艺评论》2022 年第 2 期。

影得以顺利上映……虚拟人和虚拟场景技术在相关领域的应用场景还在不断拓宽"①。

从文化创意产业的角度来看,在元宇宙理论的影响下,上海、北京、成都、天津等地已经开始实验"沉浸剧场"的演出,通过虚拟性与真实性的融合,著名演员的虚拟形象与真实的演员可以同台演出,已经去世的歌星可以再现舞台,与今天的青年歌手一起演唱。这种虚拟性的艺术真实和艺术想象,可以把不同地域的受众引入沉浸的艺术剧场,甚至把不同地域、国别和时代的演员融汇在一起,在时空穿越中打造同台表演的艺术盛会。如此一来,艺术想象的虚拟性可以在激发文艺创作的同时,也能够促进文化创意产业的跨越式发展与创新。

从文艺美学的角度来看,面对元宇宙的"大爆炸"式的井喷现象,"构建元宇宙背景下的文学艺术理论,及时对元宇宙文艺作出批评,是文艺理论评论界的工作操守和岗位职责,它同样涉及到我们在元宇宙中的话语权、标准制定和关键所在——人类的普遍价值"②。对于元宇宙的重要影响,曾军从学理性上对"元宇宙"进行了冷静地审视,认为近年来关于"元宇宙"的论著,主要包括以"元宇宙"为名的技术实现路径研究、"元宇宙"引发社会变革的演绎与想象以及与"元宇宙"有关的科幻文学和电影批评等,"总体感觉科幻的多,科普的少;预测的多,反思的少。我们现在有可能正在参与一场'元宇宙神话'的建构过程,对此必须持有高度的警惕"③。笔者认为,从哲学上的"元宇宙"到尼尔·斯蒂芬森的科幻小说《雪崩》中的"元宇宙",人们对于"元宇宙"的含义尚未达成共识,在见仁见智的前提下,要正确认识"元宇宙"对文艺

---

① 石培华、王屹君、李中:《元宇宙在文旅领域的应用前景、主要场景、风险挑战、模式路径与对策措施研究》,《广西师范大学学报》2022年第4期。
② 夏烈:《元宇宙问题和元宇宙文艺》,《中国文艺评论》2022年第2期。
③ 曾军:《"元宇宙"热潮中的人文担当》,《中国社会科学报》2022年4月12日。

创作的复杂影响，还需要采取积极而又审慎的态度，避免"元宇宙"昙花一现而迅速走下神坛的尴尬。

第三节　文艺灵感的奥秘

文艺创作需要文艺家的艺术灵感。所谓艺术灵感，是指文艺家在艺术构思过程中，思维突然豁然开朗、思路畅通、创新思维非常活跃的一种心理现象。

一　灵感理论的历史反思

在思维发展史上，灵感一直是人类大脑潜藏的深层奥秘。古往今来，学者一直孜孜以求，深入思考过灵感现象，灵感仍然扑朔迷离，似乎可以描述，但难以定性和量化，也难以控制，可谓踏破铁鞋无觅处，得来全不费功夫，非常神秘难测。

柏拉图不理解诗人的创作，认为诗人尽管写出了很多美妙的文章，但只是代神说话，诗人是神的传声筒。德谟克利特看到灵感对于诗歌创作的重要性，但也没有解释灵魂"燃烧"的原因，他认为，人只有灵魂处于燃烧状态时，诗才能够产生。德谟克利特所说的灵魂处于燃烧的状态，实际上是他注意到了灵感来临时思维高度兴奋而富有活力的特征。中国古代非常注重"神"的概念，"神"具有多种含义，其中《易·系辞》曰："阴阳不测之谓神。"这里的神，已经初步具有了神秘难测的韵味。中国文论重视"妙悟"和"顿悟"，也具有艺术灵感的含义。在文艺创作领域，唐代皎然《诗式·取境》："有时意静神王，佳句纵横，若不可遏，宛如神助。"诗人直接描述了创作灵感的特点。杜甫《奉赠韦左丞丈二十二韵》："读书破万卷，下笔如有神。"杜甫这里的"神"也具有灵感来临时的神速快捷之意。

简言之，古代人虽然看到了灵感这种现象，但由于历史的局限性，认为灵感非常神秘，客观上不可能对灵感作出科学的解释。灵感虽然显得非常神秘，但我们根据创造心理学和思维科学，基本上可以掌握灵感产生的原因以及灵感的特点。

二　艺术灵感的激发

（一）黑格尔灵感理论的启示

黑格尔在《美学》中深刻阐释了灵感理论，他认为灵感虽然不可强求，但也能够不招自来。黑格尔对于灵感问题的深刻揭示，对于我们今天认识灵感，仍然具有重要的启发。

黑格尔认为，天才需要艺术想象能力，也需要召唤灵感的本领。他认为，第一，单靠心血来潮并不济事，香槟酒产生不出诗来。一个人如果缺乏丰富的生活体验及现实的触动，仅靠感官的刺激，是无法激发灵感的，"最大的天才尽管朝朝暮暮躺在青草地上，让微风吹来，眼望着天空，温柔的灵感也始终不光临他"[①]。黑格尔还以法国作家马蒙特尔为例，马蒙特尔说过，他坐在地窖里，面对着六千瓶香槟酒，可是没有丝毫的诗意。这说明，单靠酒精的刺激，也无法使作家激发灵感。第二，单靠要存心创作的意愿也召唤不出灵感来。黑格尔认为，在产生灵感前，诗人的心灵和想象如果还没有抓住真正有艺术意义的东西，也是无法召唤灵感的，"谁要是胸中本来还没有什么内容在活跃鼓动，还要东张西望地搜求材料，只是下定决心要得到灵感，好写一首诗，画一幅画或是发明一个乐曲，那么，不管他有多大才能，他也决不能单凭这种意愿就可以抓住一个美好的意思或是产生一部有价值的作品"[②]。这就是说，艺术创造必须是艺术家对现实有感而发，必须要有"内容在活跃鼓动"，否则巧妇难做无米之炊，因为无论是感官的刺激，还是单纯的意志和决心，都不能引起真正的灵感。黑格尔非常深刻地揭示了激发灵感的客观动因和内生动力。怎样才能获得艺术灵感呢？黑格

[①]　［德］黑格尔：《美学》第一卷，朱光潜译，商务印书馆1979年版，第364页。
[②]　［德］黑格尔：《美学》第一卷，朱光潜译，商务印书馆1979年版，第364页。

尔从三个方面做了精辟的分析：

首先，通过想象从现实中抓住适合用艺术方式去表现的内容。从艺术与现实的审美关系来看，黑格尔已经认识到并非一切现实都可进入作品，因而要求艺术家要获得灵感，必须是想象所抓住的并且要用艺术方式去表现的内容。这说明艺术要表现的内容不是艺术家用抽象思维抓住的内容，而是用艺术想象所抓住的，适合于艺术表现的特定内容，而不是一般的社会生活。

其次，"从内心迸发出来的东西"[①] 可以激发灵感。黑格尔认为，引起灵感的材料要进入艺术家的头脑，作为艺术家来说，就必须以审美的艺术创造所获得的快乐作为创作的动力，使作品的题材和内容从艺术家"内心迸发出来"。这意味着黑格尔已经洞察到灵感产生的动力不是外在的，而是艺术家内在精神生命的自然流露，是从"内心迸发出来"的，也是客观现实经过艺术家心灵的加工改造，并成为艺术家所要表现的内在意蕴，在创作动力推动下的外化。

最后，外在机缘也可以激发灵感。黑格尔认为，艺术家只要发现并把握生活的艺术要素，使其成为内心有生命的东西，然后把理念的感性显现看作是自觉的要求，是从内心迸发出来的东西，天才的灵感就会不招自来。黑格尔所说的"不招自来"非常重要，极其深刻地揭示了灵感不能刻意求之，而是偶然性的萌发，在很大程度上具有无意识的特征。

通过上述分析，黑格尔的结论是：灵感既是不可强求的，又是不招自来的。因为无论是感官刺激，还是单凭存心创作的意愿，都无法召唤出灵感。黑格尔关于灵感的思考，启发我们要认识产生灵感的思维路径和转化机制，这样才有利于激发灵感的创新潜能。

（二）激发灵感的三条路径

灵感虽然因人而异，因时而异，扑朔迷离，非常神秘，但也具

---

① ［德］黑格尔：《美学》第一卷，朱光潜译，商务印书馆1979年版，第365页。

有一般的特点和基本规律。

首先,文艺家要拓宽视野,对生活广采博取,掌握丰富的生活素材。文艺家要激发艺术灵感,就必须走出个人的象牙之塔,融入广阔的社会现实,拓宽视野,对生活广采博取。只有这样,文艺家才能获得丰富的生活源泉,具有更多的有感而发,才能激发内在的创新动力。

其次,文艺家要反复酝酿,形成思维聚焦,不经意间就可能激发灵感。文艺家要激发艺术灵感,还需要克服思维懒惰的弱点,对思维的焦点要反复酝酿,反复推敲,经过去粗取精、去伪存真、由此及彼、由表及里的选择和筛选过程,逐渐形成思维聚焦,有利于激活艺术灵感,才能产生思维创新的聚焦力和穿透力。

最后,文艺家要冥思苦想,善于借外缘触发激活灵感。在人才发展史上,天才加勤奋,是人才发展成功的基本规律,因此,文艺家要激发艺术灵感,一方面,可以通过艺术创作的自觉要求激发灵感;另一方面,也可以借助外在的创作要求,转化为内在的创造动力,通过冥思苦想,无我、忘我,善于通过外缘的触发,由被动转化为主动,由他律转化为自律和自励,不经意间就能够激发灵感的萌动。

三 艺术灵感的特点

艺术灵感是一种特殊的思维形式,也是文艺家梦寐以求的精神和情感状态,具有超越一般思维的独特性。

(一) 思维能力超常发挥

从文艺心理学的角度来看,当艺术灵感突然来临时,文艺家在百思不得其解的困境下,可能突然豁然开朗,表现出思维能力的超常发挥,文艺家自己甚至也会感到惊诧,因为艺术灵感所表现出来的思维能力大大超出了文艺家自己的想象,这种独特的妙悟或顿悟仿佛使文艺家能够在刹那间爆发出极强的创新思维能力。舒伯特就经常利用突发的灵感进行创作,"音乐在舒伯特心中,仿佛是一种神秘的、自然的力量,他相信突如其来的灵感,创作速度极快,作品数量惊人"①。

(二) 情感激动与愉悦交融

文艺家在艺术创作的过程中,一旦突然产生艺术灵感,就会自觉不自觉地产生情感激动,并且产生相应的审美愉悦。文艺创作是文艺家有感而发,"艺术家要用火一样的激情,燃烧自己,燃烧他创造的艺术形象"②,而艺术灵感恰恰是有感而发的思维表现和情感表现,文艺家艺术灵感来临时的情感激动与审美愉悦相互交融,形成了文艺家心灵的内审美,使文艺家沉浸在具体的审美情境,不经意间沉浸于情感激动与审美愉悦相互融合的心境之中。

(三) 思维火花卓异超绝

艺术灵感是文艺家独特的艺术生命的重要表现,具有突发性、创新性和不可重复性的特点,而艺术灵感所显现出来的思维火花往往各具特色,因人而异,异彩纷呈,卓异超绝,具有鲜明的个性特征。杜书瀛先生对艺术灵感的特点分析非常中肯:"灵感表现为各种心理因素的高度综合。当处于灵感状态的时候,情感充沛,激情亢奋,感受灵敏而且富有捕捉力,思路敏捷而且四通八达,左右逢源宛如神助,想象异常活跃而丰富,各种记忆也被迅速唤起,心念表象纷至沓来,佳句纵横若不可遏,同时,意志、欲望也被激活,强烈的意志冲动力和创造冲击力急不可耐、喷薄欲出。"③ 究其原因,就在于每个文艺家都是独特的,都具有自己独特的生活道路和人生体验,因而所突发的艺术灵感必然显示出独特的个性特点。每一次灵感都是新的,都具有突发性、独特性和创新性,稍纵即逝,不可重复。

---

① 徐剑梅:《舒伯特》,东方出版社1998年版,第51页。
② 周来祥:《文艺美学》,人民文学出版社2003年版,第8页。
③ 杜书瀛:《文学原理——创作论》,社会科学文献出版社1989年版,第260页。

(四) 神秘恍惚与理智清晰的融合

艺术灵感与一般的灵感既有相同性，也具有独特性。一般灵感来临时，人们虽然也会兴高采烈，甚至非常激动，但一般灵感的内容往往与现实联系比较紧密，相对而言也比较理性；而艺术灵感由于是以形象的具象性和虚拟性表现出来，因而显得有些神秘恍惚，甚至会出现柏拉图所说的迷狂，"作家的创作一旦进入了迷狂状态，它才有可能获得诗性的灵感，才能抓住缪斯的臂膀飞升起来"[①]。但就总体而言，艺术灵感体现了神秘恍惚与理智清晰的融合。

(五) 自觉性与非自觉性的统一

从艺术灵感形成的过程来看，艺术灵感既是文艺家主观上自觉冥思苦想、艰苦构思的结果，也与文艺家的偶然突发密切相关，体现了意识与无意识、理性与感性的有机统一。从艺术构思的角度来看，文艺家虽然经常是自觉寻觅艺术灵感，但客观上往往事与愿违，无法按照自己的愿望，一厢情愿地获得灵感。但艺术灵感有时可能会突然降临，体现出艺术灵感非自觉性的一面。

(六) 来无影去无踪的难控性

艺术灵感是一种创新思维，通常是来无影去无踪，踏破铁鞋无觅处，千呼万唤不出来，但又得来全不费功夫，往往不经意间就唾手可得，可谓奇哉怪哉！实际上，这种来无影去无踪的难控性，恰恰是艺术灵感的珍贵之处，是不可多得的创新思维，也是文艺家用心血和生命孕育和浇灌出来的艺术之花，具有创新性和唯一性，也具有不可重复性。

从艺术灵感的重要性来看，艺术灵感虽然是文艺家大脑创新思维的特殊表现，是保障文艺家创作成功非常重要的主观因素，但已经激活的艺术灵感客观上又成为文艺家难以控制的"无缰之马"，能够反过来控制和支配文艺家的创作活动。日本学者岩城见一认

[①] 丁帆：《批评家与评论家的灵感》，《文艺争鸣》2020 年第 1 期。

为,"不是画家创造了形象,而是形象驱使着画家。看上去,画家是在创作,但是实际上是作品产生了画家"①。按照荣格的观点,当灵感来临时,艺术家只能服从他自己这种显然是异己的冲动,任凭这种冲动把自己引向哪里,这样,艺术家掉进异己意志的魔圈之中。荣格还通过艺术家的传记,说明艺术家的"创造性冲动常常是如此专横,它吞噬艺术家的人性,无情地奴役他去完成他的作品,甚至不惜牺牲其健康和普通人所谓幸福"②。由此可见,文艺家如何掌控自己的艺术灵感,对灵感因势利导,转化为艺术创作的最新成果,这需要文艺家具有优良的主体因素,尤其需要较高的情商。

艺术灵感来无影去无踪,难以控制,也难以挽留,当艺术灵感突然来临之际,我们一定要倍加珍惜,抓住灵感来临的最佳时机,用语言文字或其他艺术符号尽快保存下来。

---

① [日]岩城见一:《感性论——为了被开放的经验理论》,王琢译,商务印书馆 2008 年版,第 14 页。

② [瑞士]荣格:《心理学与文学》,冯川、苏克译,生活·读书·新知三联书店 1987 年版,第 113 页。

第 三 章

文艺审美客体论

文艺本质上是审美文化,应该具有语言美、形象美(人物美、物象美)、意境美、故事美(有魅力)、画面美、音乐美、形体美(舞蹈艺术)、摄影美(特技)等。本章拟对文学之美、影视之美、音乐之美、绘画之美和戏剧之美进行阐释。

第一节 文学之美

文学是语言的艺术,也是想象的艺术,在文艺或艺术中具有非常重要的地位。文学凭借具有诗意和丰富内涵的审美符号,蕴含了无穷的艺术魅力,获得了不朽的生命力。本章论述文学之美,主要分析小说、诗歌和散文三种文学样式。

一 小说之美

(一) 故事叙述的独特魅力

为了增添小说的魅力,作者叙述故事,应该根据故事情节变化的合理性,善于运用多种视角,把握时空的转化和跳跃,更好地吸引读者的注意力。"这种多视角的出现,巧妙运用,刻画人物便能达到多层次、多侧面的效果。"[①]

[①] 张德林:《现代小说美学》,湖南文艺出版社1987年版,第12页。

王安忆的小说《小鲍庄》有一段精彩的描写。这段描写随着空间的位移，蕴含了透视学远小近大的原理，为作品增添了艺术魅力："路，向前蜿蜒，看不到头，难得遇见个人。远远的，看见个小黑点。走着走着，渐渐大了，大了，大了，显出人形了，辨清男女了，认出眉眼了。到了跟前，过去了，前边只有一条白生生的路，蜿蜒到看不见的远处去了。"这段文字随着空间的位移，写出了作者的审美感觉，反映了时空转化所带来的艺术魅力。

作家在小说写作中可以采取"全知"的视角，在写人状物和构思故事时，可以宏观把握，居高临下，以高瞻远瞩的"全知"性，对故事情节和人物命运进行巧妙的艺术设计，既在情理之中，又在意料之外，在故事的开端、发展、高潮、结局四个环节中，要做到曲径通幽、柳暗花明；张弛有度，引人入胜；多姿多彩，魅力无限；一因多果，一果多因；扑朔迷离，豁然开朗。如此一来，小说才能蕴含着巨大的艺术魅力，符合小说艺术创造的审美性和规律性，又符合读者欣赏的合目的性。

（二）人物命运的悲欢离合

小说对人物命运的描述和探索，来自作家现实中对人的命运的思考。从哲学的角度来看，"命运其实并不神秘，它是个体生命与客观世界相互作用的过程与结果，表现为个人的兴衰际遇、悲欢离合、贫富祸福等，其根源在于主体与客体的相互作用"[①]。

但在现实中，我们许多人受到传统命运观念的影响，往往屈从于所谓的"命运"。从历时性和共时性的双重角度来看，人生受到主客观诸多因素的复杂影响，命运往往具有多种可能性。因此，小说家在揭示人物命运时，应该根据命运的复杂性和多种可能性，力求把握最具可能性的轨迹，根据人物发展变化的内在逻辑、因果关系来塑造人物。路遥中篇小说《人生》描写了高中毕业生高加林回到土地又离开土地，再回到土地的曲折故事。其间，高加林经历了

---

① 薛永武：《命运归因探析》，《光明日报》1999年8月27日。

与农村姑娘刘巧珍的婚姻，体验了与城市姑娘黄亚萍之间的爱情，人物命运坎坷中有希望，希望中有失望，高加林命运的起伏与爱情婚姻的悲欢离合，形象地体现了社会转型期农村青年人生的艰难选择及其悲剧性，引发了无数读者的思考和共鸣。

小说写出人物命运的喜怒哀乐、悲欢离合一方面能够真实反映和揭示现实人生的复杂性和丰富性；另一方面能够形成极大的艺术张力，为读者带来巨大的悬念，所谓乐极生悲、否极泰来，三十年河东、三十年河西。因此，人物命运的喜怒哀乐、悲欢离合是形成小说艺术张力的主要诱因，也是小说艺术魅力的重要来源。

（三）艺术想象的三个逻辑

文学虽然是想象的艺术，但想象也需要逻辑。小说的艺术想象需要三个逻辑，即生活逻辑、情感逻辑和性格逻辑。

1. 小说的想象要符合生活逻辑

古往今来，人们的社会生活虽然千差万别，千变万化，但因为人类社会的发展进步具有一般的社会发展规律，而特定的现实生活也具有一定的规律性，体现出了生活的逻辑性。小说家进行艺术构思时，应该自觉认识和遵循生活的逻辑。

在生活逻辑中，我们常见到的比如，冰冻三尺非一日之寒；宝剑锋从磨砺出，梅花香自苦寒来；少壮不努力，老大徒伤悲；一口吃不成胖子，心急吃不得热豆腐；善有善报、恶有恶报，不是不报，时候未到（总体而言如此），等等。此外，事物从量变到质变，一般都有规律，小说故事情节的四个阶段：开端、发展、高潮和结局，都体现了事物发展变化的规律。由此可见，小说家在构思故事、塑造人物时，应该遵循生活逻辑，即使在浪漫主义小说中写人状物，也要符合生活逻辑，比如孙悟空大闹天宫以及与二郎神的打斗，客观上都符合特定的生活逻辑，能够给读者审美的愉悦。

2. 小说的想象要符合情感逻辑

小说家在艺术构思中要展开丰富的想象，这种想象不但要符合生活逻辑，还要符合人物形象的情感逻辑，即作者塑造人物形象、表达人物形象的各种情感时，不是凭作者个人的主观意志强加于人物，而是要遵循人物形象自身情感的规定性。

小说中的每一个人物形象都有自己的生活道路，都有自己的生活体验，也都有自己喜怒哀乐和悲欢离合的各种情感。也就是说，小说中的人物的情感不是小说家随意赋予的，而是作品中人物自己内心世界的情感抒发，有其内在的规定性。人物形象按照自己的情感逻辑，该喜则喜，该怒则怒，该哀则哀，该乐则乐。小说家的任务则是对作品人物形象的内在情感进行审美化，按照艺术表达的要求，具体表达人物形象的思想感情。

小说中的人物形象如同现实中的人一样，也有七情六欲、喜怒哀乐和悲欢离合，但小说家在情感表达方面，审美想象特别应该注重抒发人物对真善美的热爱之情，对假恶丑的憎恶之情，想象的情感逻辑要体现出健康性和进步性，能够反映和表达积极向上的健康情感。其中，表达反面人物的情感时，不能为真实而真实，而是应该在认识论上给予理解的同时，给予应有的否定和批判。

3. 小说的想象要符合性格逻辑

小说家在审美想象中在符合生活逻辑和情感逻辑的同时，还需要符合人物的性格逻辑，即人物的语言和行为都能够展现人物的精神个性，是精神个性的感性显现和审美显现，让每个人物形象都具有栩栩如生、呼之欲出的鲜活性。

在《红楼梦》中曹雪芹善于把贾宝玉、林黛玉和薛宝钗纳入其特定的精神个性中进行形象塑造，其中，贾宝玉叛逆与率真的性格表现为对世俗的不屑和蔑视；林黛玉以其冰清玉洁、洁身自好的孤傲个性，决定了她不可能被世俗的贾府所悦纳和认同；而薛宝钗的圆润、内敛与中和之美的个性恰恰符合贾母的价值观。因此，曹雪芹在艺术想象中，充分依据三个人的性格特点，来具体设计人物语言和行动，把人物性格与故事情节有机统一起来。

贺拉斯认为，人物语言和行为都要符合人物的个性。第一，言为心声，语言要恰当地表现情感。第二，人物的语言还要符合人物的年龄、身份、遭遇、地域和民族特点。他指出："神说话,英雄说话,经验丰富的老人说话,青春、热情的少年说话,贵族妇女说话,好管闲事的乳媪说话,走四方的货郎说话,碧绿的田垄里耕地的农夫说话……其间都不大相同。"① 在他看来,人的内心随着各种不同的遭遇而发生变化,语言要表现心灵的活动,就必须使人物语言与人物的遭遇相符合,要符合儿童、少年、成年人和老年人的性格特点。

另外在《水浒传》中,林冲逼上梁山的过程客观上也非常符合生活逻辑、情感逻辑和性格逻辑。林冲妻子遭到高衙内调戏,林冲误入白虎堂,大闹野猪林,风雪山神庙,火烧草料场,这些特殊的生活遭遇都符合艺术想象的生活逻辑、情感逻辑和性格逻辑。

(四) 文化内涵的审美张力

小说是文学中最具文化内涵的艺术形式,其形式多彩多姿,其内容丰富多彩,意蕴深厚,具有丰富的文化内涵和审美张力。

审美张力是主体对客体进行审美时,主客体在互动过程中通过共生效应所产生的审美力,既是审美客体审美意蕴向审美主体的弥散,也是审美主体审美能力对审美客体的确证,体现了审美主体与审美客体的有机统一。小说的审美张力来自小说的丰富的文化内涵,也来自小说丰富多彩的表现形式。从小说的文化内涵来看,我国古代四大名著都具有丰富的文化内涵:《三国演义》形象地反映了东汉末年波澜壮阔的三国历史的兴衰,是一部非常形象化的人才学和情商学;《西游记》是一部神魔小说,也是一部形象化的成功学和人事管理学;《红楼梦》揭示了贾府的衰亡,探索了宝黛之间爱情与婚姻的冲突,也是一部具有百科全书性质的教科书;《水浒传》突出了官逼民反的主题,反映了统治者社会治理的教训。在当代文学史上,路遥中篇小说《人生》的文化内涵非常丰富,让人读

---

① [古希腊] 亚里士多德、[古罗马] 贺拉斯:《诗学·诗艺》,罗念生译《诗学》,杨周翰译《诗艺》,人民文学出版社1984年版,第143页。

后浮想联翩，激发读者对复杂人生理想、爱情与未来的多重叩问。在《人生》中，高加林、刘巧珍、黄亚萍三个人的情感纠结在一起，一方面向读者展示了爱情与婚姻的矛盾与伦理冲突；另一方面作品还反映了巨大的城乡差别：车水马龙的城市与尘土飞扬的黄土高原的画面对比。此外，小说还非常深刻地探索了以高加林为代表的广大农村青年成才之路如何走的重大问题。从人才学的角度来看，农村人力资源开发涉及国家的整体人才战略，而《人生》恰恰能够引起我们对农村人力资源开发的深刻反思。

总体来看，小说在文学类型中是一种比较受读者普遍欢迎的艺术形式。虽然短篇小说、中篇小说和长篇小说各有特色，但一般都需要讲好故事，情节跌宕起伏，具有特殊的吸引力；人物语言和行动具有鲜明的个性特征，千人千面，各具特色；人物情感具有喜怒哀乐的丰富性和真实性，能够以情感人。

二 诗歌之美

诗歌是文学中最凝练、最有意境、擅长抒情、具有音乐感和具有概括性的艺术形式。中国是诗歌的国度，从先秦的《诗经》到唐诗宋词，再到计算机软件写诗填词，都显示了诗歌无穷的艺术魅力。诗歌与小说相比，小说擅长叙事；诗歌擅长抒情。所以格罗塞认为"一切诗歌都从感情出发也诉之于感情，其创造与感应的神秘，也就在于此"[①]。

（一）诗歌的语言美

就诗歌的形式而言，诗歌的篇幅一般比较短小，因此要求语言更加精练准确，甚至一字千金，含义蕴藉，具有语言美的特点。

诗歌语言美的最高境界是在否定自己中实现自己的价值，即让读者对诗歌的语言视而不见，在沉浸于诗歌的境界之中，被诗歌的意蕴所感染和陶醉。刘熙载《艺概》评价杜甫的诗歌："杜诗只

---

① ［德］格罗塞：《艺术的起源》，蔡慕晖译，商务印书馆 1987 年版，第 175 页。

'有'、'无'二字足以评之：有者，但见性情气骨也；无者，不见语言文字也。"刘熙载这里所说的"不见语言文字"，恰恰是因为杜诗的语言达到了完美的程度，才让读者对语言视而不见，而不经意间深入语言背后的深层意蕴。

诗歌的语言美是诗歌艺术美的重要表现。王安石在《泊船瓜洲》"春风又绿江南岸"的诗句中，不仅把"绿"字用活了，而且特别是"又"字，也为神来之笔，其中"绿"颇具形象性，而"又"字却增添了浓浓的情感，为后句"明月何时照我还"做了乡愁的情感铺垫。诗歌的语言美一般表现为语言精练准确、言简义丰、言美意深，具有形象性和韵律美等特点。

（二）诗歌的韵律美

诗歌的韵律美是其最具特色的艺术表现，体现了诗歌艺术形式特殊的美感和艺术魅力，能够让读者朗朗上口，津津有味，充分体现诗歌语言音乐美的特点。

我国古代诗、词、曲、赋都讲究押韵，读起来朗朗上口，非常具有音乐的节奏感，听者也会从中体验到诗句的韵律美，产生音乐的美感效应。王粲的《登楼赋》兼具诗歌和散文的特点，三个自然段的韵脚分别是"ou"韵、"in"韵和"i"韵，读起来特别富有音乐的美感。颇具代表性的唐诗宋词具有普遍的韵律美，成为我国诗歌史上难以逾越的丰碑。在唐代律诗的发展过程中，"五律的形成使诗歌的体裁更加多样化，从一个方面为盛唐诗歌的繁荣作了准备"[1]。律诗的多样化客观上丰富了唐诗的内容，也增添了唐诗的韵律美。王之涣《登鹳雀楼》"白日依山尽，黄河入海流。欲穷千里目，更上一层楼"。偶句中的"流"和"楼"非常和谐顺耳，节奏感颇有韵味。

诗歌的韵律美这一审美特点，客观上非常符合入乐，可以用于吟唱，所以，古代音乐中的声乐内容，大多都是诗歌，符合诗歌的

---

[1] 袁行霈：《中国文学概论》，高等教育出版社2006年版，第190页。

韵律。在现代白话诗中，有的诗歌也讲究押韵，但有些诗歌没有韵脚，其中有些诗歌像凉白开，淡而无味，表现出一定的散文化倾向，而诗歌的散文化倾向客观上失去了诗歌的韵律美，不利于诗歌的发展。

笔者曾经写过一首《问天》，虽然韵脚不一定完全符合律诗的要求，但读起来也能够体现出音乐的韵律。

问天

宇宙之苍苍兮，肇始于何方？
穹庐笼四野兮，无穷御八荒。
日月之生辉兮，星辰奏乐章。
甘霖之润泽兮，瑞雪织银装。
四时之不倦兮，代谢而弛张。
造化之神秀兮，健行而永昌。
大道之恍惚兮，神秘而潜藏。
宇宙之茫茫兮，归隐于何方？

笔者开篇从叩问宇宙肇始开头，然后描述了"天行健"的特点及其神秘潜藏的"大道"，最后一句继续叩问宇宙的归宿，表现了笔者对宇宙现象和宇宙规律的思考。

（三）诗歌的想象美

诗歌是最具想象力的文学形式，诗人可以打破现实时空的局限，古往今来，天南地北，大开大合，精骛八极，心游万仞，充满了瑰奇的想象。

金昌绪的诗歌《春怨》："打起黄莺儿，莫教枝上啼。啼时惊妾梦，不得到辽西。"这首小诗言简、意深、情浓，充满了奇特的艺术想象，全诗没有思、念、想等相关表达情感的文字，却通过黄莺惊梦的细节描写，含蓄委婉地抒发了妻子与远征在外的丈夫的互相思念之情，想象奇特而富有艺术魅力。

笔者曾经当过四年农民，对大自然的风有着深刻体验，因此写过一首《风中吟》的诗歌：

一

驱走残冬的余寒，
送来柳笛的鸣响。
欢迎回家的燕子，
洋溢着春风化雨的遐想。
春风融融而温馨，
其美柔和而悠长。

二

恋恋不舍地送走春天，
风风火火地拥抱骄阳。
染遍了金黄色的麦浪，
描绘了醉人的稻花香。
夏风习习而热烈，
其美浓郁而芬芳。

三

辛勤耕耘喜迎金秋，
硕果累累渴望辉煌。
你追赶着忙碌的身影，
为人们奉上丝丝清凉。
秋风爽爽而清峻，
其美刚健而硕壮。

四

当红梅恋上雪花，
春天就充满了希望。
你用冰冻积聚能量，
你用生命酝酿辉煌。

寒风凛凛而入怀，
其美崇高而悲壮。
五
你从哪里来？
你去哪里在？
我触摸不到你，
却能感受到你的存在。
你轻拂蝴蝶①的翅膀，
竟然能掀起飓风飞扬！
六
你从无中来，
你去无中在。
你用白云捎去记忆，
你用呼吸传递念想。
你用温柔轻抚摇篮中的婴儿，
你用壮美演奏排山倒海的乐章！

笔者通过艺术想象，在这首诗歌中先后写出了春风融融、夏风习习、秋风爽爽、寒风凛凛的不同特点。笔者通过对风的哲学叩问"你从哪里来？你去哪里在？"进一步阐释了风的"蝴蝶效应"，风既可以"用白云捎去记忆"，也可以"用呼吸传递念想"；风既可以"用温柔轻抚摇篮中的婴儿"，又可以"用壮美演奏排山倒海的乐章！"笔者这些抒情，都离不开高度的审美想象。

(四) 诗歌的意境美

意境是中国古代美学最重要的概念，也是中国诗歌最重要的艺术特色。意境美是诗歌的重要标志，也是激发读者美感的重要因

---

① 这里暗含了著名的"蝴蝶效应"，即一只南美洲亚马孙河流域热带雨林中的蝴蝶，偶尔扇动几下翅膀，可以在两周以后引起美国得克萨斯州的一场龙卷风。

素。意境实际上就是作者的思想感情与作品所描写的物象互相融合所形成的艺术境界。

《周易》的"意"和"象",老庄的"象""言""意"运用于审美活动,概括为"意"和"象",已经初具"意境"的基本内涵。王昌龄《诗格》中认为诗有三境:物境、情境和意境。王昌龄这里所说的"意境"并不是现代的意境概念。

诗歌的意境美需要诗人对宇宙人生富有深刻的认识和体验,诗人在创造诗歌意境过程中,需要对人生进行深入体验,需要入乎其内;从诗歌欣赏的角度来看,欣赏者也需要出乎其外,才能更好地欣赏诗歌的意境。一般而言,抒情诗歌最擅长营造诗歌意境,诗人通过借景抒情,以情写景,情景交融,构成主客体融为一体的艺术境界。

为了营造诗歌意境,诗人还需要从主客观两个方面对人类生活进行同情共鸣,深入体验。黑格尔写到:"诗人必须从内心和外表两方面去认识人类生活,把广阔的世界及其纷纭万象吸收到他的自我里去,对它们起同情共鸣,深入体验,使它们深刻化和明朗化。"[①] 从审美的角度来看,意境虽然具有模糊朦胧的一面,但从诗歌创造的角度来看,诗人却不应该对诗歌中的意境模糊朦胧,而是应该心中有数,要深刻化和明朗化。

李白的《送孟浩然之广陵》:"故人西辞黄鹤楼,烟花三月下扬州。孤帆远影碧空尽,唯见长江天际流。"这首诗具有美的意境,精练准确,脍炙人口,言简义丰,深受广大读者的喜爱。这里的视觉是由近及远,视野开阔;情感表达与意境创造方面,情深意浓,意境深邃。前两句介绍了人物及其与诗人的关系、出发地点、出发时间和目的地,简明扼要,非常精练。后两句则是全诗的神来之笔,一方面体现了李白细致的观察力;另一方面表现了李白的艺术

---

① [德]黑格尔:《美学》第三卷下册,朱光潜译,商务印书馆1981年版,第54页。

想象力，而通过观察力与想象力的完美融合，则创造了千古名句"孤帆远影碧空尽，唯见长江天际流。"这里的"孤帆"，并非说江面上只有孟浩然乘坐的小船，而是意味着李白对其他的船只视而不见，满眼中只有故人乘坐的船。李白站在江边，目送故人的影子逐渐消失在遥远的长江下游水天相接处，而看到的唯有长江在水天相接处仿佛向天边流去的景象。李白营造的这个意境非常完美，表情达意非常深厚。如果从物理学和数学的角度来看，我们如果了解唐代船只的行驶速度和当时的水速，了解人们目视的最大距离，基本上是可以计算出李白站在江边目送孟浩然消失在"碧空尽"的大致时间，其对孟浩然的深情厚谊蕴含于诗歌的字里行间。

诗歌的意境体现了作家的情与理，也表现了物象的形与神。作家的情与理是作家对社会人生和所写物象的认识、理解和评价；物象的形与神是人化的自然，是作品的形象的外在风貌和蕴含的内在神韵。在中国传统文化中，梅、兰、竹、菊被称为"四君子"，其品格分别是：傲、幽、澹、逸。"四君子"成为中国诗歌借物喻志的象征，也是咏物诗文和艺人字画中常见的题材。虽然意境主要存在于抒情性作品中，但有些叙事作品也有意境的描绘。

在意境的创作过程中，诗人一般善于情景互渗与相互融合，时空跳跃与转换，有无与虚实相伴，人文与自然相谐，言简义丰，韵味无穷。我们欣赏意境时，需要对作品进行创造性的阅读、发现和体验感悟，尽情展开积极的联想和丰富的想象。

此外，我们研究诗歌艺术，还需要特别注意诗歌的抒情性，因为诗歌是最擅长抒情的艺术。当然，在抒情性诗歌中，并不排斥诗歌的叙事性，正如格罗塞所言："原始民族的抒情诗含有许多叙事的原素，他们的叙事诗也时常带有抒情或戏曲的性质。"[①] 诗歌抒情除了直抒胸臆以外，既可以叙事，也可以借景抒情，融情于景，达到情景交融的艺术目的。

---

① ［德］格罗塞：《艺术的起源》，蔡慕晖译，商务印书馆1987年版，第176页。

三 散文之美

散文在文学体裁中是一种非常灵活的艺术形式,具有自由挥洒、大开大合、纵横自如的特点。散文大致可以分为叙事散文和抒情散文。写作总体上是形散神不散,但也有的学者认为,形散神也可以散,也就是多主题。

(一) 叙事散文的审美特点

叙事散文,或称记事散文,语言风格既要朴实,又要具有文采。所谓朴实,是指这类散文在具体叙事的过程中,应该具有写实的风格,因此需要朴实的语言,力求准确、客观、清楚,让读者一目了然;所谓文采,是指作者在叙事的过程中,不能平铺直叙,而是伴随着文章的内在线索,随时触景生情,或随之产生联想和想象。作者在触景生情、展开联想和想象的时候,可以使用具有文采的语言,使散文具有审美的意蕴。

叙事散文的审美特点:第一,要把叙事与写人有机结合起来;第二,人文意蕴与自然韵味相融合;第三,语言朴实而又有良好的文采;第四,主题的诗意化。笔者曾发表过一篇叙事散文《美丽的青海湖》,叙述了我们游览青海湖的经过,表达了我们对青海湖的热爱之情。

美丽的青海湖

青海湖又名"库库淖尔",即蒙语"青色的海"之意。青海省的名字也因青海湖而命名,可见青海湖在青海人心中的位置。在西宁的全国学术会议结束后,我们参观了这一神圣的湖泊,深切感受到大自然的鬼斧神工和无穷的魅力。

7月18日上午,我们乘车去青海湖。一路上,青海民族学院的研究生小杨为我们作了热情洋溢的讲解。她先给我们讲解了青海各民族的社会状况和民族习俗,又为我们介绍了青海湖的美丽景色,还带领我们一起唱了西部歌王王洛宾的歌曲《在那遥远的地方》。青海湖古称"西海",又称"鲜水"或"鲜海"。蒙语称"库库诺尔",藏语称"错温波",意为"青色的海""蓝色的海洋"。汉代也有人称它为"仙海",从北魏起才更名为"青海"。青海湖位于青海省东北部的青海湖盆地内,是我国最大的内陆湖泊,也是国内最大的咸水湖。它长105公里,宽63公里,最深处达38米,平均水深18米,湖泊的集水面积约29661平方公里,比中国最大的淡水湖鄱阳湖,要大近450多平方公里,简直就像汪洋大海。湖的四周被巍巍高山所环抱,可谓环湖皆山也:东面是巍峨雄伟的日月山,西面是峥嵘嵯峨的橡皮山,南面是逶迤绵延的青海南山,北面是崇宏壮丽的大通山。

　　从远处遥望青海湖,可以看到湖边镶嵌着一条条金黄色的绸带,那就是为了美化环境而栽种的油菜花。来到青海湖畔的油菜花地,人们纷纷下车照相留念。游客只要交给油菜的主人两元钱,就可以进入油菜地照相。油菜长得非常茂盛,繁花似锦,我们真是不忍心践踏这些美丽的鲜花。站在油菜地,向湖面眺望,碧澄的湖水,波光潋滟,犹如一面浩渺无垠的镜子,把蓝天白云尽收湖中;极目远眺,苍翠的群山翠黄相间,合围环抱,别具一格。所谓的翠黄相间,这真是青海的一大特色,由于这里气候干旱,山上的植被呈现出"阴盛阳衰"的特色,即山的南面受到的光照较多,植被因为缺水而艰难存活;而山的北面光照相对较少,植被反而比较容易存活。湖的四周,景色各异:草原绿茵如毯,牛羊成群;金黄色的油菜,飘香醉人;牧民的帐篷,星罗棋布;白云形形色色,在群山驻足,悠闲地漫步。在青海湖畔,我们分明感受到环境清幽,空气清新,真切地体验到了天人合一的境界,领悟了人类诗意地生存的内涵,人们难免浮想联翩,心旷神怡。

　　青海湖的阳光特别强烈,我们很多人买了牛仔帽,以防被太阳晒伤。午饭后,我们终于来到了湖边。远远望去,青海湖烟波浩渺、碧波连天，就像是一个巨大的翡翠玉盘，平嵌在高山、草原之间，构成了一幅山、湖、草原相映成趣的风景画。也许只有来到青海湖，才会更加体验到水天相接的感觉。很多人到海滨城市旅游的时候，因为许多山峰把海湾围困起来，人们在海湾看海的时候，往往不能很好地感悟到水天相接的意味，而在青海湖则不然，人们站在青海湖畔，视野极其开阔，可谓一望无际，上下天光，一碧万顷，极目远眺，湖面越是延伸到天空，就越给人以逐渐升高的感觉，沿着渐渐升高的湖面可以直达远处的天空，真正体验了水天相接的感觉。这种感觉似真似幻，犹如人间仙境一般。

据小杨说，青海湖可以根据天气的变化，而呈现出七色湖的形态，如一天四时的变化，包括朝阳和夕阳及其余晖，蓝天白云的各种变化，都会映射在湖面上，湖面的景色自然就会随之变化。在夏秋季节，天高气爽，青海湖畔山清水秀；在寒冷的秋冬季节，湖面冰封玉砌，银装素裹，就像一面巨大的宝镜，在阳光下分外明亮，放射着灿烂夺目的光辉。

我们在青海湖边与我的博士生导师金元浦先生和许多专家、同事合影留念。人们忘记了烈日炎炎，在湖边尽情地拍照、观赏。我的师弟李有光博士还直接下湖与湖水亲密接触，亲自体验青海湖的魅力。人们说着，笑着，心灵的阳光洋溢在每个人的脸庞，其乐融融，审美融融，悠然，欣欣然，恍惚忘记了自己，忘记了时间，直到小杨催促我们该上车了，我们才仿佛觉醒。

这次青海湖之行，美中不足的是没有能够去鸟岛观光，遗憾的是也没有时间去对青海湖的"海怪"传说去进行考察和想象。当然，这期待着我们未来的青海湖之行。

啊！美丽的青海湖……

笔者在这篇散文中力求把叙事、写景与抒情有机结合起来，努力体现散文的诗情画意和人文意蕴,形象地展示了天人合一与诗意栖居的融合。

叙事散文虽然注重叙事,但不同于小说中的叙事。小说中的叙事要求故事性、戏剧性和完整性,而散文中的叙事则没有上述限制,可以弱化故事性,可以没有戏剧性,也不一定要求完整性。散文中叙事既可以写完整的故事,也可以抓住故事的一鳞半爪,突出其精彩的片段,进行艺术的渲染,以达到叙事散文的艺术效果。

(二) 抒情散文的审美特点

抒情散文是散文最主要的形式,因为散文不太擅长叙事,而相比之下,更善于借景抒情、融情于景,情景交融,营造美的意境。这里以朱自清的散文《春》为例:

春

盼望着,盼望着,东风来了,春天的脚步近了。

一切都像刚睡醒的样子,欣欣然张开了眼。山朗润起来了,水涨起来了,太阳的脸红起来了。

小草偷偷地从土里钻出来,嫩嫩的,绿绿的。园子里,田野里,瞧去,一大片一大片满是的。坐着,躺着,打两个滚,踢几脚球,赛几趟跑,捉几回迷藏。风轻悄悄的,草软绵绵的。

桃树、杏树、梨树,你不让我,我不让你,都开满了花赶趟儿。红的像火,粉的像霞,白的像雪。花里带着甜味儿;闭了眼,树上仿佛已经满是桃儿、杏儿、梨儿。花下成千成百的蜜蜂嗡嗡地闹着,大小的蝴蝶飞来飞去。野花遍地是:杂样儿,有名字的,没名字的,散在草丛里,像眼睛,像星星,还眨呀眨的。

"吹面不寒杨柳风",不错的,像母亲的手抚摸着你。风里带来些新翻的泥土的气息,混着青草味儿,还有各种花的香,都在微微润湿的空气里酝酿。鸟儿将窠巢安在繁花嫩叶当中,高兴起来了，呼朋引伴地卖弄清脆的喉咙，唱出宛转的曲子，与轻风流水应和着。牛背上牧童的短笛，这时候也成天在嘹亮地响。

　　雨是最寻常的，一下就是三两天。可别恼。看，像牛毛，像花针，像细丝，密密地斜织着，人家屋顶上全笼着一层薄烟。树叶儿却绿得发亮，小草儿也青得逼你的眼。傍晚时候，上灯了，一点点黄晕的光，烘托出一片安静而和平的夜。乡下去，小路上，石桥边，有撑起伞慢慢走着的人，地里还有工作的农民，披着蓑，戴着笠的。他们的草屋，稀稀疏疏的，在雨里静默着。

　　天上风筝渐渐多了，地上孩子也多了。城里乡下，家家户户，老老小小，他们也赶趟儿似的，一个个都出来了。舒活舒活筋骨，抖擞抖擞精神，各做各的一份事去。"一年之计在于春"，刚起头儿，有的是工夫，有的是希望。

　　春天像刚落地的娃娃，从头到脚都是新的，它生长着。

　　春天像小姑娘，花枝招展的，笑着，走着。

　　春天像健壮的青年，有铁一般的胳膊和腰脚，他领着我们上前去。

　　朱自清这篇散文表面上是写春天的自然风景，但实际上是借写春天的景色，表达和抒发作者对春天的盼望和欣喜的心情。作者通过对春天勃勃生机的描绘，融入了对春天的热爱与期盼，通过借景抒情，融情于景，情景合一，情景交融，创造了一幅诗情画意的春景图和春意图。

　　总体而言，散文在语言风格方面，应该介于诗歌与小说之间，要具有文采，在诗情画意中蕴含出一定的哲理，但哲理的表达要顺其自然，水到渠成，锦上添花，具有画龙点睛之妙，而不是画蛇添足，变成单纯地说教。

第二节 影视之美

电影是一种非常受观众欢迎的艺术形式，汇集了文学、绘画、音乐、雕塑、戏剧、建筑的"艺术细胞"（六位艺术姐姐），成为"第七艺术女神"。由于电影与电视本质的相似性，甚至相同性，本章拟把影视艺术放在一起分析。

一 从文学到影视的多次变形与创造

从影视拍摄的角度来看，所有的影视艺术最初都必须有一个优秀的影视文学剧本，即影视艺术需要以影视文学为基础，然后在影视文学的基础上通过多次变形和创造，最后才拍摄定型，创造出具体的影视艺术。

（一）影视剧本的创作

影视文学一般是指编剧撰写的影视文学剧本，但也有很多影视文学剧本是剧作家根据小说改编而成的，即编剧把优秀的小说改编成拍摄影视艺术所需要的影视剧本。我国古代四大名著《红楼梦》《三国演义》《水浒传》《西游记》都曾经改编成电视连续剧，而在拍摄电视剧之前，编剧先要把四大名著改编成拍摄电视剧所需要的电视剧本。莫言的中篇小说《红高粱》、路遥的中篇小说《人生》都改编成电影，而在拍摄电影之前，编剧也要先把小说改编成电影剧本。张扬的长篇小说《第二次握手》先后改编成电影和电视剧，曲波的长篇小说《林海雪原》改编成电影、电视剧和京剧，编剧也要先把小说改编成影视和京剧剧本。

编剧把小说改编成影视剧本，这是把文学中的小说改编成影视文学的第一个环节，其中融入了编剧的美学素养和文化素养。此外，也有的编剧直接撰写影视文学剧本，减少了从小说改编为影视文学剧本的这个环节。

（二）导演剧本

导演剧本是导演为了拍摄影视艺术而撰写的剧本，是导演用于具体指导演员等相关人员进行实际拍摄的文本和依据。导演在把影视剧本改编成导演剧本的过程中，虽然没有改变剧本的文学属性，但实际上已经对文学剧本进行自觉不自觉地再次变形，融入了导演的美学素养和文化素养，体现了导演对影视艺术的审美判断和价值吁求。导演剧本是对小说和影视剧本的艺术变形，客观上也更加符合拍摄影视作品的实际需要。

（三）选择演员

选择适应影视剧本和影视表演需要的演员，这是导演在确定导演剧本以后马上要进行的选择，这个选择是否恰当，直接决定和影响着影视艺术表演的水平。

演员分为本色演员与性格演员。本色演员是以自己的性格、感情、生活动作融合到扮演的角色之中，仿佛角色就是自己，即形象与演员本人比较接近，像演员本人，是本色演员。比如在扮演毛泽东的特型演员中，古月是最具本色的一个特型演员，从貌似到神似，得到广大观众的普遍认可。形象与演员本人没有共同之处，性格特征完全是另外一个人，这些演员可以称为性格演员。在性格演员中，巩俐是典型代表，她扮演了《秋菊打官司》中的秋菊和《夺冠》中的郎平，神似大于形似，获得了圆满成功。

（四）演员学习剧本

演员由于文化素养和美学素养参差不齐，在实际拍摄之前，必须认真学习剧本，吃透剧本，理解作品中的艺术形象和自己拟扮演的人物。1987年首播的央视版电视连续剧《红楼梦》在拍摄以前，导演认真组织年轻演员学习剧本，红学家专门为演员讲解《红楼梦》。事实上，演员只有认真学习和领悟剧本的思想内容、艺术特色及其拟扮演的人物形象，才能准确把握艺术形象的特点和本质，更快地进入角色，与角色融为一体。

（五）演员体会和练习角色

演员在导演的指导下，根据拍摄的需要，按照生活逻辑、人物性格逻辑和人物的情感逻辑，反复体验、练习所扮演的角色。在这一阶段，演员要自觉进入作品艺术境界，即沉浸于扮演的角色的艺术生命之中，把自己幻化成扮演的人物，然后进一步练习扮演的角色，从人物的语言、动作细节，再到一个表情甚至一个眼神，从形似到神似，仔细揣摩，反复练习，力求达到逼真性与艺术性的有机统一。

（六）试镜与拍摄

演员在体会和练习角色的基础上，就要进入试镜和具体拍摄的环节了。一般来说，为了留有余地，录像师录制的镜头要稍微长一些，便于剪辑师以后的剪辑。在拍摄阶段，录像师要善于捕捉演员表演过程中的最佳镜头，因为演员每一次试镜，实际上也是一次新的艺术创造，具有不可重复性，录像师如果对试镜的重要性认识不够，客观上有可能造成演员表演力和创造力的浪费。演员表演虽然力求重视原著，但客观上仍然存在对原作品不自觉的艺术变形。

（七）剪辑镜头

录像师在全部拍摄完镜头以后，需要剪辑师对拍摄完的镜头进行剪辑。我们很多观众往往不太重视剪辑，而把目光和注意力主要盯着导演和演员。实际上，剪辑师的重要性类似于服装裁缝，裁缝要对布料进行剪裁，剪辑师也要对镜头进行剪辑。在剪辑的过程中，剪辑师如果发现哪些镜头过长，就会剪短一些；如果发现哪些镜头短缺，就要求摄录像师进行补拍。

以上每个环节相对于前一个环节，都是一次自觉不自觉地变形与创造。由此可见，文学名著经过多次自觉不自觉地艺术变形和创造，最后完成的影视艺术已经不可能完全等同于原来的文学名著，而是在很大程度上体现了艺术创造的变形规律。

二 蒙太奇与特技拍摄

蒙太奇是电影的结构，即镜头的组合方式。不同的镜头组合，就会产生不同的艺术效果，所以，普多夫金把蒙太奇看作是电影艺术的基础。根据蒙太奇的重要性，可以设想，对于一部既定的影视作品，如果改变镜头的组合方式，对镜头进行重新组合，就会产生意想不到的效果，影视形式、影视内容、影视主题、影视风格等，都会发生这样或那样的变化。

特技拍摄是影视艺术赢得观众的重要秘诀。在特技拍摄中，比如特技模型中的地震、火车出轨、汽车碰撞等，都非常逼真。笔者考察美国好莱坞时，曾经被地震和汽车爆炸的逼真性所震撼。此外，录像师还可以运用马赛克，即用黑纸遮挡的方法，让一个人在同一个画面演两个人物。

特技拍摄中还可以运用透视法。拍摄《西游记》中孙悟空变小猴子，可以先做好孙悟空手的模型，然后让扮演小猴子的演员在远处的平台上翻滚，录像师通过移动拍摄的方法，随着镜头向前位移，从镜头中就可以看到小猴子在孙悟空的手中越变越大，非常生动逼真。

《红楼梦》剧组拍摄贾府大门时，采取接景法，先搭建贾府大门的模型，把提前画好的贾府大门上半部分用镜头衔接起来，这样可以节省拍摄成本。此外，拍摄汽车在悬崖小路急速行驶的镜头，也是采取接景法，即让汽车在大路上跑，悬崖部分用绘画或照片代替，接景即可。电影《佐罗》中的佐罗与敌军官在楼顶上打斗，最后把敌军官打下楼摔死，录像师用的也是接景法。

青岛东方影都在摄影棚中通过特技拍摄，在室内清澈平静的水池中可以拍摄出海上巨浪波涛汹涌的场面，非常刺激和逼真，颇具艺术效果。特别是随着 5G 和新媒体技术的不断创新，影视特技拍摄将会愈加精彩，可以让观众在直观欣赏中获得美的享受。

三 影视艺术的特点

（一）直观可视性

在文艺各种体裁中，文学是语言的艺术，也是想象的艺术，因此缺乏直观可视性的艺术形象，读者只有通过复现的想象力和创造性的想象力，才能对文学作品中的艺术形象进行再创造；音乐形象也不具备直观可视性，主要作用于听众的听觉，而不是视觉。影视艺术、戏剧艺术、舞蹈艺术、书法艺术、雕塑艺术、绘画艺术等都具有形象的直观可视性，观众可以通过眼睛的视觉直观作品中的艺术形象，而不需要通过听觉和想象力。

影视艺术形象的直观可视性客观上有利于吸引观众走进电影院或者在家里打开电视机收看影视节目，可以直接为观众带来直觉后的美感愉悦，使观者悦目赏心，也给影视创造者和影院带来巨大经济效益。

（二）艺术真实性

影视艺术不仅具有形象的直观可视性，而且还具有艺术真实性，让观众感觉到屏幕上演员的演出如同现实的真人一样逼真。特别是电影的屏幕较大，演员形象的比例与现实中的真人比较相似，让观众看起来感觉特别真实。

在影视艺术发展史上，在拍戏以前，演员再造或创造了艺术形象，因而表现为艺术形象演员化；在拍完戏以后，演员则不经意间进入了艺术形象化的过程，即演员身上不知不觉地打上了所扮演的艺术形象的烙印，在现实生活中仍然带有艺术形象的影子。事实上，很多演员为了追求艺术真实，在拍摄以前完全沉浸于所表演的艺术形象，甚至在拍摄完了以后，仍然沉浸于艺术形象，长期不能自拔，这是演员艺术形象化的重要原因。

在苏联电影史上，特型演员史楚金扮演的列宁比真列宁更像列宁，因为史楚金在表演中已经对列宁的艺术形象进行典型化，创造出了一个来源于列宁、又高于列宁的艺术典型。艺术真实以生活真实为基础，影视艺术的真实性恰恰就在于演员对生活真实的体验与投入，能够从生活真实中找到艺术真实的源泉，达到生活真实与艺术真实的有机统一。

（三）形式的综合性

影视艺术的综合性是指影视艺术综合运用了文学、绘画、戏剧、音乐、建筑艺术等其他艺术一些元素，有机融合为影视艺术所需要的艺术因子，共同构成了具有高度综合性的影视艺术。

影视艺术的综合性最需要的是文学性，即影视艺术的剧本要充分体现文学的审美性，影视艺术中人物形象的语言和动作展示，都离不开文学的表达。此外，拍摄影视艺术还需融入其他艺术元素，尤其需要现代拍摄技术。拍摄影视艺术时，摄影师可以运用立体特效的方式，同时用两台摄影机，采取一定间距和夹角来记录影像的方式，采用正投、背投，平面、环幕，主动、被动等多种实现方式。另外，可以采取推拉镜头和多视角地移动拍摄，可以拍摄出更加具有艺术效果的作品。

影视艺术是文化产业中最具特色的文化创意产业，具有广阔的市场需求，能够对社会生活产生重要的影响，但目前影视艺术还存在许多问题，比如影视公司唯票房，明星偷税漏税，缺乏社会责任感，作品胡编乱造，违背逻辑，抗日雷人剧大跌眼镜，等等。

为了欣赏电影艺术的美，观众首先要了解片名的含义，因为片名一般要表达剧情所发生的时间、地点，或人名、情节、主题等。其次，要特别注意电影开头的五分钟，因为这五分钟是故事情节的开端阶段，观众如果不了解影片开头的五分钟，就很难把握故事情节的开端、发展、高潮和结局的内在关系。

四　影视之美的差异

影视艺术虽然具有艺术与审美的许多共同性，但二者还具有一些比较鲜明的差异，可谓同中有异，异中有同。

从拍摄角度来看，拍摄电影可以考虑大屏幕的特点及其优势，可以采用俯拍、仰拍的镜头凸显影片中人物的特写部分，而电视艺术很少采用仰拍和俯拍的方式，而过多地强调生活的真实感，即使采用仰角拍摄或俯角拍摄，一般也要依据情节的特殊需要而灵活掌握。从拍摄角度来看，电影艺术的多角度拍摄较之电视艺术，则具有比较明显的审美优势。

从景别对拍摄的衬托来看，景别反映了被拍摄主体在画面中呈现的范围。在这方面，影视艺术也有一定的差异。一般而言，电影拍摄善于运用"中远、全景常构成大场面，而电视中特写、近景、中景占有较高的比例，偶尔使用全景，一般少用大全景或远景"[1]。因此，不同的景别与影视艺术中不同的人物及其环境可以形成具体的艺术情境，更好地衬托人物，表达主题。

从色彩的审美意蕴来看，电影艺术明显优于电视艺术。"在电影银幕上能将同一色相的光度变化表现出 100 多个层次，而在电视屏幕是哪个同一色相的光度变化仅有 30 多个层次。"[2] 因此，电影所展示的色彩美更加丰富，而电视艺术的色彩感则相对来说要比较弱一些，在一定程度上影响了电视艺术色彩美的艺术效果。

从推拉镜头的艺术效果来看，"影视艺术运动特性的形成除了流动的时空元素外，运动镜头（移动摄影）是其他诸多运动元素中创造影像奇观的主要手段"[3]。电影艺术善于采用运动镜头，采取移动拍摄的方式，既可以拍摄运动中的物体或人物形象，也可以在镜头的运动中拍摄物体或人物形象，使镜头具有更多的运动感，产生动中有静与静中有动的双重艺术效果。相比之下，电视中的画面运动感相对弱于电影，而电视屏幕本身的局限性也限制了运动镜头的效果。

从影视艺术的综合性来看，电影艺术对于吸纳其他艺术的优长

---

[1] 宋家玲、李小丽编著：《影视美学》，中国广播电视出版社 2007 年版，第 30 页。

[2] 宋家玲、李小丽编著：《影视美学》，中国广播电视出版社 2007 年版，第 31 页。

[3] 金元浦、尹鸿、勇赴主编：《影视艺术鉴赏》，首都师范大学出版社 1999 年版，第 61 页。

方面，较之电视艺术，则更广泛和丰富，但电视艺术也有独特的优点，电视不仅可以播放电影，而且还可以即时转播现场的文艺晚会和综艺节目等，这是电影艺术不可比拟的。

随着电视机的普及，传统的电影受到强大的冲击；随着手机的普及，电视和电影都受到冲击。因此，要发展影视艺术，还需要进一步发挥其综合性的特点，充分利用现代科技，把影视艺术的科技性与人文性和审美性有机统一起来，才能促进影视艺术的可持续发展。

第三节　音乐之美

音乐是声音的艺术，"音乐的声音是艺术化的声音，无论是人的歌唱，还是各种器乐，都是人依据美的规律加工过的艺术化的声音，也即乐音"[①]。音乐"在时间中展开，以诉诸听觉的声音为基本材料的艺术。因此时间及作为音乐感性材料的声音的基本特征就构成了音乐的基本要素，即音高、音强、音色、时间"[②]。在艺术画廊中，音乐似乎最能抒发人的性灵，打动人的内在情感，最能把人带进天人合一、艺术想象的空灵境界。

要研究音乐之美，自然需要关注《乐记》。《乐记》是我国美学史上一部极为重要的音乐美学著作，它系统地总结了我国西周、春秋、战国时期乃至秦和西汉前期的音乐、诗歌、舞蹈理论，构成了比较完整的儒家礼乐文艺美学思想体系，深刻影响了后世的诗词、戏曲、小说等文艺领域。我们在《毛诗序》《史记》《文赋》《文心雕龙》《诗品》等诸多著作中都可以看到对《乐记》的接受和传承。《乐记》之乐，既有音乐之义，也有诗、歌、舞"三位一

[①]　伳荣本、高楠、任公伟主编：《音乐舞蹈戏剧艺术鉴赏》，首都师范大学出版社1999年版，第38页。

[②]　王次炤主编：《音乐美学》，高等教育出版社2001年版，第27页。

体"的综合艺术之义,揭示了乐的重要审美意蕴和丰富的文化价值,其重要性要远超"乐"在现代社会中的作用。

按照达·芬奇的说法,音乐是"方生即死"的艺术,亦如日本学者林谦三所言,"古代音乐、古代乐器和古代乐谱一旦从人间消失,不可能再生"[①]。因此,从西周到战国时期,为了传承音乐,就必须记载乐谱,并对乐谱予以说明,音乐理论由此应运而生。从"音乐"一词的使用来看,《乐记》是把"音"和"乐"区别使用的,这就是《乐记·乐本》篇所说的"声成文,谓之音。比音而乐之,及干戚羽旄,谓之乐"。这里说的"音",也是指音乐。也就是说,《乐记》尚没有把"音"和"乐"合成"音乐"一词使用;而《吕氏春秋·大乐》所言"音乐之所由来者远矣",却意味着"音乐"作为"音"和"乐"的合成词,已经由来已久。

一 器乐之美

音乐分为器乐和声乐。器乐是指用乐器演奏出来的不带歌词的纯粹的音乐。器乐之美是一种自由的美,没有歌词,表面上看不出器乐的功利性。演奏家用乐器演奏表达思想感情,进而达到人乐合一的艺术境界。一般而言,器乐之美具有旋律美、模糊美和超验美三个审美特点,是康德所说的纯粹的美。

(一) 器乐的旋律美

器乐的旋律美是指演奏者在演奏器乐过程中形成的节奏和谐的韵律节奏所体现出来的声音美质。不同器乐的旋律美具有不同的特点,对听众产生不同的心理和情感影响。器乐之美没有歌词,在很大程度上以旋律美取胜。按照人同此心、心同此理的逻辑,《乐记·乐本》肯定了"乐者,音之所由生也,其本在人心之感于物

---

① [日] 林謙三:《正倉楽器の研究·自序》,風間書房,昭和三十九年六月五日,第1页。

也",一方面揭示了人心所感是因为受到了外在事物的不同影响；另一方面也肯定了主体不同的心灵所感，也会有所不同的表现："是故其哀心感者，其声噍以杀；其乐心感者，其声啴以缓；其喜心感者，其声发以散；其怒心感者，其声粗以厉；其敬心感者，其声直以廉；其爱心感者，其声和以柔：六者非性也，感于物而后动。"《乐记》对音乐的分析具有相当的深度，在揭示人心与感悟而后动的关系基础上，进一步探索了音乐与时代和社会兴衰的辩证关系，对我们今天理解音乐社会学和音乐美学都具有重要启发意义。

（二）器乐的模糊美

音乐形象的模糊性是指器乐演奏的旋律具有听众不确定的情感内容，或者具有多种阐释的可能性。器乐本身没有歌词，特别是许多无标题的器乐，作品所蕴含的意蕴和情感因为朦胧而具有审美的模糊性。即使标题性器乐有一定的导向作用，但器乐本身毕竟主要表现为音乐旋律所抒发的感情，而不是具体叙述和反映思想内容和社会生活的文学作品。从器乐抒发情感的角度来看，音乐旋律所表现出来的情感也具有一定程度的模糊性，让缺乏音乐素养的听众多少有点雾里看花，朦朦胧胧，模模糊糊，这在客观上也体现了器乐之美的模糊性特点。

（三）器乐的超验美

在诸多文艺类型中，文学、影视、戏剧、绘画、声乐、舞蹈等艺术不但具有审美性，而且具有鲜明的意识形态特征。器乐则与这些艺术不同，其旋律客观上具有一定的超意识形态性，听众很难从器乐中认识和体验到旋律的意识形态特性。因此，无论是欣赏器乐，还是对其进行音乐批评，都不能从意识形态的角度出发，对纯粹的器乐进行简单的肯定或者否定，要注意器乐之美的一定程度的超验性。

器乐是一种纯粹的音乐，在音符的合乎韵律的运动中，表达出演奏者内在生命世界的律动，修海林和罗小平把器乐细分为"无标题器乐和标题性器乐"①。从器乐的整体来看，无标题的器乐与标题性器乐并没有本质的区别，但标题性器乐客观上对听众具有一定的诱导作用。无标题的器乐由于没有作品的标题，可以凭借最纯粹的器乐打动听众的心灵，"这种无标题音乐充分体现出音乐艺术的美——自由的精神运动与自由的音响建构运动的有机结合，是器乐音乐的典型"②。相比而言，标题性器乐因为有标题，客观上能够对听众产生一定的诱导和导向功能，听众会自觉不自觉地按照器乐的标题来领悟和欣赏器乐作品，而无标题器乐则不可能产生对听众的导向功能，听众完全可以凭自己的体验、联想和想象，感悟和把握音乐作品中的感情和形象，客观上有利于激发听众无限的联想和想象。

在欣赏器乐之美时，我们要注意欣赏多种不同风格的器乐，自觉把欣赏交响乐与抒情小调结合起来，把欣赏崇高壮美与优美婉约的器乐结合起来，注意节奏与旋律的和谐，通过欣赏丰富多彩的器乐之美，熏陶和滋润自己健康和高雅的心灵。

二 声乐之美

声乐，即歌唱，是指用人声演唱的音乐形式，也是康德所说的附庸的美。声乐是以人的声带为主，配合口腔、舌头、鼻腔作用于气息，发出连续性、有节奏的悦耳的声音。按音域的高低和音色的差异，可以分为女高音、女中音、女低音和男高音、男中音、男低音。一般而言，声乐包括美声唱法、民族唱法和通俗唱法。声乐通常是指美声唱法。2006年中国又出现了原生态唱法。

声乐之美具有歌声美、旋律美和意境美三个特点。

（一）歌声美

古今中外，人们喜欢唱歌，喜欢听歌，可以说歌声已经成为人

---

① 修海林、罗小平：《音乐美学通论》，上海音乐出版社2002年版，第440—447页。
② 修海林、罗小平：《音乐美学通论》，上海音乐出版社2002年版，第441页。

类彼此沟通情感的重要方式。在古希腊时期，"他们没有只供阅读的诗歌，只有可供朗诵的诗歌，更确切地说，只有可供演唱的诗歌。他们有歌唱的音乐。没有纯粹的器乐"①。在现代社会，歌声已经成为人们日常社会生活不可缺少的审美活动。瓦格纳认为，心的器官是声音，"它艺术上自觉的语言则是声音艺术。它是丰富的、荡漾的心灵之爱，它使得感官的快感变为高尚，使得非感官的思想合乎人性"②。因此，歌声美是人心、人性的外在表现，具有重要的审美价值。

我国第一部诗歌总集《诗经》就是入乐的，《诗经》的风雅颂都从音乐得名。风是地方乐调，国风就是各国的地方音乐；雅是正的意思，雅乐就是夏乐，是当时的官方音乐；颂是宗庙祭祀的乐歌。也就是说，风雅颂都是用来歌唱的声乐。《墨子·公孟》："诵诗三百，弦诗三百，歌诗三百，舞诗三百。"司马迁《史记·孔子世家》载："三百五篇孔子皆弦歌之，以求合《韶》《武》《雅》《颂》之音。"钱中文先生认为"外国的早期诗歌也是唱的，即使像史诗那样的鸿篇巨制，也不例外"③。由此可见，早期诗歌既是文学最早的形式，也是最早的声乐艺术，体现了文学与音乐的和谐统一。

在各种各样的声乐中，不同的歌唱者具有不同的歌声美，从而表现出歌声美的独特性，但歌声美也具有一定的规律性。一般而言，"人声美的层次，涉及男女生不同音质，高、中、低不同音区的音色，戏剧、抒情、花腔的声音运用的不同表现力。一般来讲，男声较女声深厚、强劲，女声较男声清亮、高亢，男女高音音色明亮、激越、清朗，中音雄浑，低音沉实，抒情男女高音声音甜美、

---

① ［波］沃拉德斯拉维·塔塔科维兹：《古代美学》，杨力等译，中国社会科学出版社1990年版，第28页。

② ［德］瓦格纳：《瓦格纳论音乐》，廖辅叔译，上海音乐出版社2002年版，第73页。

③ 钱中文：《钱中文文集》，上海辞书出版社2005年版，第186页。

飘逸、流畅，戏剧男女高音声音舒展有力、层次丰富，花腔女高音声音轻盈灵巧、富有弹性。人声是人间最美的乐器，是任何人都拥有的抒情工具，人声与人的关系最密切，因此亦最能触动千百万普通群众的心弦"①。但从男女的差异来看，虽然不同性别具有不同的歌声特点，但其中还有特殊的案例，在传统京剧中，比如梅兰芳唱花旦；在当代歌坛，李玉刚也唱女声。通俗乐女歌手潘倩倩的歌声却犹如男声，抑或介于男女声之间的风格。歌手李莉被观众亲切地称之为"牛肉汤妈妈"，她唱歌时可以男女声任意转换，一个人可以表演男女二重唱，得到评委和观众的普遍赞赏。

在声乐之美中，歌声美还属于比较单纯的形式美，而形式美本身就非常具有特殊的感染力和穿透力，让人常常陶醉其中，回味无穷。我们即使听不懂梅兰芳的歌词，也仍然可以欣赏他的唱腔；我们可以听不懂意大利男高音歌唱家帕瓦罗蒂的外语唱词，但依然可以欣赏他洪亮高昂而又音域非常宽广的歌声美。

（二）旋律美

刘勰《文心雕龙》："故知诗为乐心，声为乐体；乐体在声，瞽师务调其器；乐心在诗，君子宜正其文。"刘勰要求乐曲和歌辞和谐雅正。因此，虽然歌唱者的声音个性不同，但都需要在人心关系上表现出和谐完美的心理状态，抒发内心真实而又积极的情绪，让听者从中感悟和体验到歌唱者纯净、美丽的内心世界。

20世纪80年代有表达思念台湾同胞的歌曲《思亲曲》："银色的气球/你轻轻地飞呀慢慢地走/气球气球银色的气球/我心里的话儿还没说够/你见了那台湾的好姐妹/说我思亲泪常流/故乡的荔枝已红透/亲人不尝怎忍去采收/来吧姐妹们/来吧姐妹们/我站在海岸望亲归/同尝荔枝解思愁/风筝啊风筝/美丽的风筝/你轻轻地飞啊慢慢地走/风筝风筝美丽的风筝/我心里的话儿还没说够/你见了那台

---

① 修海林、罗小平：《音乐美学通论》，上海音乐出版社2002年版，第457页。

湾的好兄弟/说我思亲泪常流/盛夏已去果难留/等待佳客酿美酒/来吧兄弟们/来吧兄弟们/欢聚在古老的榕树下/举杯畅饮团圆酒。"这首歌曲极具情感内涵,真实而形象地抒发了大陆同胞思念台湾同胞的深厚情感,扣人心扉,令人动容。

朱明瑛演唱的电影《大海在呼唤》的插曲《大海啊,故乡》是 20 世纪 80 年代很有代表性的校园歌曲,这首歌抒发了主人公对大海、故乡和祖国母亲真挚的热爱之情,颂扬了为祖国奉献青春的积极向上精神,表达了作者对祖国的美好祝愿。歌曲通俗易懂,旋律舒展流畅,优美动听,格调高雅,情真意切,是一首深受大众欢迎的抒情歌曲。许多著名的歌唱家都演唱过这首《大海啊,故乡》,其中有李谷一、郑绪岚、董文华、关牧村、殷秀梅、杨洪基、龚玥、杨洁、成方圆等,可见这首歌受欢迎的程度。

"就音乐欣赏而言,听众必须从自身的实在经验及虚拟经验中找到音乐所象征或传达的情感对象,以便将自身的特定经验连同情感体验投射到音乐那变化无穷的符号象征体系之中,共同组合成个性化的审美间体——音乐形式与情感内容的有机复合体,进而借助其无穷的符号象征功能来传示无限的情感理想;对于音乐家来说则正好相反,无论是作曲家、演奏家还是歌唱家,都要选择最完美、最贴切的音乐形式来传达自己内心的特殊经验,继而依托经验化的音乐情景来演绎自己的情感特征,最后将个性经验和情感特征抽象化、理想化、符号化和对象化。"① 旋律美是歌唱者内心世界与歌声的有机统一,是情感抒发的审美表现,也是一种特殊的艺术创造。"音乐成了最擅长直接表现精神和情绪的艺术,成为显露激情的命脉和灵魂。"② 因此,无论是声乐创造还是声乐欣赏,都应该带着特定的情感体验,通过沉浸于具体的声乐艺术,让自己的心灵律动与

---

① 崔宁:《艺术美学新论》,中国社会科学出版社 2010 年版,第 79 页。
② [美] M. H. 艾布拉姆斯:《镜与灯》,郦稚牛等译,北京大学出版社 2004 年版,第 57 页。

声乐旋律和谐统一，才能更好地获得审美体验。

声乐的内容作为歌词，实际上也是一种诗歌样式。诗歌擅长抒情，贵在抒情，因此，许多声乐表现了各种不同内容的丰富情感，有的抒发爱国之情，有的歌咏纯真的爱情，有的表达思乡之情，有的吟诵深厚的友情，等等，显现了丰富多彩的情感美。

（三）意境美

声乐的内容丰富多彩，既有叙事，也有抒情；既有对自然美的描绘，也有借景抒情、情景交融的意境营造。许多声乐作品都描绘了特定的意境，令人荡气回肠，而又沉浸其中。可以说，声乐的意境美是声乐具有艺术魅力的重要原因。

关牧村演唱的《沙滩上》描写主人公躺在银色的沙滩上，听着大海的微风和细浪的轻声慢语，陶醉于宁静的海滨之夜，但内心深处却荡漾着涟漪，思念和呼唤着爱情："大海问我想什么／叫我有话对他讲／躺在银色的沙滩上／大海就在我身旁／我身旁／海啊向我默默望一眼／波光闪闪亮汪汪／海滨的星夜多迷人／星星哪有眼波亮／我对大海轻轻说／别忘今夜迷人的星光。"歌曲与其说是作者向大海倾诉衷肠，倒不如是借助对大海的抒情，实际上是在向心爱的人儿表达思念之情。这首歌曲感情表达非细腻传神，把大海、海滨、微风、细浪、沙滩与星星鱼主人公的思念之情熔为一炉，感情流淌自然清新，如同清澈的小溪，缓缓而流，悠悠、清澈、美丽。

在文学中，诗歌和散文一般也都善于营造作品的意境。声乐除了旋律以外，其本质上也是诗歌的内容和形式，因此，歌唱家在歌唱过程中，应该自觉不自觉地沉浸于作品的意境，听众则应该自觉调整心态，在欣赏声乐时暂时忘我、无我，进入一种空灵虚静、审美的想象状态。音乐是时间艺术的代表，"因为音乐作品似乎并不再现任何东西，因而也就不具有任何空间性而成为一种纯粹的时间艺术"[1]。因此，音乐是流动的建筑，是心灵律动的审美感性显现，

---

[1] 苏宏斌：《现象学美学导论》，商务印书馆2005年版，第139页。

也是音乐家与他人和社会进行有效沟通的重要方式。

人们常说，雁过留声，欣赏音乐则能够让听者在内心深处余音袅袅、回味无穷。优美的音响和明快的旋律，让我们体验如痴如醉和亢奋激荡的情绪；如泣如诉和缠绵哀怨之曲，能够抚慰我们痛苦的心灵；难觅的知音又以真诚的心灵，与我们共鸣于漫漫的长夜……音乐不只是流动的建筑，也是人生心灵绽放的花朵，是人生诗意的升华，是人类灵魂的自由之光，也是人的精神生命和情感生命的审美绵延。

第四节 绘画之美

绘画是一种在平面上以手工方式临摹自然或非自然，以达到二维（平面或三维）效果的艺术。"绘画则只要不是单纯装饰性的或抽象性的，就总要再现某种东西，因此必然是在空间之中展开的。"[1] 绘画是一种具有直观可视性的艺术，注重以形传神，境界逼真，气韵生动，画中有诗，体现了绘画的科学性与审美性的有机统一。

一 以形传神

绘画是以形传神的艺术，具有形象的直观可视性。以形传神，形神兼备，这是绘画艺术的至高境界。从意境创造的角度来看，中国古代的抒情诗及风景画，都特别讲究化情思为景物，力求做到情中有景，景中有情，达到情景交融的境界；从艺术形象创造的角度来看，无论是文学还是绘画都特别重视以形传神，形神兼备，而绘画艺术尤其注重以形传神，达到形神兼备的审美效果。

顾恺之在论画中重视表现人物形象的典型特征，表现人物的内在精神，因此主张以形写神，充分发挥画家的艺术想象，这就是所

---

[1] 苏宏斌：《现象学美学导论》，商务印书馆2005年版，第139页。

谓"迁想妙得"。① 刘义庆《世说新语·巧艺》载"顾长康画人，或数年不点目精。人问其故，顾曰：'四体妍蚩，本无关于妙处，传神写照，正在阿堵中'"②。由此可见，顾恺之重视艺术形象的外在特征描绘，尤其注重画龙点睛，追求作品的内在神韵，以达到传神写照的艺术目的。中国历代画论几乎都重视以形传神，形神兼备，形神合一，这恰恰体现了绘画艺术创作的基本规律。

达·芬奇非常重视通过人物的面部表情和姿态动作，来表现人物的内在精神。他认为，画家应描绘两件主要的东西，就是人和他的意图。画人容易，但画人的思想意图难，因为必须借助体态和四肢的动作来表现它，所以他认为"绘画最重要的问题，就是每一个人物的动作都应当表现它的精神状态，例如欲望、嘲笑、愤怒、怜悯等"③。也就是说，人物动作在种种情况下，都应该表现人物内心的意图，即达到以形传神，形神兼备。他著名的作品《最后的晚餐》中的十二个门徒各自以不同的动作表情表现着个人内心的思想感情，各具特色，惟妙惟肖，呼之欲出，以形传神，形神兼备，真正达到了顾恺之所说的"以形写神"和王夫之所说"得神于形"，"神形合一"的艺术境界。黑格尔评价达·芬奇："他凭坚决探索深微的理解力和感受力，不仅比任何一个前辈都更深入地探讨了人体形状及其所表现的灵魂，而且凭他对绘画技巧所奠定的同样深厚的基础，在运用他从研究中得来的手段或媒介上获得了极工稳的把握。"④ 应该说，黑格这种评价是准确的。

狄德罗非常重视人物形象个性塑造，注重人物形象的个性化和

---

① 北京大学哲学系美学教研室编：《中国美学史资料选编》上卷，中华书局1985年版，第174页。

② 北京大学哲学系美学教研室编：《中国美学史资料选编》上卷，中华书局1985年版，第175页。

③ 戴勉编译：《达·芬奇论绘画》编译者序，广西师范大学出版社2003年版，第152页。

④ ［德］黑格尔：《美学》第三卷上册，朱光潜译，商务印书馆1979年版，第319页。

以形传神。他在《画论》中明确指出:"人的形像是个十分复杂的体系,以致对它的原则的哪怕是觉察不出的背离,也会使最完善的艺术作品与大自然的创造相去千里。"① 他在《论戏剧艺术》中以绘画为例,认为"如果有人向好几个艺术家提出一个同样的题材去作画;每个艺术家用他自己的方法去思考,去绘制,结果从他们的画室里拿出来的图画是各不相同的。每一幅画里都可以发现一些特殊的美"②。之所以如此,从艺术创造的角度来讲,即使相同的题材,艺术家以自己独特的方式进行构思和创造,其作品体现出艺术家的创作个性,显现出不同的艺术风格,因此,欣赏者才能从中发现一些特殊的美。在狄德罗看来,不同的人物既有不同的外在形式,也有不同的个性特征,而且人物的个性特征甚至与人物所在的社会环境和社会体制都存在密切的关系。由此出发,狄德罗深刻揭示了人物形象的个性特征、外在风貌所蕴含和反映出来的社会内容,达到以形传神与形神兼备的艺术目的。

"形"和"意"是构成绘画作品的两个重要方面,不能偏颇,更不能割裂,而是以形写意,意融其中,形意相生,注重似与不似之间的间性,所以齐白石认为,作画"妙在似与不似之间"。齐白石所说的似与不似,并不只是衡量作品中的物象与原型吻合程度的标准,同时也是测定创作主体与外部世界互动时产生的情感冲动程度的律度,既不能不似,亦不能太似。元以后的文人画的宗旨是笔墨要雅秀,既不狂疏、又不萎靡,情感要符合中和含蓄的中庸之度。与西方相比,中国传统绘画更加注重以形传神,形神兼备,已经具有变形的艺术意味,而西方则比较注重绘画的写实性,注重通过真实的模仿,讲究绘画的逼真性。

二 境界逼真

绘画的境界逼真,是指画家所描绘的人物形象和物象所构成的

---

① 王雨、陈基发编译:《狄德罗文集》,中国社会出版社1997年版,第316页。
② 狄德罗:《论戏剧艺术(下)》,《文艺理论译丛》1958年第2期。

艺术境界具有高度的艺术真实性,能够产生强烈的艺术感染力。

真实是艺术的生命。绘画境界的逼真性则是绘画应该达到的艺术境界。为了达到绘画的艺术真实,达·芬奇认为:"画家是自然和人之间的中介者,是自然创造物的再现者,他的精神必须包罗自然万象。只有向自然学习才能做到这一点。他凭借最敏锐的视觉,视察自然和人生,田野里、广场中、旅途上、处处都是学习的场所,山川、草木、人的动态表情都是学习的材料。他像镜子一般真实地反映自然形象,广泛收集素材,然后离群独处深思熟想,从素材中去粗取精,最后在脑中形成一个最精粹的形象宝藏。"① 从绘画创作的角度来看,画家在创作以前确实需要广泛地观察自然,了解人生,通过深思熟虑,达到去粗取精、构思艺术形象的目的。

与达·芬奇一样,狄德罗也非常重视对真实人物和事件的观察,在《画论》中,狄德罗以强烈的责任感,想几百次劝说学生们去观察生活,要让学生到修道院看教徒们虔敬和忏悔的真实姿态、静思和悔过的真实动作,去看公众聚会的场景,去观察街道、公园、市场和室内。在狄德罗看来,观察社会生活,人们对生活中的真实动作就会有正确的概念,这"不是在学校里可以学到手的"②;观察自然事物,就在于自然事物引人入胜,使人产生无穷的遐想。他以自己为例,"假如我看到碧绿的草原,青草细嫩柔软,看到灌溉着它的小溪,看到能给予我幽静、清新、隐秘的僻静的森林一角,我的心必然受到感动"③。从美学的角度来看,狄德罗之所以强调艺术家要观察自然,就在于大自然作为客观的审美对象,不仅能为艺术创造提供素材,而且也必然影响着艺术家的审美意识、审美感受和创作欲望。也正是从这一美学意义上来看,狄德罗在《论戏

---

① 戴勉编译:《达·芬奇论绘画》编译者序,广西师范大学出版社 2003 年版,第 24 页。
② 王雨、陈基发编译:《狄德罗文集》,中国社会出版社 1997 年版,第 318 页。
③ 王雨、陈基发编译:《狄德罗文集》,中国社会出版社 1997 年版,第 330—331 页。

剧艺术》和《画论》中，强调"自然为艺术提供范本"这一美学命题。

为了达到逼真的艺术效果，画家还需要放飞想象力。在《画论》中，狄德罗强调了画家要有丰富的想象力。他认为画家的想象力是人物形象表情的无穷宝库。在评价意大利文艺复兴的著名画家拉斐尔和卡拉什兄弟等所画的某些形象时，狄德罗又明确指出了"那是得之于有力的想象，得之于作家的作品，得之于天空的云霓，得之于熊熊的火光，得之于废墟，得之于整个民族"。因此，他认为，如果艺术家缺乏想象，也缺少创作热情，那么，艺术家就表达不出任何伟大有力的思想。

从古今中外的艺术创造来看，文艺家为了创造艺术真实，都必须在认真观察现实生活的基础上，对观察到的素材进行艺术提炼，放飞自己的艺术想象力，把生活真实上升为艺术真实，创造出艺术世界特有的逼真性。

三　气韵生动

气韵生动是绘画艺术重要的内在神韵，充分体现了绘画艺术特有的魅力。气韵一词，作为审美形态，最早出现在南朝画家谢赫的绘画六法之中。

谢赫认为，在绘画六法中，气韵生动是第一法，"气韵生动"是对绘画艺术总的要求，也是绘画中的最高境界。它要求以生动的艺术形象充分表现人物的内在精神，而绘画六法中的其他方面则是达到"气韵生动"的必要条件。气韵生动既与绘画内容有关，也与绘画形式有关，体现了绘画内容与绘画形式的和谐统一，"用笔运墨也以养气为先，求得苍润的气韵"[①]。诗人符载《江陵陆侍御宅宴集观张员外画松石图》曾经记载了他目睹张璪绘画时的情景，张

---

① 葛路：《中国绘画美学范畴体系》，克地序，北京大学出版社2011年版，第5页。

璪创作灵感涌动，飞豪喷墨，如雷电击空。① 可以说，张璪的绘画具有气韵生动的艺术特点，颇具内在的生命神韵。

在中国古代哲学的视域中，"气"的含义非常丰富，只有结合具体文本和语境，才能理解和把握"气"的具体含义。大致说来，中国古代的"气"主要有以下几种含义：第一，宇宙之气，最初是指大自然的云气和山川之气；第二，泛指一切自然生命之气；第三，特指人的生命之气；第四，体现人的内在生命的精神之气；第五，体现在文艺作品中的生气。我们说绘画艺术具有气韵生动的特点，就是指绘画作品丰富生动的思想内容与具体可感的艺术形式达到艺术美的境界，这种境界仿佛弥漫着生命的青春气息，是一种富有活力和美丽的意境，引发观众心灵激荡和情感萌动的内在赋能。

宗白华谈到西方文艺复兴和绘画时，他认为西方画家醉心于透视学、解剖学的研究，旨在构造真实合理的空间表现和人体风骨的写实，但他们"陶醉于色相，始终不能与自然冥合于一，而拿一种对立的抗争的眼光正视世界"②。德国美学家莱辛在《拉奥孔》中提出："绘画在它的同时并列的构图里，只能运用动作中的某一顷刻，所以就要选择最富于孕育性的那一顷刻，使得前前后后都可以从这一顷刻中得到最清楚的理解。"③ 所谓孕育性，实质上是指出了绘画应该抓住矛盾冲突的顷刻，通过突出矛盾情境，展示人物性格和艺术画境。

齐白石的画作不仅具有浓厚的乡土气息和天真烂漫的童心，而且富有隽永的诗意，尤工虾蟹、蝉、蝶、鱼、鸟，其作品水墨淋漓，气韵生动，洋溢着自然界生机勃勃的气息。齐白石非常理解虾的生活习性和其外在特征，往往寥寥数笔，简单勾勒，就能描绘出虾的形神兼备、活灵活现的形态，可谓"浓妆淡抹总相宜"。他笔

---

① 兰翠：《唐诗与书画的文化精神》，齐鲁书社2009年版，第46—47页。
② 宗白华：《美学散步》，上海人民出版社1983年版，第118页。
③ ［德］莱辛：《拉奥孔》，朱光潜译，人民文学出版社1984年版，第82—83页。

下的虾大多活泼、灵敏、生动,形象、传神,栩栩如生,呼之欲出,堪称一绝。

西班牙画家毕加索1918年创作的《沐浴》是关于海洋题材的风景画的代表作。毕加索注重多种艺术手法,综合运用了简练与繁杂、具体与抽象、写实与变形等艺术表达方式,线条明确有力,形体错综变化,色彩鲜艳明快,对比十分强烈,在人海统一的整幅画面洋溢着一种热烈、欢快、天真的气氛,成功地表现了地中海海滨城镇盛夏的海洋风光。实际上,在海洋绘画中,很多画家通过对大海热情洋溢的描绘,融情于景,借景抒情,情景交融,在人海合一的艺术画面中,创造力气韵生动的艺术境界,表现了浓郁的海洋精神。

四 画中有诗

在中国传统文化中,绘画与书法关系密切,两者的产生和发展,相辅相成,有书画同源之说。实际上,不仅书画同源,而且诗画之间也存在非常密切的关系,可谓诗中有画,画中有诗。所谓画中有诗,主要是指绘画作品蕴含着情景交融的诗意境界。

关于诗画联系,从中西美学史的角度来看,可谓中西合璧,具有不谋而合的异曲同工之妙。普鲁塔克在《论雅典的荣誉》中记载了希腊抒情诗人西摩尼得斯对诗画的比较,西摩尼得斯认为:"绘画是无声的诗,诗是音节分明的绘画"[①]。西摩尼得斯这里阐释了绘画与诗歌之间彼此的密切相关性,揭示了诗画的内在联系。贺拉斯在《诗艺》中也明确提出了"诗犹如画"的观点,认为有的要近看才看出它的美,有的要远看;有的放在暗处看最好,有的应放在明处看。拉班鲁斯·毛鲁斯认为诗优于画:"文学比绘画中的无谓形态更可贵,它比以不当的方式的表现事物形式的虚假绘画给灵魂以更多的美。虔诚的文学是拯救灵魂的至善良方,它对生活更有意

---

① 范明生:《西方美学通史》第一卷,上海文艺出版社1999年版,第41页。

义，对一切人都更有用处；它之于味觉更为真切，于人类的心灵与感受更为完善；它的技巧更便于掌握，它能满足口、耳、目的需要。而绘画只给人以微小的满足。文学以其面貌，以其词语和内容展示真理，并总是给人以快感。而绘画则仅于新丽之时给视觉以满足，一旦陈旧便索然无味，迅速丧失其真实性，丧失唤起信仰的力量。"① 与毛鲁斯相反，威廉·图兰多则认为绘画优于诗歌："因为绘画似乎比文学更能打动人心。它使历史事件呈现于眼前，而文学作品则须由听觉唤起对它们的记忆，对心灵的触动要小些。这就是我们在教堂里对书本的崇拜不如对画像、绘画崇拜那样强烈的原因。"② 达·芬奇形象地对诗画进行了比较，认为画是"哑巴诗"，诗是"盲人画"，哑巴优于盲人，绘画优于诗歌。狄德罗在《论画断想》一文中曾明确指出："画中有诗，诗中有画。作家观看大师的画，艺术家阅览宏篇巨著，都同样有益。"③ 狄德罗从辩证的观点出发，阐释了诗画相互融合及其各自的特点。

莱辛在《拉奥孔》中虽然肯定了诗画联系，但他认为，诗中的画不能产生出画中的画，画中的画也不能产生诗中的画，诗的内容要比绘画更加丰富，"生活高出图画有多远，诗人在这里也就高出画家多么远"。因为"诗人的语言还同时组成一幅音乐的图画，这不是用另一种语言可以翻译出来的。这也不是根据物质的图画可以想象出来的，尽管在诗的图画高于物质的图画的优越点之中，这还只是最微细的一种。诗的图画的主要优点，还在于诗人让我们历览从头到尾的一序列画面，而画家根据诗人去作画，只能画出其中最

---

① ［波］沃拉德斯拉维·塔塔科维兹：《中世纪美学》，褚朔维等译，中国社会科学出版社1991年版，第125页。

② ［波］沃拉德斯拉维·塔塔科维兹：《中世纪美学》，褚朔维等译，中国社会科学出版社1991年版，第128页。

③ ［法］狄德罗：《狄德罗画评选》，陈占元译，人民美术出版社1987年版，第184页。

后的一个画面"①。由此可见,莱辛看到了绘画较之于诗歌的局限性。

关于诗画联系的思考,影响比较大的是苏轼《东坡题跋·书摩诘蓝田烟雨图》:"味摩诘之诗,诗中有画;观摩诘之画,画中有诗。"苏轼这里高度评价了王维诗歌艺术的特点。王维的山水诗情景交融,诗意盎然,构成了一幅幅意境深邃的艺术画面,诗中的艺术形象就也是一幅幅生动活泼的绘画艺术的画面,而其画作本身也营造了颇具诗意的艺术境界,蕴含了诗歌的意象和情景交融的意境。"王维诗歌的写景可以说是最大限度地超越了以雕琢求工的妙品,而臻真境凑泊的神品、平淡真率的逸品境界。这与他绘画的写意精神正相一致,具有反造型、平面等一般意义上的绘画性的倾向。这种写意化倾向融入诗境,强化了超越绘画性的动态特征,不仅实现了诗性对'形似'的超越,同时也使诗歌中的风景由自在之景向意中之景过渡。中国古典诗歌最核心的审美特质——情景交融的意象化表现由于这一内在动力的驱动,正式开启了它日益占据诗歌美学主流的过程。"② 此论抓住了中国诗歌情景交融意象化这一核心的审美特质,而这一审美特质恰恰也是绘画艺术具备的重要特点。

郭熙在《林泉高致》中提出"三远",即"山有三远,自山下而仰山巅,谓之高远;自山前而窥山后,谓之深远;自近山而望远山,谓之平远"③。由此揭示画家表现自然时层次丰富的空间和灵活变幻的视角。元代山水画家王蒙的名作《丹山瀛海图》,以高远的视角描绘了蓬瀛岛层峦叠嶂、空间辽阔的图景。海岛上楼台掩映在山林深处,远处海面浩渺,渔舟点点,构筑了仙云缭绕的美妙画境,表现出"物我同一、情景交融""外师造化、中得心源"的绘

---

① [德]莱辛:《拉奥孔》,朱光潜译,安徽教育出版社2006年版,第83页。
② 蒋寅:《对王维"诗中有画"的再讨论》,《武汉大学学报》2019年第1期。
③ 周积寅主编:《中国画论辑要》,江苏美术出版社1985年版,第449页。

画境界，这正是对画中有诗、亦景亦情、情景交融的一种抒情性追求。叶燮针对苏轼对王维的诗画评价，进一步揭示了诗画的亲缘关系，认为"摩诘之诗即画，摩诘之画即诗，又何必论其中之有无哉？故画者，天地无声之诗；诗者，天地无色之画"。"画者形也，形依情则深；诗者情也，情附形则显。"[①] 叶燮由此说明了绘画"依情则深"与诗歌"附形则显"的诗画创作规律。

诗画在处理人与自然的关系方面，无论是诗人还是画家，都注重追求自然的和谐与天人合一的哲学智慧。在绘画艺术中，画家通过情景交融的审美意象，体现绘画的画境之美。这种情与景的交融也是构成诗意的重要审美元素，正是因为情与景的交融，诗人与画家们才会重视对人与自然关系的审美描绘，捕捉人与自然关系中的诗意，努力实现哲学上"天人合一"的理想。通过情景交融彰显人与自然的和谐统一，这是人与自然审美关系所蕴含的审美价值的体现。

在绘画史上，优秀的绘画大多数是虚实相间，以形传神，形神兼备，意境深邃，具有诗歌情景交融的意象特点。实际上，不只是王维的诗歌是诗中有画，画中有诗，古往今来一切优秀的诗歌和绘画作品，一般都具有这个艺术特点，因为诗歌要通过塑造艺术形象来表达和抒发诗人的思想感情，必然在诗歌中塑造一系列栩栩如生的艺术形象，而这些感性的艺术形象本身就可以构成一幅幅的绘画画面。宋徽宗赵佶喜爱书画，皇家画院的考试题目中就有"深山藏古寺"和"踏花归去马蹄香"这样的诗句。考生对这些诗句展开联想和想象，再构思出具体绘画所需要的艺术画面。当然，我们也可以根据一幅绘画的艺术内容及其特点，写一首与绘画相媲美的诗歌。

[①] 北京大学哲学系美学教研室编：《中国美学史资料选编》下册，中华书局1981年版，第324页。

五　绘画科学

科学美学注重研究科学中的美，沟通了科学与美学之间的联系。从科学美学的角度来看，不仅科学研究对象蕴含着美的神韵，而且艺术中也蕴含着科学智慧与科学之道。由此观之，绘画不仅是艺术，而且本身也蕴含着许多科学的原理，具有透视学和光影学等科学的智慧。

在美学史上，尽管科学美学思想由来已久，但真正从理论到实践都注重科学美学，讲究科学与艺术的结合的，达·芬奇当属第一人。他对美学的重要贡献之一，就是"主张把科学知识运用到艺术创作中，以达到所创造的艺术形象具有科学性的目的"[①]，实现科学与艺术的联姻。达·芬奇认为，科学与艺术是不可分割的，绘画就是一门科学，应该把科学知识与艺术想象有机结合起来。画家和雕塑家应该研究光学定律和眼睛构造，要懂得人体的构造比例，熟悉肌肉和骨头的运动以及它们与身体其他各部分之间的内在关系。达·芬奇从自己独特的科学研究和绘画创作中窥见了绘画与科学之间的密切关系，是把绘画视为一门科学的重要画家和理论家。他尊重绘画的科学性，认为画家应懂得解剖学知识，为此，他自己还想方设法，冒着风险解剖了一些尸体，以了解骨骼的构造，从而为艺术创造提供准确的科学知识。通过深入研究，达·芬奇发现人体比例是神圣的比例，认为"美感完全建立在各部分之间神圣的比例关系上"[②]。戴勉认为："芬奇把透视学分成三个分支：线透视、色透视和隐没透视，分别研究物体的大小、颜色和形状同该物体离眼睛的距离的关系。"戴勉还评价"芬奇结合着许多生动的实例研究空气和雾霭对远景色彩和形状的影响，创立空气透视和隐没透视。有

---

① 赵海江主编：《文艺复兴时期的艺术大师》，中国人民大学出版社1992年版，第159页。

② 戴勉编译：《芬奇论绘画》，人民美术出版社1979年版，第134页。

了空气透视之后,画里的空间就不是真空,而是带有大气的空间了。由于远景和眼睛之间隔有朦胧的氛围,而不是一览无余,空间的深度感就加强了"[1]。"绘画以透视学为基础,透视学不是别的,只不过是关于肉眼功能的彻底的知识。"[2] 在达·芬奇看来,任何动物的每一部分和整体之间都存在着一定的比例,因此,他特别强调部分要服从整体,强调绘画的比例要和谐,从整体看,是看它的构图思想;从细节看,是看它组成整体的各部分意图。这就是说,人体的比例既是数学问题,又是解剖学的问题,从人体比例的和谐来讲,它又是一个美学问题。

不仅如此,达·芬奇为了使绘画成为一门科学,他还进一步研究光彩学、透视学和配色学,以提高艺术创作的技巧,并以此为理论基石,在艺术创造中展开联想和想象的翅膀的同时,又对艺术形象进行科学地精雕细刻,精益求精,以达到惟妙惟肖、活灵活现、以假乱真的艺术效果。正因为他以科学为基础,又以科学为指导,才能在绘画艺术中蕴含着坚实的科学品格,才使他得出绘画是一门科学的结论。朱光潜在评价意大利文艺复兴绘画时认为:"意大利绘画在文艺复兴时代之所以能达到欧洲第一次高峰,在很大程度上是科学技术进展的结果。"[3] 因此,我们也可以说,达·芬奇的绘画正是科学与艺术联姻的结晶。从透视学对绘画创作的影响来看,中国绘画和西方绘画都重视透视法,而我国很早就重视透视法。王维《山水论》:"凡画山水,意在笔先。丈山尺树,寸马分人。远人无目,远树无枝。远山无石,隐隐如眉;远水无波,高与云齐。"很显然,王维这段话在一定程度上揭示了绘画艺术所蕴含的透视学原理的基本规律。

---

[1] 戴勉编译:《达·芬奇论绘画》编译者序,广西师范大学出版社 2003 年版,第 7 页。

[2] 戴勉编译:《达·芬奇论绘画》编译者序,广西师范大学出版社 2003 年版,第 45 页。

[3] 朱光潜:《西方美学史》上卷,人民文学出版社 1963 年版,第 162 页。

当然，说绘画是一门科学，达·芬奇并非混淆二者的区别。他认为绘画与科学的区别在于：绘画展现可见世界，通过事物的色彩和形状，以形传神；科学则是深入事物的内部，忽略事物的形式特征，专门从量的方面去说明事物。也就是说，绘画作为造型艺术，主要反映事物的外在形式美，而科学则从量的方面反映事物的内在本质。绘画较之科学，更能表现理想和人类的艺术表现力，"因而绘画，正因为它对现实能够进行更为理想的体察，就能够比雕刻更多地单独着眼于艺术的幻化，而且能够比雕刻更完善地进行虚构。最后，绘画用不着像雕刻一样只能满足于表现这一个人或者这一个特定的、限于所能表现的组合或配置；艺术的幻化在绘画上还不如说是成了主要的必需，它不仅包括那向深度和广度多方面地扩展的人的组合，而且把他们人类以外的周围环境，把自然场面本身也摄入它表现的范围。这样一来就在人类艺术性的直观力和表现力的发展上开创了崭新的机运：那就是借助于风景绘画达到对自然界内在的领会和再现的机运"①。因此，我们认为，绘画蕴含着一定的科学性，虽然在透视学、光影学和人体比例等方面，应该遵循科学的规定性，但绘画更加注重表现人的思想情感和审美意境，是物象和意象的审美化，具有更丰富的诗情画意，不能拘泥于透视学、光影学和解剖学。

如果从科学美学的角度来看，达·芬奇通过绘画与科学的比较分析及其对绘画科学的探究，他对科学美学有着较深入的理解，比较深刻地把握了科学与美学相互之间的关系。正如徐纪敏先生所言，"因为达·芬奇具有杰出的艺术家和杰出的自然科学家双重秉赋的人格，所以才能对科学和美学相互之间的关系有如此独到的见解"②。在达·芬奇一生的实践中，一方面他把艺术变成了科学，促

---

① ［德］瓦格纳：《瓦格纳论音乐》，廖辅叔译，上海音乐出版社2002年版，第131页。

② 徐纪敏：《科学美学思想史》，湖南人民出版社1987年版，第200页。

进艺术的科学化；另一方面，他又把科学仿佛变成了艺术：他一生中的发明创造及其科学想象是那么奇特，而又多姿多彩，充满了诗情画意。在某种程度上说，他以科学与艺术的结合，向世界预示了当今社会艺术科学化和科学艺术化的双向互渗的发展趋向。

梁启超从观察力的角度出发，揭示了美术的科学性。他在《饮冰室文集》卷三十八《美术与科学》中指出："科学根本精神，全在养成观察力。养成观察力的法门，虽然很多，我想，没有比美术再直捷了。因为美术家所以成功，全在观察自然之美。怎样才能看得出自然之美，最要紧的是观察自然之真，能观察自然之真，不惟美术出来，连科学也出来了。所以美术可以算得科学的全锁匙。"[①] 梁启超这里所说的美术主要是指绘画，而画家只有具备观察自然之真的观察力，才能观察自然之真，发现自然之美，并且在绘画中通过自然之美蕴含出特定的自然之真，而自然之真则属于科学求真的范围。

我们肯定绘画的科学性，但不能矫枉过正。绘画为了追求艺术真实，可以按照人体构造比例进行创作，但为了表达审美理想，画家也可以打破生活真实和科学知识的局限，自觉进行艺术变形，而艺术变形早在中国古代绘画中就已有之，至于在现在的绘画创作中，变形则已经成为艺术创作的常态。

第五节　戏剧之美

戏剧艺术在分类方面，根据不同的视角，可以有多种分类。比如，按时代划分，戏剧分为古代剧、中世纪剧、近代剧、现代剧、先锋剧等；按情节划分，戏剧分为悲剧、喜剧和正剧；按表现要素划分，戏剧分为科白剧、哑剧、歌剧、舞剧等；按题材划分，戏剧

[①] 北京大学哲学系美学教研室编：《中国美学史资料选编》下册，中华书局1981年版，第412页。

分为神话剧、历史剧、宗教剧、社会问题剧等。① 但无论怎么分类，戏剧都是真实的演员现场表演的艺术，都在较大程度上具有艺术的真实性。

一 艺术的真实性

戏剧与影视艺术相比，在反映现实真实生活方面，由于受到舞台空间条件的局限，往往要采取虚拟化的手法，这也是戏剧在艺术直观性表达方面的短板。因此，戏剧要突出反映现实的逼真性，就必须在舞台设计方面，采取虚实结合的方式，最大努力营造一种接近生活真实而达到艺术真实的舞台效果。

李渔在《闲情偶寄》指出："传奇所用之事，或古或今，有虚有实，随人拈取。古者，书籍所载，古人现成之事也；今者，耳目传闻，当时仅见之事也；实者，就事敷陈，不假造作，有根有据之谓也；虚者，空中楼阁，随意构成，无影无形之谓也。"② 李渔这里指出了中国古代戏曲的真实性与虚构性。实际上，即使"虚者"，看似"随意构成""无影无形"，但客观上并非无中生有，而是体现了艺术的虚构。也就是说，无论是真实性还是虚构性，都在较大程度上体现了戏剧的艺术真实。杜书瀛先生认为"中国戏曲的主要特征应该概括为（一）写意性；（二）抒情性；（三）散点透视；（四）程式化"③。杜先生这里谈到四点，前两点指戏剧的内容具有写意性和抒情性；后两点指戏剧形式具有散点透视和程式化的特点。前两点所说的写意性和抒情性，在很大程度上揭示了戏曲艺术的真实性，即真写意，抒真情。因此，杜书瀛先生评价李渔说："尽管虚构，但李渔还是要求传奇创作须真实地表现生活中所固有

---

① 佴荣本、高楠、任公伟主编：《音乐舞蹈戏剧艺术鉴赏》，首都师范大学出版社1999年版，第265—267页。

② 北京大学哲学系美学教研室编：《中国美学史资料选编》下册，中华书局1981年版，第237页。

③ 杜书瀛：《李渔美学心解》，中国社会科学出版社2010年版，第26页。

的'人情物理'——即'事'假'情理'不假，'事'可以虚构而'情理'必须真实。"①"总之，在李渔看来，创作传奇必须符合'人物情理'，描写事物必须妥当而确实，这是一条根本规律。"②清代焦循《剧说》引《极斋杂录》中一例云："吴中一富翁宴客，演《精忠记》，客某见秦桧出，不胜愤恨，起而捶打，中其要害而毙"。这些现象客观上都与戏剧的逼真性密切相关。此外，从文艺欣赏的角度来看，凡是观众看戏入迷而沉浸其中，与艺术形象产生感情共鸣，这都与戏剧具有高度的逼真性有关。

为了追求自然和真实，狄德罗反对艺术对人物性格的过分美化和丑化，也反对把善与恶过分地刻画，因为任何东西都敌不过真实。狄德罗的戏剧艺术论和绘画艺术论都非常注重真实与自然的审美原则。真实，即艺术的逼真性或艺术真实；自然，即艺术摹仿自然，艺术表现的自然。黑格尔评价狄德罗时认为："狄德罗特别提倡这种对自然和现实事物的摹仿，"③因此，为了追求真实与自然的审美原则，狄德罗要求艺术家首先要观察自然。在情节安排上，狄德罗为了真实，反对艺术使用"奇迹"。他在《论戏剧艺术》中还区分了"惊奇"和"奇迹"这两个概念。他指出，稀有的情况是惊奇；天然不可能的情况是奇迹。戏剧可以使用惊奇的情节，以弥补情节的平淡无奇，但不能接连使用惊奇，用惊奇之后，应该用普通的情节去冲淡、平衡，使情节始终保持在自然程序里。把情节纳入自然程序，这不仅体现了艺术创作的自然和真实，也蕴含着审美风格的转换。从审美风格的转换来看，惊奇情节与普通情节的互补与平衡，在一定程度上也意味着作品风格的转换。如惊奇的情节一般给人以紧张的刺激、激动、悬念等扣人心弦的审美效果，而普通的情节则大多给人平常、宁静、舒缓的优美感。所以这两种情节的

---

① 杜书瀛：《李渔美学心解》，中国社会科学出版社2010年版，第39页。
② 杜书瀛：《李渔美学思想研究》增订本，中国社会科学出版社2007年版，第14页。
③ ［德］黑格尔：《美学》第二卷，朱光潜译，商务印书馆1979年版，第368页。

互补是自然的，又是真实的，也体现出审美风格的互补与转换，符合作品接受者多方面审美需要的审美心理结构。

从生活逻辑的角度来看，人的一生不可能发生很多次所谓的奇迹。从自然和真实的角度来看，戏剧的情节应该体现出高与低、张与弛、浓与淡、疏与密等动态的发展轨迹，只有通过惊奇情节与普通情节的互补，才能实现情节发展的动态平衡，显示出符合生活逻辑的戏剧情节。

二　矛盾的冲突性

戏剧艺术与影视艺术和文学相比，还具有一个很重要的特点，就是讲究戏剧矛盾的冲突性。因为戏剧本身是演员在表演，由于舞台空间的限制，不可能在舞台演出大海、河流、田野、高山、天空、沙漠等自然景观，也无法展现宏大的战争场面，只能依靠演员的舞台表演，要达到吸引观众的艺术效果，戏剧内容要特别具有矛盾的冲突性。

在古希腊悲剧中，索福克勒斯著名的悲剧作品《俄狄浦斯王》表现了希腊神话传说中关于俄狄浦斯杀父娶母的故事，展示了富有典型意义的希腊悲剧冲突——人与命运的冲突。根据神谕，俄狄浦斯王得知自己将来会杀父娶母，为了避免这一悲剧，远走他乡，但最终还是在不知情的前提下发生了杀父娶母的悲剧。这个矛盾充满了人与命运的冲突，虽然最后主人公没有战胜命运，但主观上一直努力与命运抗争。正是这种人与命运的矛盾冲突极大地吸引了无数的观众，引发了观众对俄狄浦斯王的怜悯和同情。

莎士比亚的悲剧《哈姆雷特》突破了古希腊传统的命运悲剧，拓宽了悲剧的视域，揭示了人物性格悲剧与社会悲剧的双重性。哈姆雷特一方面性格优柔寡断，关键时犹豫不决，失去最佳的复仇机会；另一方面哈姆雷特的叔父篡权后力量暂时比较强大，哈姆雷特处于敌强我弱的态势。这两个原因交互在一起，是决定和影响哈姆雷特悲剧命运的重要主客观原因。哈姆雷特的性格冲突以及所代表的正义力量与反动力量的冲突极大地吸引了观众的注意力，其悲剧结局也引发了观众心灵的震撼与深深的同情。

在中国古代悲剧中，结局一般都是大团圆的方式。这种布局实际上也是悲剧作家解决社会矛盾的艺术尝试。古代悲剧以悲开始，以正义的大团圆为终，通过悲喜交加，实现了中庸适度之美，也是佛教善有善报、恶有恶报、因果报应思想的艺术表现。《赵氏孤儿》是元代纪君祥创作的杂剧，故事情节是春秋时晋国大将军屠岸贾诬陷上卿赵盾，屠杀赵家三百余口。为斩草除根，屠岸贾下令在全国范围内搜捕赵氏孤儿赵武。赵家门客程婴与老臣公孙杵臼设计救出赵武。二十年后，赵武由程婴抚养长大成人，得知真相后杀死仇人屠岸贾，报了血海深仇。全剧紧紧围绕赵氏孤儿艰难曲折的命运，充满了正义与邪恶的矛盾冲突，能够激发观众强烈复仇的正义感。《窦娥冤》是元代戏曲家关汉卿创作的杂剧，写窦娥在无赖陷害和贪官的毒打下，屈打成招，被判斩首示众。临刑前，满腔悲愤的窦娥许下三桩誓愿：血溅白练，六月飞雪，大旱三年。果然，窦娥冤屈感天动地，三桩誓愿一一实现。在作品的矛盾冲突中，观众深切地关心和同情窦娥的命运，其悲剧命运与三桩誓愿的实现，客观上彰显了迟到的正义与对窦娥的申冤昭雪。

毛宗岗评价《三国演义》是最妙的文章，"古事所传，天然由此等波澜，天然由此等层折，以成绝世妙文"[①]。《三国演义》虽然是小说，但很早就登上了戏剧舞台，因此，《三国演义》小说所反映的各种矛盾冲突为作品搬上舞台演出奠定了坚实的文学基础，也为三国演义戏剧提供了矛盾冲突的艺术内容。

从审美心理学的角度来看，戏剧具有矛盾的冲突性，才能打破

---

① 北京大学哲学系美学教研室编：《中国美学史资料选编》下册，中华书局1981年版，第216页。

戏剧艺术受舞台限制的局限，凭借戏剧内在的矛盾冲突，故事情节环环相扣，波澜起伏，张弛有度，抑扬顿挫，既可以展现人物之间的外在冲突，也可以表现人物内心世界的各种心理冲突，内外结合，矛盾的明线与暗线相互交织，这样的戏剧才能够蕴含着无限的艺术魅力。

三 语言的个性化

文学语言具有个性化的特点，而戏剧中的人物语言尤其需要个性化。戏剧艺术的舞台性特点客观上决定了人物语言必须个性化，力求避免千人一面，千人一腔。

李渔非常重视戏剧语言的通俗化、群众化，他在《闲情偶寄》中指出："务使心曲隐微，随口唾出，说一人肖一人，勿使雷同，弗使浮泛"，李渔要求作品中的人物"各具特色，各有其貌，各有其声，各有其性，能使人听其言而知其人，闻其声而明其性"[1]，主张"贵浅显"，避免"艰深隐晦"[2]。关汉卿在《窦娥冤》中所塑造的人物形象，实际上也表现出了独特的语言风格，力求言言曲尽人情，字字当行本色。在关汉卿的杂剧《单刀赴会》中，作品不仅展示了孙权向刘备索取荆州的不可调和的矛盾，而且也提高人物独特的唱词，反映了不同人物的性格。第三折中，关羽一方面对严峻的现实保持清醒的头脑；另一方面也表现了大无畏的英雄气概："我是三国英雄关云长，端的是豪气三千丈。"关羽唱腔音调高昂，充满了豪情壮志。第四折写关羽毅然单刀赴会，屹立船头，面对滚滚长江，豪情满怀，吟唱"数风流人物舍我其谁"，唱词颇具个性化，抒发了关羽敢于赴汤蹈火的自信心与豪迈之情。

从个性化的角度来看，戏剧中人物形象的个性化的语言应该表

---

[1] 徐振贵：《中国古代戏剧统论》，山东教育出版社1997年版，第305页。
[2] 杜书瀛：《李渔美学思想研究》增订本，中国社会科学出版社2007年版，第88页。

现其独特的个性。狄德罗在《论戏剧艺术》中谈到"语气"时指出："在戏剧里正如在社会里一样，每一个性格有一种与它相适应的语气"，"人物一经确定，让他们说话的方式就只有一个。依照你为他们安排的境况，你的人物有这些那些事情可说，但是既然在各个不同境况的还是这些原来的人物，他们就决不说出自相矛盾的话"。[①] 狄德罗这里正是强调了人物形象的个性化，注重人物性格与语言的内在统一，这意味着性格决定语言，语言适应性格，是性格的外在表现。

在戏剧艺术中，人物形象的个性化主要体现在人物语言和人物动作两个方面，但最主要的还是人物语言，这是由戏剧舞台的空间客观上所决定的。在戏剧人物语言的个性化中，艺术形象不仅言为心声，通过语言来表达思想感情，而且还要通过语言来推动故事情节的发展，促使矛盾冲突的发展变化。同时，从整体上来看，人物语言要口语化，要彰显人物的个性，有利于言语"上口"，有利于观众"入耳"。所谓"上口"，就是指人物语言畅达、言简意赅、通俗易懂，说的时候不拗口；所谓"入耳"，是指观众能够听清楚演员在舞台表演时说的话，不会发生理解的歧义。

文学是语言的艺术，戏剧在很大程度上也是语言的艺术，唯有个性化的语言，才能更加彰显戏剧艺术的魅力。因此，剧作家创作优秀的文学剧本，这是戏剧艺术成功的重要根基。

四 形式的综合性

戏剧艺术是一种具有直观可视性的综合艺术，蕴含着多种艺术形式的美，古往今来，由于戏剧艺术具有艺术的真实性、矛盾的冲突性、语言的个性化和形式的综合性，深受广大观众的喜爱。

戏剧作为综合性的艺术，在创作上必然要求剧作家采用跨界融

---

① 狄德罗：《论戏剧艺术（上）》，《文艺理论译丛》1958年第1期。

合的多种艺术手段。所谓跨界融合，即作品运用多种艺术形式，不拘一格，集思想性、艺术性与观赏性有机统一，能充分调动音乐、舞蹈、戏剧、视频画面、造型等多种艺术手段表现作品的思想内容和情感抒发。为了增加艺术魅力，剧作家借鉴多种艺术手段，通过多种艺术的跨界融合，实现戏剧艺术元素的多样统一，促进视觉与听觉的艺术统一，达到器乐与声乐、动作表演与人物对话独白的有机统一，从而创造戏剧丰富多彩的艺术魅力。

《海豚湾之恋》利用超豪华的舞美、灯光、音效表演设备，在360度多维水秀场，在七彩舞台灯光的变幻下，海豚、白鲸与美人鱼、王子、月光天使、海盗联袂演绎的真人版"人鱼童话"闪亮登场，通过云霞、日出和月光多场景的变幻，多角度切换水上和水下的灯光，追求烟雾、水流和音效的综合效果，营造海豚湾的诗意情境，表现奇景、奇境的梦幻般美丽。《北极历险记》结合声光水影四重元素，给游客呈现出星移斗转、时空穿越、水影一体的多维震撼视觉效果。《海上探戈》把生活化的内容融入现代舞剧，显现了最自然的艺术风格，是富有生活情趣和青春气息的现代舞，加上极富特色的服装，相当现代感的音乐，充分展现了舞蹈、音乐与色彩美的多元融合，集中蕴含了现代舞剧的综合艺术魅力，获得了观众的赞美。在运用多种艺术手段实现跨界融合的戏剧中，《鼓舞大海》以"舟山锣鼓"的表演形式为载体，将传统与现代、古典与时尚相结合，既有鼓吹乐、丝竹乐等传统艺术形式，也有生活打击乐组合演奏，把各种器乐演奏与声乐、舞蹈、说唱、船拳、魔术等相结合，或庄严肃穆，或风趣幽默，或气势磅礴，充分展现了东海渔民朴实豪爽、热情奔放的性格特征以及当代海岛人勇立潮头、敢为人先的精神风貌。

"由于戏剧艺术是时间与空间的综合艺术，戏剧美的特殊性，就是过程性与直观性的高度统一。这种美的组合不是作为一种凝结物，而是作为一个生动的过程，在可以直观的、有真实感的生活图景中展现出来。"① 由此可见，戏剧艺术的综合性可以实现各种不同艺术要素的互补和优化组合，使戏剧艺术更具有整体性、系统性、直观性、动态性、现代性和审美性，获得更佳的艺术效果。

---

① 伻荣本、高楠、任公伟主编：《音乐舞蹈戏剧艺术鉴赏》，首都师范大学出版社1999年版，第270页。

第 四 章

文艺审美关系论

文艺审美关系既涉及文艺审美主体，也涉及丰富多彩的审美客体，深入探讨文艺审美关系，对于我们了解审美主体的特点和本质，正确理解和把握文艺作品的价值，都具有重要的意义。

第一节 文艺审美关系的特点

从文艺发展史的角度来看，从文艺作品问世之日始，审美主体就开始自觉不自觉地欣赏审美客体的文艺作品，并且与文艺作品形成了特定的审美关系。所谓文艺审美关系，是指审美主体与文艺作品所形成的审美关系。文艺审美关系具有主体性、客观性和审美性三个特点。

一 文艺审美关系的主体性

在文艺审美关系的建构过程中，审美主体在审美过程中不是对文艺作品被动地感知，而是自觉与文艺作品建构积极的审美关系，体现了文艺审美关系的主体性。

所谓文艺审美关系的主体性，是指审美主体根据自己的兴趣爱好和审美需求，选择和确立具体的文艺作品作为审美客体，从而体现了文艺审美关系的主体性。审美主体在兴趣爱好和审美需求的驱动下，欣赏什么作品，不欣赏什么作品，什么时间欣赏等，都是由审美主体来具体决定的。换言之，审美主体希望与什么文艺作品建立审美关系，如何维系特定的审美关系，都由主体自己决定，由此体现了文艺审美关系的主体性。

文艺审美关系的主体性是审美关系主体性的具体表现。在一般的审美关系中，主体可以自由自觉地对审美客体进行审美观照，形成具体的审美关系，从中发现审美客体的审美价值，主体在审美观照过程中获得审美体验。在文艺审美关系中，审美主体的对象不是一般的审美对象，而是具体的文艺作品；由于文艺作品的丰富性和复杂性，审美主体与不同的文艺作品之间会形成不同的审美关系，虽然审美关系不同，但所有的审美关系客观上都蕴含着审美主体的主体性，即蕴含着审美主体的审美意识、审美理想、审美需要、审美趣味、审美标准、审美能力，都需要主体具有较充足的闲暇，具有正常的审美心理和审美感官。审美实践表明，只有当一个人具有足够的主体性时，具有上述审美的主体素质，才能够真正与审美客体形成审美关系，进而才能对具体可感的文艺作品进行审美观照。

审美主体的审美趣味、审美意识和审美理想直接影响着主体对审美客体的选择，进而影响着审美关系的建构。从审美实践来看，审美主体有什么样的审美趣味、审美意识和审美理想，就会选择那些比较喜欢的文艺作品作为审美对象；反之，审美主体对于自己不喜欢的文艺作品，包括不喜欢的文艺作品题材、内容和风格等，也就无法与这些文艺作品建构审美关系。

审美主体的审美标准直接决定和影响着对审美客体的审美判断。审美主体在欣赏文艺作品时，自觉不自觉地会用自己既有的审美标准去衡量和判断所观照的文艺作品。凡是符合自己审美标准的文艺作品，审美主体就会产生美感；凡是不符合自己审美标准的文艺作品，审美主体就不会产生美感，因而与文艺作品形成的审美关系就会弱化，甚至降低为零，在审美标准不变的前提下，审美主体以后也不会再欣赏这类作品。

审美主体的审美能力直接影响着审美关系的建构。《列子·汤问》曾经记载"高山流水"的故事：伯牙善鼓琴，钟子期善听。伯牙鼓琴志在高山，钟子期曰："善哉，峨峨兮若泰山。"志在流水，钟子期曰："善哉，洋洋兮若江河。"伯牙所念，钟子期必得之。子期死，伯牙谓世再无知音，乃破琴绝弦，终身不复鼓。后用"高山流水"比喻知音或知己。从这个故事可见，伯牙鼓琴是审美客体，钟子期是审美主体。伯牙精通琴艺，也只有知音才能更好地欣赏其鼓琴的价值，而钟子期确实是一个具有很高欣赏水平的审美主体，只有钟子期这样的知音，才能欣赏和领悟伯牙鼓琴的内在意蕴，而如果换成其他听众，可能就无法领会伯牙鼓琴的情志，也就无法成为合格的审美主体，因此也就无法与伯牙鼓琴构成具体的审美关系，伯牙鼓琴的器乐再美，也无法实现其审美价值。

由此可见，审美关系不是纯粹客观性的存在，而是体现了审美关系的主体性。审美主体在审美活动过程中，具有非常重要的能动作用，主体的审美趣味、审美素质和审美能力在很大程度上体现了审美主体对美的事物的前理解，将会直接决定和影响着对审美关系的选择，也影响着对审美客体的审美体验和审美价值的判定。

二　文艺审美关系的客观性

文艺审美关系不仅具有主体性，而且也具有客观性，要受到审美客体质的规定性的制约和影响。

所谓文艺审美关系的客观性，是指主体在对文艺作品的审美观照过程中，审美客体的特点和审美属性都在一定程度上影响着审美主体的审美观照，而审美主体审美时应该尊重审美客体审美属性的规定性。从审美实践来看，文艺审美关系的客观性不是审美主体对审美客体的被动感知，而是审美客体在一定程度上吸引和影响着审美主体对审美客体的审美，由此体现了文艺审美关系的客观性。

从审美心理学的角度来看，审美主体在观照文艺作品的过程中，文艺作品的审美特点及其性质就会影响到审美主体的审美感受和思想感情。我们欣赏贝多芬的《命运交响曲》，热血澎湃，情绪高涨；我们欣赏《泉水叮咚响》的抒情小调，心情舒畅，心旷神怡；我们听迪斯科音乐，就会唤醒我们青春的律动。我们读中国古代四大名著，四大名著各具特色的内容和艺术特色也会使读者产生不同的阅读效果。我们读当代散文家的作品可以感受到秦牧的散文题材广泛，知识丰富，谈古论今，旁征博引，潇洒自然，语言流畅，联想奇妙，思路开阔，言近旨远，颇具哲理；刘白羽的散文感情奔放，雄壮豪迈，热情奔放，辽阔明朗，如长江大河，奔腾浩荡，一泻千里，具有强烈的抒情性；杨朔的散文语言洗练而隽永，清新而绚丽，托物寄情，融情于景，借景抒情，情景交融，诗情画意，意境优美，善于从平凡的事物中提炼出动人的诗意与哲理。由此可见，不同的文学作品具有不同的审美内蕴，必然会给欣赏者留下不同的审美感受，或者说，特定的文艺作品必然与特定的审美主体形成审美关系，并且可以满足特定审美主体的审美需要，影响着审美主体具体的审美感受和审美判断。

从文艺作品的构成来看，文艺作品内容和形式各自具有不同的审美意蕴，也是一种特殊的审美对象，其美的内涵及其风格必然这样或那样地影响着审美主体的审美意识、审美感受。文艺作品本身既是一种审美对象，也是一种具有丰富意蕴的文化存在，从而与文艺审美主体构成了特定的审美关系，我们从存在决定意识的思想出发，文艺审美主体如果经常欣赏某一类文艺作品，这类文艺作品的内容及其风格必然会对审美主体发生这样或那样的影响，从而也体现了审美关系的客观性。

三 文艺审美关系的审美性

文艺审美关系的审美性，包括三个方面：第一，审美主体的审美性；第二，审美客体的审美性；第三，审美关系的审美性。

（一）审美主体的审美性

审美主体的审美性，是指文艺审美关系客观上蕴含着审美主体的审美性，包括审美需要、审美标准、审美能力、审美趣味和审美心境等。在具体的审美活动中,审美关系的建立不是主客体之间随意构成的,而是依存于审美主体的审美意识、审美理想、审美需要、审美心理、审美趣味和审美标准,审美主体的这些审美要素就是审美主体的审美性,而这些审美性都会直接或间接影响着审美主体与审美客体形成什么样的审美关系。

审美主体的审美性在审美关系中具有重要的能动作用。审美主体受到自己审美要素的影响,在与审美客体建立审美关系时,具有主动性和选择性。审美主体审美要素的性质和层次等,都在很大程度上直接影响着审美关系的构建,也会直接影响着对审美客体的审美选择、审美体验和审美判断。一般而言,审美主体有什么样的审美性,就会与什么样的审美客体建立审美关系,进而影响到对审美客体审美价值的判定;反之,审美关系一旦形成,反过来也会直接或间接地影响着审美主体审美性的发展变化。与此同时,审美主体的审美性也意味着主体在与文艺作品形成的关系只能是审美关系,而不是认识关系和实践关系。

(二) 审美客体的审美性

审美客体的审美性是指审美客体自身蕴含的审美属性,既包括文艺作品的内容和形式,也包括文艺作品内容和形式的和谐统一。黑格尔认为,美就是理念的感性显现,是指艺术美就是艺术内容的感性显现,客观上揭示了艺术美作为审美客体的审美性。

文艺作品作为审美客体,具有丰富多彩的审美属性。文艺作品体裁很多,不同的文艺体裁具有不同的审美风格;即使相同的文艺体裁,不同的文艺作品也往往具有不同的审美风格。在电影艺术中,由于其演出的内容不同,表演风格不同,因而不同的电影艺术也会具有不同的审美特色;在文学体裁中,小说、诗歌、散文等具体体裁也各有差异,也会表现出不同的审美风格;同样是戏剧,悲剧与喜剧又大不相同。即使相同的体裁,由于艺术家属于不同的时代和不同的民族,因而其创造出来的文艺作品也会打上不同时代和不同民族的烙印,蕴含着不同的审美意蕴。文艺作品作为审美客体具有的丰富的审美属性，这些审美属性在形成具体的审美关系过程中，其质的规定性必然会影响到审美主体对文艺作品的感悟、理解和审美判断，也会影响到审美主体对文艺作品形成的审美关系。因此，我们可以设想：再优秀的文学作品对于文盲而言毫无审美价值，因为文盲不识字，也就无法阅读文学作品，文学作品是由语言符号构成的有意味的形式，但语言符号本身却成为文盲阅读的障碍，因而即使优秀的文学作品，也无法在文盲面前显现出应有的审美性。但是，如果把文学作品改编成影视艺术或戏剧艺术类的具有直观可视性的艺术形式，这些具有直观可视性的艺术形式就可以为文盲展示出相应的审美性了。

文艺作品作为审美客体在审美关系中虽然具有一定的受动性，但文艺作品的内容和形式是一种既定的存在，相对于审美主体而言，文艺作品的审美性是审美主体审美的逻辑起点，审美主体不能从主观意志出发，先入为主地对审美客体提前预判，而是应该从审美客体的审美属性出发。从审美客体对审美主体的影响来看，审美客体的审美性能够直接或间接地影响着审美主体的审美意识和美感程度，也会直接影响着审美主体对审美客体的审美判断。

(三) 审美关系的审美性

审美关系的审美性是指审美主体与审美客体所形成的关系蕴含着审美主体与审美客体的审美性，不同于主客体之间的认识关系和实践关系。

审美关系不同于主体与客体之间的认识关系和实践关系，而是建立在审美主体的审美需要、审美趣味、审美意识和审美能力的基础上对审美客体审美属性的审美选择和审美观照，因此审美关系本身虽然具有抽象性，但这种抽象性又不同于认识关系和实践关系。"审美是一种关系性存在，我们不能把审美单纯看成一种对象性的功能，而应该在审美主体与客体的辩证关系中理解审美，因此审美关系是审美概念的必然延伸。"[①] 从文艺审美关系的角度来看，一方面，审美关系离不开审美主体的审美需要、审美趣味、审美意识和审美能力等主观要素；另一方面，审美关系也离不开文艺作品的审美属性。换言之，审美关系的审美性是审美主体与审美客体之间建立关系所依据的内在规定性，即有什么样的审美主体，就会有与之相适应的审美客体；反之，有什么样的审美客体，就会吸引什么样的审美主体对其进行欣赏观照。因此，审美关系的本质是审美主体对审美客体在审美观照中所形成的具体的非实用性的关系。"实际上，何为美，何为不美，这绝不是普遍的、一成不变的，美是与特定社会历史相伴而生，并不断变化的。"[②] 岩城见一这句话揭示了美的发展变化与审美关系发展变化的内在关联。

从审美关系的角度来看，一般而言，志趣高雅的君子大多喜欢欣赏那些高雅品格的文艺作品，而那些凡夫俗子往往喜欢欣赏那些比较通俗的甚至是低俗的文艺作品。同理可证，具有不同内容和风格的文艺作品，仿佛待价而沽，时刻期盼着相应的审美主体来对自己进行审美观照，而文艺作品的召唤结构也会时刻激发着接受者对特定文本的再创造。

因此，文艺审美关系既是审美主体审美需要、审美趣味、审美意识和审美能力的显现，体现了审美主体对审美客体的欣赏和观照，也是文艺作品审美属性对审美主体的感性吸引、审美召唤和审美启迪，体现了审美主体与审美客体的同构性，实现了审美主体与审美客体的和谐统一。

第二节　文艺审美关系的本质

从审美主体与审美客体的复杂性和丰富性来看，大千世界，古

[①] 马龙潜主编：《文艺美学的多重复合结构》，长春出版社2010年版，第165页。
[②] ［日］岩城见一：《感性论——为了被开放的经验理论》，王琢译，商务印书馆2008年版，第105页。

往今来，审美主体的审美趣味、审美需要、审美意识和审美能力是非常复杂的，不同审美主体彼此之间是同中有异，异中有同；审美客体的审美属性也是百花齐放、各具特色、异彩纷呈，从而表现出了不同的审美特点。由文艺审美关系的特点进而探究文艺审美关系的本质，我们可以发现，文艺审美关系的本质主要表现在三个方面：审美主体审美本质的实践确证；审美主体与审美客体的共生性；审美主体与审美客体的统一性。

一 审美主体审美本质的实践确证

文艺审美关系的建构离不开审美主体的审美本质，是审美主体审美本质的实践确证。所谓实践确证，是指审美主体的审美本质不是抽象的，而是通过具体的审美实践表现出来的，并且只有在具体的审美关系和审美实践中才能得到确证和检验。

马克思认为："人的本质……在其现实性上，它是一切社会关系的总和。"[①] 我们应该从开放性和系统性的角度对马克思这一命题进行新的理解：一方面，人的本质客观上必然外化为丰富多彩的社会关系，并且通过各种社会关系表现出来；另一方面，各种丰富多彩的社会关系又必然影响和制约着人的本质的发展变化。因此，人的本质不仅是丰富的，而且也是随着社会关系的变化而不断变化的。在人的本质中，人的先天本性既不是孟子所说的善，也不是荀子所说的恶，而仿佛是一张白纸，只有通过后天个人的主观努力，以及家庭、学校和社会多种外在因素的相互影响，人性才能发生本质的变化，或者变成真善美，或者堕落为假恶丑，也有介于二者之间的凡庸者。那么，显而易见，人性中真善美的本质外化为具体的实践，就会成为真善美的对象；人性中假恶丑的本质外化为具体实践，就会成为假恶丑的对象。马克思认为："只是由于人的本质客观地展开的丰富性，主体的、人的感性的丰富性，如有音乐感的耳

[①] 《马克思恩格斯选集》第一卷，人民出版社2012年版，第135页。

朵、能感受形式美的眼睛，总之，那些能成为人的享受的感觉，即确证自己是人的本质力量的感觉，才一部分发展起来，一部分产生出来。"① 由此可见，马克思这里所说的恰恰就是人的审美本质力量的发展与彰显，才能确证美的对象。文艺审美关系不是一般主客体之间的认识关系，也不是一般主客体之间的实践关系，而是审美主体审美本质的实践确证，即通过具体的审美关系，可以反观审美主体的审美本质。

在审美主体审美实践的确证过程中，一般而言，具体的审美关系能够展示和反映审美主体的审美素质和审美能力，但也有不确定性的一面。由于人自身的复杂性，一个人的世界观、人生观、价值观、审美观、审美心境、审美趣味等主观因素，都可能影响到审美关系的形成和建构。审美客体匮乏、供不应求时，审美主体就会降低对审美客体的高层次需求；审美客体过剩时，供大于求，也会影响着审美主体对审美客体的选择。

二　审美主体与审美客体的共生性

在文艺审美关系中，审美主体与审美客体是一对范畴，彼此相互依存、相辅相成、相互影响、缺一不可，共同构成了文艺审美关系，彰显了审美主体与审美客体的共生性。

哲学是讲范畴的，特别是在唯物辩证法既对立又统一的关系中，有现象和本质、内容和形式、原因和结果、可能性和现实性、偶然性和必然性这五大范畴。从哲学范畴的角度来看，我们一谈到审美主体，就会想到审美客体；一谈到审美客体，就会想到审美主体。因为审美主体与审美客体是一对范畴，彼此通过审美关系交织在一起，没有审美主体，就没有审美客体；没有审美客体，也就没有审美主体。没有读者，文学作品就失去价值；没有听众，再美的音乐也没有价值；主体如果没有审美素养和审美能力，就无法观照

---

① 马克思：《1844年经济学哲学手稿》，人民出版社2018年版，第84页。

文艺作品，文艺作品也无法转化为审美客体。马克思在《1844年经济学哲学手稿》中曾经指出："忧心忡忡的、贫穷的人对最美丽的景色都没有什么感觉；经营矿物的商人只看到矿物的商业价值，而看不到矿物的美和独特性。"[①] 马克思这段话的意思是说，主体对美的需要直接决定了人对美的事物的选择和判断，因此，对于饥肠辘辘的饥饿者，迫切需要填饱肚子，而不计较食物的形式，所谓饥不择食，客观说明了饥饿者第一需要的是食物；而忧心忡忡的、贫穷的人也不可能把美景当作审美对象，经营矿物的商人也对矿物的外在形式美视而不见，而专注于矿物的商业价值。

在人与自然关系史上，自然界先于人类而存在，但那时的自然无所谓美与不美，最初的自然界还不具备现代的审美价值，而只是具备潜在的审美属性而已。只有人类出现以后，伴随着人类认识自然和改造自然能力的提高，逐渐萌生和发展了审美意识，人类才逐渐转化为具有审美需要、审美意识和审美能力的主体，逐渐与自然界的日月星辰、山川森林等形成了特定的审美关系，这些自然事物才能够获得审美价值。在关于月亮的传说中，有嫦娥奔月、吴刚伐桂、天狗吞月、猴子捞月、月桂女神、希腊月神等；在文人墨客的笔下，月亮似银盘，月如钩，似弯刀，有玉兔、玉轮、玉蟾、玉弓、玉桂、玉盘、玉钩、玉镜、玉羊、夜光、桂魄、素娥、冰轮、冰镜、冰兔、蟾蜍、顾兔、婵娟、广寒宫、嫦娥等多种表述。这些丰富多彩的表述，客观上说明了在不同审美主体的观照下，月亮可以成为人们不同的审美对象，可谓仁者见仁，智者见智，于是有李白的"举杯邀明月，对影成三人"和"我歌月徘徊，我舞影零乱"的审美移情，于是有苏轼《水调歌头》"明月几时有，把酒问青天"的叩问，才有"人有悲欢离合，月有阴晴圆缺，此事古难全。但愿人长久，千里共婵娟"的释怀、宽慰与希望。

李天道先生认为："在中国人的审美感受和审美创造中，确立

---

① 马克思：《1844年经济学哲学手稿》，人民出版社2018年版，第84页。

了一种对待人与自然关系的基本的审美态度。正是基于这种审美态度，中国古代文人在把握和体验自然万物时，往往以人与物的融合为出发点和归宿，从而形成一种人对宇宙时空的依赖与人对自然万物的和谐氛围。由于在齐物顺性、物我同一中泯灭了彼此的对峙，所以，人与物之间显现出休戚与共、相依为命的对待构成关系。人对外部世界、对自然万物，始终保持着一种精神上的自由，在人的虚静空明的审美心境中，自然万物与人之间可以自由地认同，人能自由地亲近、吐纳万物自然。"[1] 实际上，人类与自然的这种相互依赖而又相互生成的关系，客观上体现了人与自然的哲学关系，也为审美关系做了哲学预设和阐释。

由此可见，审美主体与审美客体的共生性表明，一方面，审美主体离不开审美客体，离开了审美客体，审美主体就无法单独存在；另一方面，审美客体只是相对于审美主体而言，是特定审美主体审美视域的审美客体，离开了审美主体的审美观照，客体就不再是审美客体，而是其他的事物。因此，从文艺美学的角度来看，在文艺审美关系中，读者、听者和观众的审美素质、审美需要、审美趣味、审美能力等主观要素，直接决定和影响着对审美客体的选择和审美价值的判断，从而也表明了审美主体与审美客体在审美关系的发展变化中的共生性。

三　审美主体与审美客体的统一性

审美主体与审美客体在审美关系的发展变化中不仅具有共生性，而且也具有统一性，即审美主体与审美客体共同统一于具体的审美关系。胡经之认为："人在自由实践的活动中，产生了审美需要，审美需要又要由审美活动来满足，审美活动调节的人与环境

---

[1] 李天道：《中国美学之审美境域缘在构成论》，中央编译出版社2017年版，第21页。

（自然，社会）的关系，使环境与人和谐平衡，确立审美关系。"① "只有人和环境达到和谐平衡，人和现实才产生审美关系，才有文学艺术。"② 因此，文艺家要与现实形成具体的审美关系，前提是与环境达到和谐平衡。

如前所述，审美主体与审美客体具有共生性，这种共生性客观上也揭示了审美主体与审美客体之间具有统一性的内在规定性，即审美主体与审美客体之间是相辅相成的，既相互制约、相互影响，又相互促进、共生共荣，统一构成了完整的审美系统。在完整的审美系统中，审美关系是连接审美主体与审美客体之间的中介，但这个中介不是先于审美主体和审美客体而自在的存在，而是审美主体向审美客体发出审美观照的结果。王元骧先生认为："我们研究美是什么，也必须把美与人的需要联系起来，应该看到它作为人的一种精神需要的对象，不仅让人获得赏心悦目的满足，通过开拓人的情怀，提升人的境界，让人在经验生活中看到一个超乎经验之上的世界，使人在困顿和苦难中获得精神上的抚慰和激励，在幸福安逸中而免于满足现状而走向沉沦；而且也决定了世界上没有永恒不变的美，它总是受到人们所处的现实关系以及由此而产生的人的需要所制约，并随着现实关系和人的需要的发展而变化的。我们也只有联系社会历史的关系，才能使许多复杂的审美现象获得有效的解释。"③ 这段话非常深刻地揭示了主体审美需要与审美客体之间的动态辩证关系，肯定了主体审美需要对审美关系的重要影响。

在审美主体与审美客体构成的审美关系的统一性中，从文艺审美的角度来看，一方面，即什么样的审美主体，就欣赏什么样的文艺作品，审美主体的审美需要、审美意识、审美个性和审美能力直接影响着对审美客体的审美选择和审美判断；另一方面，具体文艺

---

① 胡经之：《文艺美学》，北京大学出版社2000年版，第31页。
② 胡经之：《文艺美学》，北京大学出版社2000年版，第1页。
③ 王元骧：《"审美关系"评析——兼论蒋孔阳的"美是多层累的突创"说》，《杭州师范大学学报》（社会科学版）2016年第6期。

作品所蕴含的审美属性将会直接影响着审美主体的审美意识、审美趣味，进而影响到审美主体的审美能力。从审美主体与审美客体的相互影响来看，审美主体的审美需要、审美趣味、审美意识、审美能力等主观因素蕴含了对审美客体审美属性的期待和选择；而作为文艺作品的审美客体则是文艺家为满足审美主体的审美需要而创作的，因而文艺作品本身也蕴含了潜在的或隐含的审美主体。

第三节　文艺审美关系的发展

文艺审美关系的建立和发展一方面取决于审美主体的发展变化；另一方面也取决于审美客体的发展变化，文艺审美关系就在审美主体与审美客体的互动统一中不断发展变化，从而表现出了文艺审美关系的历时性、共时性和系统性。

一　文艺审美关系的历时性

从文艺发展史的角度来看，人类在艺术萌芽以后，就不经意间逐渐与文艺作品形成了具体的审美关系。随着时代的变迁，审美主体与审美客体在相互影响下发展变化，文艺审美关系也会随之发展变化，与时俱变，随之展现出了历时性的特点。

马克思指出："人们自己创造自己的历史，但是他们并不是随心所欲地创造，并不是在他们自己选定的条件下创造，而是在直接碰到的、既定的、从过去承接下来的条件下创造。"①马克思这段话非常深刻地揭示了人类创造历史的主动性与受动性，从主动性来看，是"人们自己创造自己的历史"；从受动性来看，人们创造历史的过程中不是随心所欲，也不是在自己的选定的条件下创造，而是"在直接碰到的、既定的、从过去承接下来的条件下创造"。很显然，文艺发展史也是文艺家创造文艺的历史，但文艺家也不是随

---

① 《马克思恩格斯选集》第一卷，人民出版社2012年版，第669页。

心所欲地自由创造，而是要受到文艺发展史的制约和影响，因为每一代有每一代的时代主题和擅长的体裁，每一代有每一代的审美风格、审美趣味和审美需要，所以文艺创造与文艺欣赏都具有时代的质的规定性。在中国文艺发展史上，先秦的《诗经》、两汉散文、魏晋南北朝的诗歌、唐诗宋词、元杂剧、明清小说等，都具有鲜明的时代印记，体现了文艺发展的历时性特征。

格罗塞在《艺术的起源》一书中指出："如果根本没有读者，诗人是决不会做诗的……无论什么时代，无论什么民族，艺术都是一种社会的表现，假使我们简单地拿它当作个人的现象，就立刻会不能了解它原来的性质和意义。我们已经说过，在下面的研究中，我们将要专门研究艺术创造的社会环境和社会关系。我们要把那些原始民族的艺术当作一种社会现象和社会技能。"[1] 格罗塞在该书中分析了原始民族艺术存在着共同特征，这正是从历时性的角度肯定了不同民族原始艺术的共同性。

王元骧从马克思主义文论出发，认为"联系到美学和审美关系问题，社会的、历史的关系也就应该成为个人的，心理的关系的前提条件。也就是说，唯有当人在社会生活中通过社会交往掌握了人类所共同创造的文化成果形成了美的观念和欣赏美的能力，从社会历史的层面确立了人与现实的审美关系，然后才会有个人心理层面上的审美关系；反过来也就是说，凡是从个人心理层面上发生的审美关系，从根本上说都是在社会历史的审美关系的基础上产生的，是社会历史审美关系在个人心理上的反映，是受社会历史发展所形成的审美关系所制约的"[2]。这段话肯定了审美的历史继承性，是"从社会历史的层面确立了人与现实的审美关系"，而个人的审美关系则"是社会历史审美关系在个人心理上的反映，是受社会历史发

---

[1] ［德］格罗塞：《艺术的起源》，蔡慕晖译，商务印书馆1987年版，第39页。
[2] 王元骧：《"审美关系"评析——兼论蒋孔阳的"美是多层累的突创"说》，《杭州师范大学学报》（社会科学版）2016年第6期。

展所形成的审美关系所制约的"。对于审美关系的历时性，笔者的散文《咏雪》客观上反映了作者审美关系的历时性，是笔者对古代文学遗产继承的基础上创作而成的。

咏雪

　　我一直对雪情有独钟。这不，中午老天爷真的下起了鹅毛大雪。哦！雪，大雪，好大的雪！不经意间春风来，人间万树梨花开。我竟然感叹地惊叫了起来：雪，大雪，好大的雪！李白说"燕山雪花大如席"，而我却要说"青岛雪花大如席"了！这就是2010年青岛的第一场雪。

　　你看！在大雪纷飞的时刻，向近处看，雪花随风飘扬，简直潇洒极了！雪花与梅花相互辉映，难怪梅花喜欢漫天雪呢！所谓"雪似梅花，梅花似雪，似和不似都奇绝。"吕本中《踏莎行》把雪与梅的奇绝写得淋漓尽致，让我产生了美的无限遐想；向远处望，蜿蜒曲折的海岸披上了银色的盛装，大雪染白了远处的山川河流，极目远眺，远方的雪似云、似雾又似烟，飘飘渺渺，山舞银蛇，白雪皑皑，蕴藏了一种含蓄的美，一种朦胧的美，一种素雅的美；向低处看，转眼间大雪已经覆盖了大地，染白了世界，路上的行人匆匆忙忙地走着，一会儿就变成了"雪人"，各种车辆也很快变成了"雪车"，而雪的洁白似乎让人间纯洁了许多；向高处望，"天似穹庐，笼罩四野"，苍苍茫茫，漫天皆白，雪花从天而降，虽然遮云蔽日，却像无数洁白的花朵，更像一个个美丽的天使，把苍天的好生之德赐给人间。古人云，瑞雪兆丰年，此之谓也。苏轼《题西林壁》曰"横看成岭侧成峰，远近高低各不同。不识庐山真面目，只缘身在此山中"，说明观看庐山需要远近高低各种不同的角度；而我觉得，雪中观景，也需要从远近高低四个不同的维度，才能领略雪之美，才能吟咏雪之情。

　　你听！在随风荡漾的时刻，雪花婆娑起舞，摇曳着轻盈的舞姿，演奏了各具特色的美妙音乐。一会儿，狂放骤起，大小的雪花使出了浑身的解数，唱出了高昂的交响乐，山呼海啸，电闪雷鸣，波涛汹涌，万马奔腾，叱咤铿锵，龙腾虎跃，是冼星海《黄河大合唱》的排山倒海，呼啸狂欢，也是贝多芬《命运交响曲》的气势恢宏，壮丽豪迈，偶尔也有迪斯科的紧凑与欢快；一会儿，微风轻拂，各种雪花轻声细语，如春天的燕子蜻蜓点水般地掠过水面，演奏了鸟语花香的春之声，吟唱了张若虚《春江花月夜》的天籁之音，抑或柴可夫斯基的《小夜曲》中第二章的圆舞曲，优美极了，简直令人陶醉与忘我。随着风力的大小及其不同方向的旋转，各种不同的雪花尽情展现自己美妙的歌喉，所谓抑扬顿挫，张弛有度，高低起伏，错落有致；所谓高山流水，知音难觅，或一泻千里，似瀑布顺天而洒，或牧童吹笛，曲径通幽，柳暗花明。我忽然想起白居易《琵琶行》中"大弦嘈嘈如急雨，小弦切切如私语。嘈嘈切切错杂弹，大珠小珠落玉盘"的琵琶之美，真让人有身临其境之感。此时此刻，我的心脏，我的血液，乃至我的灵魂，都与雪花的演奏应和着，融合着，共鸣着，我听雪花多妩媚，料雪花，听我应如是。在万籁俱寂的时刻，我努力致虚极，守静笃，保持虚静的心灵，用心灵与雪花对话，仔细聆听飘雪的声音，似乎融入了雪花，雪花似乎变成了我，在时空隧道中，我与雪花已经进入了物我化一的境界。

你闻！当雪花扑面而来，钻进你的鼻孔、你的口腔、你的肺腑的时候，你在感觉到一丝丝凉意的同时，你闻到一缕缕雪的清香了吗？你感到荡涤心扉了吗？你的心灵得到净化了吗？在这浮躁的日子里，在这喧哗的时光里，在这甲型 H1N1 流感发烧的季节，我们是多么需要为自己"降温"啊！当大气遭遇严重污染的时候，我们又是多么需要大雪来净化我们的空气，来驱除我们的世界以及心灵的乌烟瘴气！当我们与雪花亲密接触的时候，当我们吸吮着雪花的时候，当我们把雪花融入我们的血液、我们的灵魂、我们的生命的时候，我们似乎得到了一种人生的启迪，一种生命的张力：纯洁、清新、健康的感觉真好。

哦！雪，大雪，好大的雪！热爱雪的朋友们，就要学会赏雪：不仅可以看雪，而且还可以听雪，闻雪。通过看、听、闻，似乎可以融合我们的通感，打开我们的生命之门，让洁白的雪花成为我们生命中的一个因子，成为我们拓展生命的一种精神和一种动力。我恍惚间，感觉自己似乎变成了一朵雪花，与众多的雪花姊妹们一起跳舞，一起放歌，一起纯洁大地，一起为人们送来丰收的年头。

众所周知，北方每年都要下雪，但对雪的感情却因人而异。从审美和艺术创作的角度来看，古往今来好多文人墨客都喜欢写雪，但要写好雪，作者就必须与雪形成审美关系，进入对雪进行审美的视角和审美心境。笔者也非常喜欢雪，拙文《咏雪》既是我对雪审美观照的有感而发，也尽最大努力吸取了古典文学的精华。在这篇散文中，笔者通过视觉、听觉和味觉，打通了审美的通感。

苏联著名美学家卡冈认为："艺术中的继承性问题可以把各个不同时代的艺术作为社会存在的众多反映形式、从它们的共同性这一着眼点来进行分析。在这种情况下，承认内容的共同性、思想倾向的相对统一性，将是对过去遗产、对吸收其思想、世界观的可能性持积极态度的一个基础。"[①] 因此，从文艺审美关系的历时性来考察文艺创作与文艺欣赏，就可以进一步洞察每个时代的文艺内容及其审美风格，发现每个时代审美主体与审美客体的互动性。

进一步考察文艺审美关系的历时性可以发现：一方面文艺发展史依存于社会发展史，是社会发展史的艺术反映，也是特定时代的

---

① ［苏］M. C. 卡冈主编：《马克思主义美学史》，汤侠声译，北京大学出版社1987年版，第114页。

一面镜子；另一方面，文艺审美关系的历时性在不同时代的文艺具有不同时代的特点，体现了文艺的时代性特征，即在文艺的发展过程中，每一时代的文艺作品都是继承前一代甚至此前整个文艺发展史的基础上创作出来的，因而体现了文艺发展的内在继承性和创新性。

文艺审美关系发展的历时性具有两个维度：一是从回眸文艺发展史的角度来看，文艺审美关系的发展具有历时性，要受到特定历史阶段的政治、经济、风俗、价值观念、社会心理、审美趣味等一系列主客观因素的制约和影响。二是从历时性指向未来的角度来看，展望未来的文艺审美关系，文艺审美关系永远处于不断发展变化的动态运动过程之中，因为审美主体既具有群体审美的共同性，也有见仁见智的个体差异性；而从总体来看，审美客体也是不断发展变化的。随着时代科技的发展进步，以影视艺术为主要载体的现代艺术形式则呈现出日新月异的审美风采。由此观之，文艺审美关系的历时性正在走向丰富多彩的"未来时"。

二 文艺审美关系的共时性

从文艺审美关系的内在构成来看，它包括文艺审美主体与审美客体（文艺作品）之间构成的各种丰富多彩的审美关系，即文艺审美关系包括三要素：审美主体、审美客体、审美主体与审美客体之间的间性。这三个要素共同构成了文艺审美关系的共时性，即三者共同处于文艺审美关系之中。

从文艺发展史的角度来看，文艺审美关系的共时性主要体现在：审美主体与审美客体共同形成了具体的审美关系，因此，审美主体与审美客体和审美关系"三位一体"，共同处于具体的共时性之中，三者彼此有机结合，相辅相成，缺一不可。一方面，没有审美主体，就没有审美客体；另一方面，没有审美客体，审美主体就失去了观照对象。而无论是缺少审美主体或者缺少审美客体，都无法形成具体的审美关系，所以，审美主体与审美客体共同构成了具体的审美关系，三者水乳交融，有机统一。格罗塞研究原始艺术起源发现："原始民族沉溺于摹拟舞，在我的儿童之中也可看到这种同样的摹仿欲。摹仿的冲动实在是人类一种普遍的特性，只是在所有发展阶段上并不能保持同样的势力罢了。在最低文化阶段上，全社会的人员几乎都不能抵抗这种摹仿冲动的势力。但是社会上各分子间的差异与文化的进步增加得愈大，这种势力就变为愈小，到文化程度最高的人则极力保持他自己的个性了。"① 格罗塞这里发现了不同的原始民族普遍沉溺于摹拟舞，因为人类具有共同的摹仿的冲动，只是随着社会的发展进步，后来的人们具有较高的文化程度，能够克制自己的摹仿冲动而保持了自己的个性。

格罗塞还通过考察因纽特人的艺术发现："海象牙的雕刻上，我们可以看见有圆形的小雪屋和皮制的夏季帐篷；有猎人用叉子指着的熊和海象；还有坐在皮船上驶向陆地和坐在犬橇上向前进行的人物。"② 由此可见，因纽特人通过艺术创造，真实地再现和记录了他们的生活方式，因纽特人作为审美主体和创造美的主体，与其创造的雕刻艺术形成了具体的审美关系，审美主体与审美客体共同形成了共时性的审美关系，而且这种审美关系充分体现了民族性和时代性的特征。

在理解文艺审美关系的共时性时，我们还应该把握审美主体在审美过程中的移情。学会移情不但是文艺创作的需要，也是审美主体审美观照的需要。移情，一方面是指诗人把自己的情感投射到具体的对象中去；一方面是指诗人能够站在对象的角度，用换位思考的方式，代替对象说话抒情。审美中的移情是审美主体在审美过程中把自己的感情投入审美客体，审美主体随之融入审美客体，审美主体客体化与审美客体主体化二者完成了双向互动，由此出发，审美主体与审美客体不断形成新的审美关系。

---

① ［德］格罗塞：《艺术的起源》，蔡慕晖译，商务印书馆1987年版，第167页。
② ［德］格罗塞：《艺术的起源》，蔡慕晖译，商务印书馆1987年版，第140页。

三 文艺审美关系的系统性

在文艺审美活动过程中，文艺审美关系不是一个孤立的自在性的存在，而是一个自为性的存在，也是一个系统性的存在。

文艺审美活动是文艺实践活动的重要内容和活动方式，因此，我们要探讨文艺审美活动，就需要把文艺审美活动纳入文艺实践活动中加以考察和定位。从系统论的角度来看，文艺实践活动本身是一个比较丰富的审美系统，是建立和依托于一定社会历史条件下的发现美、创造美和欣赏美的情感——精神活动。

与文艺实践活动的系统性相比，文艺审美活动则是文艺实践活动的一个有机组成部分，而文艺审美关系则是连接文艺审美活动的中介和桥梁，与审美主体、审美客体共同构成了文艺审美活动的一个相对完整的审美系统。因此，我们如果离开了文艺审美关系的系统性，就无法理解审美主体，无法理解审美客体，也无法理解审美关系和审美价值。

我们考察文艺审美关系的系统性，可以切入三个维度：第一，文艺审美主体自身主体要素的系统性。文艺审美主体要素包括世界观、人生观、价值观、审美观（文艺观）、权力观、金钱观、友谊观、爱情观、审美趣味、审美需要、审美心境、审美理想、文艺素养、审美能力等诸多要素，这些要素构成了主体自身情感与精神世界的完整系统。第二，文艺作品作为审美客体，古往今来艺术家已经创造出了数不胜数的文艺作品，仅仅是各种经典作品，就足以让我们望尘莫及。就文艺作品而言，欣赏者在观照具体作品的时候，欣赏的不仅仅是作品本身，而且也涉及文艺作品创造者的品德、素养和个性等主体要素。比如歌星和演员吸毒甚至生活糜烂和违法乱纪等，都可能直接影响到观众对其作品的欣赏，降低观众对其作品的欣赏程度。从文艺发展史的角度来看，文艺史上琳琅满目的文艺作品具有纷繁复杂的审美属性，共同构成了文艺作品内容与形式的有机统一，形成了一个比较完整的文艺系统。第三，基于文艺审美主体与审美客体的复杂性和丰富性。可以设想，二者之间可以形成无数的审美关系，而且这些审美关系是不断发展变化的。因此，唯有从文艺审美关系的系统性出发，才有可能全面考量文艺的审美价值。

关于文艺审美活动和审美关系的系统性，我们可以用格罗塞的一段话进行阐释。格罗塞指出："艺术也不但是一种愉快的消遣品，而且是人生的最高尚和最真实的目的之完成。或者宁可说就是因为这个原因，就有一种深刻的矛盾存在艺术之个人和社会的职能之间。一方面，社会的艺术使各个人十分坚固而密切地跟整个社会结合起来；另一方面，个人的艺术因了个性的发展却把人们从社会的羁绊中解放出来。"[1] 格罗塞这段话虽然谈的是艺术的社会作用，但他在分析艺术的社会作用时，揭示了艺术对促进个人与社会的结合方面具有的重要作用，也在客观上揭示了个性发展对社会羁绊的解放，肯定了个人与社会在统一中所蕴含的系统性。

文艺审美关系的系统性启示我们，我们在研究审美关系时，要从系统性的角度出发来看待文艺活动的特点和本质，不能顾此失彼，而是既要看到审美主体的能动性，也要看到审美客体在受动中仍然具有对审美主体的反作用功能，还要看到审美主体与审美客体所形成的具体的审美关系的质的规定性。

---

[1] ［德］格罗塞：《艺术的起源》，蔡慕晖译，商务印书馆1987年版，第241页。

第 五 章

文艺审美价值论

文艺审美价值是一个关系属性,既不是审美主体单向度能够决定的,也不是审美客体的客观属性,而是依存于审美主体与审美客体之间所形成的具体的审美关系。

第一节 文艺审美价值的关系性

文艺作品的审美价值不是一种实体性存在,而是一种情感价值和精神价值,依存于审美主体对文艺作品的审美观照,体现了文艺审美价值的审美关系属性。

一 文艺审美价值是特殊的情感价值和精神价值

从价值论哲学的角度来看,事物价值的本质是事物属性能够满足主体的需要,主体由此确认事物的价值。就一般事物而言,事物价值就是该事物属性满足主体需要的有用性,离开了满足主体需要的有用性,该事物对该主体就没有价值。

从价值论哲学的角度来看,主体与客体是一对范畴,彼此有机统一。"作为哲学的基本范畴,主体与客体是指构成一定关系——实践和认识关系的两个基本的实体因素,它们的划分和确定,只有在这种关系中才成立。"① 文艺审美主体是指在文艺欣赏过程中的读者、观众或听众，文艺审美客体则是指文艺审美主体具体欣赏的文艺作品，文艺审美价值则是对于具体的审美主体而言的文艺作品的审美价值。

文艺审美价值不是一般的有用性或物质功利性，而是文艺作品的接受者从文艺作品中获得的一种特殊的情感价值和精神价值。从情感价值的角度来看，审美主体在欣赏文艺作品的过程中能够理解文艺家在作品中所蕴含的各种情感，比如对真善美的热爱之情，对假恶丑的憎恶之情，最终获得喜怒哀乐的情感体验，文艺作品从而实现其情感价值。从精神价值的角度来看，文艺作品蕴含了文艺家对社会人生的理性思考以及对文艺作品主题的审美把握，具有非常丰富的精神内涵，欣赏者能够从中获得理性的智慧，受到文艺作品的精神启迪，从而实现文艺作品的精神价值。当然，文艺作品的情感价值和精神价值不是孤立的，而是依附于文艺作品的审美性，也是与情感价值融合在一起的，都需要通过审美主体的美感体验才能得到确证。杜书瀛先生认为："具有审美价值的对象以其完整性、丰富性、深邃性，使人的心灵从日常琐屑的遮蔽下解放出来，进入澄明透彻的境界，他不仅以其思维，而且以其整个身心占有对象。黑格尔说，审美带有令人解放的性质。这实在是把握到了审美的精髓。通过审美，人受到了陶冶，受到了灵魂的洗礼，审美仿佛使人不断有新的生命在他的灵魂中诞生，它将使他不断以新的姿态审视人生、投入生活。他变得更充实、更富有，他通过审美而更加充满信心，仿佛在他心里有一种声音在呼唤，催使他更加自觉地创造自己的生命价值。"② 杜书瀛先生这段话很好地阐释了审美价值对人生的重要性，对于我们深刻理解文艺的审美价值，也颇具启发意义。

---

① 李德顺：《价值论》，中国人民大学出版社1987年版，第61页。
② 杜书瀛：《艺术的哲学思考》，辽宁人民出版社、辽海出版社2001年版，第267页。

我们肯定了文艺审美价值中的情感价值和精神价值，并不排斥和忽视文艺作品的审美价值，因为情感价值、精神价值与审美价值是融合在一起的综合价值，情感价值与精神价值也是经过审美化了的价值，不但不能脱离作品的审美价值，而且只有通过审美主体的美感体验才能实现。当然，文艺作品除了具有审美价值、情感价值和精神价值以外，还具有消遣（休闲）价值、医疗价值和心理价值等。

二　文艺审美价值依存于主体对文艺作品的审美观照

文艺作品的审美价值不是孤立的存在，也不是文艺作品潜在的审美属性，而是审美属性的彰显和实现，因为具体的文艺作品要成为审美对象，只能相对于具体的审美主体，因此，文艺作品的审美价值离不开审美主体具体的审美观照。

文艺的审美价值是审美主体性在审美活动中对审美客体的审美发现、审美体验和审美认同。"主体性不是人性的一般表现，而是具体的人性在具体的主客体关系中的特殊表现，它应该是特指人在建立和推进一定的对象性关系时所表现出来的人性方面。这也就是说，在人确立或造成自己与他物、他人的主客体关系时，他的人性才构成他的主体性。人必须充当主体，才谈得上主体性。"[1] 因此，我们一般人如果停留在认识主体和实践主体的层面，就无法进行审美活动，我们也就不是审美主体。换言之，审美主体首先必须是主体，具有人的主体性；其次，主体要成为审美主体，就必须具有审美意识、审美需要和审美能力。唯有如此，人作为审美主体，才能与具体的文艺作品建构具体的审美关系，从而发现和欣赏文艺作品的审美价值。在进行审美活动的过程中，审美主体具有极大的能动性，一般而言，在对文艺作品的选择上，审美主体在一定的条件下，可以自由选择个人喜欢的文艺作品，包括不同的文艺体裁和不

---

[1] 李德顺：《价值论》，中国人民大学出版社1987年版，第69页。

同内容的题材、主题、故事情节、人物形象、意境营造等；在对文艺作品观照的时间方面，审美主体可以选择自己比较闲暇的时间，使自己能够保持宽松自由的审美心境，这样可以更好地欣赏文艺作品；在对文艺作品观照的空间方面，审美主体可以自由选择一个相对比较清静而又无人打扰的环境，自由阅读小说，朗诵散文或诗歌，听听音乐，看看绘画等。在这些方面，审美主体具有自主性和自由选择性。

从价值论角度来看，价值是相对于具体的主体而言；离开了具体的主体，事物就无所谓价值，因为价值不是抽象的常数，而是具体发展变化的变量，既取决于事物的属性，又依存于主体对事物的需要。对于我们喜爱的唐诗宋词而言，外国人如果不懂汉语，就无法欣赏；如果把唐诗宋词翻译成外文，在一定程度上就会减弱唐诗宋词的原汁原味，而外国人对翻译成外文的唐诗宋词的欣赏也会大打折扣。因此，审美主体一般是根据自己的审美趣味、审美需要、审美意识和审美能力来具体选择欣赏的文艺作品，从而彰显了审美主体对于发现、欣赏和判断审美价值的重要性。

三 文艺审美价值的审美关系属性

从价值论哲学推及审美论，我们可以由主体与客体的关系推及审美活动中的审美主体与审美客体所形成的审美关系，进而发现文艺审美价值的审美关系属性，即文艺的审美价值不是一个常数，而是一个变数，是随着审美关系的发展变化不断发展变化的。

主体与客体的相互作用表现为三项基本的活动方式：认识方式、实践方式和审美方式。认识主体与认识客体在认识活动过程中形成认识关系，实践主体与实践对象在实践活动过程中形成实践关系，审美主体与审美客体在审美活动过程中形成审美关系。人类在认识方式、实践方式和审美方式的过程中，只有具有独立自主性和自由意志，能够按照科学的精神自由自觉地认识世界，合乎规律性与合乎目的性地改造世界，按照人的自由心灵和审美需要的方式观照美的事物，人才能真正成为认识主体、实践主体和审美主体。而审美主体的审美需要、审美意识、审美标准和审美能力等主体要素，就会直接或间接地影响着文艺审美价值的关系属性。

从哲学的角度来看，在文艺审美价值的审美关系属性中，审美主体客体化了，审美客体主体化了，审美主体与审美客体在互化中各自展现了自己独特的审美内涵。审美主体客体化，是指文艺作品的欣赏者在欣赏过程中，应该尊重文艺作品的内在的质的规定性，欣赏者尽管可以展开自由的联想和想象，但不能胡思乱想。比如欣赏贝多芬的《命运交响曲》，人们听了以后应该热血沸腾，产生崇高感和壮美感，而不是优美感；我们读《红楼梦》，也不能说林黛玉是壮美的文学形象，而只能说是优美的风格；登泰山而小天下，可以感受到五岳之尊的崇高美，但不能感叹泰山的优美和秀丽。同理可证，所谓审美客体主体化，是指文艺作品在被欣赏的过程中，客观上必然融入了欣赏者的思想感情甚至是欣赏者的审美移情，即"主体客体化即主体对客体规律的接受和服从，客体主体化即主体按照自己的本性改造客体，使客体为自己服务——不能彼此割裂和孤立，更不能肯定一个，取消另一个"[①]。由此可见，审美主体客体化与审美客体主体化的过程，体现了审美主体与审美客体的相互渗透、相互影响与有机统一。

丰富多彩的审美实践表明：我们只有把握文艺审美价值的关系属性，才能更好地理解和欣赏文艺作品的内涵及其审美风采，文艺审美关系的发展变化决定和影响了文艺审美价值的发展变化，决不能把文艺作品的价值绝对化和客观化。

第二节　文艺审美价值的潜在性

从价值论的角度来看，价值不是事物的实体属性，而是主客体

[①] 李德顺：《价值论》，中国人民大学出版社1987年版，第93—94页。

之间的关系属性,是客体事物的某些属性满足主体的某些需要才实现了客观事物的某种价值。文艺审美价值也不是文艺作品的实体属性,而是文艺作品的审美属性满足审美主体的审美需要才实现的价值属性。因此,文艺审美价值不是现实性的价值,而是具有文艺审美价值的潜在性。

一 文艺审美价值与文艺作品的审美属性

文艺审美价值虽然不是文艺作品的客观属性,但离不开文艺作品客观的审美属性;离开了文艺作品客观的审美属性,审美主体就失去了审美对象,而文艺作品的价值也就会失去主体的确认。

从人类与自然界的审美关系来看,自然界先于人类而存在,但在有人类以前,大自然却无所谓美与不美,因为大自然的属性只是客观属性,即使具有审美的潜在属性,如日月星辰、山川河流、浩瀚大海、茫茫沙漠等自然事物,但这些自然事物的审美属性只能以潜在的方式存在。此外,在有人类以前,地下的石油、煤炭和黄金等自然矿藏也无所谓价值,只有人类发现以后,随着科学的发展进步,逐渐认识这些自然资源的价值,并能够运用工具开采出来,这才逐渐实现了这些自然矿藏的价值。因此,事物的价值显然离不开事物自身的客观属性,但又不等于事物的客观属性。同理可证,从艺术史的角度来看,每一时代有每一时代的文艺作品,每一个民族有自己的民族文艺,每一个国家有自己的文艺传统;而从宏观的历时性角度来看,文艺发展史上不同时代的文艺具有自己的内容和形式,因而就会具有自己的审美属性,这些不同的审美属性的文艺作品成为不同时代欣赏者观照的审美对象,继之通过不同时代人们的欣赏,这些不同的文艺作品就会实现其审美价值。我国最早的诗歌总集《诗经》之所以流传深远,至今仍然受到人们的喜爱,就在于其诗歌不仅反映了先秦时期丰富的社会历史内容,而且也具有浓郁的审美意蕴,比如《关雎》"关关雎鸠,在河之洲。窈窕淑女,君子好逑"。巧妙地采用了"兴"的表现手法,诗意盎然,韵律和谐，是一首描写男女恋爱的情歌。全诗语言优美，善于运用双声、叠韵和重叠词，增强了诗歌的音韵美和写人状物、拟声传情的生动性。《关雎》这些客观属性既是作者的审美创造，也离不开读者创造性的阅读和审美发现。

文艺审美价值的客观属性表明，一方面，从艺术创作的角度来看，文艺家应该力求创造出具有丰富内涵和审美价值的文艺作品；另一方面，从文艺欣赏的角度来看，审美主体应该善于以发现美的眼光，调动积极的联想和想象，通过创造性的发现，才能发现和挖掘出作品的多种价值。

二 文艺审美价值具有隐蔽性特征

文艺审美价值具有隐蔽性特征，意思是说文艺作品的审美价值不是外显于审美主体的审美感官，而是潜在于文艺作品的内容与形式的统一中，从而体现了文艺审美价值的隐蔽性特征。

一部优秀的电影能够让观众流连忘返，沉浸其中；一部优秀的小说能够令读者爱不释手，忘乎所以；一曲优美的音乐能够陶冶听众的情操和心灵，甚至让孔子"三月不知肉味"；一部优秀的戏剧能够让观众以假乱真，误把舞台艺术真实当作生活真实。究其奥秘不难发现，大凡优秀的文艺作品的审美属性不仅仅是以感性的外在形式展示给审美主体的审美感官，而是蕴含了艺术内容与艺术形式的和谐统一，而文艺审美价值一方面隐蔽于文艺作品的审美属性，一方面有待于审美主体审美意识、审美情感和审美想象的投入和赋予，审美主体与审美客体只有形成和谐的审美关系，才能确证文艺作品的审美价值。

从文艺作品的直观可视性角度来看，影视艺术、戏剧、舞蹈、雕塑、绘画、建筑艺术等都具有直观可视性。这些艺术形式具有直观可视性，但并不是说这类作品的审美价值也具有直观可视性。在影视艺术和戏剧中，观众虽然可以直观到人物形象和人物行动以及故事情节，但影视艺术的内容和审美价值并不是显而易见的，而是有待于观众创造性的审美发现，尤其是戏剧艺术还具有动作虚拟性的特点，并非实景实地演出，客观上也需要观众的联想和想象；在舞蹈艺术中，舞蹈演员的动作以及演员的面部表情乃至眼神和动作细节，具有动作的即时性，大部分观众受到座位空间的限制，稍微不留意就很难全面注意到演员的一切细节表演，因而舞蹈的表演内容及其审美价值也不是演员表层次的肢体动作和伴奏的音乐。在雕塑艺术中，有些雕塑作品具有象征性或者变形特征，其审美价值也具有隐蔽性的特点。在绘画艺术中，除了那些纯粹写实的作品以外，很多作品具有艺术的变形性，虽然以形传神，形神兼备，但作品传的什么神，则绝不是在绘画表层次能够看到的，比如达·芬奇创作的著名油画《蒙娜丽莎》中的蒙娜丽莎神秘的微笑至今仍然众说纷纭，仁者见仁、智者见智，没有统一的说法。建筑艺术是凝固的音乐，不仅内含着音乐结构，而且还具有众多的艺术品格，比如在亚洲建筑艺术中，就有中式风格、日式风格和东南亚风格；欧洲有欧式风格和地中海风格；北美洲有美式风格。这些不同的建筑风格都蕴含在建筑艺术的内在结构、建筑比例、外在形式等诸多元素中，其审美价值也具有隐蔽性特征。

文学作品没有形象的直观可视性，而是具有形象的间接性，这种间接性恰恰说明了文学作品审美价值的隐蔽性。李商隐的许多诗歌比较隐晦含蓄，其审美价值也往往具有多义性，读者很难做出客观的审美判断。《红楼梦》第九十八回写黛玉去世前喊着："宝玉，宝玉，你好……"黛玉这里究竟想表达什么意思？是想说"宝玉，你好狠心！"还是"宝玉，你好好保重"，或是"宝玉，你好自为之"，不同的读者可以根据自己的人生经历和阅读经验，对黛玉想表达的意思进行想象和补充。曹雪芹这里故意设计没有让黛玉把话说完，而是保留了黛玉去世前内心的遗憾和失望，这就为作品的审美价值保留了隐蔽性。我国20世纪80年代的朦胧诗就像雾里看花，朦朦胧胧，其审美价值也具有隐蔽性和不确定性。

基于此，我们在欣赏文艺作品时，不能把文艺作品的价值简单化，因为文艺作品具有丰富的内涵和深层的审美意蕴，欣赏者如果把文艺作品简单化，或者停留在文艺作品的表层，就会忽略文艺作品的审美价值，甚至误读了文艺作品的审美价值。

第三节　文艺审美价值的可变性

如前所述，文艺作品的价值不是一个常数，而是一个变量，文艺作品的审美价值具有一定的可变性。从审美实践来看，文艺审美主体、文艺审美客体和文艺审美关系三者都具有可变性，这就决定了文艺审美价值的可变性。

一　文艺审美主体的可变性

从文艺审美价值的历时性来看，从宏观的角度来看，文艺审美主体随着时代的发展变化而不断发展变化，显示了文艺审美主体的可变性；从微观的角度来看，个体的审美主体也是随着年龄的增长，随着家庭教育、学校教育和社会教育的发展变化，个人的知识结构和能力结构也会随之发展变化，个人的审美需要、审美意识、审美趣味和审美能力等也会与时俱进、与时俱变，从而体现了审美主体的可变性。

在我国当代美学家中，蒋孔阳认为美是人的本质力量对象化，认为"每一个具有自我意识的人，都力图把自己的本质力量，通过实践的活动，最充分最彻底地表现出来。当一个人的本质力量，得到了完美的表现，实现了自己的目的和愿望，达到了自己的要求，于是，就感到满足、幸福、愉快，感到自己与现实的关系，是和谐而自由的，这时，就产生了美"[①]。按照蒋先生的观点，每个人把自己的本质力量外化为现实，与现实形成了和谐自由的关系，就会产生美。笔者认为，人的本质力量不是固定的抽象物，而是不断发展

---

① 蒋孔阳：《美学新论》，安徽教育出版社2007年版，第169页。

变化的。从审美需要和审美趣味的角度来看,儿童时期比较喜欢听童话故事,看小画书,玩积木游戏,玩拼图游戏,玩老鹰捉小鸡的游戏等;少年时期就会喜欢听科学家的故事,喜欢网络游戏和各种动漫等;进入青年时期,则会喜欢反映爱情内容的文艺作品,这也是许多青少年喜欢阅读《红楼梦》的一个重要原因。著名电影导演谢晋说自己小时候看《红楼梦》,喜欢袭人,而长大以后再看《红楼梦》,则喜欢林黛玉;他少年时代和同学们议论《三国演义》,说长大了以后要去投刘备,但等到他长大以后,却发现曹操其人实在了不起,言外之意,就有可能去投曹操了。谢晋的成长变化影响了他对文学作品人物形象价值判断的变化,充分说明作为审美主体的个体,可以随着年龄、知识结构和能力结构的变化,个人的思维视野、审美需要、审美意识和审美趣味以及审美能力等主观要素,一定会不断发展变化,而审美主体的发展变化,客观上必然带来对文艺作品审美价值理解的变化。

在审美主体的可变性中,时代特点在较大程度上能够影响着审美主体的审美意识、审美趣味和审美标准等主观要素。"文学价值观念的基点是主体审美需要,即审美价值标准。因此,不同的文学主体,审美需要不同,文学价值观念也不同。人的审美需要的多层次性,决定了文学价值观念的多层次性。人的审美需要的社会历史性,决定了文学价值观念的社会历史性。整个文学价值观念系统就是建立在主体生命需要系统基础之上的、对主体审美需要与客体满足这种需要的价值关系进行反思、整合而形成的一个观念系统。"①

古希腊哲学家赫拉克利特认为,一切皆流,一切皆变,所以"太阳每天都是新的,永远不断地更新"②。因此,人的生命之树长青,常变,常新,而作为审美主体的任何个体,其审美需要、审美

---

① 敏泽、党圣元:《文学价值论》,社会科学文献出版社1997年版,第263页。
② 北京大学哲学系外国哲学史教研室编译:《西方哲学原著选读》,商务印书馆2014年版,第23页。

意识、审美趣味、审美标准和审美能力等主观要素，也必然会随之不断发展变化，从而影响着对文艺作品价值的发现、理解和判断。

二　文艺审美客体的可变性

文艺审美客体的可变性主要是指文艺作品发展变化的历时性特点，即不同的时代有不同时代的文艺作品，一方面体现出文艺作品的历时性变迁；另一方面体现出文艺作品在继承传统文艺的基础上的不断创新所蕴含的审美价值。

文艺审美客体的可变性主要体现在两个方面：一是从历时性的角度来看，不同时代的文艺作品都不同于前一代的文艺作品，体现了文艺发展的新时代特征。从社会发展史的角度来看，一方面人类社会发展史客观上必然存在着一以贯之的生存与发展的共同主题；另一方面每个时代都有每个时代所面临的生存与发展状况，面临着人类与自然之间、人与人之间、人与社会之间、国家与国家之间等诸多新的问题。因此，文艺家无论用什么体裁，反映什么内容，表达什么思想感情，都会打上时代的烙印。二是从微观的角度来看，许多文学名著在改编戏剧艺术和影视艺术时，经过编剧、导演和演员等自觉不自觉地加工改造，改编后的文艺作品已经不同于原来的文学作品。与此同时，即使同一部小说，可能改编成若干不同版本的电视剧，也会出现改编的差异性。比如1987年首播的央视版《红楼梦》是中央电视台和中国电视剧制作中心根据小说《红楼梦》摄制的一部古装连续剧，王扶林导演，周汝昌、王蒙、周岭、曹禺、沈从文等多位红学家参与制作。这部电视剧在忠实原著的基础上又进行了新的创造，是成功改编文学原著的典范。1994年中国电视剧制作中心、中央电视台制作，王扶林担任总导演，把小说《三国演义》改编成电视剧，这也是非常成功的改编。因此，就电视剧《红楼梦》和《三国演义》而言，诸多拍摄的版本从内容和形式都有所不同，这就在客观上为观众提供了不同的审美对象，体现出了审美客体的可变性。特别近些年来，艺术家把声光影与建筑艺术相融合，创意设计了精彩绝伦的各种灯光秀，赋予一个特定的建筑物（建筑艺术）以多姿多彩的审美样态，呈现出审美客体的可变性，颇有点类似川戏中的变脸艺术一人多变。

文学是语言的艺术，语言的变迁必然影响着文学语言和文学创作的变化。从语言变迁的角度来看，贺拉斯在《诗艺》中指出了语言的历时性变迁："我们的语言不论多么光辉优美，更难以长存千古了。许多词汇已经衰亡了，但是将来又会复兴；现在人人崇尚的词汇，将来又会衰亡；这都看'习惯'喜欢怎样，'习惯'是语言的裁判，它给语言制定法律和标准。"① 文学是语言的艺术，语言既然随着时代不断发展变化，文学语言与文学必然也要随之不断发展变化。

此外，换一个角度而言，即使同一部文艺作品，因为文艺作品作为具体的审美客体，只是相对于具体的审美主体而言，按照接受美学的角度来看，既然有一千个读者，就会有一千个哈姆雷特，那么，由于审美主体的不同，在不同的审美主体的审美视野中，同一部文艺作品也会呈现出不同的审美样态。

三　文艺审美关系的可变性

如前所述，文艺审美主体与文艺审美客体都是不断发展变化的，因而两者构成的审美关系必然也会随之不断发展变化，从而进一步影响着文艺作品审美价值的不断发展变化。

蔡仲翔和袁济喜先生认为，在中国文艺发展史上，从功利性价值论的角度来看，先后有兴观群怨说、教化说、劝惩说、美刺说、明道说、垂名不朽说；从非功利性价值论的角度来看，又有宣泄说、补偿说、自娱说。② 因此，无论是从功利性价值论的角度，还

---

① ［古希腊］亚里士多德、［古罗马］贺拉斯：《诗学·诗艺》，罗念生译《诗学》，杨周翰译《诗艺》，人民文学出版社1984年版，第140—141页。
② 蔡仲翔、袁济喜：《中国古代文艺学》，人民文学出版社2011年版，第23—50页。

是非功利性价值论的角度，都反映了审美主体与审美客体形成审美关系的重要性。从功利性价值论的角度来看，审美主体在观照文艺作品的过程中，虽然注重文艺作品的功利性价值，但仍然需要与文艺作品形成具体的审美关系，审美主体追求的是美中之善；从非功利性价值论的角度来看，审美主体在观照文艺作品的过程中，可以不考虑审美的功利性，而只是与文艺作品形成比较纯粹的观照关系，但仍然需要与文艺作品形成具体的审美关系，审美主体追求的是善中之美。事实上，无论是功利性价值论抑或是非功利性价值论，文艺审美主体对文艺作品的审美需求总是不断发展变化的，而文艺作品总体上又总是随着时代的发展变化而不断发展变化，因而两者所构成的审美关系也会随之不断发展变化，从而必然影响着文艺作品价值的不断发展变化。也就是说，文艺审美关系只能暂时处于一定的或者相对的平衡状态，平衡是相对的，而不平衡的动态变化则是绝对的，这正如两个人坐跷跷板，随着两个人用力大小、动作的变化，跷跷板也会随之不断处于动态变化之中，而不可能总是处于稳定的平衡状态。

我们在理解文艺审美关系的可变性时，还应该注意文艺在交往中的作用，"艺术一直就是人际交往的桥梁，如康德认为艺术促进着志趣的交往。今天，艺术的交往作用拥有了更广阔的用武之地，它既是文本意义生产的最主要方式，这指文本与读者间的阐释关系，又是增进地域间交流的稳定渠道，这种交流漠视着各种所谓的禁忌，丰富了人类的真善美资源。更重要的是，通过交往，艺术恢复了人们对现代性这个生活方式的信任，继续实施着宏大叙事，实践着人类未经的解放事业"[①]。由此可见，有多少接受者，就有多少与文本的交往者，正是通过接受者与文本的反复交流，最大化地不断为文本的价值增值，从而实现文艺作品价值的最大化。

[①] 李进书：《审美现代性与文化现代性：法兰克福学派思想的二重奏》，人民出版社2014年版，第5页。

我们从文艺审美关系的可变性出发，就可以理解为什么在文艺发展史上许多文艺作品的所谓价值不是一个定量，而是一个变量了。放眼文艺发展史，我们还应该看到，虽然文艺审美关系不断发展变化，但有些文艺作品只能各领风骚三五年，甚至各领风骚三五天，而一些经典的文艺作品却经过大浪淘沙的洗礼，历久弥新，具有永恒的艺术魅力，如同马克思称赞希腊神话具有永久的艺术魅力一样。

第 六 章

文艺作品构成论

　　文艺作品是丰富多彩的,作者通过具体的内容和形式来塑造艺术形象,反映社会生活,表达思想感情。我们要了解文艺作品的美,还应该了解文艺作品的构成。从艺术哲学的角度来看,文艺作品的构成可以包括文艺作品的形式、文艺作品的内容和文艺作品的统一三个方面。

第一节　文艺作品的形式

　　在本章的研究中,笔者之所以把文艺作品的形式排在第一部分,并不是强调文艺作品形式的重要性,而是从文艺创作和文艺欣赏的双重角度来看,文艺作品的形式都是创造者和欣赏者首先需要了解的重要元素。

一　文艺家的"前形式"

　　从文艺创作的角度来看,文艺家创作以前,已经具有了既定的文艺素养和审美趣味,具体包括自己比较喜欢的文艺体裁和文艺形式。因此,文艺家在确定具体文艺创作以前,总会自觉不自觉地基于自己对文艺体裁的素养和审美趣味,来具体确定自己即将创作时所使用的体裁形式。

　　这里所说的文艺界的"前形式",是指文艺家在创作以前平时的文艺素养所蕴含的对某些文艺形式的爱好及其特长，也是文艺家对文艺体裁的前理解和前认同。文艺家在具体的创作以前，一般都是根据自己的文艺素养，确定具体的文艺体裁样式进行创作。在实际的创作过程中，文艺家要考虑自己创作的体裁是文学、电影、电视剧，还是音乐、舞蹈、绘画、戏剧？即使在文学的范围内，也要考虑写小说、诗歌，还是散文，抑或其他文学体裁？进而言之，即使写小说，还要考虑篇幅问题，是短篇小说、中篇小说，还是长篇小说？文艺家在写作之前，都需要明确拟采用的体裁样式。

文艺家对艺术形式的审美理解和审美判断自觉不自觉地会融汇于文艺作品的具体创造之中，通过特定的形式美来表现特定的艺术内容。按照卡希尔的观点，艺术家用形式来游戏，创作了一个纯粹形式的王国，这必然决定着审美的自由也是对艺术感性形式的把握。卡西尔认为，审美的自由中，一方面我们的情感生活达到了它的最大强度；一方面又改变了情感的形式，"因为在这里我们不再生活在事物直接的实在之中，而是生活在纯粹的感性形式的世界中……使我们的情感赋有审美形式"[1]。这里需要指出四点：第一，艺术家用形式游戏，创造了一个形式王国；第二，审美的自由是对艺术感性形式的把握；第三，审美通过对艺术感性形式的把握，进而看到艺术中人的灵魂最深沉和最多样化的运动，感受到生命本身的动态过程；第四，通过审美，"使我们的情感赋有审美形式"，即审美者的强烈情感已经有了"审美形式"，而不是生活中的情感。这样，卡西尔不仅看到了艺术家用形式游戏，把艺术定义为一种符号语言或纯形式的王国，而且注意到审美自由中"使我们的情感赋有审美形式"，自觉把创作、作品与审美三者有机统一起来，也体现了"人—运用符号—创造文化"这一发展轨迹。

在体裁的选择方面，有一种比较普遍的观点认为，文艺家总是

---

[1] ［德］恩斯特·卡西尔：《人论》，甘阳译，上海译文出版社1985年版，第189页。

根据内容来决定采用什么样的形式。这种观点看似很有道理，但仔细揣摩不难发现，里面存在着一定的矛盾。比如，一个初学写作的年轻人，如果没有相应的诗词素养，他不可能一开始就去写诗词；他想通过文学的形式反映一个重大的社会事件，但如果没有写长篇小说的能力，他就不可能勉为其难去写长篇小说。这是因为，虽然内容决定形式，但这种决定不是简单机械的决定，具体到某个作者而言，不仅要看他拟反映的内容，也要看其能否驾驭这种内容，要看自己熟悉和擅长哪种艺术形式。笔者平时喜爱诗歌和散文，不经意间就形成了对诗歌和散文体裁的兴趣，触景生情有感而发时，绝不会想起用长篇小说的体裁和其他体裁去反映内容，而只能写点诗歌或散文，也就是说，笔者是根据自己既有的对诗歌和散文的素养和审美趣味，在有感而发的创作冲动下，进而选择诗歌或散文的体裁，并非简单的内容决定形式。

当然，文艺家的"前形式"也是随着文艺家的文艺修养不断发展变化的，并且在体裁的类型方面会越来越丰富多样，在形式美的提炼方面会越来越精美完善。

二 文艺丰富多彩的形式

文艺作品具有丰富多彩的形式，具体表现在文艺体裁的多样化、审美风格的多样化、作品结构的多样化、艺术方法的多样化等方面。

（一）文艺体裁的多样化

在文艺发展史上，世界上各个民族最早的文艺形式大多比较简单，随着社会的发展进步，文艺体裁也逐渐发展和丰富起来，才逐渐呈现出了多样化的特点。

在原始艺术中，从文艺体裁的角度来看，虽然已经有了雕刻、音乐、舞蹈和绘画的简单作品，但原始社会的文艺还没有获得真正独立。从人类学的角度来看，在旧石器时代中晚期人类已形成了初步的审美意识，在原始意识的基础上形成了最初素朴的审美意识。

原始人类开始注重自我修饰与美化，在固定装饰中主要有刻痕、刺纹、凿齿、穿耳、穿鼻、穿唇等；在非固定装饰中，主要有带、索、坠、环、管等。实际上，这些雕刻还不能视为真正独立的艺术，只能算是原始素朴的艺术萌芽。蔡仲翔、袁济喜先生认为："自古以来，中国人对汉语言文学特征的倾心揣摩，精雕细刻，达到了很高的造诣。在六朝晚期即已出现了声律、用典、对偶与词采高度成熟的五七言诗与骈体文，它既说明了六朝人审美意识与内心感受的细腻深沉，亦表现了他们对文体形式之美的把握到了令人叹为观止的地步。"[①] 从总体来看，文艺体裁的发展变化是由少到多，由简到繁，由粗糙到精致，由比较单一的体裁发展为交叉体裁和综合性的艺术形式。

就目前而言，从世界范围来看，文艺体裁大致具有以下一些类型：文学、戏剧、影视、音乐、绘画、书法、雕塑、雕刻、舞蹈、建筑。在这些类型的文艺体裁中，每一种体裁又可以细分为多种具体的形式，比如文学又可以分为小说、诗歌、散文等；按照不同分类，其他文艺体裁也可以分为多种形式。此外，在同一种文艺体裁中，还有一些交叉的类型介于两者之间，比如散文与诗相结合，形成散文诗；雕刻与书法结合形成了书法雕刻；戏剧与舞蹈相结合，形成了舞剧；杂技融合了音乐、舞蹈，形成了文艺与体育相结合的新的表演形式；配乐朗诵与舞蹈相结合，构成了诗歌、音乐与舞蹈相结合的表演形式。

上述分类只是相对的，因为影视艺术与戏剧艺术通常广采博取融合了多种艺术形式的优长，体现了艺术的综合性特征。另外，近些年春节晚会的小品表演通常借助于其他艺术形式，尤其是运用最新的现代科技，体现出表演艺术的综合性和新颖性的特征。

文艺体裁的发展变化体现了历时性与共时性的有机统一。从文

[①] 蔡仲翔、袁济喜：《中国古代文艺学》，人民文学出版社2011年版，第216页。

艺体裁的历时性来看，不同时代的文艺往往各有自己的主要体裁，而且这些体裁各有特色，体现出了文艺体裁历史流变的时代特色；从文艺体裁的共时性来看，不同的国家、不同的民族、不同的地域也会具有本国本民族和特定地域最擅长的文艺体裁，从而体现出不同国家、不同民族和不同地域的文艺特色。由此可见，文艺体裁的历时性的纵向之轴与文艺体裁的共时性的横向之维就构成了纵横交织的立体网状系统，既体现了文艺体裁发展变化的历时性，也表现出了文艺体裁在特定时空中的共时性；既有文艺体裁的历史继承性与创新性，也有百花齐放、各具特色、异彩纷呈的多样性。黑格尔在《美学》中曾经提到意大利民族具有即兴演出的天赋，肯定了文艺才能的天生禀赋问题，说明意大利的文艺传统的独特性与民族特征。

（二）审美风格的多样化

文艺作品都具有自己的审美风格。这里的审美风格一是指不同的文艺体裁具有不同体裁的风格；二是指具体的文艺作品具有不同于其他作品的审美风格。

在不同的体裁风格方面，文学是语言的艺术，文学语言的模糊性与文学形象的间接性为读者提供了无限联想和想象的巨大空间。即使在文学体裁内部，小说具有擅长叙事的特点，故事富有传奇性，曲折动人，写尽人物命运的悲欢离合，因而具有强烈的艺术悬念。诗歌则擅长抒情，抒情可以直抒胸臆，也可以借景抒情，融情于景；想象可以大开大阖，纵横驰骋，天马行空。散文可以形散神不散，也可以多主题，行文可以洋洋洒洒，也可以精雕细琢，于诗情画意中蕴含出哲理。在文学作品中，最重要的形式就是文学语言，"文学语言的主要特点就是偏重于追求某种表现效果，具体地说，就是追求语言表现的审美效果，由此形成了文学语言的主要特性就是审美性"[1]。

---

[1] 王汶成：《论文学语言的审美性》，《文艺美学研究》2002年第1辑。

在不同的文艺作品中，各种艺术风格异彩纷呈，百花齐放，各有特色。在文艺发展史上，有的作品雄浑、壮美，有的潇洒、旷达，有的自由、豪放，有的平淡自然，有的沉郁顿挫，有的愤懑悲慨，有的冲淡疏散，有的优美婉约，有的简约冲淡，有的怪异荒诞，有的滑稽幽默……各种风格几乎应有尽有。

影视艺术是最具综合性的艺术形式，艺术家可以借助声光电以及现代的拍摄设备和拍摄技术，吸取文学、绘画、音乐、舞蹈和戏剧等多种艺术形式的元素，拍摄出高度吸引观众眼球的影视艺术，因此影视艺术往往具有艺术风格的多样性。戏剧艺术在审美风格方面，随着戏剧艺术的发展，也开始借鉴其他的艺术元素，比如借鉴音乐和绘画以及声光电等艺术元素，尝试克服戏剧动作虚拟化的短板，注意增强戏剧艺术的逼真性和情境的真实性。

音乐艺术在大型音乐会的器乐表演方面，在器乐演奏设计中注意多种乐器的融合，传统乐器与现代乐器的融合，中国乐器与西方乐器的融合等。在音乐艺术中的声乐表演中，演员反串是继传统之后再成时尚，比如在中国传统戏曲中，梅兰芳男扮女装，主要演出旦角，但也在《辕门射戟》一剧中演生角的吕布，则反而是特殊的反串。此外，在传统戏曲中，生串旦、生串净、生串丑等情形也都很常见。

另外，在绘画艺术中，中国传统绘画与西方油画风格迥异，现代派作品与传统绘画大相径庭；近些年海洋绘画异军突起，构成了绘画艺术中独树一帜的艺术风采。

（三）作品结构的多样化

文艺作品的结构是文艺作品形式的重要因素，是指文艺作品的组织方式和内部构造，是把各种艺术元素有机统一起来的艺术手段。

文艺作品的结构应该具有统一性。柏拉图在《斐德若篇》中论述文章结构时，体现了有机整一的思想。他说："每篇文章的结构应该象一个有生命的东西，有它所特有的那种身体，有头尾，有中段，有四肢，部分和部分，部分和全体，都要各得其所，完全调和。"柏拉图在《巴门尼德篇》中，进一步把文章结构的增减与文章整体联系起来。他说："文章不但要有首，有中，有尾，而且更重要的是结成一个有机的整体，务使各部分都不能增减，增减则有害于整体。"有的学者认为柏拉图发现了"文章的秘诀"："合乎艺术的文章既不能太长，也不能太短，要长短适中。"其实，这是柏拉图在《斐德若篇》中引用了普若第库斯的话，并非柏拉图发现了文章的秘诀。普若第库斯这一秘诀的实质是强调文章结构应适中、匀称，体现出和谐的美。

受柏拉图关于作品结构有机整一思想的影响，亚里士多德对结构的有机整一又进行了具体深入的阐释。与柏拉图相同，亚氏也从生物学的角度，把作品结构比喻为一个生物体。在《诗学》第七章中，亚氏指出，悲剧应摹仿一个完整的行动，故事应"有头，有身，有尾"。在《诗学》第二十三章，他又指出："史诗的情节也应像悲剧的情节那样，按照戏剧的原则安排，环绕着一个整一的行动，有头，有身，有尾，这样它才能像一个完整的活东西，给我们一种它特别能给的快感。"在亚氏看来，悲剧和史诗都需要有机整一的结构，像生物体一样，是一个完整的活东西，特别能给人以快感。在《诗学》第八章中，亚氏不仅强调了摹仿完整的行动，而且还要求事件要有紧密的组织，"任何一部分一经挪动或删削，就会使整体松动脱节。要是某一部分可有可无，并不引起显著的差异，那就不是整体中的有机部分"。这就是说，任何部分都是整体中有机的组成成分，都应服从整体。整体一旦确定以后，应达到任何一部分不能挪动或删削的程度。在借鉴柏拉图有机整一思想的基础上，亚氏还进一步论及完美的结构。在《诗学》第十三章中，亚氏认为，完美的悲剧结构不应是简单的，而应是复杂的。他要求诗人在安排情节结构时，应考虑追求什么，注意什么，应考虑悲剧的效果。为此，他又提出完美的布局应有单一的结构，认为《伊利亚特》的结构十分完美，并且要求悲剧应写出主人公由顺境向逆境的转化；相反，悲剧不应安排善有善报、恶有恶报的双重结局。由此可见，亚氏既主张结构的单一性，又主张情节的复杂性；既重视结构的有机整一性，又倡导结构的完美性。同时，艺术结构作为一个类似生物体的结构，是一个"活东西"，因而具有生命力；艺术结构作为审美对象，是"一个美的事物"，既不能非常小，又不能非常大。非常小的事物使人不可感知，以致模糊不清；非常大的事物使人不能一览而尽，因而见不出它的整一性。这说明，亚氏旨在强调审美对象的适度问题，要求审美对象在于非常小与非常大之间，这无疑体现了他中庸的美学思想。

在文艺作品的结构中，文艺家不仅要显现出作品的每一个部分或者局部的美，而且还要从整体上显现出作品的整体美。每一个部分要美，部分与部分之间要做到无缝衔接，每一个部分都要与其他部分有机结合，实现作品的整体美。在电影艺术中，蒙太奇的方式就是把各个镜头有机组合在一起，创造电影艺术的整体美；在文学创作中，作家就是把文学语言有机组合成具有审美意味的文学意象；在绘画艺术中，画家就是把各种色彩和线条有机组合在一起，构成颜色的艺术。因此，文艺家只有通过精心构思，创意奇特，巧妙结构，才能创造出匀称、平衡、和谐、统一的美的文艺作品。从文艺创造的实践来看，由于现实生活的丰富性和复杂性，文艺家的人生经历不同，对生活的认识和艺术修养不同，文艺作品结构的方式也会多种多样，比如有环环相扣的链式结构、纵横交错的交叉结构、错综复杂的多元结构、串联式结构等。在统一的结构框架下，内在的结构还需要承上启下，留有悬念，首尾呼应，前后照应，铺陈、铺张、铺垫、伏笔、起承转合等，这都需要文艺家的精心安排。

为了创意文艺作品的完美结构，文艺家需要具有较高的美学素养，具有把握全局的宏观思维能力，具有高度的艺术想象力，具有逻辑思维与形象思维相互融通的能力，还要具有精湛娴熟的艺术技巧和艺术表达能力。

（四）表现手法的多样化

文艺体裁的多样化以及各种具体文艺作品的多样化客观上决定了艺术表现手法的多样化。这种多样化的表现手法丰富了艺术形式，增加了文艺作品的艺术魅力。

从各种类型的文艺体裁来看，文艺家在相同的文艺体裁中，运用的表现手法彼此之间是异中有同、同中有异，既表现出文艺体裁类型的特征，在相同体裁中也有不同的表现手法。同样是电影体裁，导演既可以倒叙，也可以正叙，还可以插叙；既可以采取推拉镜头，也可以采取仰拍和俯拍，还可以采取360°全方位的拍摄；既可以静拍，也可以动拍，不一而足。

电影艺术与文学虽然体裁不同，但在文学性上具有很大的可共享性。电影艺术和文学描写人物形象，都可以采取正面描写、侧面描写、心理描写、肖像描写、动作描写和借物喻人；在抒情方面，电影和文学都可以托物言志、借景抒情、融情入景、情景交融，也可以直抒胸臆；在表现手法方面，电影和文学都可以采取顺叙、倒叙、插叙、衬托（正衬、反衬）、象征、照应、烘托、虚构、对比、渲染、夸张、讽刺、抒情、议论、对比等手法；电影和文学都可以欲扬先抑、扑朔迷离、以小见大，等等。

书法艺术的表现手法也是多种多样，不同的书法家使用不同的笔法、字法、构法、章法、墨法和笔势，字如其人，彰显个性。

总而言之，文艺作品的种类很多，一方面同类文艺作品的表现手法各有千秋，各具特色；一方面具体到每一个文艺作品，表现手法既具有同类艺术体裁的共同性，也会具有自己独特的表现手法，从而彰显了文艺丰富多彩的艺术特色，进而达到各美其美，美美与共的审美效果。

三 文艺欣赏从形式入手

从文艺欣赏的角度来看，欣赏者最初注意到的是文艺作品的体裁形式，然后再随着对作品形式的不断展开，逐渐了解作品所表达的内容。

从文艺欣赏的过程来看，每一个欣赏者总是自觉不自觉地按照自己既有的审美趣味和审美能力，具体选择那些自己喜欢的文艺作品。从审美趣味的形成过程来看，个人的审美趣味直接影响着对文艺体裁的选择。个人最初的审美趣味主要取决于主观与客观两个方面的因素，客观上是家庭和学校的培养熏陶，主观上是个人欣赏文艺时对作品的能动选择，但由于家庭和学校的培养与个人的主观选择客观上都具有较大的局限性，因此个人审美趣味的养成往往也是不以个人意志为转移的，而个体的审美趣味则直接影响着欣赏时对文艺作品体裁和具体作品的选择。

在实际上的文艺欣赏过程中，一个人确定了欣赏某个文艺体裁的作品以后，才能从文艺作品的形式入手，然后由形式进入内容的观赏。从文艺欣赏的角度来看，杜书瀛先生认为："读者和观众总要首先被它们各自的生动具体可感的外在形象或外部形态所吸引，在感官（视、听、触等）上获得具体的感受，进而（紧接着，或者几乎是同时）深入到它们的内在意蕴之中，在心灵上受到深切感动，并且伴之以理智上的冷静思考；同时，作为艺术鉴赏或艺术批评的主体，读者和观众的感觉和思维，情感和思想，他们的感官上的感受、心灵上的感动、理智上的思考，错综交织、互相影响、互相增益，从而达到对该艺术作品从外到内、又从内到外的越来越深入的审美把握。在通常情况下，人们就分别把上述所谓艺术品的外部形态称之为艺术形式，把它的内在意蕴称为艺术内容。"[①] 由此可见，阅读文学作品，读者要从认识和理解文学语言入手，进而把握文学形象的描写和塑造方式，进一步再理解文学作品的内容；观看电影，则要先观看屏幕显示的电影画面，观看人物动作，倾听人物语言、背景音乐和电影插曲等外在的形式开始，进而把握电影所反

---

① 杜书瀛：《艺术的哲学思考》，辽宁人民出版社、辽海出版社2001年版，第53—54页。

映的内容；观看绘画，观众也要首先关注绘画的色彩、构图所显现出来的直观画面，进而才能把握绘画所蕴含的内容；欣赏音乐，听众先要感受作品的节奏、旋律的高低、快慢、张弛，才能把握作品所抒发的思想感情；观看书法艺术，首先要关注文字的外在形式，看其是否具有外在的形式美和个性美；舞蹈艺术大多以优美取胜，观众观看舞蹈艺术首先要看舞蹈演员的动作是否优美，然后才能进一步把握舞蹈所表现的内容。

由此可见，文艺欣赏从文艺形式开始，这恰恰体现了我们认识事物的一般规律：由形式到内容，由具体到一般，由现象到本质。文艺形式不仅仅是形式，本身就蕴含着艺术内容。

第二节 文艺作品的内容

从人生哲学的角度来看，人生做什么，这是内容；怎么做，这是形式。虽然做什么决定着怎么做，但具体的做法是否科学正确，却决定着做什么成功与否。由此而论，文艺作品的内容就是文艺家要反映和创造的艺术内容，文艺作品的形式就是文艺家要表现的艺术内容的具体方式。很显然，文艺家采取什么方式来表现艺术内容，直接决定着艺术内容创造的成功与否。就叙事作品而言，文艺作品的内容就是文艺家在作品所反映的社会生活和表现的思想感情，具体主要表现为题材、情节和主题三个要素。抒情性作品和其他类型作品的内容各自根据其具体的题材而异，没有绝对统一的文艺内容。

一 文艺作品的题材

题材是文艺作品内容的要素之一，有广义和狭义之分。题材是文艺作品内容的基本因素，文艺家在进行创作之前，必须考虑自己的作品要表现什么内容，确定具体要反映的社会生活。

广义的文艺题材，是指文艺作品反映的社会生活领域，即现实生活的某一面，如历史题材、现实题材、工业题材、农村题材、知识分子题材，等等；狭义的题材，是文艺家在素材的基础上提炼出来的，并且在作品里构成艺术形象、体现主题思想的一系列完整的具体的生活材料，即文艺作品里的艺术内容。素材是客观的，题材是主客观的有机统一，既包括文艺家所反映的客观社会生活，也蕴含着文艺家对所反映社会生活的思想感情和主观评价，因此是主客观的统一体。"艺术家在创作艺术作品时的独特审美体验既表现在他的取材上，而更主要地反映在他对题材的表现形态上。"① 文艺家如何处理题材，一方面涉及反映什么内容，一方面也涉及怎么反映的问题。

宏观上，文艺家可以不受地理空间和生活的限制，具有选材的自由，无论什么领域和范围的题材都可以成为文艺家所反映的对象，文艺家有权进行宏大叙事；微观上，文艺家可以选择喜欢的具体题材，可以见微知著，以小见大，挖掘平凡中的伟大，于无声处听惊雷。在实际的文艺创作过程中，文艺家有反映什么的自由，也有如何表现的自由。在所反映的社会生活方面，文艺家既可以歌颂真善美，也可以揭露假恶丑；既可以塑造英雄人物，也可以描写平凡人物甚至是卑微的小人物；既可以反映现代城市的时尚，也可以描写落后农村的历史变迁，还可以揭示传统文化对国民性的各种影响。

判断一部文艺作品的价值，关键不在于文艺家所反映的题材，而在于怎样反映题材。文艺家在确定题材的基础上，应该以正确的审美标准，对所反映的内容进行审美加工创造，可以比生活真实更美，也可以点铁成金，甚至化腐朽为神奇。

二 文艺作品的故事情节

在文艺作品的内容中，叙事作品都要有故事情节，而故事情节

---

① 陈伟：《什么是文学作品的内容》，《读书》1985年第4期。

的真实性与丰富性则构成了文艺作品的重要内容。故事情节包括开端、发展、高潮、结局四个阶段。

在文学作品中，小说是最擅长叙述故事的艺术体裁。一般而言，短篇小说的故事情节比较简明，线索比较单一；长篇小说的故事情节比较复杂，可以采取多重结构，通过纵穿横联，扑朔迷离，构成故事情节的千变万化，具有较强的戏剧性。中篇小说的特点介于短篇与长篇之间。

故事情节包含了人物命运的悲欢离合。文艺作品中的故事，不能游离于作品中的人物形象，而是作品中人物形象活动的结果，一方面，故事是人的故事，是作品中人物形象活动以及人物与人物之间互动的结果，因而人物形象的主体性决定着作品中的故事内容和故事情节的发展方式；另一方面，故事情节是一种特殊的具体存在，也是影响人物形象性格的特殊情境，客观上也不知不觉地制约和影响着人物形象的发展变化。

虚构和创造好的故事情节，这对于人物形象的创造和提高作品的艺术魅力，具有非常重要的意义。比如，开端阶段，既可以开门见山，也可以含蓄蕴藉；在发展阶段，既要有阳光大道，体现出水到渠成之功，也要有羊肠小道、曲径通幽、暗度陈仓之妙以及扣人心弦的紧张；在高潮阶段，既要展示人物与人物之间矛盾冲突的剑拔弩张，也要表现出人物内心世界的自我冲突与命运悲欢离合的转化与纠结；在结局阶段，要做到首尾呼应，既可以反映真善美战胜了假恶丑，也可以反映真善美的暂时毁灭，但一定要预设出真善美最终会取得胜利的发展趋向。如果结局是悲剧，则要反映出悲中有愤，悲中有勇，悲中有壮，以此激励后人沿正义之路毅然前行。

因此，文艺家在构思故事情节时，在遵循开端、发展、高潮、结局的基本规律的同时，要根据逻辑的复杂性，充分考虑一因一果、一因多果或者多因一果、多因多果的多种可能性，设计出每个阶段的特殊魅力。

三 文艺作品的主题

文艺作品主题是文艺家通过文艺作品所反映的社会生活与表达出来的思想感情的有机统一。文艺作品的主题不是纯客观的，也不纯是主观的，而是体现了主观性与客观性的有机统一。

从主观性的角度来看，文艺家在作品中对所反映的社会生活是什么样的思想态度，什么样的认识、理解和评价，表达了什么样的感情等，这些也都属于主题的范畴。1972年上映的朝鲜悲剧电影《卖花姑娘》曾牵动无数中国观众的心，主人公花妮、顺姬姐妹的悲惨命运与哀婉动听的歌声感动过无数的观众泪湿衣襟。在这部影片中，编剧和导演在处理故事情节和人物命运时，讴歌了真善美，体现了文艺家对所反映的社会生活所表达的思想感情，具有满满的正能量。

从客观性的角度来看，文艺家在作品中所反映的社会生活本身就蕴含着思想价值。作品的故事情节、人物命运的悲欢离合等，本身就能够彰显一定的社会意义，比如作家写一个人通过勤劳或科学致富，这个奋斗的故事情节本身就具有社会价值；如果写一个人通过钻政策空子或者违法乱纪发家致富，这样的故事情节所反映的社会价值则是负面的价值。

在把握作品主题的过程中，文艺家不仅要对素材进行审美地选择，对题材进行审美加工，而且对所要反映的社会生活进行去粗取精、去伪存真、由此及彼、由表及里地反复揣摩、构思、凝练。与此同时，文艺家要以正确的审美意识、审美趣味、审美经验和审美标准，对所反映的社会生活做出正确的理解、认识和判断，从而表达出积极健康的思想感情。

第三节 文艺作品形式与内容的统一

内容与形式是辩证法的一对基本范畴。内容是事物一切内在要素的总和，形式是这些内在要素的结构和组织方式。任何事物既有其具体的内容，也有其具体的形式，不存在无内容的形式，也没有无形式的内容，内容和形式是辩证的统一。由哲学范畴的内容和形式推及文艺作品的内容与形式，可以说，文艺作品的内容是作品中所反映的社会生活以及文艺家所表达的思想感情；文艺作品的形式则是文艺作品反映文艺内容的具体体裁和表现方式。

一 文艺作品的内容需要形式表现

在哲学上，传统观点认为，内容决定形式，形式服从内容，并随内容的变化而变化。但笔者认为，这种理解有一定的机械唯物主义的嫌疑。笔者认为，不能把内容决定形式理解得简单化，是内容需要形式，内容与形式之间不是简单地决定和被决定的机械关系。

从艺术内容对艺术形式的需要来看，黑格尔在《美学》中明确指出："内容本身产生了和它相应的表现形式。因为在艺术里象在一切人类工作里一样，起决定作用的总是内容意义。按照它的概念（本质），艺术没有别的使命，它的使命只在于把内容充实的东西恰如其分地表现为如在目前的感性形象。因此，艺术哲学的主要任务就在于凭思考去理解这种充实的内容和它的美的表现方式究竟是什么。"[1] 黑格尔这段话不但说明了为什么内容决定形式，要求把充实的内容表现为感性形象，而且阐明了艺术哲学要解决写什么和怎样写的问题，即根据内容的需要，确立其美的表现方式。问题在于，深刻丰富的艺术内容虽然需要完美的艺术形式，但作者未必能够具有创意完美艺术形式的艺术才能。

从逻辑的观点来看，内容决定形式，这是从应然的角度来讲的，即为了完成某项内容，需要采取相应的形式。比如，我们为了寻求真理，就要探索寻求真理的方法，但寻求真理本身并不一定能够决定我们能否发现真理，也不能决定我们一定能够找到发现真理

---

[1] ［德］黑格尔：《美学》第二卷，朱光潜译，商务印书馆1979年版，第385页。

的方法；同理可证，我们为了满足人民群众对美好生活向往的需要，应该遵循经济发展规律和社会发展规律，我们也都希望能够发现和遵循这些规律，但我们实际上未必一定能够发现和遵循这些规律。诚如狄德罗所言："人家应该要求我追求真理，但不能要求我一定找到真理。"① 这里的关键在于，做什么这是内容，但做什么的内容只能按照其内在的规定性对表现形式提出相应的要求和希望，但并不能决定人们一定能够按照内容对形式的要求和希望去表现内容，因为内容对形式的要求只是"应然"的状态，而不是"必然"的决定。比如，学习是学生的天职，学习本身要求学生应该好好学习，但实际上并不是每一个学生都能够好好学习；在文艺创造领域，为了更好地表达文艺作品内容，文艺家要充分设计和完善美的艺术形式，但实际上很多文艺创作者掌控不了完美的艺术形式。"文学艺术的价值在于用形式完美的体现美的内容。形式脱离了内容，孤立的形式美，不是艺术美，没有艺术价值。形式美完全地表现了内容美，才会有艺术美。"② 因此，我们对内容决定形式的哲学原理，应该给予新的理解和阐释，内容决定形式只是"应然"，而不是"必然"，其中存在着文艺家主观意图与客观效果的差异，文艺家即使想追求完美的艺术形式，而实际上不一定能够创作出完美的艺术形式。

因此，我们一方面应该从内容决定形式推论出内容需要形式，需要用恰到好处的形式来实现、表达或者完成某项具体的内容，而不再是拘泥于内容决定形式的机械决定论；另一方面，为了更好地表达内容，我们应该力求运用更完美的艺术形式，以利于更好地表现内容。

二　文艺作品的形式即文艺作品的内容

在内容与形式的辩证关系中，形式绝不是可有可无的，因为没

---

① 王雨、陈基发编译：《狄德罗文集》，中国社会出版社1997年版，第15页。
② 胡经之：《文艺美学》，北京大学出版社2000年版，第193页。

有形式，就无法表现内容，而且形式对内容具有重要的反作用，完美的艺术形式有利于表现内容，能够促进内容的发展；如果形式粗糙，缺点很多，就不能更好地表现内容，甚至阻碍内容的表现。

文艺作品内容一方面需要形式来具体表现，另一方面形式即内容，构思艺术形式就是构思艺术内容，修改艺术形式，也是修改艺术内容。在文学作品中，作家修改文学语言，就意味着修改内容，所以诗人贾岛的反复推敲看似斟酌语言文字，实际上也是为了更好地提炼和表现内容。众所周知，标点符号是辅助文字记录语言的符号，是书面语的组成部分，用来表示停顿、语气以及词语的性质和作用，在文艺创作中，标点符号不仅具有断句的作用，而且还具有表情达意的重要作用。《红楼梦》第二十三回写宝玉忽见丫鬟来说："老爷叫宝玉"时，曹雪芹写道："宝玉听了，好似打了个焦雷，登时扫去兴头，脸上转了颜色，便拉着贾母扭的好似扭股儿糖，杀死不敢去。"在贾母的安慰下，"宝玉只得前去，一步挪不了三寸，蹭到这边来"。曹雪芹这里虽然没有写宝玉与父亲的关系，但从这些描写就可以看出宝玉父子关系非常紧张，而宝玉对父亲的恐惧也昭然若揭、非常鲜明、生动而又传神。由此可见，文学是语言的艺术，没有语言，就没有文学；音乐是旋律的艺术，没有旋律，就没有音乐；绘画是色彩的艺术，注重以形传神，没有色彩，就没有绘画；舞蹈是人体表演的艺术，没有舞蹈动作，就没有舞蹈艺术；电影是现代综合性艺术，没有现代的拍摄技术和屏幕，就没有电影艺术；戏剧是舞台艺术，没有演员的语言和肢体动作表演，也就没有舞台的戏剧。

形式的重要性还不止于此，因为形式不但表现内容，而且本身就是内容。一个人的言谈举止和穿衣打扮不仅是外在形式，而且也表现了相应的素质，也会表现内在的精神和追求。我们认识、理解和判断一个人，既要看其做什么，又要看其怎么做。做什么是内容，怎么做是形式，怎么做虽然是形式，但能够影响甚至决定做什么的成功与失败。南辕北辙只能事倍功半，劳而无功；而科学的做事方式，则能够事半功倍，甚至直达鹄的。在管理工作中，管理者如果对员工态度蛮横，动辄训斥，甚至打骂，就不可能形成组织的凝聚力和发展力，也就不可能实现理想愿景。黑格尔把美的要素看作两种：一种是内在的，即内容；一种是外在的，即形式。他认为："内在的显现于外在的；就借这外在的，人才可以认识到内在的，因为外在的从它本身指引到内在的。"① 也就是说，只有通过具体的艺术形式，才能表现内在的意蕴，读者才能通过外在的形式了解内在的艺术内容。

在日常生活审美化的时代背景下，一个人整体的外在风貌能够直接影响到求职应聘、人才选拔和人才使用。这里的整体风貌包括人的外在形象、言谈举止、行为方式、气质风度等具体可感的外在形象，可以给他人留下感性而又深刻的整体形象。至于因为相貌问题而花很多钱整容，虽然有必要，但不是事业成功和个人幸福的关键问题，关键的是内在美的感性显现客观上需要完美的表现形式。

中国古代美学非常注重炼字、炼句、炼意、炼格。炼字，就是对文字精雕细琢；炼句，就是对文句反复推敲；炼意，就是提炼内容；炼格，就是对语言风格进行精细锤炼。因为艺术形式与艺术内容同等重要，文艺作品的形式是完美还是粗糙，对于能否正确地表达艺术内容是非常重要的，所以，我们由此就可以理解杜甫为何要"语不惊人死不休"了，正如黑格尔所言："艺术作品的表现愈优美，它的内容和思想也就具有愈深刻的内在真实。"②

在注重形式美的过程中，我们还要考虑两点：一是文艺作品的形式美具有一般或者基本的规律；二是形式美要依附于具体的文艺作品，是相对于具体的文艺作品而言，离开了具体的文艺作品，再美的形式也没有艺术生命力。

---

① ［德］黑格尔：《美学》第一卷，朱光潜译，商务印书馆1979年版，第25页。
② ［德］黑格尔：《美学》第一卷，朱光潜译，商务印书馆1979年版，第93页。

三 文艺作品形式与文艺作品内容的统一

在实际的文艺作品中，文艺作品的内容与文艺作品的形式是有机统一的。文艺家在创作前选择艺术内容的同时，必须选择适合艺术内容的体裁，并且在具体的艺术创作过程中，应该努力把作品的形式与作品的内容有机统一起来。

《论语·雍也》："质胜文则野，文胜质则史。文质彬彬，然后君子。"孔子这里虽然讲人的修身养性，但对于我们正确理解文艺作品的内容和形式，也具有启发意义。"孔子在对待文艺的内容和形式的关系上，既重视内容的决定作用，又不忽视形式的相对独立性和对内容的反作用。他主张文质并茂，二者和谐统一。"[①] 刘熙载在《艺概·诗概》中曾经高度评价杜甫的诗歌："杜诗只'有'、'无'二字足以评之。有者，但见性情气骨也；无者，不见语言文字也。"刘熙载这里所言，旨在说明杜甫诗歌的完美性，评论者只用"有"和"无"两个字就可以评价杜甫的诗歌了。意思是说，我们阅读杜甫的诗歌，可以直接感受到杜诗中所蕴含的性情气骨，而对杜诗中的语言文字仿佛视而不见。这里的"不见语言文字"并非指读者看不见杜诗的语言文字，而是由于杜诗的内容与形式达到了完美统一，读者阅读时可以得意忘言，不经意间就会对杜诗中的语言文字视而不见。这种表述恰恰说明杜诗的艺术魅力，说明杜诗的内容与形式达到了有机统一的高度。

刘熙载对杜甫诗歌的评价启发我们，在文艺内容与形式的辩证关系中，一方面形式非常重要；另一方面形式越重要就越要避免显山露水，不能为形式而形式，更不能张扬自己，因为文艺的形式美关键不在于凸显自己，而在于让审美主体对形式美看似视而不见，反而才能更好地表现文艺作品的内容意蕴和整体的艺术形象，即"艺术形式美不应该坚执着它与艺术内容的对立，这个对立应该达

---

① 郁沆：《中国古典美学初编》，长江文艺出版社 1986 年版，第 41 页。

到和谐的统一，融合为一个完整的艺术美的形象。也就是说，当艺术的感性形式诸因素把艺术内容恰当地、充分地、完善地表现出来，从而使欣赏者为整个艺术形象（艺术意境、艺术典型）的美所吸引，而不再去注意形式美本身时，这才是真正的艺术形式美。在这里，艺术形式美只有否定自己，才能实现自己。否定得愈彻底，实现得也就愈充分"①。换言之，文艺形式的美关键不在于自身的美，而在于形式美与内容美的和谐统一，其最高境界恰恰是把自己融入文艺作品的整体统一的美之中，在美的整体性中实现文艺形式的美。

艺术内容需要艺术形式，艺术形式为艺术内容服务，二者共处于作品的统一的有机体中。对此，黑格尔明确指出："内容和完全适合内容的形式达到独立完整的统一，因而形成一种自由的整体，这就是艺术的中心，"②他认为，内容与形式完全适合的统一是古典型艺术的基础，"艺术的任务在于用感性形象来表现理念，以供直接观照，而不是用思想和纯粹心灵性的形式来表现，因为艺术表现的价值和意义在于理念和形象两方面的协调和统一，所以艺术在符合艺术概念的实际作品中所达到的高度和优点，就要取决于理念与形象能互相融合而成为统一体的程度"③。这就是说，艺术美是理念和形象互相融合，达到了有机统一。在不同的语境里，黑格尔还把内容与形式的统一看作是本质、概念与形式的统一协调，是概念与现象的协调的完满的通体融贯，或者叫作内外一致、概念与实在一致、意义与形象的统一等，因为"概念与个别现象的统一才是美的本质和通过艺术所进行的美的创造的本质"④。

黑格尔是辩证法大师，他非常重视内容与形式的统一问题。他在《小逻辑》中详尽论述了内容与形式的关系，认为内容与形式是

---

① 叶朗：《中国小说美学》，北京大学出版社 1982 年版，第 39 页。
② ［德］黑格尔：《美学》第二卷，朱光潜译，商务印书馆 1979 年版，第 157 页。
③ ［德］黑格尔：《美学》第一卷，朱光潜译，商务印书馆 1979 年版，第 90 页。
④ ［德］黑格尔：《美学》第一卷，朱光潜译，商务印书馆 1979 年版，第 130 页。

可以相互转化的，内容与形式同等重要，因为没有无形式的内容，正如没有无形式的质料一样。他指出："内容非他，即形式之转化为内容；形式非他，即内容之转化为形式。"① 黑格尔看到了内容与形式的相互转化，并且认为只有内容与形式都表明为彻底统一的，才是真正的艺术品。这在很大程度上深刻把握了二者的辩证关系及作品的有机统一，对于我们今天正确认识和理解文艺作品内容与形式的有机统一颇有启发。

---

① ［德］黑格尔：《小逻辑》，贺麟译，商务印书馆1981年版，第278页。

第七章

文艺作品风格论

文艺作品是审美的精神产品,每一部文艺作品都具有独特的艺术风格。在文艺的百花园里,不同风格的文艺作品百花齐放,各具特色,异彩纷呈,共同构成了丰富多彩的艺术画廊。

第一节 精神个性与作品风格

从广义的角度来看,精神个性是一个人心理特征的总和;从狭义的角度来看,精神个性是一个人区别于他人的心理特征。从哲学的角度来看,人与人彼此之间在心理上是同中有异,异中有同。因此,我们在理解精神个性时,还是应该从广义的角度把握精神个性的总体特征,而不仅仅是区别于他人的心理特征。

一 文艺家的精神个性

在现实中虽然每个人都具有自己的精神个性,但按照亚里士多德在《尼各马可伦理学》中所说的"避免过度与不及,而寻求和选择这个适度……(过度与不及都破坏完美,唯有适度才保存完美)"[1],我们要理解文艺家的精神个性,需要了解现实中人的精神个性。大千世界,每个人都有个性,但个性本身却是一个中性词,

---

[1] [古希腊]亚里士多德:《尼各马可伦理学》,廖申白译注,商务印书馆2005年版,第46页。

其中，有好的个性，也有不好的个性。

在亚里士多德看来，人的精神个性有适度与过度和不及之分，中庸是最高的善和极端的美，所以中庸的个性是适度的，而过度和不及都是不好的。比如自卑是不及，自负是过度，自信则是适度；吝啬是不及，挥霍是过度，慷慨则是适度；怯懦是不及，鲁莽是过度，勇敢则是适度。依次类推，亚里士多德对精神个性从总体上分为三类：适度、过度和不及。如果结合现实中人的个性，我们就不难发现：在好的个性中，比如谦虚、谨慎、自信、勇敢、坚定、冷静、沉着、厚重、踏实、诚实、忠诚、认真、勤奋，等等；在不好的个性中，比如骄傲、浮夸、自负、自卑、挥霍、吝啬、鲁莽、怯懦、虚伪、浮躁、马虎、轻飘，等等。每个人一旦形成自己的精神个性，这些精神个性都会对人产生重要的影响。从文艺心理学和文艺创造的角度来看，文艺家具有什么样的精神个性，也会直接影响到文艺家具体的文艺创作，对于文艺家而言，要创造出的文艺作品，前提之一就是要塑造自己的精神个性。

文艺家的精神个性表现在具体的文艺作品中，呈现出不同于他人的独特的创作个性。《毛诗序》言："诗者，志之所之也，在心为志，发言为诗，情动于中而形于言。"王充《论衡·超奇》中认为："文由胸中而出，心以文为表，观见其文，奇伟俶傥，可谓得论也。"曹丕《典论论文》指出："文以气为主，气之清浊有体，不可力强而致。"刘勰《文心雕龙》认为："各师成心，其异如面。"法国博物学家布封认为风格就是人本身。黑格尔在《美学》中曾经提到法国人有一句名言："风格就是人本身。"黑格尔认为："风格在这里一般是指的是个别艺术家在表现方式和笔调曲折等方面完全见出他的人格的一些特点。"[1] 因此，文艺家精神个性不同，表现在文艺作品中的风格就会不同。在日常的人际交往过程中，由于每个人都有自己的个性，因而我们即使看不见某一个人，但只要

---

[1] ［德］黑格尔：《美学》第一卷，朱光潜译，商务印书馆1979年版，第372页。

听到这个人的说话声,就可以判断这个人是谁。《红楼梦》第三回写林黛玉初进贾府时的王熙凤出场:"一语未了,只听后院中有人笑声,说:'我来迟了,不曾迎接远客!'"《红楼梦》这段描写非常符合王熙凤的身份地位和性格特征,所谓"未见其人,先闻其声",恰恰说明了王熙凤语言风格的特殊性。在日常生活中,我们既然可以凭借语言风格的独特性来判断言说者,那么在文艺作品中,我们也可以凭作品风格的独特性,来理解和判断创造主体。

文艺家的精神个性不同,客观上也构成了文艺风格的多样性和丰富性。从文艺阐释学的角度来看,我们要正确理解文艺作品的风格,就需要了解文艺家的精神个性。但是,我们在强调文艺家精神个性与众不同的同时,也要看到人与人之间、文艺家之间客观上也许存在某些相似,甚至相同之处,而不能把个性的不同绝对化。

二 文艺作品的风格

从文艺风格发生学的角度来看,我们应该在了解文艺家精神个性的基础上,进而把握文艺家精神个性向创作个性的转化,这样才能把握文艺风格形成的真正原因。

在现实人生中,每个人都具有精神个性,但并不是每个人都具有创作个性,只有具备了相当的文艺素养,并且通过比较长时间的创作实践,逐渐养成了个人独特的精神个性,才会形成独特的艺术风格。也就是说,初学创作者,虽然具有自己的精神个性,但尚未形成自己的创作个性,这个创作者只有通过一定的创作实践经验积累和理性提升,才能够逐渐形成独特的艺术风格。由于风格的独特性,从模仿的角度来看,一般人很难完全模仿他人的作品风格。当然,也有例外,张大千的临摹水平可以达到以假乱真的程度,这也属于文坛奇葩。在现代声乐中,个别演唱者模仿他人的演唱风格进行演唱,有时也能达到惟妙惟肖的程度。

从宏观的角度来看,文艺作品有多少种体裁,就会有多少种风格，这是由文艺体裁本身质的规定性所决定的。不同的文艺体裁使用不同的艺术元素，具有不同的艺术结构，使用不同的艺术手法，所反映的社会内容也有所不同，即使把文学名著改编成影视艺术或者戏剧艺术，因为经过了编剧和导演以及演员多次不自觉的艺术变形，改编后的影视艺术或戏剧艺术与文学原著也有很大的不同。即使同一种体裁，内部又可以细分为若干种具体的艺术样式，比如在文学的范畴内，又有小说、诗歌、散文等；在小说内部，又可以分为短篇小说、中篇小说和长篇小说。在散文内部，可以分为叙事散文和抒情散文；在诗歌内部，可以分为叙事诗和抒情诗。介于散文与诗歌之间的还有散文诗。

　　从微观的角度来看，一方面，每一部具体的文艺作品，都是独特的艺术创造，都具有自己独特的风格；另一方面，即使同一个作家，也会在自己不同的作品中表现出不同的艺术风格。一个成熟的作家往往具有多种艺术风格，比如杜甫诗歌既有沉郁顿挫，有崇高豪放的壮美，也有清新自然、如沐春风的作品；李白既有浪漫主义的潇洒豪放，也有婉约优美的作品；苏轼既有"大江东去"的豪放潇洒，也有生动活泼、充满青春气息的作品，还有令人心碎、婉约凄美的作品。文艺家虽然具有自己独特的精神个性，但也会心随境转，心由境生，随着不同审美心境的发展变化，此一时彼一时，因而在不同作品中就会表现出不同的艺术风格。试比较一下苏轼《念奴娇·赤壁怀古》与《江城子·乙卯正月二十日夜记梦》这两首词：

念奴娇·赤壁怀古
苏轼

大江东去，浪淘尽，千古风流人物。
故垒西边，人道是，三国周郎赤壁。
乱石穿空，惊涛拍岸，卷起千堆雪。
江山如画，一时多少豪杰。

遥想公瑾当年，小乔初嫁了，雄姿英发。
羽扇纶巾，谈笑间，樯橹灰飞烟灭。
故国神游，多情应笑我，早生华发。
人生如梦，一樽还酹江月。

江城子·乙卯正月二十日夜记梦
苏轼

十年生死两茫茫，不思量，自难忘。千里孤坟，无处话凄凉。纵使相逢应不识，尘满面，鬓如霜。
夜来幽梦忽还乡，小轩窗，正梳妆。相顾无言，惟有泪千行。料得年年肠断处，明月夜，短松冈。

很显然，苏轼这两首词的风格迥异，前者潇洒豪放，境界高远辽阔，令人荡气回肠，体现了一种历史的沧桑感和人生超然物外的豁达；后者抒发了作者对亡妻沉痛的悼念之情，感情真挚，沉痛凄凉，蕴含了一种非常凄美婉约的艺术境界。

如前所述，不同的文艺体裁具有不同的艺术风格，不同的文艺作品也会具有独特的艺术风格，因为文艺作品风格是文艺家精神个性在文艺作品中的感性显现，也是文艺家审美本质力量的感性显现和对象化。明代李贽认为诗人的格调发乎作者的性情："故性格清澈者音调自然宣畅，性格舒徐者音调自然疏缓，旷达者自然浩荡，雄迈者自然壮烈，沉郁者自然悲酸，古怪者自然奇绝。有是格便有是调，皆情性自然之谓也。"[①] 李贽重视格调说，实际上强调了精神个性对格调的决定作用，所谓"有是格便有是调"，说明了格调是诗人情性的自然表现。清代诗论家沈德潜指出："性情面目，人人各具。读太白诗，如见其脱千乘；读少陵诗，如见其忧国伤时；其世不我容，爱才若渴者，昌黎之诗也；其嬉笑怒骂，风流儒雅者，

---

① 李贽：《焚书·读律肤说》。

东坡之诗也。"① 沈德潜这里所说的"性情面目，人人各具"非常形象地揭示了作品风格与文艺家精神个性的内在关系。由此可见，不同的文艺家具有不同的精神个性和创作个性，在不同的文艺作品中就会表现出不同的艺术风格，这是文艺风格表现的基本特点和规律。

此外，我们还要注意文艺作品风格具有多样化的特点，注意文艺风格形成的历史性、民族性和地域性特征。任何文艺家都要从传统文化中吸取合理的营养，受到特定时代风格和地域性的多维影响，"与时代风格类似，艺术的地域风格之形成并不仅仅依赖艺术家纯乎内在的精神创造，而是与自然、社会、民族等外部因素发生深刻而密切的关联"②。因此，文艺作品的艺术风格实际上是文艺家主客观因素优化组合进行艺术想象和艺术创造的审美结晶。康德在分析崇高与优美的风格时认为："各个不同的群体就结合成一幅表现得华彩夺目的画面，其中统一性就在更大的多样性之中展现出它的光辉，而道德性的整体也就显示出其自身的美和价值。"③ 康德这里所说的正是作品风格的多样性与审美性的统一。一枝独秀虽美，但不如百花齐放、万紫千红和繁花似锦。从时代的角度来看，每一个时代都应该具有丰富多彩的时代风格；从具体的文艺家来看，每个成熟的文艺家不仅应该具有自己的主导风格，而且还应该具有多样化的风格。唯有如此，各种文艺作品才能够百花齐放春满园，绽放绚丽多彩的艺术之花。

三 精神个性与作品风格的统一

作品风格是文艺家精神个性的感性显现，也是文艺家审美本质力量的对象化。在文艺家精神个性与作品风格的关系中，一方面，

---

① 沈德潜：《说诗晬语》卷下。
② 陶小军：《论艺术风格的社会性维度》，《江苏社会科学》2020年第2期。
③ ［德］康德：《论优美感和崇高感》，何兆武译，商务印书馆2003年版，第27页。

文艺家精神个性决定和制约着文艺作品的风格；另一方面，文艺作品的风格也会反过来影响文艺家精神个性的发展变化。

从文艺家精神个性对文艺作品风格的影响来看，一般而言，言为心声，乐由中出，文艺家有什么样的精神个性，在自己的文艺作品中就会表现出什么样的风格。但实际上也未必都是如此，文艺家有时为了表现出多种艺术风格，也可能在文艺作品中主动地把自己的精神个性隐藏起来，让观众或者读者不易察觉。在这种情况下，文艺家的精神个性与作品表现出来的风格似乎有些差异甚至对立，这也是比较正常的现象。这里的关键在于，文艺家在创作以前，就会自觉不自觉地把自己的审美需要、审美意识、审美趣味、审美标准和审美能力蕴含于具体的艺术创造之中，通过独特的创作个性，创造出属于文艺家自己独特的艺术风格，从而避免了千人一面的雷同化。

从文艺作品风格对文艺家精神个性的影响来看，我们可以切入两个维度：一是作者在成为文艺家以前，作为潜在的文艺家在不经意间已经潜移默化地受到前人文艺作品的熏陶和影响，否则就不可能成为文艺家。也就是说，作者在成为文艺家之前，传统的文艺作品和特定时代的文艺作品已经对他产生了既定的影响，正是这些影响才逐渐影响了他的审美需要、审美意识、审美趣味和审美标准以及艺术创造能力。二是潜在的文艺家得到社会承认以后，通过文艺创作逐渐形成了独特的艺术风格，而作品独特的艺术风格也是文艺家精神生命的重要表现，反过来影响到文艺家未来的审美需要、审美意识、审美趣味、审美标准和审美能力。这如同人类创造了世界，反过来世界也会影响人一样。

由此可见，文艺家的精神个性与自己创造的文艺作品具有内在的统一性，一方面，文艺家的精神个性直接决定和影响着自己作品的文艺风格，因而文艺家精神个性的发展变化必然带来文艺作品创作艺术风格的发展变化；另一方面，文艺家自己的独特的艺术风格一旦形成，就会成为一种独特的艺术情境和艺术力量，反过来也会直接影响着文艺家的精神个性，并且强化文艺家已有的精神个性，客观上与文艺家的精神个性形成一定程度的同构性，二者相辅相成，相互影响，共同处于创造主体与文艺作品客体的有机统一之中。

第二节　作品风格的主要类型

在大千世界的艺术画廊，各种艺术千姿百态，绚丽多姿，体现了文艺百花园琳琅满目、丰富多彩的文艺风格，展现了文艺家丰富的本质力量，彰显了文艺家巧夺天工的审美创造能力。笔者本节主要简析平淡自然、优美婉约、潇洒飘逸、壮美崇高、悲怆凄美、荒诞滑稽几种艺术风格。

一　平淡自然

平淡自然是文学作品的一种艺术风格，这类作品看似波澜不惊，非常自然，犹如李白所说的"清水出芙蓉，天然去雕饰"，却淡而有味，蕴藉深厚。

平淡自然是诗词等文学作品常见的艺术风格，也是非常高的一种艺术境界。作家不求精雕细刻，不求华丽辞藻，却浑然天成，质朴自然，充满了清新真切的生活气息，平淡而有思致，质朴平和，平而有趣，淡而有味，浓后之淡，巧后之拙，是返璞归真，是大智若愚，是大巧若拙，是豪华落尽见真淳，是平淡自然中蕴含着深厚的人文意蕴。也就是说，平淡自然不是淡而无味，不是甘于平庸，而是通过朴素的语言和白描的艺术手法，表达深厚的感情和丰富的思想。陶渊明《饮酒》第五首中的"结庐在人境，而无车马喧。问君何能尔？心远地自偏。采菊东篱下，悠然见南山。山气日夕佳，飞鸟相与还。此中有真意，欲辨已忘言"。诗中的每一句看似都很平淡，却让人历历在目，如在眼前。诗人的语言通俗易懂，诗歌结构精妙，意境深远，哲思深刻。在陶渊明看来，人是社会性的存在，而个体生命作为独立的精神主体，都直接面对整个自然和宇宙而存在，应该与自然达到和谐的境界，通过回归自然，使人性得到平衡和完善。陶渊明在这首诗中有对人生和自然之道的深刻感悟，可以得意忘言，通过"悠然见南山"，可以实现人与自然合一的诗意境界。

唐代司空图《诗品》谈及"自然"时描述："俯拾即是，不取诸邻。俱道适往，著手成春。如逢花开，如瞻岁新。真予不夺，强得易贫。幽人空山，过水采蘋，薄言情悟，悠悠天钧。"[①] 非常形象地描述了"自然"的特征。宋代葛立方在《韵语阳秋》中说，陶渊明的诗"平淡有思致"，就是说看似平淡而内含深意。梅尧臣在想写平淡诗的时候，才觉得平淡不易，在《赠杜挺之》的诗歌开篇第一句就是："作诗无古今，欲造平淡难。"由此可见，从文学创作的角度来看，平淡自然也就是没有矫揉造作，看似顺其自然，没有经过雕琢，仿佛天然，而实际上却"清水出芙蓉，天然去雕饰"，看似自然，而并非自然；而从文学欣赏的角度来看，读者要从平淡自然中领悟和体验作者深厚的思想感情，也需要入乎其内，沉浸其中，反复吟咏，也许才能得其真正的韵味。

二 优美婉约

优美亦称"秀美"，与"崇高"相对。指事物呈现出婉约柔和、纤巧雅致的特性，优美婉约给人以均衡、和谐、平和、自由的审美感受。

现实中的优美主要表现在自然事物的优美风格和人的尤其是女性的优美方面。在自然的优美方面，许多自然景观具有优美的风格，如黄山之美、九寨沟之美、大明湖之美、青山绿水、潺潺小溪，等等。在女性的优美方面，王粲《神女赋》描写神女之美："禀自然以绝欲，超希世而无群。体纤约而方足，肤柔曼以丰盈。

---

① 王大鹏等编选：《中国历代诗话选（一）》，岳麓书社1985年版，第96页。

发似玄鉴,鬓类削成。质素纯皓,粉黛不加。朱颜熙曜,晔若春华。口譬含丹,目若澜波。美姿巧笑,靥辅奇葩。"王粲把神女之美写得淋漓尽致,美若天仙,达到人间不可企及的程度。

在文艺作品的风格中,优美是比较普遍受欢迎的风格之一。在优美的文艺作品中,内容与形式达到了和谐统一,没有秋风萧瑟、寒风刺骨的寒意,没有大起大落的故事情节,没有人物命运的悲欢离合,没有惊世骇俗的奇闻、奇人、奇事,没有大开大合的艺术结构,没有纵横驰骋、势若奔马的奔放,而是婀娜多姿、袅袅娜娜、杨柳依依、春风荡漾、春草萌生、潺潺小溪、鲜花盛开、曲径通幽、白云飘飘、月明星稀,是"日出江花红似火,春来江水绿如蓝"的春意盎然,是"月上柳梢头、人约黄昏后"的两情相悦,也是达到中庸的一种极致的美。

婉约的风格与优美比较相近,甚至是比一般的优美更优美的风格,具有优美的基本特征。"婉约"一词,早见于先秦古籍《国语·吴语》的"夫固知君王之盖威以好胜也,故婉约其辞,以从逸王志"。意思是对君王的讲话柔顺谦卑。陆机《文赋》:"或清虚以婉约,每除烦而去滥",意思是有的文章清素淡泊、简约质朴,除去繁缛浮滥的文辞,追求自然朴实的风格。在宋词中,著名的婉约派词人柳永、张先、晏殊、晏几道、欧阳修、秦观、贺铸、周邦彦、李清照等,其作词的主要内容侧重儿女风情,离情别绪,伤春悲秋,光景流连;语言圆润清丽,音律和谐,婉丽柔美,含蓄蕴藉,情景交融,有一种柔婉的优美。柳永的《雨霖铃·寒蝉凄切》《八声甘州·对潇潇暮雨洒江天》,李清照的《声声慢·寻寻觅觅》都是婉约词的代表作。

从晚唐五代到宋代的温庭筠、冯延巳、晏殊、欧阳修、秦观、李清照等一系列词坛名家的词作多为婉约之风,虽各具特色,但又都呈现出共同或相似的婉约风格。

三 潇洒飘逸

潇洒本来用于描写人的精神面貌和言谈举止，是指人的形容、神情、举止洒脱、自然率真，不拘一格，不甘于世俗和平庸，似天马行空，自由驰骋。飘逸，本指神态灵秀洒脱，与潇洒基本同义，但又多了一点轻盈的感觉，宛如舞蹈演员翩翩起舞的舞姿。

司空图在《诗品》中曾经也谈及飘逸："落落欲往，矫矫不群。缑山之鹤，华顶之云。高人画中，令色絪缊。御风蓬叶，泛彼无垠。如不可执，如将有闻。识者已领，期之愈分。"司空图这里用非常形象的描述，说明了飘逸的艺术风格。李白的《将进酒》既有怀才不遇的悲愤与感慨，也有超然物外的潇洒飘逸，虽然是借酒浇愁，感叹"高堂明镜悲白发，朝如青丝暮成雪"，但能够借古代圣贤自我激励，坚信"天生我材必有用，千金散尽还复来"。这是何等的自信与潇洒！无拘无束、乐观与旷达！苏轼的《水调歌头·明月几时有》："明月几时有？把酒问青天。不知天上宫阙，今夕是何年。我欲乘风归去，又恐琼楼玉宇，高处不胜寒。起舞弄清影，何似在人间。转朱阁，低绮户，照无眠。不应有恨，何事长向别时圆？人有悲欢离合，月有阴晴圆缺，此事古难全。但愿人长久，千里共婵娟。"作者能够与明月对话，把酒问天，又要乘风归去，在意念中从天上宫阙转到现实的人间，感叹人生的悲欢离合与月亮的阴晴圆缺，以辩证思维自我安慰"此事古难全"，最后表达了美好的愿望"但愿人长久，千里共婵娟"。作品超凡脱俗，既超然物外，又紧密联系现实，在理想的愿景中从人间到天上，再从天上回到人间，从人生的悲欢离合到月亮的阴晴圆缺，可谓时空穿越，循环往复，大开大合，神与物游，达到了潇洒飘逸、轻盈灵动的极致。

柳永的词总体上是婉约的风格，但他的《望海潮·东南形胜》却非常潇洒飘逸："东南形胜，三吴都会，钱塘自古繁华。烟柳画桥，风帘翠幕，参差十万人家。云树绕堤沙，怒涛卷霜雪，天堑无涯。市列珠玑，户盈罗绮，竞豪奢。重湖叠巘清嘉。有三秋桂子，十里荷花。羌管弄晴，菱歌泛夜，嬉嬉钓叟莲娃。千骑拥高牙，乘醉听箫鼓，吟赏烟霞。异日图将好景，归去凤池夸。"柳永在这首词中描写杭州的自然风光和都市的繁华与美丽，描绘了杭州人民和平宁静的生活景象。全词铺叙晓畅，形容得体，铺张扬厉，大开大合、波澜起伏、情致婉转，音律优美，浓墨重彩地铺叙展现了杭州的繁荣、壮丽景象，风格非常潇洒飘逸，简直就是神仙的仙境般生活，是诗意栖居的境界。

在文艺发展史上，许多浪漫主义风格的作品大多具有潇洒飘逸的特点，这类作品看似不食人间烟火，但实际上是超凡脱俗，超然物外，是对凡庸人生的超越，是对世俗的叛逆，是对人生精神自由的呼唤。

四 壮美崇高

壮美，与优美相对，是指雄壮美丽的风格。在自然界，那些高大伟岸的崇山峻岭，令人肃然起敬畏之情；在社会领域，那些能够做出壮举行为、具有豪情壮志的英雄人物，也具有壮美的意义；文艺领域，那些描写了巨大、无限、粗犷的自然事物，塑造了具有豪情壮志、英雄壮举的典型人物的文艺作品，也都具有壮美的艺术风格。

壮美与优美相比较而存在，优美的对象是和谐统一的、具有静态的特质；壮美的对象则具有气势磅礴、形体庞然、力量巨大的超凡特点；优美的文艺作品风格具有平易、和顺、圆润的特点，能够给人以心情舒畅、神清气爽的审美感受，而壮美的对象则常常体现出巨大、无限、粗犷等特点，欣赏者在对壮美对象的欣赏中，在审美感受方面有一个从痛感向快感转化的过程，主客体在这个过程中从主体对客体心理的疏远、排斥到最终达到了和谐统一。

壮美与雄浑和豪放也息息相关。司空图《诗品》中还谈及雄浑和豪放。关于雄浑，司空图描述道："大用外腓，真体内充。返虚入浑，积健为雄。具备万物，横绝太空。荒荒油云，寥寥长风。超以象外，得其环中。持之非强，来之无穷。"关于豪放，司空图描述道："观花匪禁，吞吐大荒。由道返气，处得以狂。天风浪浪，海山苍苍。真力弥满，万象在旁。前招三辰，后引凤凰。晓策六鳌，濯足扶桑。"司空图非常形象地揭示了壮美与崇高的审美风格，也是神与物游，妙趣横生，如在目前。

崇高作为美的一种范畴，又称壮美。它主要指对象以粗犷博大的形态、强健的力量、雄伟的气势，给人以心灵的震撼，使人惊心动魄、心潮澎湃，提升和扩大了人的精神境界，进而受到强烈的鼓舞和激越，引起人们产生敬仰和赞叹的情怀。在外在显现上，崇高具有粗犷博大的感性形态；在内在威力上，崇高具有强健的物质能量和精神能量，具有压倒一切的雄伟气势；在心理效应上，崇高往往给人以心灵的震撼，使人惊心动魄、心潮澎湃；在精神效应上，总是给人以强烈的鼓舞，引人赞叹，催人奋进。

朗吉弩斯在《论崇高》中认为"崇高是伟大心灵的回声"。从客观上来说，朗吉弩斯强调崇高的客观根源在于人们对于一切伟大事物、一切比我们自己更神圣的事物的爱，从而确定了崇高感的客观根源；从主观上来说，朗吉弩斯又强调了崇高的五个来源，其中庄严伟大的思想和强烈而激动的感情属于天生的主观因素，而后三个来源属于后天学习得来的修辞技巧。但总的来说，朗吉弩斯认为崇高主要来自主观，而主观与客观的和谐统一既构成了崇高的总概念，又蕴含了修辞学与美学的融合与互渗。朗吉弩斯《论崇高》中称："过去超凡伟大的作家，总以最伟大的写作目标作为自己的目标，认为每一细节上的精确不值得他们的追求；他们心目中的真理是什么呢？在不少真理之中，有这么一条真理：作庸俗卑陋的生物并不是大自然为我们人类所订定的计划；它生了我们，把我们生在这宇宙间，犹如将我们放在某种伟大的竞赛场中，要我们既做它的丰功伟绩的观众，又做它的雄心勃勃、力争上游的竞赛者；它一开始就在我们的灵魂中植有一种所向无敌的，对于一切伟大事物、一切比我们自己更神圣的事物的热爱。因此，即使整个世界，作为人类思想的飞翔领域,还是不够宽广,人的心灵还常常超越整个空间的边缘。当我们观察整个生命的领域,看到它处处富于精妙、堂皇、美丽的事物时,我们就立刻体会到人生的真正目标究竟是什么了。"① 从修辞学角度来看,德谟特里奥斯在《论演说》中介绍画家尼西阿斯说:"画家尼西阿斯总是认为,艺术家的才能很大程度上体现在他对广阔题材的首先选择上。他不会把自己的艺术耗费在琐细的事情上——如小鸟或花……所以,崇高的效果来自于对一个伟大主题的选择,这没什么可大惊小怪的。"② 很显然,尼西阿斯所说的崇高是修辞学意义。

另外,罗马的雄辩术特别致力于雄辩文体的分类和编集,而雄辩文体一般可分为三类,即崇高、适中和谦逊。尽管说法或分类角度不尽相同,但其内涵却基本一致,从雄辩术的角度来看,崇高是一种重要的演讲风格。

康德把崇高分为数量的崇高和力量的崇高,进一步看到了崇高对潜能开发的重要作用。他在《判断力批判》"崇高的分析"中,曾经用"生命力""想象力""超感性能力""超感性的使命""抵抗力""唤起我们的力量"等,表示崇高对主体的开发作用。他认为,崇高能使主体的生命力更加强烈地喷射,能扩大和提升主体的想象力,"在我们内部唤醒一个超感性能力的感觉",激起"超感性的使命的感觉",使想象力"向前发展","趋向无限","让我们在内心里发现另一种类的抵抗的能力","提高了我们的精神力量","它在我们内心里唤起我们的力量",就连主体的心情在产生崇高感的过程中也"被提高了"。在康德的美学中,崇高是一种体积的无限大,也是力量的无限大,能够给人以巨大的崇高感。从审美的角度来看,康德认为"一切崇高的情操都要比优美那种令人眼

---

① 伍蠡甫:《西方文论选》上卷,上海译文出版社1979年版,第129页。
② [波] 沃拉德斯拉维·塔塔科维兹:《古代美学》,杨力等译,中国社会科学出版社1990年版,第103页。

花缭乱的媚力更加令人沉醉"①,揭示了崇高的美学内涵和伦理内涵。

在文艺作品的风格中,崇高的作品往往能够给人以惊心动魄的震撼和感动,能够激发人的主体性力量。比如电影《从奴隶到将军》《吉鸿昌》,这两部电影都从不同角度出发,塑造了两个带有传奇色彩的英雄形象,激发了观众的爱国情怀,也激发了观众内在的积极进取的生命力量。

五 悲怆凄美

悲怆凄美是文艺作品中一种非常特殊的审美风格,在催人泪下的悲剧感中,给观众和读者以积极向上的力量。

悲怆凄美主要表现在悲剧作品之中。古希腊悲剧最典型的是《俄狄浦斯王》。俄狄浦斯王为了避免杀父娶母的悲剧命运,远走他乡,力求避祸,但命运之神还是扼住了俄狄浦斯王的咽喉,让其在不知不觉中客观上犯了杀父娶母的罪行。当俄狄浦斯王得知真相之后,刺伤了双眼,悲痛呼号,悲愤欲绝。作品风格虽然悲怆,但体现了一种与命运之神勇于抗争的可歌可泣的斗争精神,简直感天动地,令人动容。

陈子昂在《登幽州台歌》中抒发了怀才不遇的悲怆之感:"前不见古人,后不见来者。念天地之悠悠,独怆然而涕下。"这是一首吊古伤今的生命悲歌,表现了陈子昂对现实的强烈不满,抒发了诗人未遇明君而怀才不遇的悲愤情怀。其实,陈子昂的悲剧并非个案,而是揭示了封建社会知识分子遭受压抑的普遍境遇,表达了知识分子在理想破灭时孤寂郁闷的心情,具有深刻的悲剧意义。

在戏剧艺术中,悲剧具有崇高感,也有悲怆感,能够令人在悲愤中感受到崇高的力量。康德认为"悲剧不同于喜剧,主要地就在

---

① [德]康德:《论优美感和崇高感》,何兆武译,商务印书馆2003年版,第18页。

于前者触动了崇高感，后者则触动了优美感。前者表现的是为了别人的幸福而慷慨献身、处在危险之中而勇敢坚定和经得住考验的忠诚。这里的爱是沉痛的、深情的和充满了尊敬的；旁人的不幸在观者的心胸里激起了一种同情的感受，并使得他的慷慨的胸襟为着别人的忧伤而动荡"[1]。由此可见，悲怆性也是一种特殊的审美感受，是一种在追求善和正义的过程中所遇到的困境甚至是危险而具有的悲怆意味。

与悲怆相联系的还有凄美的艺术风格。除了苏轼的《江城子·乙卯正月二十日夜记梦》非常典型以外，陆游与唐婉的《钗头凤》也是在婉约中透着悲怆，令人肝肠欲断。陆游与表妹唐婉非常恩爱，却因为不能生育而被母亲强行拆散，在一次春游中偶然相遇沈园，再一次触动了两个人之间爱的思念和伤痛，陆游写下了《钗头凤·红酥手》，而唐婉则写了《钗头凤·世情薄》回复陆游。

钗头凤·红酥手
陆游

红酥手，黄縢酒，满城春色宫墙柳。东风恶，欢情薄。一怀愁绪，几年离索。错，错，错！

春如旧，人空瘦，泪痕红浥鲛绡透。桃花落，闲池阁。山盟虽在，锦书难托。莫，莫，莫！

钗头凤·世情薄
唐婉

世情薄，人情恶，雨送黄昏花易落。晓风干，泪痕残，欲笺心事，独语斜阑。难，难，难！

人成各，今非昨，病魂常似秋千索。角声寒，夜阑珊，怕

---

[1] ［德］康德：《论优美感和崇高感》，何兆武译，商务印书馆2003年版，第7页。

人寻问，咽泪装欢。瞒，瞒，瞒！

陆游和唐婉的《钗头凤》在婉约中蕴含着浓郁的凄美之情，两个真正相爱的人，却无法"执子之手，与子偕老"，真是可悲可叹，怎一个"痛"字了得！

在悲怆与凄美之间，悲怆与凄美不同的是，悲怆的风格不仅让人悲愤难过，而且悲中有壮，悲中有勇，悲中有愤，能够激励后人不畏艰难险阻，毅然前行；而凄美则主要表现感动人，催人泪下，甚至是一种在现实面前的无助和无奈。

六　荒诞滑稽

荒诞作为一种艺术风格，主要指作品反映了人性异化后的反常态表现，以及是非颠倒、动机与效果、现象与本质的分离。其中比较著名的是荒诞派艺术，原指西方现代派艺术中的一个戏剧流派，兴起于20世纪50年代末60年代初，代表剧作是《等待戈多》。荒诞这个概念发展到21世纪，已上升为一个重要的美学范畴，蕴含着发人深省的艺术魅力。

现实中的荒诞是荒诞艺术风格的来源，也是审美活动范畴中荒诞的根源。在荒诞的艺术作品中，作者采用荒诞的艺术手法，通过塑造荒诞的审美形象，对现实中荒诞的人生实践进行审美的反思和审美批判，表现了世界与人类生存的荒诞性。

滑稽是一种非常具有魅力的艺术风格，也是审美范畴的一种，蕴含着一种特殊的丑，能够给人以特殊的喜剧性效果。这类文艺作品往往看似不合常情常理，但又揭示人性本质和社会的世情冷暖，在给人以夸张、幽默、戏谑、嘲笑中发人深省。

在荒诞滑稽的作品中，安徒生的童话《皇帝的新装》描写了一个愚蠢的皇帝被两个骗子愚弄的故事，愚蠢的皇帝穿上了一件看不见的——实际上根本不存在的新装，赤裸着举行游行大典，竟然自我感觉良好。故事深刻揭露了皇帝的昏庸及大小官吏虚伪、奸诈、愚蠢的丑恶本质，褒扬了无私无畏、敢于揭穿真相的纯真童心。电影《荒唐事件》吸取了张宇中篇小说《阑尾》荒诞滑稽的艺术手法，讲述了一系列荒诞滑稽的故事，让观众在笑声中反思社会现实，洞察人性本质，可谓淋漓尽致、入木三分。

除以上风格以外，还有含蓄、蕴藉、典雅、旷达等很多艺术风格，大自然有百花齐放，艺术之花也应该百花齐放，应该展现出丰富多彩的艺术风格。从文艺风格的统一性与多元性来看，文艺创作应该体现出文艺风格的民族性；从人文地理学的角度来看，文艺家还应该体现出文艺风格的地域性；从文艺与时代的关系来看，文艺家还应该体现出文艺风格的时代性。只有艺术风格的多样性，客观上才能为广大的艺术欣赏者提供丰富多彩的审美对象，"子美诗铿锵磊落，譬如高山大川，苦于登涉；乐天诗坦荡直率，譬如平原旷野，便于驰骋，于是人皆畏杜之难造，而喜白之易与"[①]。我们不怕登涉，可以欣赏杜甫的诗歌；我们喜欢平易，可以欣赏白居易的诗歌。文艺家应该创造出千姿百态、争奇斗艳的文艺百花，让文艺之花繁茂美丽，异彩纷呈。

第三节 文艺风格与审美主体

文艺风格是艺术家精神个性的艺术显现，在体现艺术家审美本质力量的同时，也会对审美主体产生潜移默化的重要影响。

一 文艺风格对审美主体的影响

从人与社会的关系来看，任何社会成员都与社会存在着直接或间接的互动关系，一方面，特定社会是该社会成员自觉不自觉建构起来的存在方式，也与社会成员自觉不自觉的实践活动密切相关；

---

① 北京大学哲学系美学教研室编：《中国美学史资料选编》下册，中华书局1981年版，第253页。

另一方面，特定社会又必然直接或间接影响着该社会的社会成员的生活方式、思维方式、价值取向和审美趣味等。

　　文艺作品属于特定社会上层建筑的范畴，是审美的文化符号，从属于特殊的精神生产，不但能反作用于特定社会的经济基础，而且还直接影响到特定社会成员的精神风貌、社会心理、审美风尚等。从社会生产的角度来看，社会生产分为两大类：一是物质生产；二是精神生产。文艺创作属于精神生产的范畴，而文艺作品则是精神产品。在马克思主义的"存在决定意识"论中，"存在"理所当然包括哲学、宗教、法律、文艺、意识形态、社会心理、价值取向等精神生产的元素。因此，文艺作品是一种精神性的存在，也是社会的一种客观性存在，既然如此，无论是文艺家从事文艺创作，还是文艺作品的受众，都会受到文艺作品的熏陶和濡化。从文艺作品风格和文艺鉴赏的角度来看，观众、读者和听众也是文艺作品的接受者，接受者是受众，也是审美主体，文艺作品风格越具有丰富性，就越会得到审美主体的喜爱，就越会促进审美主体心灵的丰富性。从文艺发展史的角度来看，特定阶段的艺术风格流派通常表现在建筑、美术、音乐、文学和影视艺术等各个艺术领域，对人们的社会生活、审美趣味等产生多方面的影响，而不同的时代风格和民族风格则会直接影响着特定社会成员的社会心理、价值取向和审美标准等。

　　文艺作品风格对审美主体的影响是通过审美主体的审美消费来实现的。审美主体在审美消费过程中，一方面于不经意间自觉不自觉地就会受到文艺作品风格的影响；另一方面也会自觉选择自己喜欢的文艺风格进行审美体验和审美消费。大致说来，人生在青少年时期，世界观、人生观、价值观和审美观尚未形成或正在形成的过程中，主观上很容易接受家长、老师和长者审美取向和审美标准的影响，在各类学校中，教师往往会自觉通过课堂讲授，利用音乐课、美术课和语文课中的文学内容，对学生进行教书育人的审美教育，而学生这阶段主要是接受教师的引领；此外，家长和社会因素等也会直接影响到青少年对文艺作品的欣赏。在新媒体时代，随着元宇宙的兴起及其对文艺创作的影响，各种网红客观上也会不经意间对青少年发生重要影响。在这一阶段，青少年对文艺作品风格的审美体验和审美判断等，既表现出积极的参与性，但也表现出一定的受动性，在较大程度上反映出文艺作品作为精神性的社会存在对青少年的影响。

随着青少年年龄的增长和知识的积累，青少年不断塑造个人的主体性和审美的自觉意识，由此不断增长个人正确选择文艺作品的能力，以自己的审美标准和审美趣味去选择喜欢的文艺作品，长此以往，青少年选择喜欢的文艺作品进行审美时，就会潜移默化地受到这些文艺作品风格的濡化和影响。

艺术风格对审美主体影响较大的一个特殊案例就是歌德的中篇小说《少年维特之烦恼》对广大青少年的巨大影响。作者以书信体的形式，采用第一人称的视角写景、抒情、叙事和议论，通过主人公的内心独白，直抒胸臆，向读者直接倾诉、宣泄强烈的喜怒哀乐的情感，如汹涌的洪水滚滚而来，读者沉浸其中，在体验审美快乐的同时，情不自禁地为维特洒下同情的泪水。这部小说出版后很快译成英、法、意、西等20多种文字，青年们很快掀起了一波"维特热"，有的青年穿上维特式的蓝色燕尾服，黄色背心，讲着维特式的话，模仿维特的一举一动，极少数人甚至模仿维特的自杀。小说不但在德国产生了重大影响，还影响到英国、法国、荷兰和北欧诸国的各个阶层。我国郭沫若翻译的《少年维特之烦恼》1922年出版，也迅速引起巨大反响，到抗日战争前夕，由泰东、联合、现代和创造社四家书店先后再版重印，共达37版之多。这部小说因为写了维特自杀，歌德不仅为此沉浸在痛苦中，这部小说还激起了批评家和支持者们极为热烈的讨论。

实际上，从文艺风格对审美主体的影响来看，审美主体如果经常欣赏某类文艺作品，某类文艺作品的艺术风格就会潜移默化地对审美主体产生直接或间接的影响，甚至是长期的影响，犹如"随风潜入夜，润物细无声"。从审美规律来看，潇洒和豪放的艺术风格能够影响审美主体的心灵逐渐变得潇洒和豪放；优美和婉约的艺术风格则会使审美主体的心灵减少浮躁，在产生优美感的同时，有利于审美主体心灵归于平静、轻松与和谐。

二 审美主体对文艺风格的选择

人类在求真、向善与审美的过程中，作为认识主体、实践主体和审美主体，都是历史生成的。因此，作为审美主体的个体，具有什么样的审美经验、审美趣味和审美标准，都直接影响着对文艺作品风格的选择。从审美心理学的角度来看，审美主体喜欢什么样的文艺风格，体现了审美主体情感的感性特征，也要自觉接受理性的节制，体现感性与理性的和谐统一。

（一）审美主体选择文艺风格的感性特征

从审美主体情感的感性特征来看，根据一般的审美经验，大多审美主体往往是不经意间根据自己的情感爱好或者审美趣味，自觉选择那些与自己的精神个性和审美趣味相同的作品进行欣赏。

从审美趣味形成的内在原因来看，审美主体在特定主客观条件的影响下，自觉不自觉地形成了特定的审美趣味，而审美趣味的形成一方面与审美主体自觉选择和养成密不可分；另一方面也会受到外在环境特别是文化环境的影响。审美主体的审美趣味一旦形成，就获得自己特有的力量，即审美趣味能够直接影响审美主体对审美客体的选择，甚至控制审美主体对审美客体的选择。审美趣味是审美主体自觉不自觉地形成的，因而具有主体审美爱好的感性特点，这种审美趣味一旦形成，对于审美主体而言，能够产生强大的吸引力，诱导着审美主体按照自己的审美趣味去欣赏自己喜欢的审美客体。也就是说，审美趣味虽然是审美主体形成的审美偏好，而一旦形成，审美趣味就似乎产生一种对审美主体的异己的力量，审美主体就如同跟着感觉走一样，不经意间就会服从自己的审美趣味，如同荣格所说的作家创作时的心境一样，"这些作品专横地把自己强加给作者：他的手被捉住了，他的笔写得是他惊奇地沉浸于其中的事情；这些作品有着自己与生俱来的形式，他想要增加的任何一点东西都遭到拒绝，而他自己想要拒绝的东西却再次被强加给他"①。荣格这段话虽然是说明作家在创作时被创作的冲动所控制，实际上对于我们理解审美趣味对审美主体的影响也有启发意义。

从审美经验的角度来看，我们往往是按照自己的审美趣味进行审美活动，喜欢什么就去欣赏什么。审美主体按照审美趣味进行审美活动，既具有一定的合理性，也具有一定的局限性，如同一个人按照自己的口味进行饮食，而不是按照科学的饮食习惯进行饮食一样。问题在于，审美主体的审美趣味如果比较偏颇，就可能影响审美主体应然的审美活动，这需要引起我们对审美趣味进行必要的学理反思。

（二）审美主体选择文艺风格的理性节制

基于审美趣味对审美主体审美活动的重要影响，审美主体在审美活动之前，不能绝对或盲目服从自己的审美趣味，而是按照理性节制审美趣味，科学选择适合自己真正需要的审美风格。

审美主体选择文艺风格时，不能绝对地跟着感觉走，而是应该自觉接受审美理性的节制。所谓审美理性，是指审美主体超越或者打破个人主观审美趣味的制约，使审美活动符合应然的价值取向，显现出理性的导向功能，能够促进感性与理性的和谐统一。因此，审美主体要进行审美活动，应该对审美活动进行应然的价值选择，既要考虑审美客体的审美属性和具体的审美风格，也要考虑审美主体自己当下应然的审美需要，把审美客体的审美属性、审美风格与审美主体的审美需要有机统一起来。比如，一个人如果缺乏人生前进的动力，就要选择那些具有励志意蕴的文艺作品；一个人的个性如果比较柔弱，就可以选择那些塑造硬汉形象的文艺作品，激励自

---

① ［瑞士］荣格：《心理学与文学》，冯川、苏克译，生活·读书·新知三联书店1987年版，第111页。

己的个性塑造；一个人如果对未来的人生感到有些迷茫，就可以选择那些充满智慧和理性的文艺作品；一个人的个性如果比较固执、执拗，就可以选择那些具有幽默而又谦和宽容特征的文艺风格。

简言之，审美主体进行审美活动不能过于随心所欲，不能局限于自己喜欢的文艺风格，而是应该根据自己的审美需要，恰当选择适合自己的文艺风格，如同科学饮食一样，既要避免营养过剩，又要及时补充不足，在保障身心健康的同时，促进身心发展新的动态平衡。

（三）审美主体选择文艺风格的一般特点

基于审美主体选择审美风格的应然性特征，审美主体在审美活动中选择不同的文艺风格作品时，一方面要根据不同的"诸观"选择不同风格的作品；另一方面也要根据不同的精神个性选择不同风格的作品。

首先，根据不同的"诸观"选择不同风格的作品。这里所说的"诸观"是指以审美主体的世界观、人生观和价值观这"三观"为主而又涉及金钱观、权力观、友谊观、爱情观等主观的思想观念。在现实中，每个人的主观世界几乎都要涉及上述这些思想观念，这些"诸观"存在个体差异，也存在这样或那样的不足，这就需要每个人自我审视，自我反思，自我认知，正确认识自己的主观精神世界，在正确自我认知的基础上选择适合自己的文艺作品。

其次，根据不同的精神个性选择不同风格的作品。亚里士多德认为，中庸是最高的善和极端的美，他在《尼各马可伦理学》中把个性分为三个层次，比如自卑是不足，自负是过分，而自信是最好的；怯懦是不足，鲁莽是过分，而勇敢则是最好的；吝啬是不足，挥霍是过分，而慷慨则是最好的。从审美主体的角度来看，每个审美主体的精神个性不同，但应该正确认知自己的精神个性，看看哪些个性是不及和过度的。如果精神个性存在一些不及和过度的成分，就需要在审美活动过程中适当多欣赏一些具有适度美的精神个性的艺术形象，以弥补自己精神个性的某些不足；其中，如果精神个性存在一些过度的成分,就需要适当多了解一些自负而导致骄兵必败或者因为挥霍而败家的失败典型。审美主体的精神个性如果比较柔弱或软弱,就要多欣赏一些具有崇高美、壮美、豪放风格的文艺作品;而审美主体的精神个性如果过于外向、过于粗犷,就可以适当多欣赏一些平淡自然、优美和婉约风格的文艺作品,如陶渊明的田园诗、王维和孟浩然的山水诗、柳永和李清照的婉约词、《泉水叮咚响》等优美的抒情小调,也可以经常欣赏器乐《云水禅心》等乐曲。

由此可见,审美主体虽然具有自己独特的审美趣味,但不能受制于自己的审美趣味,而是应该根据自己的审美趣味和精神个性的不足,恰当选择适合自己的文艺风格,自觉与文艺风格形成积极的互动,由此促进心意诸力的优化组合与和谐发展。

三 文艺风格与审美主体的融合

从文艺风格的形成与审美接受来看,一方面,文艺家的精神个性直接决定和影响了作品的文艺风格,体现了文艺家精神个性与文艺作品风格的有机统一;另一方面,从审美主体对文艺风格的审美接受来看,不同文艺风格的文艺作品与不同的文艺作品接受者也构成了具体的有机统一。因此,文艺风格既离不开文艺家的审美创造,也离不开审美主体的审美接受和审美体验,由于文艺家具有创造主体(创美主体)与审美主体的统一性或者双重性,因而文艺风格与审美主体在具体的审美活动过程中构成了审美的融合。

文艺家作为创造主体,同时也是他创造的文艺作品的第一个审美主体,既然风格即人,文如其人,那么很显然,文艺家与文艺作品的风格存在着高度的融合,即有什么样的文艺家,就有什么样的文艺风格,一方面可以从文艺家的主观世界特别是精神个性中看到其潜在的文艺风格;另一方面从他创造的文艺作品中又可以反观其特定的文艺风格。李白旷达不羁的精神个性决定了他诗歌的浪漫主义风格,而其诗歌不仅是他精神个性的艺术显现或者审美表现,而且也是其审美经验形成的过程，李白正是在浪漫主义诗歌创作的过程中，逐渐完成了他豪放、潇洒和飘逸的文艺风格，实现了文艺风格与审美主体的融合。

从审美主体对文艺风格的选择来看，审美主体无论是根据审美趣味选择文艺风格，抑或根据应然的审美理性选择文艺风格，久而久之，伴随着审美活动和审美经验的不断积累，审美主体就会自觉不自觉地受到所欣赏的文艺风格潜移默化的影响，而且这种影响往往是不经意间发生的，具有"随风潜入夜，润物细无声"的濡化特点，因而审美主体与经常欣赏的文艺风格之间就产生了一定程度的同构性，呈现出你中有我、我中有你的互渗现象，即审美主体在文艺风格的影响下，审美客体化了；文艺风格作为审美客体，经过审美主体不断地欣赏和观照，已经成为审美主体眼中和心中特定的审美客体，因而审美客体主体化了。黑格尔在论述艺术美的概念时指出："在艺术里，这些感性的形状和声音之所以呈现出来，并不只是为着它们本身或是它们直接现于感官的那种模样、形状，而是为着要用那种模样去满足更高的心灵的旨趣，因为它们有力量从人的心灵深处唤起反应和回响。这样，在艺术里，感性的东西是经过心灵化了，而心灵的东西也借感性化而显现出来了。"[①] 对这段话可以有两种解释：第一，黑格尔这里所说的"心灵化"和"感性化"，是指艺术构思中审美意象的形成过程的两个方面，即感性心灵化与心灵感性化都是指审美意象的形成：前者是说艺术家对外在的感性事物进行了主观的审美加工改造；后者是说艺术家把自己的思想、情感等主观心灵的内容渗透、蕴含于审美意象之中，并借助于意象而得以表现。第二，感性心灵化与心灵感性化分别是指艺术构思和艺术传达这两个过程或阶段。感性心灵化是指艺术对素材的加工改造而形成审美意象的过程，即艺术构思；心灵感性化则是在此基础上的艺术传达阶段，也就是通过一定的艺术媒介，把审美意象物化

[①] [德] 黑格尔：《美学》第一卷，朱光潜译，商务印书馆 1979 年版，第 49 页。

为艺术形象的过程，即艺术传达也是艺术家借感性形象来表现心灵的内容。简言之，黑格尔这里所说的"心灵化"和"感性化"不仅适宜于文艺家的创作过程，而且也适应审美主体文艺接受的审美过程。根据审美经验形成的内在逻辑来看，无论是文艺创作还是文艺接受，都需要文艺家和审美主体的"心灵化"和"感性化"的濡化融合。

此外，文艺风格与审美主体的融合还表现在文艺风格与文艺流派的融合方面。从文艺风格与文艺流派的关系来看，特定的文艺流派具有该流派独特的文艺风格，并且通过该流派的主要成员的文艺创作表现出来，该流派的文艺风格与该流派成员个人的文艺风格具有融合性，因而具体成员的文艺创作既具有自己独特的文艺风格，也蕴含出该流派的文艺风格。

第 八 章

文艺审美主体论

我们每一个人来到这个世界上，已经自觉不自觉地面对各种丰富多彩的文艺作品，从孩提时代的童谣儿歌、童话故事开始，逐渐进入青少年时代，逐渐自觉不自觉地学会欣赏文艺作品，逐渐培养了审美能力和创造美的能力，才能够逐渐成为一个真正的审美主体。

第一节 神经美学与审美主体

神经美学（Neuroaesthetics）是英国视觉神经科学家萨米尔·泽基（Semir Zeki）1999年创立的关于科学与艺术之间的交叉学科，也"是以神经生物学和神经科学所提供的方法与范例来解决大脑对艺术表达的特征作出反应的相关问题的一门学科"[1]。萨米尔·泽基创立了世界上第一个神经美学研究所（Institute of Neuroaesthetics），因此被推举为现代"神经美学之父"。神经美学研究审美现象独有的神经机制，对于审美发生学和文艺审美都具有非常重要的启示。

一 神经美学对审美发生学的启示

在以往的美学理论中，人们习惯于称文艺欣赏者为审美主体，

---

[1] 周丰：《审美体验与移情的神经美学新解》，《学习与探索》2019年第7期。

实际上，文艺家在创造艺术美的过程中，既是创美主体，也是审美主体，而不仅仅是艺术美的创造者。因此，本节内容所涉及的审美主体既指文艺欣赏者，也指创造文艺作品的创美主体。从神经美学看审美主体，可以看到审美主体在文艺审美过程中所体现的神经美学原理。

神经美学注重研究艺术审美的神经机制，从神经生理学的角度出发，重新对审美活动激活的脑区及其相互关系进行新的认知，为文艺美学研究提供新的研究角度和解释框架，在视觉艺术、听觉艺术、审美体验、艺术创造力四个方面取得了许多有意义的研究成果，为传统美学研究提供了全新的思路。从审美发生学的角度来看，神经美学也是对艺术创造和艺术鉴赏的最新的审美发生研究。神经美学对于研究艺术发生学而言，其重要性就在于探讨美的神经生物学基础，"而这个基础就包含了两个层面：其一，审美活动的神经生理基础；其二，审美活动在神经生物学层面所遵循的规律"[1]，神经美学通过探索不同艺术领域中审美活动的神经机制，以定位大脑中和审美相关的特异性脑区并对其进行功能的细分，这对于我们研究美学和文艺美学都具有重要的启发意义。

国内学者在马克思主义美学的基础上，对审美发生的生理和心理角度进行研究较早的是许明和李志宏。许明结合现代思维科学、认知心理学等建构审美思维的模式[2]，李志宏结合认知心理学与分析美学，确立了"认知美学"的合理性："认知，又称'信息加工'，是人的心理活动之一……认知—情绪理论……的长足发展，已为审美情感的研究提供了足以弄清基本事实的理论基础。"[3] 他在

---

[1] 周丰：《西方神经美学的源起、内涵及意义——基于马克思主义美学视角的考察》，《马克思主义美学研究》第22卷第2期，上海人民出版社2019年版。

[2] 许明：《美的认知结构》，花山文艺出版社1993年版。

[3] 李志宏：《美是什么命题辨伪——认知美学初论》，《吉林大学社会科学学报》1999年第2期。

《认知美学原理》一书中指出:"一切活动都以对事物的知觉为起点,以形成美感体验为终点。知觉和情感都是人类机体的心理性功能,以一定的生物性和生理性结构为物质基础。这正是当今认知科学研究的重要内容。美学研究要走向科学化,应该借鉴认知科学的研究成果。"[1] 李志宏认识到认知科学对于探索审美活动内在规律的必要性和重要性,在国内比较早地倡导从原因认知科学的角度研究审美与美学,客观上与西方研究神经美学具有相似之处。他2020年在中国书籍出版社出版的《认知神经美学》在《认知美学原理》的基础上,对美学研究的路径和根本问题、认知神经美学的合理性根据、审美本质力量的生命结构、大脑神经系统中的认知模块、审美的利害性与无利害性等进行了新的研究,体现了国内认知美学与神经美学的融合。

审美发生学研究离不开主体的神经生物学基础,而审美发生的神经生物学基础包含了艺术或审美能力的结构及其发生运行所遵循的规律。从审美情绪与一般情绪的区别来看,目前的神经美学研究认为,大脑并没有专门的审美区域或者艺术区域,我们也没有特定的审美感官,所有的审美体验都是建立在已有的视觉、触觉和听觉等感官通道基础上。虽然大脑中也没有类似恐惧或者快乐的特定审美情绪,但神经美学发现审美愉悦与一般愉悦情绪的差别来自大脑情绪系统中喜欢系统(liking)和需求系统(wanting)的差异。在人类的大脑中,"喜欢系统"和"需要系统"都属于大脑的奖赏系统。所谓"喜欢系统",就是我们所说的愉快情绪的核心体验,它存在于伏隔核和腹侧纹状体其他部分的神经关联,一般由类大麻和类阿片的神经递质所驱动;所谓"需求系统",则是与我们对事物的欲望相关,也就是我们想要获得某些我们喜欢的东西,并且为了满足这种欲望而直接采取相关的行动。需求系统更多的是由多巴胺

---

[1] 李志宏:《认知美学原理》,光明日报出版社2011年版,第1页。

的神经递质所驱动。① 因此，无论是神经美学还是认知美学，都在很大程度上揭示了审美具有科学认知和神经科学的特点，审美不再仅仅是审美主体知情意等心意诸力的自由运动，而是根植于和受制于审美主体的神经系统和认知能力。"神经美学充分实现了审美发生研究的现时性、个体性，将审美的发生置于个体的生命存在，审美被实实在在地落实到了个体的人身上。这些都是以往审美发生研究没有充分展开的。我们所要追寻的美的本质、美的规律都必然存在于审美发生的现象之中，只有在对现象的完整呈现的前提之下，我们才有可能把握美的本质及其规律。"② 由此可见，我们运用神经美学理论，既要看到神经美学对研究审美发生学和研究文艺美学的启示，也要看到神经美学对于研究审美不是万能的，也不是绝对的。

神经美学虽然强调神经系统对于审美的重要性，但在神经系统的机制方面，我们仍然需要深思：审美所产生的愉悦感有多种形式，不同的审美对象具有不同的审美意蕴和审美风格，对于审美主体所产生的美感不但因人而异，而且也对同一个人有所不同。尤其是观看悲剧一开始所产生的痛感和悲剧感绝不能等同于一般的美感，而是一种特有的快感。此外，欣赏崇高美产生的崇敬之情，客观上也不同于一般的优美感，因此，这里的困难在于如何阐释在一个共同的神经系统或神经机制下，具体的神经系统既能为美感提供神经基础，也能为痛感等其他情绪提供基础。从神经美学的角度来看，也很难把快感与美感绝对区别开来，因为快感与美感有时是混融在一起的，美感通常也包含感官的快感，二者不是绝对的非此即彼。此外，神经美学也没有从神经系统的角度阐释美感与审美经验

---

① Kent C. Berridge, Terry E. Robinson, J. Wayne Aldridge, "Dissecting Components of Reward: 'Liking', 'Wanting', and Learning", *Current Opinion in Pharmacology*, 2009, Vol. 9, pp. 65–73.

② 周丰：《由历史的起源至现时的发生："审美发生"的神经美学转向》，《马克思主义美学研究》2021年第2期。

的问题。

二　神经美学对文艺审美的启示

文艺审美虽然是审美主体个性化的情感活动，但客观上与审美主体审美活动的神经机制存在着直接的关系。如果从神经美学的角度审视文艺审美，就可以发现文艺审美在主观上需要科学的神经系统发挥作用，具有一定程度的科学认知特点。

萨米尔·泽基提出了神经美学的重要概念，认为人类的艺术活动与审美行为都要借助大脑而进行，艺术特征及审美价值等认知心理产物都能够在大脑中找到相应的神经对应物，因而神经科学有助于为人类打通科学与艺术之隔膜提供客观中介。实际上，艺术灵感虽然是特定的艺术冲动，属于人文科学的研究对象，但离不开自然科学的神经科学。罗伯特·索尔索在《艺术心理与有意识大脑的进化》一书中评价说："泽基等人借助功能性核磁共振实验发现，人类的视觉表象认知、色彩肌理加工和运动特征理解等活动，并不是在 V1、V2 区和 V3 区等初级视觉皮层进行的，而是主要发生于联合皮层的 V4、V5 区以及位于前额叶的眶额皮层等高阶皮层。其中，V4 区主要负责加工静止抽象的彩色视像元素，而 V5 区则主要负责加工处于运动状态的黑白视像元素；它们需要进行相互映射与信息整合。新颖的色彩加工过程中，大脑的背边侧前额叶被显著激活。"[①] 学者还发现审美与大脑的内在关联，认为"深度审美体验能够促使大脑将外部知觉与内在感受整合为一"[②]。神经美学启示我们，人脑的前额叶在色彩加工过程中具有重要的联想、想象、判断和学习作用，可以为人的色彩审美提供高阶水平的情感价值定位与智性阐释框架。马驰认为："神经美学开辟了以实证方法研究人类

---

① 马驰：《神经美学：美学研究的新路径》，《学习与探索》2019 年第 7 期。
② G. Gabrielle Starr, *Feeling Beauty: The Neuroscience of Aesthetic Experience*, Cambridge, Massachusetts: The MIT Press, 2013.

审美行为及其心理学原理的科学探索途径，从此审美规律的探究摆脱了哲学美学（philosophical aesthetics）形而上的先验思辨方式。"[1] 实际上，从形而上与形而下的辩证关系来看，神经美学在某种程度上有利于弥补传统的哲学美学抑或文艺美学研究的不足，客观上为我们现在研究文艺美学提供了实证的科学元素，也体现了科学与人文艺术的密切结合。

从文艺创造和文艺审美的双重角度来看，创美主体和审美主体主观上都是通过自己的视觉、听觉等主观感觉，来认知外在的审美对象，通过审美移情，使外在的感性审美客体心灵化，而使心灵的意蕴情感也通过外在的审美对象得到感性的形象彰显，从而体现出了感性心灵化和心灵感性化的双向互动与有机融合。泽基强调艺术和大脑的契合性，认为视觉艺术是通过大脑来表达的，艺术欣赏和创造都必须遵循大脑的定律，而研究美学理论也要了解大脑活动的基本规律。对于创美主体来说，经过科学认知和神经系统的运作，通过形象思维和逻辑思维的相互渗透融合，最终创作出了艺术美的文艺作品；对于审美主体而言，则通过联想和审美想象，通过审美移情，自觉不自觉地接受了客体的审美信息，最终在脑海中再度创造出了审美意象，进而对审美意象回味无穷，乃至循环往复地审美体验和玩味，产生余音袅袅和言已尽而意无穷的审美遐想和浓郁的美感。

神经美学实验发现，源于悲伤的审美虽然最终也激活美感体验区即内侧眶额叶皮层，但源于悲伤的审美在激活内侧眶额叶皮层的同时，内侧眶额叶皮层还连接着背外侧前额叶一起激活了。[2] 从悲剧审美的角度来看，观众观看悲剧时能够激活大脑背外侧前额叶，在悲剧剧情的刺激下，"我们虽然最初从悲剧中感受到痛苦、恐惧、

---

[1] 马驰：《神经美学：美学研究的新路径》，《学习与探索》2019年第7期。

[2] Tomohiro Ishizu, Semir Zeki, "The Experience of Beauty Derived from Sorrow", *Human Brain Mapping*, Vol. 38, No. 8, 2017, pp. 4185–4200.

悲伤的不快感，但随着我们从悲剧中进一步体会到崇高的意义，我们通过消极共情也可激发审美愉悦体验。也就是说，主体通过文化理解，能够认识到悲剧中的人物尤其是英雄人物体现出的人类崇高心灵和崇高力量，从而引发审美愉悦情感"①。从悲剧心理学的角度来看，这也许就是亚里士多德所说的"悲剧特有的快感"。

我们在肯定神经美学对于研究审美的启发意义时，还要注意神经美学的局限性。从审美心理学的角度来看，人的神经系统只是为主体的审美提供了神经基础，但并不决定主体是否产生美感和产生什么性质的美感，因为主体的神经系统和具体感官在动物向人生成的过程中，已经人化和审美化了，而不同的人化和审美化则必然制约和影响着神经系统的建构和运行，所以，绘画爱好者和文学爱好者基于以往不同的审美经验，观看同一幅绘画和阅读同一篇小说的审美感受是有差异的。由此可见，审美和美感客观上应该体现审美主体审美经验与神经系统的有机统一，而不能夸大神经系统对审美的决定性的作用。

第二节　审美主体的审美需要

在人类与社会的关系史上，人类从蒙昧时代逐渐进入文明时代，逐渐获得了主体地位，不再消极地受制于大自然和社会的双重制约，即在主体与客体的关系中，能够以自由自觉的态度来对待外在事物，从而体现人类应有的主体性。从文艺美学的角度来看，我们应该以欣赏美的艺术为最大的快乐，所以，德谟克利特认为"巨大的乐趣来自观照美的作品"②。审美实践表明，欣赏艺术美是一种高级的情感活动和精神活动，不但能够使人获得丰富的美感体验，

---

① 胡俊：《神经美学视角下的审美现代性反思》，《社会科学》2021年第8期。
② ［波］沃拉德斯拉维·塔塔科维兹：《古代美学》，杨力等译，中国社会科学出版社1990年版，第123页。

而且能够超越生理快感对人的约束和制约，走向审美想象的自由与超越。

一　三大主体的有机统一

（一）认识主体、实践主体与审美主体的有机统一

古往今来，人类都要面对自然界，都要面对人类自身建立相应的社会结构，要认识和处理人类与自然的关系、人类与社会的关系。在这两大关系中，随着社会的发展进步，人类的主体性越来越高，越来越具有认识主体、实践主体和审美主体这三大主体的内涵。从人类作为主体与认识客体、实践客体和审美客体的关系来看，人类这三大主体都应该实现内在的和谐，实现三者的有机统一。

在西方哲学史上，普罗泰戈拉最早提出人是万物的尺度，但较多地肯定了人的主观性，而并非科学的主体性。康德对主体性哲学做出重要贡献，但没有把主体性放在主客体的和谐关系中考量人的主体性。黑格尔是德国古典哲学的集大成者，在继承康德理论的基础上，发展了主体性理论，把主体性纳入与客体的和谐关系中进行考察，认为人类作为主体，只有与外在世界形成一个整体，主、客体世界才能成为现实。黑格尔在论述人的本质力量对象化时，认为人的本质力量对象化实质上是主观见之于客观和主体见之于客体的创造性的实践活动。人类在这些实践活动中，只有让外界事物满足人类自己的需要，这才能形成主体与客体的和谐关系。"如果主客双方携手协作，自然的和善和人的心灵的技巧密切结合在一起，始终显现出完全的和谐，不再有互相斗争的严酷情况和依存情况，这就算达到了主客两方面的最纯粹的关系。"[①] 在黑格尔看来，主客体并非没有对立，而是让矛盾、对立在和解里存在。黑格尔这一思想把握了人与自然由对立达到和谐的发展轨迹，揭示了人类在认识自

[①] ［德］黑格尔：《美学》第一卷，朱光潜译，商务印书馆1979年版，第327页。

然和改造自然的过程中,需要把求真和向善融合起来,在实现人的本质力量对象化的各项实践中,在保持主客体的和谐关系中实现人的主体性。

马克思主义的主体性原则是人对世界(包括对自身)的实践改造原则,是从人的内在尺度出发来把握事物尺度的原则,强调人的发展和人的主体地位对改造世界所具意义的原则。"马克思主义主体性思想的价值论维度启示我们要立足于实践,加强社会主义精神文明建设,用社会主义核心价值观凝心聚力,促进人民群众自由而全面的发展。人自由的全面发展是马克思主义的核心价值观的基本观点,是社会主义核心价值观的最高价值追求和目标,也是正确处理人与自身关系的最高境界。"[1] 马克思主义通过对历史上主体性理论的推陈出新,科学阐释了主体性,有利于我们正确认识主体性这一重大哲学问题。

关于人的本质力量对象化,著名美学家蒋孔阳先生认为:"人的本质力量不是单一的,而是一个多元的、多层次的复合结构。在这个复合结构中,不仅既有物质属性,又有精神属性;而且在物质与精神交互影响下,形成千千万万既是精神又是物质、既非精神又非物质的种种因素。"[2] 尽管人的本质力量是一个复合结构,但他认为,只有"处于审美关系中的人,才是全面的人,丰富的人,完整的人。我们说美是人的本质力量对象化,就是说,人在审美活动的时候,把自己的本质力量,全面地在对象中展现出来"[3]。因此,一个人在认识主体和实践主体的基础上,进而成为审美主体的时候,主体的本质力量才能外显为对美的欣赏或者创造美的确证。

(二)审美主体的内在规定性

从哲学的角度来看,人类的主体性体现了认识主体、实践主体

---

[1] 王鸿宇、蒋超、吴玉龙:《论马克思主义对康德哲学主体性思想的超越与启示》,《佳木斯大学社会科学学报》2017年第3期。

[2] 蒋孔阳:《美学新论》,安徽教育出版社2007年版,第166页。

[3] 蒋孔阳:《美学新论》,安徽教育出版社2007年版,第168页。

和审美主体的有机统一。人类是认识世界、改造世界和美化世界的三大主体，体现了如下三种关系：

认识世界→认识主体→求真；改造世界→实践主体→向善；美化世界→审美主体→审美。

在上述三种关系中，在认识世界过程中，人类体现了认识主体的地位，是为了满足求真的主体需要；在改造世界的过程中，人类体现了实践主体的地位，是为了满足向善的主体需要；在美化世界的过程中，人类体现了审美主体的地位，是为了满足审美的主体需要。因此，所谓审美主体，是指在发现美、欣赏美和创造美的过程中的主体。

从总体来看，人类是求真向善与审美的三大主体，但在具体的实践活动中，每个人不一定同时充当三个角色，而是可能充当一个或者两个角色，比如，一个人一边听着音乐，一边工作，这时候他是审美主体和实践主体；而一个人在集中精力思考问题的时候，他可能只是一个求真的认识主体，而不是一个审美主体；而一个人匆匆忙忙地赶路上班的时候，他可能对路边的鲜花和美的广告艺术无暇欣赏。

由此可见，审美主体不是一个固定的角色，而是动态的存在，是基于主体在审美活动中才会承担的特定主体。随着社会的发展进步，一方面人们的美学素养将会得到极大提升；另一方面社会的闲暇时间将会越来越多，因此，未来的社会将会有更多的人成为审美主体，成为发现美、欣赏美和创造美的主体。

从审美主体的角度来看，审美主体不仅仅是审美，而是体现在审美中包括发现美和欣赏美的感性活动。我们每个人作为审美主体，既要学会发现美，也要学会欣赏美，更要学会创造美。从文艺美学的角度来看，审美主体应该包括发现艺术美、欣赏艺术美和创造艺术美的能力，因为在美的世界里，艺术美是社会美和自然美的理想化和审美化，所以，艺术家审美创造的前提也是需要审美态度、审美需要、审美意识、审美联想和审美想象的。

二　主体审美需要的本质

（一）审美需要是主体对美的需要

从哲学的角度来看，审美需要是人的高级的心理层面的需要，是在超越了物质层面需要的基础上的精神和情感的双重需要。但这种对精神和情感的双重需要不是一般的精神和情感需要，而是对精神需要和情感需要的审美化以后的需要，即经过了审美的过滤和渗透与融合，集中体现了审美主体超越一般物质需要和精神需要、情感需要的审美需要。

关于主体对美的需要，美学大师黑格尔曾经进行了深入考察。他在《美学》序论中，把人类生存的全部内容看作是一个完整的社会结构。他认为，人类生存的全部内容可以分为四个层次：第一是身体方面的需要与规模巨大、组织繁复的经济网，如商业、航业和工艺之类；第二是权利、法律等级划分，以及整个庞大国家机构；第三是宗教需要；第四是科学活动、知识系统。"艺术活动，对美的兴趣，以及美的艺术形象所给的精神满足也是属于这个范围的。"[①] 黑格尔的意思是说，这些层次是由第一到第四逐渐升高的，并且层次之间"是相辅相成"，其内在联系的必然性在于："较低范围的活动努力要超出本范围，只有通过较广兴趣的较深满足，原先在较低范围里不能实现的到此才得到完满的解决。"[②] 这样，黑格尔揭示了艺术与审美需要是人类社会生活最高层次的需要，已含有人类首先必须满足生存，然后才能从事上层建筑和意识形态各个领域活动这样一个历史唯物主义的天才猜测，即美是人生的高级需要。

马克思批判继承了黑格尔的美学思想，认为对于饥肠辘辘的穷人来说，再美丽的花朵也是毫无意义的。从社会发展进步的高度来

---

① ［德］黑格尔：《美学》第一卷，朱光潜译，商务印书馆1979年版，第122页。
② ［德］黑格尔：《美学》第一卷，朱光潜译，商务印书馆1979年版，第122页。

看，只有当人们的物质生活得到基本满足甚至较大程度的满足时，人们才能真正激发审美需要，并自觉从事审美活动。因此，文艺美学要研究文艺的美，必须考虑如何激发主体对文艺的审美需要，探索激发审美需要的社会机制和心理层面的内在机制，让审美能够成为人们日常社会生活的一种常态和一种稳定态。

（二）主体审美需要的本质

审美需要是人的本质力量的审美显现，具有历时性与共时性的统一，群体性与个别性的统一，恒定性与变通性的统一。

从历史的角度来看，我们每个人都处于一个特定的历史交叉点上，即处在纵横交错的网结上，具有历时性与共时性的统一。所谓历时性与共时性的统一，这里是指我们每个人的审美需要一方面都体现了个人审美需要的历史轨迹，也体现了社会发展史上的一个动态的轨迹；另一方面，我们的审美需要也都具有时代一定程度的普遍性或者共同性。

从共时性的角度来看，我们处于一个全球化和地球村的时代，国际视野的开放性已经把我们每个人的审美需要纳入更宽广的国际社会和时代大潮，即我们每个人的审美需要已经融入了国际社会的审美大潮，从而体现了审美需要历时性与共时性的统一。

审美需要是主体对美的精神需要，也是超越物质功利性与一般精神功利性的特殊情感需要，是一种注重赏心悦目的视觉享受和心灵陶冶的愉悦感。因此，主体审美需要的本质表明，人对美的需要已经超越了生物性的人的生理需要和一般的感官需要，而是蕴含和凸显了人对动物性的超越，是审美理想的闪光，也是主体审美本质力量的感性确证。

（三）审美需要体现了主体的审美意识

在人类社会发展史上，需要是一种强大的主体能量，激发着人们的生命活动。一方面，需要是人的本质力量的内在表现；另一方面，需要也是人类社会生产的动机和目的，即需要决定生产，生产满足需要。因此，人的主体性不但体现了人的需要，而且人的需要具有质的规定性，即人的各种需要是分层次的，也是不断升级的，但必须是合情、合理、合法的正当需要，而不是毫无节制、毫无理性和毫无标准的任意需要。

马斯洛根据人生经历和对人性的研究，提出了需求层次理论。他认为，人有五种需求，依次是生理需求、安全需求、社交需求、尊重需求和自我实现需求。恩格斯《在马克思墓前的讲话》中评价马克思："正像达尔文发现有机界的发展规律一样，马克思发现了人类历史的发展规律，即历来为繁芜丛杂的意识形态所掩盖着的一个简单事实：人们首先必须吃、喝、住、穿，然后才能从事政治、科学、艺术、宗教等等；所以，直接的物质的生活资料的生产，从而一个民族或一个时代的一定的经济发展阶段，便构成基础，人们的国家设施、法的观点、艺术以至宗教观念，就是从这个基础上发展起来的，因而，也必须由这个基础来解释，而不是像过去那样做得相反。"[①] 马克思认为，人类的吃喝住穿主要是满足人类生存的基本需要，政治、科学、艺术、宗教等属于人类高级的精神需要。由此可见，马斯洛的需求层次理论总体上也符合马克思主义基本原理，揭示了人类需求层次不断递进的特点。

从马斯洛的需求层次理论来看，人的生理需求和安全需求都属于人的基本需要，而社交需求、尊重需求和自我实现需求则体现较高层次的精神需求。其中，尊重需求，体现了人的主体性；自我实现的需求体现人的主体性，还蕴含人性拓展的价值实现问题，即人活着不但要满足生理需求、安全需求、社交需求、尊重需求，而且应该实现人生价值，通过内在的精神需求和外在实践，实现人的本质力量。

社会发展史是人类自身生命活动的发展史，也是实现人类本质的历史。个体生命从胎儿孕育开始，就已经开始了发展生命的漫长旅程。每个人从最初的吃喝住穿，在逐渐满足生理需要、安全需要

---

① 《马克思恩格斯选集》第三卷，人民出版社2012年版，第1002页。

的基础上,通过后天的习得,在社会交往中建立良好的社会关系,发展人际友谊,促进人才发展,展现人性的光辉,实现人生的价值。

从哲学角度来看,人们的意识支配人们的语言和行为。审美意识是人们非常重要的意识,支配着主体的审美创造、审美发现和对美的欣赏。

审美意识包括审美理想。审美理想对于创造美、发现美和欣赏美具有重要的导向作用。从审美实践来看,人们有什么样的审美理想,就会从事什么样的审美活动;而审美理想的高低雅俗,则直接影响着主体对审美对象的选择和价值判断。

从审美发展史来看,古代人的审美意识随着人的觉醒、生产力的提高、闲暇时间的增多、科技的进步和文化的丰富等,每个时代的审美意识都在自觉不自觉地与时俱进,诚如《礼记·大学》所言"苟日新,日日新,又日新"。从个人的审美轨迹来看,审美需要与人的年龄、职业、学识、个性和审美趣味等主观因素息息相关,体现了一个人的综合性的审美素质和审美能力,也是与时俱进,不断地发生着变化。

三 审美需要对审美的影响

(一) 审美需要对审美创造的影响

根据马克思的生产与消费理论,不仅生产影响和制约着消费,而且消费也制约和影响着生产。因此,社会的审美需要则从宏观上制约和影响着该社会的审美创造。从促进文艺创作的角度来看,培养广大读者、观众、听众较高和较丰富的审美需要,对于促进文艺创作具有非常重要的意义。

根据亚里士多德的研究,需要是最好的发明师。从文艺家审美创造的角度来看,文艺家在艺术构思和艺术创造的这个过程中,从宏观的角度来看,文艺家不仅要根据个人的审美需要进行创作,而且还要充分考虑社会的审美需要,并且把社会的审美需要自觉转化为个人的审美需要和创作动机。从当代文艺发展史的角度来看，我国的大众审美需要对多年来的文艺创作产生了广泛的影响。在当代文艺史上，电视剧《人民的名义》，这是中国当代文艺史上反腐倡廉力度很大的一部电视连续剧，受到广大观众的热烈欢迎。作者之所以选择反腐倡廉的主题内容，正是为了满足社会对文艺的审美需要，而编剧、导演和演员们也不负众望，塑造了一系列独具个性的艺术形象，通过运用反讽的艺术手法，构筑了跌宕起伏的故事情节与多场面的相互交织，取得了显著的艺术成就。

为了实现审美需要对文艺创造的积极影响，一方面从社会整体的角度来看，广大人民群众作为审美主体，应该不断提高全社会审美需要的层次；另一方面从文艺家创造的角度来看，创造主体则应该超越个人审美需要的局限性，既要为广大群众雪中送炭，又要为群众锦上添花，切实为群众提供美丽健康的精神食粮。

（二）审美需要对文艺欣赏的影响

从审美实践的角度来看，一方面，审美需要对文艺创造具有直接的影响；另一方面，审美需要还能够直接影响到审美主体对文艺作品的选择和价值判断。

物以类聚，人以群分。主体有什么样的审美需要，就喜欢什么样的文艺作品。从文艺作品内容分类来看，文艺作品可以大致分为四类：第一类是高雅的作品；第二类是雅俗共赏的作品；第三类是通俗的作品；第四类是庸俗的作品。从文艺作品的受众来看，什么样的审美主体就会选择和欣赏哪一类的作品。

基于审美需要对文艺欣赏的影响，我们每个人都应该不断提高自己审美需要的层次，自觉选择那些高雅和雅俗共赏的作品。当然，在闲暇时间，浏览一些通俗的作品放松一下疲惫的身心，也未尝不可，但从总体而言，还是应该尽量阅读雅俗共赏和高雅的文艺作品，由此不断提高自己的阅读能力和审美能力。

第三节 审美主体的审美趣味

审美趣味是西方美学史上一个非常重要的概念。怎样理解和评判审美趣味，是一个重要的美学问题。审美实践表明，一个人的审美趣味对其审美活动能够产生直接的影响。

一 何谓审美趣味

趣味是一个人对于某种事物的爱好，审美趣味则是审美主体对事物审美爱好的个性显现。审美趣味包括两个含义：一是体现了审美主体对某种事物的审美爱好；二是体现了主体对某种事物审美爱好的程度。

在繁花似锦的文艺画廊，古今中外各种文艺作品在形式和种类上异彩纷呈，在内容和主题方面，也是纷繁复杂、各具特色、五花八门，乃至百花齐放。人生在世，在时间和精力有限的条件下，每个人喜欢什么，不喜欢什么；选择什么，不选择什么，总要有所取舍，不可能喜欢所有的文艺作品。

从人生的成长来看，随着年龄增长和学识的进步，每个人的审美趣味都可能发生变化。从人生审美的历时性来看，个人的审美经验客观上能够直接或间接地影响着个体审美趣味的形成与发展变化，虽然"审美体验是指向客体的，其所指向的是客体的宽泛特征，例如形式、感知性特质及其实现的方式等。这一类审美体验的价值源自客体本身的体验和欣赏"[1]，但笔者认为，个体的审美体验既与审美客体的审美属性有关，也与审美主体自己的审美标准、审美心境、审美需要和审美趣味密切相关。从审美体验与审美趣味的关系来看，审美体验影响着审美趣味，审美趣味也能够影响着审美

---

[1] ［美］罗伯特·斯特克：《审美体验与审美价值》，《文艺美学研究》2003年第2辑。

体验。

实际上，每个人的审美趣味的形成与发展变化，客观上既与自己的主观选择有关，也与家庭、学校和社会环境的熏陶影响有关。退一步讲，即使喜欢一切文艺作品，但由于时间和精力的有限性，每个人只能选择最适合自己，而又是自己最喜欢的某些文艺作品。因此，每个人的审美趣味就会伴随着主客观因素的变化，不知不觉地发生这样或那样的变化。

二　对审美趣味的辨析

从审美判断的角度来看，我们是否应该对审美趣味进行审美判断？即审美趣味是可以争辩的，还是不可以争辩的？

（一）康德论审美趣味对我们的启示

关于审美趣味是否可以争辩，康德在认为"趣味无争辩"的同时，实际上也注意到了趣味内涵的差异性所蕴含的审美价值的不同。他在阐释自由美和附庸美时，并非简单地肯定自由美和否定附庸美，或者说抬高自由美而贬低附庸美，而只是从关系方面分析审美判断。康德并不把纯粹美看作是最高的理想美，因为理想美以理性为基础，所以只有附庸美，才能是理想美。

康德区别了快适、美、善三者的联系和区别，认识到了趣味与美的区别。快适虽然是个人的官能享受，但康德认为，快适也表现为"每一个人有他独自的（感官）的鉴赏"[①]。与快适相似，康德认为，趣味也是个人独自的鉴赏。比如有人爱吹乐，有人爱弦乐，在这方面是无法争辩的。对此，黑格尔肯定了康德这一思想，也认为"主观趣味的标准是既不能定为规律，又不能容许争辩的"[②]，所以，黑格尔认为，主观趣味的差别和对立是很大的，这种美的主

[①] ［德］康德：《判断力批判》上卷，宗白华译，商务印书馆1964年版，第49页。

[②] ［德］黑格尔：《美学》第一卷，朱光潜译，商务印书馆1979年版，第55页。

观趣味是没有严密规则的。

康德还指出了审美判断与趣味差异不同:"如果他把某一事物称作美,这时他就假定别人也同样感到这种愉快:他不仅仅是为自己这样判断着,他也是为每个人这样判断着,并且他谈及美时,好象它(这美)是事物的一个属性。"[①] 康德的意思是说,趣味允许有个人差异,而对美的欣赏和判断则要求普遍性与必然性。

对于趣味是否可以争辩,我们还可以从康德对审美的普遍有效性与共通感的分析看到端倪。康德阐述了审美是情感判断,审美不涉及利害关系,也不涉及概念的同时,还多次谈到审美的普遍有效性。他认为审美的"愉快也将被判断为和它的表象必然地结合在一起,不单是对于把握这形式的主体有效,也对于多个评判者一般有效。这对象因而唤作美"[②]。"这种愉快是根据他所设想人人共有的东西。结果他必须相信他有理由设想每个人都同感到此愉快……它就必然只要求对于每个人都适应。"[③]

以上所述,康德把审美趣味虽然看作是个人的趣味,但从审美判断的角度对审美趣味进行判断,蕴含了对审美趣味应该具有普遍有效性与共通感的吁求。刘士林在评价康德关于审美趣味的理论时,认为趣味问题已经成为一种和人自身再生产关系最为密切的本体论问题,因此它不可能被冷漠地置之度外,"因而对它的剖析与批判也就具有了重要的现实意义"[④]。

由此可见,审美趣味虽然是个人主观爱好,但本质上应该体现出应有的可共享性,即审美的普遍有效性和共同感,而绝不能仅仅

---

① [德] 康德:《判断力批判》上卷,宗白华译,商务印书馆1964年版,第49页。
② [德] 康德:《判断力批判》上卷,宗白华译,商务印书馆1964年版,第29页。
③ [德] 康德:《判断力批判》上卷,宗白华译,商务印书馆1964年版,第48页。
④ 刘士林:《趣味有争辩——关于审美趣味的本体论阐释》,《深圳大学学报》(人文社会科学版)2003年第3期。

拘泥于个人主观的情趣。

（二）审美趣味可以争辩

中国民间俗语"萝卜青菜，人各有爱"，"穿衣戴帽，各有所好"，这些"爱"和"好"是否可以争辩呢？笔者认为，这些趣味爱好有的不需要争辩，有的则需要争辩。

在现实生活中，从健康饮食的角度来看，我们许多人因为不懂科学饮食，不经意间养成了不科学的生活方式，缺乏科学的饮食习惯，而偏食的趣味会影响健康，甚至导致相关疾病。饮食趣味虽然具有个体差异性，但也应该具有科学性，是科学饮食，而不是暴饮暴食或者偏食等。一般而言，饮食太咸、太甜和太酸，都是过犹不及，都不是健康的趣味。从日常审美的角度来看，虽然"穿衣戴帽，各有所好"，但人们的"所好"既要体现出个人的审美趣味，彰显个人的审美个性，但同时也要体现出季节、民族、时代、职业、年龄、性别等特征，而不能一味地随心所欲。

从个体、群体与社会审美的整体角度来看，一方面，每个人的审美趣味和美感具有一定的差异性，体现了审美取向、审美判断的独立自主性和审美创造、审美评价的个性特征；另一方面，作为个体的社会成员，应该具有健康的审美趣味，与所在的群体拥有大致相同或相似的审美趣味，能够融入社会或时代主流审美文化。当然，如果特定社会处于大变革的时代，某些个体的审美趣味有可能特立独行，甚至敢做时代的弄潮儿，引领时代变革的审美风尚，时尚美就会在一定时空中独领风骚。

关于审美趣味无可争辩的说法，虽然强调了审美趣味的个体差异性，表现了尊重他人、尊重自己和保持独立人格的人生态度，但它在一定程度上忽视了审美趣味的共同性和审美评价的客观标准，也忽视了趣味有高雅与低俗之分。英国休谟肯定了审美趣味的差异性，但又指出审美趣味也具有普遍性的褒贬原则和客观的标准。法国伏尔泰指出"趣味无可争辩"说只适合于感性方面的审美趣味，而对于具有理性内容的艺术等审美对象，审美趣味就有"好"与

"坏"、"精微"与"乖戾"之分，并非都无可争辩。

实际上，审美趣味不仅体现出鲜明的个体差异，而且也具有鲜明的民族差异。康德认为"在我们这部分世界的各个民族里，我的意见是：在优美感方面最使自己有别于其他各个民族的，乃是意大利人和法兰西人；而在崇高感方面则是德意志人、英格兰人和西班牙人"[①]。从各个民族审美趣味的差异来看，各个民族客观上都存在着本民族的审美特性，这种不同民族的审美特性既表现在对文艺作品内容的欣赏，也体现在对文艺形式的特殊爱好，在音乐领域还体现在不同器乐和不同声乐的差异，甚至可以推及风情习俗和日常生活的审美化的差异等诸多方面。

当然，在审美趣味无争辩的命题中，我们可以设想在相同的层级中，对同类审美对象的审美则不好区分和判断审美趣味的高雅与低俗。比如在文学的样式中，文学包括小说、散文、诗歌、剧本和报告文学等。在文学同一个层级中，有人喜欢小说，有人喜欢散文或者诗歌，我们不能因此判断其审美趣味是高雅还是低俗。从审美的角度来看，文艺作品的高雅或者低俗不在于形式，而在于其内容的质的规定性。欣赏文明的、健康的、进步的艺术内容，则体现了好的审美趣味；而欣赏愚昧的、不健康的和落后的内容，就体现了坏的审美趣味。

第四节　审美主体的审美能力

审美主体的质的规定性要求主体必须具有审美能力。审美能力具体包括主体发现美、欣赏美和创造美的能力。

一　审美主体要具有发现美的能力

古罗马美学家普洛丁的名言：人的心灵如果不美，就不能发现

[①] ［德］康德：《论优美感和崇高感》，何兆武译，商务印书馆2003年版，第48页。

美。因此，审美主体要发现美，就必须具有发现美的能力。

从审美心理学的角度来看，审美主体要发现美，前提是要有美的心灵。从表面上来看，发现美是眼睛视觉的功劳，但实际上是主体心灵的功劳，是主体心灵美与审美客体的交流、融合与对话。主体如果没有心灵美，就会对美的事物视而不见，麻木不仁，甚至以美为丑。尤其是对于发现艺术美而言，特别需要主体具有良好的艺术素养和文化素养。一个人如果没有比较好的古代汉语水平，没有中国古代的历史文化知识，就很难阅读和欣赏古代的文艺作品。比如，要欣赏屈原的《离骚》等楚辞作品和先秦两汉的散文等，都需要欣赏者具有比较丰富的古汉语知识和古典文学修养。可以设想，我们对着一般的听众朗读屈原的《离骚》或者王粲的《登楼赋》，听众仅能欣赏古文的音乐美就不错了，很难理解其中文章的内容，也无法感悟其中的艺术美。笔者在授课时曾经为大学生朗诵这些作品，大部分学生因为听不懂内容，而无法欣赏作品的美。文盲可以看电视，看电影，看戏剧，听音乐，听故事，但不能发现和欣赏文学作品的美。

由此可见，一个人是否具有审美能力，将会直接影响对审美客体的选择，进而影响具体的审美过程以及审美的效果。具有审美能力的人，能够发现美的事物，感受美的事物，欣赏美的事物；缺乏审美能力的人，即使遇到美的事物，也会视而不见，熟视无睹，甚至可能以美为丑，以丑为美，美丑颠倒。

在实际的审美活动中，审美主体的学识修养、审美意识、审美趣味、审美标准、审美心境、世界观、人生观、价值观和审美观等，都会直接或间接地影响着对美的事物的发现和判断，我们每个人只有不断培养和提高审美能力，才能更好地发现美和欣赏美。从文艺美学的角度来看，审美主体只有具有优良的美学素养，才能更好地发现和欣赏文艺作品的美。

二 审美主体要具有欣赏美的能力

在审美活动中，发现美是欣赏美的重要前提。人们只有发现美，才有可能欣赏美。因此，我们必须不断培养自己欣赏美的能力。

历史上曾经有一个关于王维观画的故事。《旧唐书·王维传》记载："人有得《奏乐图》，不知其名，维视之曰：'《霓裳》第三叠第一拍也。'好事者集乐工按之，一无差，咸服其精思。"这说明要欣赏绘画《霓裳羽衣曲》，就必须懂得这幅绘画的内容，这是一幅描绘唐代宫廷乐舞的著名绘画，而一般人看不懂绘画的内容。

在现实的审美中，很多年轻人不会欣赏我国传统的京剧艺术，也有很多人不会欣赏交响乐。对于异国情调，如果没有相应的知识结构和能力结构，人们也很难欣赏外国的文艺作品。对于意大利著名歌唱家帕瓦罗蒂的男高音，尽管他的唱腔非常嘹亮，音域非常宽广，但如果人们不懂外语，也听不懂他歌词的内容，客观上必然影响对他歌曲的欣赏。

由此可见，人们为了更好地欣赏美，就需要不断学习有关文艺作品的知识，学习一点文学理论和文艺美学的理论，特别是要了解接受美学的基本原理，逐步培养自己欣赏美的能力。在有条件的情况下，从小尽可能多地接触各类文艺作品，自觉接受各种文艺作品潜移默化的影响，让各种文艺元素逐渐融入孩子们的精神元素和情感元素。

此外，主体的审美能力还要受到审美心境和审美感官的具体影响。杜甫"感时花溅泪，恨别鸟惊心"非常形象地说明了主体审美心境对审美感受的具体影响。审美心境是主体审美时的具体心理状态，因此，审美主体是否有良好的审美心境以及有什么样的审美心境，都会直接影响主体的审美活动。人的审美感官虽然具有一致性或者客观性，但由于先天因素或者后天因素的影响，有些人多少存在审美感官的问题，也会影响到审美活动。

三　审美主体要培养创造美的能力

发现美和欣赏美既是人生的目的，也是创造艺术美的重要前提。换言之，发现美和欣赏美，一方面达到了人生审美的目的；另一方面也是为了人生更好地创造艺术美。

主体创造美有三个维度：创造社会美；人化的自然美；创造艺术美。在创造社会美的历史进程中，我们每个人都应该自觉彰显语言美和行为美，为他人和社会提供审美对象；在人化自然美的过程中，我们每个人要在认识和遵循自然规律的基础上，对自然事物进行审美创造，使大自然充分彰显真善美的统一；在创造艺术美的过程中，随着社会的发展进步，我们每个社会成员都将不断融入人的全面发展和生命美化或艺术化的历史进程。

为了提高创造艺术美的能力，在孩提时代，家长和学校都要酌情引导孩子们逐渐学会唱儿歌，学绘画，搭积木，学习表演情境剧的游戏，孩子们从学习写日记开始，逐渐过渡到学习写记叙文、诗歌和散文、编故事，写小说，学习演奏简单的乐器等。久而久之，孩子们就会慢慢学会了文艺创作和文艺表演等内容。

创造艺术美，需要艺术天才，但更需要持之以恒的发掘与坚持。有不少退休的老年人正在开发自己晚年的潜能，著名的"摩西老母效应"，说的就是摩西老母晚年突然发现自己有惊人的艺术才能，大器晚成、晚年成才，终于成为著名的艺术家。"摩西老母效应"在人才学界具有重要的影响，是大器晚成和晚年成才的重要典范。

随着社会的发展进步和新媒体的发展，人们在拥有更多闲暇时间的前提下，每个人都可以通过发现美和欣赏美，不断提高创造美的能力，成为美的创造者，甚至有可能成为一个真正的艺术家。

第五节　审美主体的审美标准

从审美实践的角度来看，人们从发现美、欣赏美，再到创造美和评价美，都涉及审美标准的问题。我们只有掌握正确的审美标准，才能更好地发现美、欣赏美、创造美和评价美。

一　审美标准的主观性、相对性、具体性和当下性

所谓审美标准，是指主体发现美、欣赏美、创造美和评价美的具体尺度。既然是尺度，那么尺度一定要标准，不标准何以权衡事物？因此，标准本身必须标准。从审美的宏观视角来看，审美标准既有个体主观性、相对性、具体性和当下性，又有审美标准的客观性、恒定性、普适性、民族性、时代性和阶级性。

审美标准的主观性，是指审美主体个人的审美标准，体现了审美主体个人主观的审美意识、审美需要、审美个性、审美趣味和审美取向等主观因素。从主观性的角度来看，大千世界丰富多彩，文艺作品各具特色，仁者见仁，智者见智，所谓一千个读者就有一千个哈姆雷特，审美主体不同，就必然体现个体审美标准的差异性。

审美标准的相对性，是指审美主体个人的审美标准并非一个常数，而是一个动态的变数，往往随着年龄、心境、学识和审美能力等主观因素的变化，不断发生这样或那样的变化，因此具有相对性，而绝非一成不变。俗话说，一岁年龄一岁心，说的就是人的主观心理也会与时俱变，体现出相对性的特点。从审美心理学的角度来讲，审美主体的审美活动总是在特定时空中进行的，与特殊的情境相联系，属于此时、此地、此情、此景、此境，因此审美标准不经意间就体现出了一定的相对性。

审美标准的具体性，是指审美主体在具体审美活动过程中的审美标准往往是个人总体性的审美意识和审美标准的具体运用，因而体现出了具体性的特点，也是审美相对性的具体表现，体现了具体

性的特点，所以，个人的审美标准通常是针对具体的审美对象而言，是对一种具体的审美对象的情感反应和情感判断，而不是追求事物本质的求真判断。比如，在个人审美标准既定的前提下，每个人欣赏不同的文艺作品，对不同的文艺体裁就具有不同的审美标准，在不同的文艺体裁中所体现出来的审美标准是异中有同，同中有异，一方面体现出个人总体的审美标准；另一方面也体现出个人在具体审美活动中根据不同的文艺作品所具有的不同的审美标准。

审美标准的当下性，是指审美主体的审美活动总是活动在特定的当下，离不开当下的具体情景和情境，其审美标准往往自觉不自觉地就会带有"当下性"，即此在性的特点，体现了抽象的审美标准与"当下性"的有机统一。"当下性"是一种具体的时代性，与现世性、现实性和现时性密切相关，也是审美相对性和审美具体性的当下性存在。

在实际上的审美活动中，审美标准对于审美主体的美感和审美判断具有决定性的作用。笔者以宝玉和黛玉初次相见互为好感为例，可以说明审美标准对于审美的重要性。《红楼梦》中宝玉和黛玉一见钟情的情节奠定了宝黛两情相悦、从相识到相爱的现实起点，极大地影响了宝玉、黛玉与宝钗三人之间的情感关系。对于宝黛一见钟情的故事情节，在红学研究中见仁见智：有的认为宝黛二人患了一种似曾相识症的心理疾病，还有的做了其他的解释。笔者认为，学界的解释虽然见仁见智，但都缺乏美学的审视维度。

宝黛一见钟情只是两个人相识相爱的现实起点，我们还应该把握两人相爱的逻辑起点。《红楼梦》第三回《贾雨村夤缘复旧职 林黛玉抛父进京都》写林黛玉初进贾府见到宝玉时，黛玉一开始心中疑惑，不知宝玉何等形象，但当她详细观看了宝玉以后，便吃一大惊，心下想道："好生奇怪，倒象在那里见过一般，何等眼熟到如此！"黛玉这里的眼熟实际上是心熟，也是心通，即心中产生似曾相识的感觉。小说写宝玉初见黛玉时笑道："这个妹妹我曾见过的。"贾母笑道："可又是胡说，你又何曾见过他？"宝玉笑道：

"虽然未曾见过他，然我看着面善，心里就算是旧相识，今日只作远别重逢，亦未为不可。"宝玉这里的"面善"是作者神来之笔，含蓄地表达了宝玉对黛玉之善的热爱和肯定。

小说上边这些对话的文字可谓妙笔生花。宝玉初见黛玉的直觉是很美的，黛玉的"两弯似蹙非蹙罥烟眉，一双似喜非喜含情目。态生两靥之愁，娇袭一身之病。泪光点点，娇喘微微"表现了黛玉的真，是情真，是真情，也是纯真之心，丝毫没有矫揉造作的感觉；"闲静时如姣花照水，行动处似弱柳扶风"则体现了黛玉柔美、婉约可爱的形象；但最关键的是在宝玉的眼里，竟然觉着黛玉"看着面善"，这在艺术描写中体现了美中有善。由此可见，宝玉初见黛玉的刹那间，似乎心有灵犀一点通，仅凭自己的审美直观，就已经断定黛玉是一个真善美的可爱的姑娘，是"一个神仙似的妹妹"，因此，宝玉从心理和情感上非常愿意接近黛玉，并且自觉不自觉地对黛玉产生了浓浓的美感，甚至一见如故、一见钟情。这就是宝玉和黛玉一见钟情的逻辑起点，即彼此双方各自符合对方对异性的审美意象，而不是木石前盟，也不是荣格所说的男人心理中的阿尼玛、女性心理中的阿尼姆斯和原始意象的无意识积淀。

把握了宝玉与黛玉一见钟情的逻辑起点，还应该进而理解其一见钟情的审美内涵。从审美的角度来看，宝玉和黛玉在相识之前，彼此虽然尚处在少年时代，但各自都已经不自觉地形成了对理想异性的审美意象，而问题的关键恰恰是彼此各自符合对方对理想异性的审美意象，因此，当宝玉和黛玉初次见面时，彼此之间不经意间互为审美主体和互为审美客体，就会情不自禁地产生似曾相识之感。这里的似曾相识中的"相识"，并非现实时空中的相识，而是彼此在认识之前各自在大脑意象中的"相识"，即各自符合对方理想的异性形象，因此，一旦见面，就会一见如故，产生似曾相识的感觉。

从心理学的角度来看，似曾相识是一种生理现象，"既视感""既视现象"（源自法语"Déjà vu"），也可以翻译成"幻觉记忆"，指未曾经历过的事情或场景仿佛在某时某地经历过的似曾相识之感。科学家认为，大脑识别出一个熟悉的物体或场景要经历两个过程：首先，大脑从记忆档案中搜索，看看这个场景的内容以前是否看到过；然后，如果以前看到过，大脑的另一部分会将这个情景或者物体识别为"熟悉"。但笔者认为，有些似曾相识根本不需要真实的记忆，因为大脑内部就有可能自己制造一种熟悉的感觉。科研创新有时会不谋而合，具有异曲同工之妙；而从审美心理学的角度来看，由于人与人之间存在互为审美主客体的共振现象，所以宝玉与黛玉之间彼此互为审美主体，又互为审美客体，彼此在贾府见面之前客观上已经在意念中各自符合对方的审美意象，因此，宝黛的似曾相识并不是一般心理学意义上的似曾相识，也不是心理疾病意义上的似曾相识，而是体现了宝黛大脑中各自理想的异性意象的审美内涵，即宝玉和黛玉各自对异性的审美意象决定了彼此所谓的一见钟情。

美感的产生需要审美客体符合审美主体的审美标准。宝玉和黛玉一见钟情的审美内涵就在于，彼此作为独特的审美主体和审美客体，各自符合对异性的审美标准，因而在偶然相遇时，就会不由自主地对对方产生美感，这如同男女择偶时相亲的情景相似：男女第一次见面，如果彼此符合对方的择偶标准，双方就会对对方产生美感，一见钟情；甲看中乙，甲就对乙产生美感；而乙没有看中甲，乙则对甲不能产生美感；如果甲乙双方都没有看中对方，双方就都没有产生美感。由此可见，宝玉和黛玉能够一见钟情，就在于此前双方各自符合对方的审美标准，通过贾府相识的机遇，彼此之间就会对对方产生美感，感到悦目、悦情、悦神。由此可见，宝黛两人相悦，通过初次相见，就在内心深处埋下了爱情的种子，也为在世俗化影响下宝黛的爱情悲剧做了最初的铺垫。

从审美标准的角度来看，宝玉和黛玉正值少年时期，心智尚未健全，对异性的审美标准也许还不够定性和稳定，但有一点可以肯定，在宝玉的心目中，黛玉不仅漂亮优美，像个仙女妹妹，而且

"看着面善",这一点非常重要,说明宝玉欣赏的绝不仅仅是黛玉的外在美,而是因为黛玉有一颗善良纯真的心灵。对于黛玉而言,宝玉既风流倜傥,狂放不羁,但也内心率真,纯洁干净,不低俗不庸俗。这恰恰也是黛玉欣赏宝玉的原因。

简言之,宝玉与黛玉一见钟情看似扑朔迷离,但归根结底在于两个人精神世界是心心相通、心心相印的,因此,才能够通过贾府初次相识,进入一见钟情的爱情萌芽阶段。从审美的角度来看,宝黛的一见钟情体现了宝黛理想的爱情观;从现实婚姻的角度来看,世俗化与宝黛理想的爱情之间存在着矛盾,虽然黑格尔说"存在即合理",但他也说"合理即现实"。唯其如此,宝黛的爱情是合理的,也是理想的,这也正是宝黛爱情的可贵之处。

二 审美标准的客观性、恒定性和普适性

审美标准既有个体主观性、相对性、具体性和当下性,又有审美标准的客观性、恒定性、普适性。从哲学的角度来看,个别蕴含着一般,个性表现着共性,相对蕴含着绝对,具体蕴含着抽象,当下彰显着未来。

审美标准的客观性,是指审美主体在审美活动过程中,虽然存在仁者见仁、智者见智的差异现象,但在见仁见智的差异中,仍然应该具有一定程度的客观标准,即应该遵循审美标准的客观规定性。从审美标准的客观性来看,即审美标准应该具有真善美的内涵,也具有符合主观的目的性的感性形式,符合审美主体审美感官的直觉要求,体现出审美的共同性。从自然美的审美来看,古往今来,虽然人们所处的时代不同、国别不同、民族不同、文化修养不同,但就总体而言,人们普遍喜欢自然美的事物,诸如名山大川、日月星辰、鸟语花香、奇珍异兽等;从欣赏形式美的角度来看,形式美具有一定的客观规则,如平衡、对称、整齐、和谐、节奏美、黄金分割率等审美的元素,都符合审美标准的客观性;从欣赏艺术美的角度来看,古往今来许多优秀的文艺作品已经成为人类共同拥

有的精神财富，能够得到不同时代人们的共同欣赏和赞誉。从审美的本质来看，审美标准的客观性一方面来自审美客体审美属性的客观规定性或客观性；另一方面审美主体虽然彼此不同，但审美主体即使处于不同的时代、不同的民族、不同的国家、不同的阶级，但仍然可以关心或者拥有共同的话题，比如思念故乡、歌咏爱情、热爱自然、热爱祖国等共同的思想情感，在一定程度上具有共同的审美意识、审美理想、审美需要、审美趣味、审美共性，也具有基本相同的审美感官，因此当审美主体与审美客体建立审美关系时，审美主体能够对审美客体产生相似或相同的审美判断，这是审美标准客观性的本质所在。从审美实践来看，审美标准的客观规定性体现了一般的审美特点和审美规律。

审美标准的恒定性，是指审美主体的审美标准虽然是具体的，又是发展变化的，但在具体的发展变化的过程中，仍然具有一定程度的稳定性和不变性，无论是审美主体对审美对象内容的审美判断，还是对审美对象形式的审美判断，都具有一定的恒定性，即对真善美的肯定性判断，对假恶丑的否定性判断，都具有很大程度的恒定性。另外，对形式美的肯定性判断等，也具有一定程度的恒定性。比如在科学美学中，等边三角形、等腰三角形、梯形、正方形、菱形、圆形、五角星、六边形以及曲线的美等，这些美的形式一般不会因为时代变迁而轻易发生变化，而是体现出一定程度的恒定性。审美标准的恒定性也是审美标准在历时性中大浪淘沙积淀形成了审美经验，即审美主体对共同美的持久认同，不是各领风骚三五天，而是大浪淘沙，久经考验，历久弥新。我国对唐诗宋词的欣赏，对古代许多诗歌名言警句的欣赏等，都体现了审美标准的恒定性。

审美标准的普适性，是指审美主体的审美标准在全球化背景下应该体现符合人类普遍具有的审美标准，即体现出人类对美的事物的可共享性和普世性。审美标准的恒定性体现了历时性纵向的审美维度，而审美标准的普适性则体现了审美的共时性与共识性。比如在社会秩序的审美判断中，人们普遍肯定尊老爱幼、文明礼貌、文质彬彬的君子言行，普遍肯定老有所养、病有所医的人文关怀等。古今中外许多优秀的文艺作品中歌颂爱国主义、歌颂爱情友谊、歌颂故乡等优秀的文艺作品，客观上也符合审美主体审美标准的普适性，能够获得普遍的赞誉和永恒的审美价值。我国随着改革开放的深入发展，加大了中外文化传播的力度，从文艺作品的传播来看，我们一方面从国外引进文化艺术类产品的数量不断增大；另一方面，我国的文化产品出口数量也在不断增加，其中包括中外文学名著的互译也在很大程度上彰显了审美标准的普适性。在各国的文化传播过程中，由于受到各种因素的制约，尚未制定出具有普适性的审美标准，各国在进出口文艺产品方面，也会考虑政治和意识形态等制约因素，因此，在未来的文艺传播过程中，各国之间还应该加强合作，尽最大可能地共享真善美的好作品。

三　审美标准的民族性、时代性、阶级性

审美标准既有个体主观性、相对性、具体性和当下性，又有审美标准的客观性、恒定性、普适性，还有民族性、时代性和阶级性。

审美标准的民族性，是指审美主体的审美标准能够体现特定民族的民族性特征，体现了特定民族的民族心理、审美意识、审美需要和审美趣味等。民族音乐、民族文学、民族舞蹈、民族绘画等都具有特定民族的审美内涵和审美风格，符合该民族的审美标准和审美习俗。随着社会的发展进步，审美标准的民族性将会随着世界各个民族文化的交流，不断走向新的融合与融通，不同的民族无论是文化还是审美方面，都会在保留民族性的同时，走向新的融合与趋同。

审美标准的时代性，是指审美主体的审美标准能够体现出鲜明的时代性特征，并且随着时代的发展变化而发展变化。

审美标准的阶级性，是指审美主体在审美活动过程中体现出特

定阶级的审美意识、价值取向和审美标准。除了形式美以外，在文艺作品内容和社会美的价值判断上，审美主体的阶级属性不同，审美标准也会体现出鲜明的阶级差异。在西方 18 世纪启蒙运动中，狄德罗主张运用戏剧改革促进资产阶级的启蒙，我国五四新文学反对旧文学的文学革命等，都在一定程度上体现了审美标准的阶级性。当然，在理解和判断审美标准阶级性的时候，要一定注意科学性和客观规定性。我们在理解审美标准阶级性的时候，既要看到阶级性的合理性，也要避免阶级性的局限性和偏颇性。审美标准的阶级性不是指对立阶级彼此绝然对立，而是在体现阶级性的同时，还应该自觉克服阶级性的局限性，特别是应该学会用先进阶级的审美观引领时代的审美意识和审美趣味，促进全社会审美的整体进步。需要注意的是，即使在阶级社会，文艺的社会属性也不仅仅是阶级性，而是还包括其他的社会属性，我们不能把阶级性绝对化和泛化。

四 马克思主义的审美标准

马克思主义关于文学批评标准客观上为我们研究审美标准提供了依据和参照。恩格斯当年提出的"美学的和历史的"标准"由于其包容性为日后研究者留下了充裕的阐释空间，也使其在今天依然被普遍视为中国文学批评的最高标准"[1]。

黑格尔"历史和美学的观点"是恩格斯美学标准的直接来源。黑格尔是德国古典哲学集大成者，德国古典哲学是马克思主义的重要来源。黑格尔最早提出艺术批评中"历史和美学的观点"[2]，实质是要求艺术家在典型化中揭示出古与今的统一，反映与创造的统一，真实与虚构的统一，历史真实与审美理想的统一，客观与主观

---

[1] 陈新儒：《文学批评标准的西学之鉴与本土启示》，《中国社会科学报》2022年1月17日。

[2] ［德］黑格尔：《美学》第二卷，朱光潜译，商务印书馆1979年版，第381页。

的统一。恩格斯把黑格尔的《哲学史讲演录》视为"最天才的著作之一",在1891年11月给康拉德·施米特的信中说:"建议您读一读《美学》,作为消遣。只要您稍微读进去,就会赞叹不已。"①值得注意的是,早在1859年5月18日,恩格斯在给斐·拉萨尔的信中,用"美学观点和历史观点"对拉萨尔的作品进行了分析,并认为这是"非常高的亦即最高的标准"②。

习近平总书记科学进步的文艺观是对马克思主义文艺观的继承和发展,为我们掌握正确的审美标准指明了方向。习近平《在文艺工作座谈会上的讲话》谈到文艺批评时明确指出:"要以马克思主义文艺理论为指导,继承创新中国古代文艺批评理论优秀遗产,批判借鉴现代西方文艺理论,打磨好批评这把'利器',把好文艺批评的方向盘,运用历史的、人民的、艺术的、美学的观点评判和鉴赏作品,在艺术质量和水平上敢于实事求是,对各种不良文艺作品、现象、思潮敢于表明态度,在大是大非问题上敢于表明立场,倡导说真话、讲道理,营造开展文艺批评的良好氛围。"③ 对于我们树立正确的审美标准,具有重要的指导意义。

---

① 《马克思恩格斯选集》第四卷,人民出版社2012年版,第625页。
② 《马克思恩格斯选集》第四卷,人民出版社2012年版,第443页。
③ 习近平:《在文艺工作座谈会上的讲话》,人民出版社2015年版,第30页。

第九章

文艺作品阐释论

审美主体作为文艺作品的接受者，在对具体的文艺作品进行审美观照的同时，为了更好地全面把握文艺作品的价值，在直观、感悟、体验和欣赏的基础上，还需要把握文艺家的前理解，了解其他接受者对文艺作品的阐释，把握文艺作品意义的多维辐集，了解在历时性和共时性的交叉中作品意义的多维性特征。

第一节　把握文艺家的前理解

文艺作品是文艺家创造出来的精神产品，我们要了解文艺作品丰富的内涵及其审美价值，就必须理解文艺家的生活道路和总体思想，把其具体作品中的思想内容与审美特色纳入文艺家总体的思想中进行考量。因此，我们就应该把握文艺家在创作具体文艺作品之前的前理解。

一　了解文艺家的人生经历和总体思想

文艺创作来源于文艺家对特定现实的有感而发，而激发文艺家对现实有感而发的通常是来自他的经历，文艺家对自己经历体验最深，印象最深，感触最深，理解最深。因此，文艺家自己独特的人生经历客观上必然成为文艺家创作的重要动力和最直接的源泉。

在人生经历中，一个人的家庭环境、学校教育、自然环境、社会环境和具体的各种社会关系等诸多外在因素，都会直接或间接地影响一个人的成长，也影响一个人的世界观、人生观、价值观、审美观、文艺观、爱情观、友谊观等诸多主观因素，也影响人的感性与理性、情感与理智、意识与无意识的发展变化，即人生轨迹体现了主客观因素的相互影响和相互作用，是多种力量交互作用的结果。弗洛伊德认为人的童年经历对人生具有重要的影响，这种说法确实非常有道理。著名乡土作家刘绍棠走上乡土文学之路，除了他的天才之外，客观上还与他生存环境中的运河息息相关，他善于捕捉京东运河（北运河）一带农村的生活题材，写出了许多具有浓郁乡土气息的文学作品，被称为"大运河之子"。在某种意义上来说，我们如果不了解京东运河，就很难理解刘绍棠的文学作品，京东运河已经成为刘绍棠作品中重要的水意象。

文艺家的人生经历在很大程度上直接影响了文艺家的世界观、人生观、价值观、审美观、文艺观、爱情观、友谊观等诸多主观因素，也影响着人的感性与理性、情感与理智、意识与无意识的发展变化。因此，我们要了解文艺家的某一作品，就必须了解其创作这部作品之前的生活道路及其总体思想，把要研究的作品纳入该文艺家的人生经历及其总体思想中进行考察，了解其在创作之前的文艺观、创作动机、审美意识、审美需要、审美趣味、审美标准等艺术元素，因为这些主观因素必然渗透和蕴含于以后的文艺创作过程。我们只有了解文艺家这些主体因素，才能够更好地理解文艺家的某一部作品，避免就事论事，顾此失彼，缺乏思维的系统性。

二 了解文艺家全部的文艺作品

从整体上来看，文艺作品非常丰富多彩；从具体来看，一个文艺家的作品也可能包括很多内容和形式，比如一个小说家可能也写诗歌、散文和剧本，也可能会导演影视，以此类推，即一个文艺家可能具有多种文艺才能，具有多种艺术风格。因此，我们要了解一个文艺家的某部文艺作品，就需要尽可能了解其全部的文艺作品，因为其全部文艺作品才构成文艺家完整的作品系统。

从审美风格来看，一个成熟的文艺家可能具有多种不同的艺术风格。李白具有浪漫主义的潇洒、豪放、飘逸，也有平实亲切、自然清新的风格；杜甫以现实主义见长，具有沉郁顿挫的艺术风格，也有"星垂平野阔，月涌大江流"的豪放、壮美；苏轼既有豪放、潇洒、飘逸的风格，也有优美婉约、凄美的文艺风格；李清照的词极具婉约之美，其诗歌却有"生当作人杰，死亦为鬼雄"的雄烈与壮美；柳永的词既有婉约之美，也有朗达、优美和飘逸之美。由此可见，我们把握文艺家的风格，就需要掌握其全面的艺术风格，避免挂一漏万，只知其一不知其二。特别需要注意的是，文艺家的每一部文艺作品都是一个独特的文艺创造，我们要把握一个文艺作品的价值，一方面要把握该作品的独特性；一方面还要把握这部作品与该文艺家其他文艺作品的关系，找到其同中有异与异中有同的内在联系。

从文艺家作品的思想内容来看，一个文艺家在每一部文艺作品中所表现和反映的内容也具有独特性，我们研究一部文艺作品时，还必须了解该文艺家其他的文艺作品的思想内容及其艺术特色。比如，我们要研究巴金的三部曲《家》《春》《秋》三部作品中的任何一部，都需要了解其他两部作品作为参照，否则就很难从整体上把握某一部作品的真谛。换言之，我们要了解文艺家某一部作品，既要了解这部作品之前文艺家创作的作品，也要了解文艺家此后创作的文艺作品，而绝不能只是孤立地研究某一部作品。

三　了解文艺家的创作心境和创作动机

文艺创作都是文艺家对特定现实的有感而发，而特定的现实触动文艺家特定的心境，进一步萌发了创作动机。我们要研究文艺家某一部文艺作品，就必须了解文艺家创作这部文艺作品时的心境和创作动机。

我们要研究《红楼梦》，就需要了解曹雪芹的创作心境与创作动机。《红楼梦》第一回曹雪芹有一首诗写道："满纸荒唐言，一把辛酸泪。都云作者痴，谁解其中味？"这首诗是《红楼梦》的缘起诗，它道出了作者创作心境和创作动机，非常含蓄地表达了作者仕途遇挫、生活困窘而又难以直言的苦闷心情。全诗语言通俗，以"荒唐言"来写辛酸泪，把内在的义理深藏于看似表面的"荒唐言"的字里行间，颇富寓意，耐人寻味。因此，研究红学的前提是要了解曹雪芹的生活道路、创作心境与创作动机，这样可以进一步把握曹雪芹创作动机与《红楼梦》思想内容之间的关系。

笔者曾经发表过一首诗《故乡的海滩》：

沐浴着瑟瑟的春寒，
矗立在冰凉的海滩。
带着我的希冀，
裹着我的思念。
久违了的故乡啊！
怎能不把你深情地呼唤？

有容乃大，
沧海桑田。
深厚蕴含着海底冰山，
宽广包容着宇宙浩瀚。
你不拘小流，
你海纳百川！
你把朝阳托出水面，
你把蓝天尽情浏览。

你有水的柔情，
更有钢铁般的勇敢。
你用温柔的躯体，

描绘着海浪的曲线。
你用生命撞击礁石，
演奏出浪花的狂欢！

举目远眺，
海上朝阳格外耀眼。
陶醉了晨曦，
染红了海面。
游人准备了行囊，
渔夫绽开了笑脸。

抬头仰望，
白云在蓝天中悠闲。
你可曾看到礁石？
铮铮硬骨，
还有那憔悴的容颜？
大海里有你的倒影，
眸子里有你的梦幻。

一只雄鹰，
一只海燕，
掠过海面，
飞上蓝天。
逍遥着你的身躯，
翱翔着你的远瞻。

啊！
你就是大海，
你就是蓝天，

你就是朝阳，
你就是海燕，
你就是雄鹰，
你就是故乡的海滩……

笔者在这首诗中抒发了对故乡深厚的思念之情，在歌颂故乡大海海纳百川的同时，实际上是把大海拟人化了，把自己的人格、意志和审美理想融入诗歌的字里行间，而且运用拟人化的手法写"白云在蓝天中悠闲"，实际上是写一些历史的看客对知识分子和思想者的无视与不解，最后一段直抒胸臆，把作者的思想感情与对大海、蓝天、朝阳、海燕、雄鹰、海滩的歌咏融为一体，追求天人合一的艺术境界。一位学者在网上不经意间看到笔者的这首诗，终于明白了我为什么调入故乡的中国海洋大学的真实原因。我回复了这位学者："树高千丈叶归根，游子思乡情更深。梦牵魂绕故乡路，海天相接映星辰。"

笔者通过这首诗的创作旨在说明，了解作者的创作心境和创作动机，对于理解具体的作品是非常重要的环节。审美实践表明，只有深入了解文艺家的创作心境和创作动机，才能够避免阐释作品时望文生义和牵强附会。

从创作心境、创作动机，就可以进一步了解文艺家在文本中具体要表达的思想。当然，文艺家的创作动机与其作品中要表达的思想可能一致，但也可能不尽一致，因为文艺家的创作动机与作品客观效果可能存在某种程度的差异，客观上也会出现"形象大于思想"的差异现象。

四　文本符号在特定时代的一般含义

文艺作品是通过特定的符号来反映思想内容，表达文艺家思想感情的艺术，而任何符号在特定时代都具有一般的含义。我们研究文艺作品，虽然允许见仁见智，但不可随意见仁见智，而是必须了解具体文本符号在特定时代的一般含义。

从历史哲学的角度来看，每个时代都有自己对历史人物和事件的阐释权；从阐释学的角度来看，阐释主体的时代性客观上必然决定和影响着对文学作品的阐释具有时代性特征。"过去那些伟大的作家的作品，同时代人给了它们很高的评价，但是今天读者对他们的评价，则是他们所估计不到的了，何故？时代使然。新的时代的读者，根据它们原有的、与新时代共通的涵义，一面予以发扬，一面给以新的阐释与丰富。巴赫金指出，涵义现象可能以隐蔽的方法潜藏着，同时也可以在后世有利于文化内涵的语境中得到揭示。"①因此，只有作品接受者才能去挖掘作品的含义、充实作品的含义，而且这种挖掘和充实具有不断生成的历时性特征，即因时代而异，与时俱变，与时俱新。

从文学符号的角度来看，语言的符号结构是特定语言的存在方式。作者使用的文学语言具有描写性，而不是一般的叙述性，即使描写性的语言，客观上仍然具有一般的意义，或者说质的规定性。比如，作家如果写一个姑娘非常可爱，要表现姑娘的笑容，可以使用"微微一笑""莞尔一笑""回眸一笑"，而不能写她"奸笑""冷笑""惨笑"，更不能写"皮笑肉不笑"。因为这些关于笑的词汇具有众所周知的一般含义，而不允许欣赏者随意解读。也就是说，文学语言虽然具有描写性的模糊的一面，但也有清晰准确的一面。在文学作品中，作家写人状物时，会经常使用一些包含感情色彩的词汇，如果要描写正面人物，作家就会使用褒义词；如果描写反面人物，作家就会使用贬义词。此外，许多看似比较中性的词汇，比如"关系"一词，一旦与具体的修饰语或者具体语境相结合，其意义也就比较清楚了，比如人事关系、男女关系、认识关系、实践关系、审美关系，等等，这些诸如此类的"关系"在文学作品的具体语境中，其意义也是不言而喻的。

---

① 钱中文：《钱中文文集》，上海辞书出版社 2005 年版，第 499 页。

在戏剧艺术中，演员在舞台上的一招一式，都具有戏剧符号的具体含义，比如传统戏剧动作具有虚拟性，这种虚拟性是演艺界普遍认可的，其蕴含的意义也是可以传达的。在传统戏剧的脸谱中，脸谱的颜色具有象征意义，比如红脸象征忠义、耿直、有血性；黑脸象征性格严肃，不苟言笑，为人公正；白脸代表奸诈多疑、凶诈；黄脸代表勇猛、暴躁；蓝脸代表性格刚直，桀骜不驯；紫脸代表肃穆、稳重，富有正义感；金脸象征威武庄严，表现神仙一类角色；银脸表现奸诈多疑或威武庄严，表现鬼怪或神仙一类角色；绿脸代表勇猛、莽撞、冲动。这些脸谱在传统戏剧中的含义是明晰的，具有很大程度的客观规定性。

由此可见，我们为了比较准确地把握作品的价值，就必须理解作品符号在特定时代的一般含义。从总体来看，语言是时代的产物，往往能够反映出特定时代的社会内容和思想感情，如反思文学、伤痕文学、歌德文学、朦胧诗、知青文学、乡土文学，等等。这些文学作品无不打上时代的烙印，具有一定的客观意义。

第二节　接受者对作品的阐释

从接受美学的角度来看，文艺作品的价值不是一个常数，而是一个变数，最终需要接受者不断地阐释和判断。这里所说的接受者，包括两个含义：一是所有观照某一作品的审美主体；二是具体观照和研究某一作品的审美主体或研究者。

一　接受者的生活道路和总体思想

在对文艺作品的接受过程中，接受者的生活道路和总体思想状况能够直接影响其对作品的理解和阐释。接受者的生活道路和总体思想本身就孕育了接受者认识事物的前理解，也预设了接受者对文艺作品的前理解。

就像文艺家的生活道路能够影响文艺家的文艺创作的道理一

样,接受者的生活道路也能够直接影响其对文艺作品的理解和阐释。从阐释学角度来看,"每一个阐释者的感知,总发生在他自己的理解结构与理解语境之中,总是有条件限制的。阐释者必须有条件有能力去发现本文中的结构。感知总是处在一种包含着范式、观念、话语、方法在内的解释者的思维框架之中。也就是说,作品的阅读不可能是解释者张开一张洗净的白纸,它只能是一张已有复杂风景的画图,只能抹去一些,增加更多的'前景'罢了。它是一种具体的发生,是理解与本文的当下的际会"[①]。

从接受者的主体角度来看,接受者的生活经历客观上决定和影响其审美需要、审美意识、审美趣味和审美标准,也因此影响其对文艺作品的审美感知和审美体验。一个人的生活经历对人生的重要影响客观上能够深深地刻在一个人的心灵深处,影响一个人思想感情的发展变化,影响一个人个性的形成与发展,也影响一个人的世界观、人生观、价值观和审美观的形成和发展,甚至直接影响着审美趣味和审美标准。

一个人的生活经历客观上必然影响其总体思想状况。个人的生活经历涉及家庭、学校、工作单位和社会大环境对人生的互动作用等诸多因素。这些因素必然影响着一个人对客观世界的认知,对自我的认知,对现实的认知和对未来的希望,随着时间的推移,个人在不经意间就逐渐形成了自己的世界观、人生观、价值观等诸多思想要素。从文艺阐释学的角度来看,个人独特的生活经历以及所形成的总体思想,必然会影响着一个人对文艺作品的审美、理解和审美判断。

二 接受者的审美心境和接受动机

从审美心理学的角度来看,审美主体的审美心境能够直接影响对审美客体的美感和审美判断,接受动机则能够直接影响审美主体

[①] 金元浦:《文学阐释学》,东北师范大学出版社1997年版,第265页。

对作品价值的选择与确认。

从审美心境来看，主体如果没有生存压力和工作压力，暂时处于心情放松的状态，心境自由舒畅，主体就比较容易产生审美的心理状态，主体就容易会进入审美主体的角色；相反，如果主体暂时处于认识主体或实践主体的角色，没有审美心境，暂时无暇顾及审美，即使再美的景观和艺术作品，也无法进入认识主体和实践主体的审美视野。战士在战场上听到冲锋号时，第一个动作就是向前冲锋，心里想的也是怎么消灭敌人，而不是花前月下，也不是陶醉于冲锋号的器乐之美，也不可能沉溺于虚构的艺术幻觉。因此，从审美心理学的角度来看，主体是否具有审美心理，审美心理状态是好还是坏，或者说在不在审美心理状态，都会直接影响主体对审美对象的审美。

从接受动机来看，接受者是以什么动机直观文艺作品，将会直接决定和影响其对文艺作品价值的选择和确认。接受者如果是以挑剔的眼光，在文艺作品中鸡蛋里挑骨头，就会从白玉微瑕的文艺作品中无限放大作品的缺点和错误；接受者如果是以审美的眼光，在文艺作品中积极发现文艺作品的美，去积极感受作品的美，就会对作品的白玉微瑕视而不见，或者"赦小过"，给予宽容和理解；接受者如果是以求知、学习的动机阅读作品，就会注重文艺作品所反映的历史价值，从中获得求真的真谛；接受者如果是以文学研究者的动机去阅读作品，就会在文艺欣赏的基础上，对文学作品进行学理性的审视，既入乎其内，又出乎其外，用正确的审美标准和文学批评标准，对文学作品进行科学的研究，从而超越个人对作品的审美趣味，而指向作品的整体价值和客观价值。

由此可见，接受者欣赏文艺作品时的审美心境和接受动机对于把握作品的意义有非常重要的影响。为了能够正确把握作品的价值，接受者应该尽量保持良好的审美心境，以审美的动机参与对作品的积极再创造，在审美的基础上，把欣赏者、接受者和研究者三者统一起来，力求比较客观地把握作品的多种价值。

三 接受者的知识结构和能力结构

在接受者阅读和欣赏文艺作品的过程中,接受者的知识结构和能力结构对作品的接受具有重要的影响。

(一) 接受者的历史知识和文化素养

文艺作品本质上是一种丰富多彩的审美文化,从文艺反映社会生活的角度来看,文艺家在文艺作品中反映出特定时代的政治、经济、文化、社会心理、风情习俗、宗教信仰等诸多客观因素;从文艺作品反映人们的主观思想感情的角度来看,文艺作品反映了特定艺术形象的世界观、人生观、价值观、金钱观、权力观、友谊观、爱情观等一系列的"观",也表现和抒发各种各样的感情,比如爱国主义的感情、思念故乡的感情、男女的爱情、家庭内部的各种感情等一系列的感情。

此外,文艺作品还要表现人物形象的各种个性,比如阿Q的精神胜利法和他的变态心理与变态人格,等等。从文艺创作的角度来看,文艺家需要具有比较丰富的历史知识和文化素养;从文艺欣赏的角度来看,文艺作品的接受者也需要具有比较丰富的历史知识和文化素养。如前所述,如果外国人不懂汉语,就很难欣赏我国的文学作品;我们如果不懂外语,就很难欣赏外国文学作品;如果不懂古汉语,对文言文缺乏兴趣,就很难欣赏我国古代的文学作品。

因此,我们为了更好地欣赏文艺作品,既要具备基本的历史知识和文化素养,也要具备与欣赏具体文艺作品所需要的相应的历史知识和文化素养。否则,即使再好的文艺作品,对于一个没有历史知识和文化素养的人来说,无疑是对牛弹琴,或瞎子摸象。

(二) 接受者的文艺和美学素养

从接受者的角度来看,接受者不仅要有正确的世界观、人生观和价值观,而且还应该具有正确的文艺观和审美观,具有良好的文艺素养和美学素养。

在文艺欣赏的过程中，接受者需要具有基本的历史知识和文化素养，需要具有正确的世界观、人生观、价值观，也需要正确的审美观、艺术观、审美趣味、审美标准和审美能力等文艺和美学素养。"萨特认为，阅读并不是一种机械性的行为，不是像照相底版那样接受符号的感应，而是一种不亚于创作的创造性行为。阅读不仅是一种感知行为，而且是想象、情感与理解等因素共同参与的过程。在阅读之前，读者已经在生活经历和人生实践中积累了一定的知识，具有一定的趣味爱好和审美修养。在阅读过程中，作品的形象召唤着读者，使其调动起自己的审美能力，充分发挥自己的自由意志，甚至发现作品中作家未注意到的因素。"① 因此，接受者的人生经历和文化素养、美学素养等将会直接影响着对文艺作品的欣赏、理解和判断。

接受者如果缺乏文艺和美学素养，就无法欣赏文艺作品的美，甚至把文艺作品简单化，误认为文艺作品是假的。事实上，很多缺乏文艺学和美学素养的接受者，因为不懂得艺术真实来源于生活真实，而又不同于生活真实，往往按照生活真实的角度来衡量和判断作品中的艺术真实，因此就必然对艺术真实做出违反文艺学和美学学理的误判。

在接受者的文艺和美学素养中，审美经验是很重要的主观因素。"一个读者的审美经验可以被视为一种动态的过程，这个过程逐渐建立起来，也逐渐把其他的心灵设置打发走。"② 接受者的审美经验是贫乏和单一、还是丰富和多元，直接影响其对作品的接受，"审美经验可以使读者从一个虚构的距离之外看待事情。他们读的是一个虚构的世界，对它进行解释，却不必受它的威胁。这就是非

---

① 苏宏斌：《现象学美学导论》，商务印书馆2005年版，第303页。
② [荷]杜维·佛克马：《关于再创作的美学》，《文艺美学研究》2003年第2辑。

实用化的效果"①。接受者的审美经验客观上能够使接受者摆脱现实时空的局限性，而指向审美想象的无限空间，从生活真实走向艺术真实，可以精骛八极，心游万仞。

四 接受者对作品的理解、阐释和评价

在实际的文艺欣赏过程中，接受者由于不同的历史知识和文化知识、文艺素养和美学素养各有不同，对文艺作品的前理解也各不相同，必然影响其对文艺作品价值的理解、阐释和评价。

我们在对作品的理解、阐释和评价时，既要具有阐释的客观规定性和整体性，又要看到阐释的多元性与开放性。洪汉鼎先生认为，阐释是当代哲学诠释学最核心的概念，其本质为文本与阐释者之间发生的共时性而非同时性的意义生发和效果历史事件。张江先生认为，阐释是有确定的对象的，背离确定对象，阐释的合法性即被消解。"坚持阐释对象的确定性，坚持阐释学意义上的整体性追求，对阐释动机的盲目展开以有效的理性约束，是实现正当及合理阐释的根本之道。坚持从现象本身出发，坚持阐释的整体性观点，坚持阐释的多重多向循环，是合理规范阐释强制性的有效方式。"李春青先生认为："阐释对象的确定性主张没有问题，但不能把这种确定性理解为意义的唯一性，它还包括文字背后隐含的丰富意蕴。"朱立元先生认为："对强调阐释对象的确定性表示赞同，但他认为还应当增补'同情'（同情、理解他人）作为自我的另一种本性、本能和公共阐释的基本心理基础。"②陶东风和刘纲纪先生都赋予阐释学以新的理解。关于判断文艺作品的价值，丁国旗认为判断文艺精品具有六个维度：一是时代的维度；二是人民的维度；三是精神的维度；四是原创的维度；五是审美的维度；六是

---

① ［荷］杜维·佛克马：《关于再创作的美学》，《文艺美学研究》2003 年第 2 辑。

② 中国社会科学杂志社：《2021 年哲学学科研究发展报告》，《中国社会科学报》2022 年 1 月 10 日。

化育的维度。① 从审美标准的角度来看，这六个维度确实比较科学合理，有利于批评家对文艺作品的评判。

我们运用阐释学分析文艺作品时，要注意文艺作品价值的客观规定性、整体性和开放性。文艺作品的符号结构是一个开放的审美系统，蕴含着接受美学所说的召唤结构、空白和未定性，因此，作品既具有意义的客观性，也具有意义的主观性和多义性。"作品文字意义的确定部分无疑直接表述了作者的意图，而文义尚未确定的部分则要由读者通过复现作者的心理状态来确定。"② 我们在充分肯定作品意义的客观性的同时，还必须看到作品空白所蕴含意义的潜在性和丰富性，"从艺术欣赏的角度来看，作品的空白和未定之处就使其呈现为一种潜在和可能的状态，因而审美活动就需要把作品的空白之处加以填补，从而使其由潜在状态转为现实状态，这也就是所谓作品的具体化过程。为了使作品的潜在部分得到实现，观赏者（读者）就必须在欣赏中调动自己的理解力和创造力，根据自己对作品整体意义的把握去对空白之处加以合理的解释和设想，从而在一定程度上充实作品的图式化结构"③。具体而言，从微观的角度来看，任何一个文艺作品的意义只能是对于具体的欣赏者而言，因而具体欣赏者的审美意识、审美需要、审美趣味、审美标准等主观因素，都会在一定程度上影响其对作品的欣赏，进而也影响其对作品价值的理解和判断。

从宏观的角度来看，有多少个欣赏者，就会有多少个审美视点，就会与作品形成多少种不同的审美关系，一千个读者就会有一千个哈姆雷特，因而不同的接受者就会对作品价值做出各种各样的审美判断。从审美的角度来看，"文学价值实现的途径是以文学接受者的审美心理反映为中介，形成文本——美感心理——精神动力

---

① 丁国旗 2021 年 12 月 20 日线上为中国海洋大学做的讲座《判断文艺精品的六个维度》。
② 金元浦：《文学阐释学》，东北师范大学出版社 1997 年版，第 276 页。
③ 苏宏斌：《现象学美学导论》，商务印书馆 2005 年版，第 144—145 页。

这样一种效应机制。读者通过对作品的接受，了解、体悟文学符号传递过来的信息，在此接受者已经与作品及其作者密切地联系在一起，心灵上彼此沟通，进入同一文学价值运动过程，文本的思想意蕴，它的潜在的多层次、多侧面的美感功能效应，不断地为接受者所吸收、同化，从作品（作家）之一端转移到接受者这一端，从而对接受主体产生美感愉悦、净化心灵、丰富思想和情趣、提高精神境界之作用"①。由此可见，接受者对于实现文学价值的重要性。

　　特别值得注意的是，接受者对作品的理解、阐释和评价时，在很大程度上受到接受者自身素质和能力的影响，也受到思维平台或者思维高度的影响。比如，曹丕在《典论论文》中认为文章是"经国之大业，不朽之盛事"。这里的"文章"就包含了辞赋，"曹丕把辞赋的地位抬得如此之高，显示了富有时代精神的辞赋价值观"②。在文学欣赏和文学阐释过程中，虽然仁者见仁智者见智，但如果不能站在社会发展进步的高度出发，就很难看到文学具有如此崇高的价值。与此同时，我们在对作品进行理解、阐释和评价时，还需要尊重阐释对象本身质的规定性，确立阐释者与阐释对象之间的"对象性"关系，"作为阐释主体的人，虽然可以对自己的知识、能力和水平充满自信，拥有主动，但同时在阐释过程中也必须受到阐释对象的约束和制约……也就是说，阐释毕竟是对文本对象的阐释，这是阐释之所以发生的基本前提，阐释者在阐释过程中必然始终要面对文本自身及其呈现的复杂情况及文本对阐释者提出来的诸种挑战，这是阐释者必须要面对的。因此，阐释者一定要尽最大可能去了解、熟悉阐释对象，进入阐释对象，必须通过阐释活动与阐释对象建立起'对象性'关系，这是阐释活动可以发生的前提条件"③。因此，在对形象美的阐释中，我们不能把薛宝钗阐释成一

---

① 敏泽、党圣元：《文学价值论》，社会科学文献出版社1997年版，第388页。
② 冷卫国：《汉魏六朝赋学批评》，商务印书馆2012年版，第139页。
③ 丁国旗：《也谈阐释的"整体性意义"》，《学习与探索》2021年第7期。

个苗条的姑娘，也不能把林黛玉阐释成一个丰满的姑娘；在对内容的阐释中，不能把真善美阐释为假恶丑，也不能把假恶丑阐释成真善美。

从文学经典化的过程来看，每一个作品接受者都是文学经典化过程中的一个环节，我们每一次对文艺作品的审美活动客观上都检验着一部特定的文艺作品，我们的阐释也是一个对文学作品进行重构的创建过程。聂珍钊先生认为："文学经典的重构不能称之为reconstruction，而应该引入 refactoring 来表达重构的意义。重构（refactoring）指的是通过对现有的文学经典的阅读和阐释在获得新的认识和理解的基础上，对现存的经典书目进行修订以使之变得更加完善和实用。因此，文学经典的重构不是对现有的经典推倒重来，而是在现有的基础上通过增添与删除，从而接纳被历史确认的新的经典，剔除被历史证明为不是经典的作品。"[1] 因此，对于接受者对作品的理解、阐释和评价，我们一方面应该尊重作品的客观规定性；一方面也要允许接受者创造性的发现。这里的关键在于，接受者应该力求把尊重作品的客观规定性与创造性的发现有机结合起来，避免矫枉过正和顾此失彼。

第三节　作品意义的多维辐集

从接受美学的角度来看，文本的意义必须是接受者所理解和认识到的文本的价值，但这些价值不是孤立的，而是依存于不同的接受者对作品的全方位感知和审美判断，是不同的接受者彼此之间对作品审美判断的同中有异与异中有同。所谓作品意义的多维辐集，是指接受者应该从全方位、立体式、多角度出发，对具体的文艺作品进行多维的辐集审视、直观或研究。

---

[1] 聂珍钊：《文学伦理学批评导论》，北京大学出版社 2014 年版，第 140 页。

一 接受者所感悟、体验、认识和理解到的意义

（一）文艺家要表达并且在作品中已经表达出来而且被接受者所感悟、体验、认识和理解到的意义

从接受者对文艺家的主观创作倾向的理解来看，接受者在对文艺作品阐释研究之前，应该力求了解文艺家具体的创作倾向。这里的前提是一方面文艺家不但具有自己的创作倾向，而且已经把创作倾向渗透于文艺作品的创造之中；另一方面，接受者通过自己的观照和阐释，已经从具体的文艺作品中感悟、体验、认识和理解到了文艺家的创作倾向及其作品的意义。"我们通常是带着确定作者和主体的意图这样的认知目标来解释话语和行为的。"[①] 实际上，接受者对作品的感悟、体验、认识和理解的过程中，接受者与文艺家进行自觉不自觉地心理沟通与融合，而文艺家的创作思想在接受者那里也得到了理解和确证。

接受者在文学作品的接受过程中，应该把握文艺家的艺术想象对文艺作品的重要影响。科林伍德认为，作品本身是艺术想象力展开的产物，因此，作品总是充满了想象；没有艺术家的想象力，也就不可能有作品中的想象。由此可见，科林伍德"是从作者的想象力来观照作品中的想象，把作品的想象置于作者想象力的基础之上"[②]，即艺术作品蕴含着艺术家的想象力，这是总体想象的一个方面。按照科林伍德的观点，总体想象的另一个方面是读者想象力对作品的渗透。对此，科林伍德在《艺术原理》中指出："一件真正艺术的作品，是欣赏他的人运用他的想象力所领会、意识到的总体

[①] ［美］诺埃尔·卡罗尔：《超越美学》，李媛媛译，商务印书馆2006年版，第256页。

[②] 胡经之、张首映：《西方二十世纪文论史》，中国社会科学出版社1988年版，第33页。

活动。"① 在科林伍德看来，读者在欣赏作品时，把自己的想象力渗透到作品中，并与作品所蕴含的想象力融汇交流，从而进入艺术境界，获得审美愉悦。也就是说，读者通过想象能够对作品的想象进行再想象，通过对艺术形象的加工、补充、扩大、丰富和改造，形成新的审美意象，即读者所获得的审美意象是作者在作品中的想象与读者想象融汇交流的结晶。因此，科林伍德认为，没有读者的想象力，读者就不可能与作品进行交流。

对于接受者而言，需要注意的是在文艺家的实际创作中，有可能出现主观动机与作品客观效果之间的差异，古罗马诗人贺拉斯在《诗艺》中指出："我努力想写得简短，写出来却很晦涩。追求平易，但在筋骨、魄力方面又有欠缺。想要写得宏伟，而结果却变成臃肿。……如果你不懂得（写作的）艺术，那么你想避免某种错误，反而犯了另一种过失。"动机与效果作为一对哲学范畴，二者也是对立的统一。从辩证的观点来看，动机与效果应该统一起来，而实际上二者往往存在着矛盾，即主观与客观效果的差异或矛盾。对此，接受者需要注意正确认识文艺家的创作动机与作品客观效果之间的复杂关系，避免把问题简单化。

（二）作品特定符号结构在该时代所蕴含的并且被接受者所感悟、体验、认识和理解到的意义

接受者在阐释文艺作品的过程中，不但要理解文艺家的创作思想，而且要了解作品特定符号结构在该时代所蕴含的并且被接受者所感悟、体验、认识和理解到的意义。"关于作者的意象与解释之间的相关性的讨论似乎常常关心语句层面的问题，却忽视了这样的事实：我们的许多解释活动都花费在尽力弄清大部分话语和整部作品的意义上。"② 从语言学与社会学的角度来看，语言社会学非常重

---

① ［英］科林伍德：《艺术原理》，王至元、陈华中译，中国社会科学出版社1985年版，第155页。

② ［美］诺埃尔·卡罗尔：《超越美学》，李媛媛译，商务印书馆2006年版，第265页。

视语言与社会、文化的关系,因此,任何文艺作品的符号客观上也都与所反映的社会、时代具有非常密切的关系,自觉不自觉地反映着特定社会的审美意识形态。

从接受者的角度来看,接受者既要理解作品特定符号在该时代所蕴含的基本含义,又要了解作品特定符号在具体文艺作品中的具体含义,虽然符号是抽象的,但在具体的语境和审美情境中,任何符号都具有特定的具体含义。接受者需要做的就是应该理解和创造性地发现这些符号在具体作品中所蕴含的含义,进而把这些符号纳入与其共同构成的审美系统中进行创造性地阐释。

(三) 接受者本人所感悟、体验、认识和理解到的意义

对于接受者而言,在理解文艺家创作动机、作品符号的含义的基础上,还要阐发自己对作品所感悟、体验、认识和理解到的意义。

在学校的审美教育过程中,教师在组织学生观看电影的基础上,可能会组织学生写观后感。学生这种观后感实际上也是学生对影片所感悟、体验、认识和理解到的意义。所谓仁者见仁、智者见智,说的就是文艺欣赏的主观差异性,其实质在于不同的接受者从不同的前理解和阐释角度出发,必然对同一部作品形成不尽相同的阐释结果。关注人才问题的读者,可能把《三国演义》当作一部形象化的人才学著作来阅读;关注成功学和人事学的读者,会看到《西游记》中的成功学和人事管理学;关注文学与科技关系的读者,会发现《封神演义》蕴含着科技创新的艺术萌芽;关注克隆技术的读者,可能从《西游记》孙悟空变小猴子的情节中,发现现代克隆技术的艺术萌芽。从文学欣赏的角度来看,"欣赏者不是去获得一个早已存在于作品中的真理,而是通过自己与作品的交流重新建立真理,也不是完全把作品纳入自己前理解的范围,成为自己前理解的例证,而是通过外在于自己的,不同于自己前理解的作品而突破自己的前理解,扩大或者改变了自己的前理解的同时,作品也通过不同于自己的欣赏者而突破了自己原有的意义,获得了

一种新的意义"①。由此可见，不同的接受者可以从同一作品中阐释出自己所感悟、体验、认识和理解到的意义，从而彰显出文艺阐释的主观创造性和个体差异性，并逐渐丰富拓展了接受者的前理解。

韦勒克和沃伦在谈及诗歌欣赏时，认为："最重要的是，一首诗每诵读一次就要比原诗多一些东西：每一次表演都包含了一些这首诗以外的因素，发音方面独特的气质、音高、速度、轻重音的安排，这些因素要么是由诵读者的个性决定的，要么表明了他对这首诗解释的方式。况且，诗的诵读不仅给诗添加了个人的因素，而且还往往代表了对诗中暗含的各种成分——声音的高低、诵读的快慢、重音的安排和强度——的选择。这些可能对，也可能错。即使对了，也只能代表一首诗的一种读法。我们必须承认一首诗可以有多种读法：'一些读法是错的，如果我们感到这样读歪曲了原诗的真意；另一些读法我们只能说它们不错，还说得过去，但仍然不够理想。'"② 韦勒克和沃伦这段话揭示了阐释诗歌的多种可能性，充分肯定了诗歌诵读者阐释诗歌的主观能动性和个体差异性。

当然，接受者本人所感悟、体验、认识和理解到的意义虽然具有主观创造性，但不是完全主观化的，而是依托于文艺作品的客观的质的规定性。我们读宋代的豪放词，能够产生豪放的审美感受；而读宋代的婉约词则产生优美的审美感受，而绝不可能是豪放的审美感受，因为文学阐释也是客观规定性与主观创造性的有机统一。

（四）接受者本人所阐释、联想和想象、触类旁通和举一反三所阐发出来的意义

文艺作品的意义除了上述以外，还有接受者本人所阐释、联想和想象、触类旁通和举一反三所阐发出来的意义。接受者所阐发出

---

① 张法：《中西美学与文化精神》，北京大学出版社1997年版，第305页。
② [美]勒内·韦勒克、奥斯汀·沃伦：《文学理论》，刘象愚等译，江苏教育出版社2005年版，第161页。

来的意义较之其他意义，更多地体现了接受者的主观创造性和发现性。

中国古代美学特别注重意境的营造，讲究景外之景、境外之境和言外之意等。这些景外之景、境外之境和言外之意为接受者提供了联想和想象的艺术空间，也是引发欣赏者仁者见仁、智者见智的重要原因。众所周知，古代文学研究中的红学研究已经成为显学，出版过许多专著，发表过很多文章。显而易见，所谓红学研究，客观上大大超过了曹雪芹对作品的预期，研究者们已经从《红楼梦》中创造性地阐释出曹雪芹很多始料不及的意义。

笔者在读大学以前，对于王之涣的《登鹳雀楼》最后两句："欲穷千里目，更上一层楼。"基本上是从物理层面上来理解登高望远，认为只有站得高，才能看得远，即高瞻远瞩。在康德的人生经历中，他一生基本没有离开过故乡柯尼斯堡，最远的一次出行是到郊区郊游了一次，但他却成为著名的天文学家、哲学家和美学家，其中与他的崇高理论及其想象力的修炼不无关系。由此类诸多案例和康德出发，笔者开始重新审视和阐释王之涣这两句诗的境外之境，认为就字面意义而言，"欲穷千里目，更上一层楼"确实具有登高望远的含义，但从更深的层次来看，这两句也许还蕴含着人生修炼的大智慧，即人生在世，关键不是物理层面上站得高，而是在心理层面和思维方式上要站得高，即看问题要有高度，做人要有海纳百川的胸怀和伟大的想象力。一个人的心灵卑微渺小，即使站在高楼大厦，也不能登高望远，反而却俯视楼下，走向不归路。

由此可见，我们完全可以根据文艺作品所蕴藏的艺术空间，尽情地展开联想和想象，精骛八极，心游万仞，在神与物游中创造性地发现文艺家所没有认识到的意义。

二 作品意义在历时性和共时性中的交叉

（一）作品意义在历时性变迁中的易变性和相对稳定性

接受美学认为，作品的意义不是常数，而是变数。从历时性的角度来看，文艺作品意义的变化一方面体现了历时性变迁中的易变性；另一方面也体现了文艺作品意义的相对稳定性，是易变性与稳定性的有机统一。

从文艺作品价值的历时性来看，每个时代都有本时代的代表性作品。在中国文学史上，上古时期的神话，开启了文学的源头；《诗经》独领文坛；先秦两汉散文成就卓异；魏晋南北朝诗歌走向成熟；唐诗宋词各领时代风骚；元杂剧独树一帜；明清小说赫然崛起。在现代社会，随着科学技术的发展，各种影视艺术、动漫艺术、电子音乐、电子绘画、艺术设计引领艺术创新时尚，因此，文艺作品的时代价值客观上必然体现其价值的历时性特征。

与此同时，我们还应该看到，文艺作品的价值虽然具有历时性变迁中的易变性，但也具有文艺作品意义的相对稳定性。法国启蒙运动领袖狄德罗在世时的影响比不上伏尔泰和卢梭，逝世以后的影响却越来越大；莎士比亚去世以后的作品影响也要大于他在世时的影响。纵观文艺发展史，尽管不同时代具有不同的时代主题，也有不同时代的审美评价标准，但就总体而言，凡是真善美的优秀文艺作品，都能经得起大浪淘沙的历练和考验，具有持久的艺术生命力和艺术魅力。

（二）作品意义在共时性不同区域的差异性和相同性

文艺价值的历时性体现了文艺价值的纵向流变，作品意义在共时性不同区域的差异性和相同性则体现了文艺价值的横向阐释与评判。

从作品意义在共时性不同区域的差异性来看，不同的接受者在同一个时代的大背景下，对相同的文艺作品的阐释和批判也会因人而异，体现出阐释和批判的主观差异性，所谓"横看成岭侧成峰，远近高低各不同"。每一个接受者对文艺作品和文艺批评标准的前理解不同，观照作品的视点不同，必然对相同的文艺作品产生不同的审美感受、审美认知和审美阐释，从而体现了在共时性不同区域对作品阐释的主观差异性。

从作品意义在共时性不同区域的相同性来看，一方面由于具体文艺作品本身具有特定的质的规定性；一方面由于不同的接受者的审美需要、审美意识、审美趣味和审美标准彼此之间虽然有所不同，但也有某些相同性和相通性，具有某些审美的共同性，如同康德所说的审美的普遍有效性。因此，从文艺社会学的角度来看，任何时代都有大致相同的审美观和文艺标准。

我们要阐释作品意义在共时性不同区域的差异性和相同性，应该看到差异性与相同性的互补性，二者通过相辅相成，客观上揭示了文艺作品价值的多元性和个体差异性。

（三）作品意义随着社会的变迁在不同的时空编织中显示其不同的意蕴

以上所言文艺作品的价值，基本上是从某个角度出发来谈论问题的，如果从系统论的角度来看，我们不妨把文艺作品价值视为一个开放的立体式的动态的发展变化的大系统，而随着社会的不断变迁，文艺作品在不同的时空编织中能够显示出不同的意蕴。

从文艺生产和消费对文本阐释的启迪来看，一方面，文艺创作具有鲜明的社会性，文艺作品是审美的文化商品，具有审美性、文化性和商品性；另一方面，社会审美需要对文艺创作具有促进和制约的双重作用，而文艺作品的价值是在与社会审美需要互相依存、互相制约和互相促进中得以实现的，因而只有把文艺作品的价值纳入社会发展的大系统中加以考察，避免单纯从某一个角度出发对文艺价值作出阐释和评判可能产生的局限性，这就需要阐释的系统性和动态性，从文艺发展史的立体交叉渗透融合中全方位把握文艺作品的动态价值。

（四）社会对作品价值的适时确认与滞后确认

从文学阐释学的角度来看，还存在一种阐释的情况，即社会对作品价值的适时确认与滞后确认。从人才开发的角度来看，社会对作品价值的适时确认与滞后确认，客观上都反映了对文艺家人才的发现、鉴别和测评的过程，但这里的关键是要正确鉴别文艺家，发现作品的价值，及时承认文艺家的艺术贡献，而尽量避免滞后确认。

所谓社会对作品价值的适时确认，是指在作品问世后，该社会的接受者能够从作品质的规定性出发，及时发现、认识和确认该作品的价值，如同人才发现一样，组织人事部门应该对特定的人才进行科学的测评，及时给予社会承认，由潜人才及时转化和确证为显人才。所谓滞后确认，是指特定社会的接受者在作品问世后没有及时发现和肯定该作品的价值，而历经长时期的历史检验之后，才逐渐发现和确认该作品的价值。曹雪芹《红楼梦》的当代价值大大超过了该作品在曹雪芹时代的价值。问题在于，滞后确认浪费了文艺作品的价值，也阻碍了对文艺家人才的发现和确证，导致作品价值和文艺家人才的双重浪费。

从文艺发展史的角度来看，社会对作品价值的适时确认，由作品的潜价值及时转化为显价值，客观上有利于促进文艺的健康发展，为文艺作品的价值增值，激励文艺家的创作积极性；反之，社会对作品价值的滞后确认，客观上则不利于文艺的健康发展，浪费文艺作品的价值，容易压抑文艺家的创作积极性。但是，真正优秀的文艺作品也许能够被压抑一时，而不能被压制和埋没太久。放眼历史长河，"青山遮不住，毕竟东流去。"真善美的文艺作品最终一定能够通过历史的大浪淘沙，而放射出灿烂的光辉。

综上可见，我们在阐释文艺作品的过程中，既要入乎其内，又要出乎其外。入乎其内，即进入艺术作品的境界，沉浸其中，动之以情，自觉感悟、审美体验，产生共鸣，情景交融，物我两忘；出乎其外，即走出艺术作品的境界，对文艺作品进行理性探幽，辩之以理，冷静审视。读者对文艺作品的阐释如果仅停留在个人思想感情的层面，这种阐释只能对读者本人产生影响，但读者如果发表，就会对其他读者产生影响，阐释者本来是读者的角色，但又转化为文艺批评者的角色，因而使文艺批评具有了伦理学批评和社会学批评的含义。"文学伦理学批评力图把虚构的艺术世界同现实世界结合起来，探讨文学及文学描写的道德现象，以及作者与创作、文学与社会等诸方面的道德关系问题。"① 因此，阐释者不经意间就成为一个文学伦理学的批评者，而"真正的艺术和批评服务于一种道德目的"②。

此外，从审美心理学的角度来看，我们还应该注意预防司汤达综合征的发生，司汤达综合征是一种深受心理影响的疾病，常导致心跳加快、眩晕甚至幻觉，诱发因素是当事人所置身其中的至美而浓烈的艺术氛围。司汤达综合征得名于法国19世纪著名作家司汤达，他曾在《那不勒斯与佛罗伦萨——从米兰到勒佐》一书中描写了自己1817年访问佛罗伦萨时所亲身经历的这种现象。③ 我们欣赏各种文艺作品时要有一定的度，在一定的时间和空间内，一次不能欣赏很长的时间，因为频繁欣赏艺术珍品容易导致欣赏者心理过于激动，因强烈的美感而引发"司汤达综合征"④，反而会影响审美主体的身心健康。

---

① 聂珍钊：《文学伦理学批评导论》，北京大学出版社2014年版，第99页。
② S. L. Goldbeerg, *Agents and Lives: Moral Thiking in Literature*, Cambridge: Cambr-idge University Press, 1993, p. 23.
③ 天丰选译：《司汤达综合征》，《大学英语》2013年第3期。
④ 1817年，司汤达在佛罗伦萨终日沉醉于欧洲文艺复兴运动时期的大师杰作。一天，他到圣十字教堂参观米开朗琪罗、伽利略和马基雅维利的陵墓，刚走出教堂大门，突然感到头脑纷乱，心脏剧烈颤动，每走一步都像要摔倒。医生诊断这是由于频繁欣赏艺术珍品使心理过于激动所致，这种因强烈的美感而引发的罕见病症从此被称为"司汤达综合征"。

第 十 章

文艺审美濡化论

在美学日益渗透到社会生活和社会实践各个领域之际，我们把艺术美与审美主体紧密联系起来，通过艺术美与审美主体的互动共生，研究艺术美的创造和鉴赏，研究文艺与审美濡化的关系，这对于素质教育和美化人生，通过审美促进人才开发，都具有重要意义。所谓审美濡化，是指主体通过对文艺美的欣赏，在审美过程中自觉不自觉地受到艺术美的熏陶和感染，于不经意间获得美感和美的启迪，从而提升素质和能力的过程。

第一节 文艺美丰富审美主体的心灵

文艺美之所以与人才开发之间具有非常密切的关系，主要在于文艺美具有丰富的内涵，对于作品接受者的人生具有多方面的重要影响，对于促进人才开发具有其他审美对象无可替代的独特价值。关于文艺的价值，舍勒肯斯认为，文艺具有更多的价值，至少包含以下经常涉及的一些价值："认知价值，社会价值，教育价值，历史价值，情感价值，宗教价值，经济价值，理疗价值，道德价值，政治价值以及纯粹的审美价值。"[①] 事实上，正是由于文艺反映世界和人生心灵的丰富性，这才能够蕴含非常丰富的多种价值，客观上

[①] [英]舍勒肯斯：《美学与道德》，王柯平等译，四川出版集团、四川人民出版社2010年版，第29页。

能够对人才开发产生非常重要的积极效应。

一　审美主体需要心灵的丰富性

从审美实践来看，审美活动蕴含和彰显了人的生命活动的重要本质，"艺术活动是人的本真生命活动，是一种寻觅生命之根和生活世界意义的活动，一种人类寻求心灵对话、寻求灵魂敞亮的活动"①。一个人的审美视野是狭窄还是宽广，直接影响着个人的心灵是贫瘠单一还是丰富多彩。审美实践表明，无论是对个人的人文素养，还是对于拓展、丰富心灵和开发想象力，艺术美的鉴赏都具有重要的意义。

（一）鉴赏文艺美有利于丰富主体心灵

从人才开发的角度来看，人才开发需要知识结构和能力结构的优化组合，也要求主体心灵的丰富性，因为个人如果没有心灵的丰富性，就不能敞开心灵，以海纳百川的胸怀去容纳和驾驭复杂纷纭的社会人生。然而，由于受到主客观条件的限制，人们的心灵还不够完善，往往要受到这样或那样的遮蔽，比较贫瘠甚至有些空虚，这不仅与信仰和价值观念的失衡有关系，而且与人们的心灵不够丰富也不无关系。

从审美的角度阐释人才开发，我们应该看到鉴赏文艺美具有丰富主体心灵的重要价值。"艺术审美价值的本质特征在于：艺术具有审美超越性。它使人不在现实生活中沉沦，而是坚定的超拔出来，达到人格心灵的净化。艺术以其不断的创新，为人类开拓出一片澄澈的境界，实现完美创造的图景。艺术是由美而求真的进程。它将真理置入艺术作品的同时，对个体人生和整个人类重新加以塑造。艺术的审美价值存在于艺术创造和人格塑造的双重创造之中。"② 从审美的角度来看，丰富主体心灵的途径是多样的，比如，

---

① 胡经之：《文艺美学》，北京大学出版社2000年版，第9页。
② 胡经之：《文艺美学》，北京大学出版社2000年版，第134—135页。

多读书、多思考、多交友、多实践等，但自觉运用鉴赏文艺美的方式，通过审美来丰富人们的心灵，不仅能够给审美主体带来美感，而且对于人才开发具有重要的意义。

在艺术世界里，各种丰富多彩的文艺美百花齐放、争奇斗艳、异彩纷呈、美不胜收，唯其如此，人们经常鉴赏文艺美，非常有利于丰富审美主体的心灵。艺术世界丰富多彩的美总是以千姿百态的审美风格感染和熏陶着审美主体，让审美主体在潜移默化、耳濡目染中感受到文艺美的存在，领悟文艺美的价值，接受文艺美的启迪，而审美主体就会不知不觉地激发和拓展想象力。"完美的艺术作品总能给人以剧烈的心神震撼，使人仿佛一瞬间超越现实的束缚而升腾于自由、永恒的诗意世界。"[1] 在诗人和画家的笔下，自然美瑰丽神奇，鬼斧神工，栩栩如生，呼之欲出，使人仿佛置身于作品的艺术境界。我们读李健吾的《雨中登泰山》、杨朔的《泰山极顶》，壮美的泰山宛如眼前；在画家和诗人的笔端，优美的黄山、秀丽的漓江、苍茫的大海、广袤的沙漠、葱绿的草原、皎洁的明月、闪烁的繁星、茫茫的雪原、浩浩的长江、咆哮的黄河、冰清玉洁的荷花、不畏严寒的腊梅、孤高傲世的菊花、昂然挺立的竹子、威风凛凛的老虎、展翅高飞的雄鹰、昂首挺胸的雄鸡、驰骋千里的骏马、悠然自得的牧牛等各种自然事物，其风格豪放、婉约、典雅、古朴、平淡、清新、自然、沉郁、浪漫……各种风格可谓琳琅满目，应有尽有，体现了诗人或者画家的人文情趣，具有浓郁的诗情画意，蕴含了人文与自然的和谐统一。这些丰富多彩的文艺美直接为审美主体提供了观照的对象，让审美主体大开眼界，心花怒放，为审美主体发现丰富的美感提供了更多的可能性，为审美主体激发想象力也提供了无限想象的艺术空间。随着闲暇时间的增多，人们有更多的机会欣赏文艺美，这对于提高人们的素质，优化人的生命，放飞想象力，促进人才开发，都是极其重要的。

---

[1] 王一川：《审美体验论》，百花文艺出版社1999年版，第82页。

（二）具有鉴赏文艺美的需要

我们要培养丰富的心灵，不仅要成为认识主体和实践主体，而且还应该进入审美主体的角色，通过丰富多彩的审美活动，满足个人鉴赏文艺美的需要，通过欣赏文艺美，培养心灵的丰富性，加速人才的全面发展。

不仅如此，由于生活中的每个人都非常需要心灵的丰富性，这种主观的需要是个人从认识主体或实践主体转向审美主体的重要内在动力，如果没有个人主观的审美需要，再美的文艺作品也毫无意义。因此，我们要研究文艺美对于人才开发的重要性，就必须充分认识到个人作为审美主体的审美需要，要探究主体是否具有审美需要，有什么样的审美需要，审美需要是丰富还是单一，等等。比如说，对于那些缺乏文学修养的人来说，《红楼梦》等文学巨著再美，似乎也没有什么价值；对于那些不欣赏交响乐的听众而言，再美的交响乐也会使他们打瞌睡。

审美实践表明，为了更好地实现文艺美对人才开发的重要价值，就应该拓展审美主体审美需要的丰富性。认识主体和实践主体转化为审美主体越多，美的事物才能更多地进入审美主体的审美视野，成为审美主体的审美对象；审美主体的审美需要愈丰富，就愈能激发审美主体的审美吁求，越有利于发现审美客体丰富多彩的审美属性；审美客体的审美属性愈丰富，就愈能满足和促进审美主体多方面的审美需要，并且在较大程度上有利于促进审美主体心灵的丰富性。

通过鉴赏文艺美，促进主体心灵的丰富性，要求建立审美主体与文艺美的审美关系。从审美价值的角度来看，审美之所以有利于丰富主体的心灵性，实质上也就是审美客体审美价值的实现和确证。审美经验表明，要实现文艺美的价值，前提是审美主体与文艺作品之间要形成审美关系，因为审美价值只有在审美关系中才能实现，没有审美关系，也就无法实现文艺作品的审美价值。这里所说的审美关系，就是审美主体与文艺作品之间构建的互动关系，文艺作品的审美价值就是在具体的审美关系中形成的，因此，没有审美关系，就不可能有审美价值。如下示意图：

$$\begin{matrix} & 审美价值 & \\ 审美主体 & \longleftrightarrow & 文艺作品 \\ & 审美关系 & \end{matrix}$$

为了更好地实现文艺的审美价值，审美主体要有自觉的审美意识和审美需要，以积极的心态，敞开审美的胸怀，以开放的视野，在对文艺美的鉴赏中尽情地放飞自我，让想象力在自由的心境中畅游与翱翔，只有在自由驰骋中，才可能极大地拓展主体的心灵境界，从而丰富主体的心灵。

二　鉴赏文艺美是丰富心灵的重要途径

人类社会发展史从文明伊始，人类从动物中分化出来的外在标志主要不是劳动，而是人之所以为人的心灵的拓展和丰富，这是人对动物最具超越性的重要主观标志。文明社会以降，人类在认识世界和改造世界的漫长过程中，逐渐地丰富和深化自己的心灵，但这种深化和丰富是蕴含于求真和向善的一般认识活动和实践活动之中的，因而体现了一般的认识规律和实践规律；而对文艺美的鉴赏则是一种情感的审美活动，也是一种悦智、悦神、悦情的特殊精神活动。通过对文艺美的观照，欣赏者能够产生奥妙无穷的感觉和非常愉悦的审美体验，这在一般的认识活动和实践活动中也是无法体验到的。从审美促进人才开发的角度来看，鉴赏文艺美是丰富审美主体心灵的重要途径，既体现一般的审美规律，也体现审美促进人才开发的特殊规律。

（一）产生身临其境的美感

鉴赏文艺美是丰富审美主体心灵的重要途径，它要求审美主体应该学会对文艺美进行感性的观照，身临其境，入乎其内，沉浸其中，在融入艺术境界中获得令人陶醉的美感。

在对文艺美进行审美观照时，从审美态度上来看，通常有两种情况：一是主体自觉地进行审美活动；二是非自觉地进行审美活动。在第一种状态下，人们通常在时间上比较充足，如在闲暇时间读小说，听音乐，看画展，看影视作品等，人们往往能以自由轻松的心情，悠然自得，慢慢领略和体验文艺的美。第二种状态下，通常是主体在认识世界和改造世界的过程中，不自觉地对文艺美进行了欣赏，这一方面是因为事物可能比较美，甚至非常美，这才能有足够的魅力把特定的认识主体或实践主体转化为审美主体，使其把注意力从别的对象和环境中转移到审美境界中来；但另一方面，由于主体处于非自觉审美的状态，注意力不一定会长时间集中，有可能很快又转移到本来的认识活动或实践活动之中，从而影响了其正常的审美效果。比如，一边劳动一边欣赏音乐，一边吃饭一边看电视剧等。这里的劳动或者吃饭是第一位的，欣赏艺术必须服从劳动或者吃饭。

因此，在鉴赏文艺美的过程中，审美本身的特殊性要求人们对艺术作品进行感性观照时，应该入乎其内，自觉沉浸和融入文艺作品的生命之中，才可能与文艺作品形成审美的共振，产生身临其境的美感。在这一阶段，要求人们要尽量缩小与艺术作品的审美距离。当然，这里所说的距离主要是指心理距离，在审美过程中，心理距离在审美的第一阶段，应该力求等于零，真正入乎其内，争取达到欣赏者与艺术作品建构积极互动的审美关系，审美主体进入物我化一的最高化境。

这一阶段也是审美的感性阶段，欣赏者能够获得情感的高度愉悦，在与文艺作品形成共鸣、共振中进入忘我和无我的痴迷境界，从中获得情感的陶醉和心灵的解放。审美主体通过获得美感，有利于身心健康，也有利于在美感体验中获得心灵的解放，促进想象力的开发。

（二）把握文艺的丰富内涵

在对文艺作品进行感性观照的基础上，我们还应该学会对其进行理性地辨析，在入乎其内的同时，还应该出乎其外，在居高临下的多维俯视中把握艺术作品的丰富内涵。

审美主体经过对文艺作品感性观照以后，不能长时间入乎其内而沉浸在艺术境界，而是在入乎其内的基础上，还要及时出乎其外，对文艺作品进行理性辨析，在居高临下的俯视中把握文艺作品的丰富内涵。在入乎其内的第一阶段，审美主体感悟和体验到了作品的美，但还不知道作品美在何处，作品为什么美；在审美出乎其外的第二阶段，审美主体在感受文艺美的基础上，应该从理性上理解作品美在哪里，作品为什么美。通过对文艺作品的深入思考，不仅要认识文艺作品的审美特点，还要发现文艺作品对于社会人生所具有的积极价值。审美主体通过把握文艺作品的丰富内涵，有利于审美主体从文艺作品中获得对社会和人生多方面的知识和能力，这对于促进人才开发具有非常重要的意义。

王国维在《人间词话》中写道："诗人对宇宙人生，须入乎其内，又须出乎其外。入乎其内，故能写之；出乎其外，故能观之。入乎其内，故有生气；出乎其外，故有高致。"审美主体只有通过反复的"入乎其内"，"出乎其外"，通过"入境"和"出境"的循环往复，反复体验、玩味、吟咏，在情感和思想、感性和理性的和谐统一中，才能够真正体验和欣赏作品的美，更好地领略作品的内在意蕴及其对人生的启迪。

作家王蒙认为："文学的方式与科学的方式有很大的不同。文学重直觉，重联想，重想像，重神思，重虚构，重情感，重整体，重根本；而往往忽视了实验、逻辑论证、计算、分科分类，定量定性。但是文学的方法与科学的方法又有很大的一致性：珍惜精神能量，热爱知识热爱生活，对世界包括人的主观世界的点点滴滴敏锐捕捉，追求创意，不满足于已有的成绩，力图对国家民族人类作出新的哪怕是点点滴滴的贡献。"[①] 王蒙所说的，也正是他看到了欣赏

---

① 王蒙：《科学·人文·未来》，《王蒙研究》2004年创刊号。

文学时所产生的心理效应。他还认为,"科学也好,诗也好,文学也好,都是对世界、对人生的一点发现,一点关切,一点探求。这种发现我们从不同的角度上可以来进行,可以启发我们的思维,启发我们的认识,也开辟我们的心智,在这一点上我常常觉得智慧也是一种美。不是说光是形象美,我当然非常喜爱,但是智慧美有时是非常吸引人的。相反的,如果是一个愚昧的人,他的那个美的魅力就会大打折扣。所以,我完全相信,我们在这种关切人生,关切世界,在发现这个世界而且在寻找创意、寻找智慧和光明这一点上文学家是科学家最好的朋友,科学家是文学家最好的老师"[1]。实际上,文学确实具有启人心智的巨大作用,读者可以从优秀的文学作品中发现审美客体质的规定性,感悟人生的真谛,从中获得对人生有益的启迪。

(三) 激发欣赏者的联想和想象

鉴赏文艺美是丰富审美主体心灵的重要途径,审美主体通过对文艺作品的模糊性直观,可以激发自由联想和无限的想象。

文艺作品作为审美客体,具有特殊的审美模糊性。从人才开发的角度来看,正是文艺作品所特有的模糊性,才能激发审美主体的自由联想和尽情地想象,而这恰恰是开发创造性的想象力所不可缺少的。达·芬奇有一个著名的"污墙效应":

> 请观察一堵污渍斑斑的墙面或五光十色的石子。倘若你正想构思一幅风景画,你会发现其中似乎真有不少风景:纵横分布着的山岳、河流、岩石、树木、大平原、山谷、丘陵。你还能见到各种战争,见到人物疾速的动作、面部古怪的表情,各种服装,以及无数的都能组成完整形象的事物。墙面与多色的石子的此种情景正如在缭绕的钟声里,你能听到可能想出来的一切姓名与字眼。切莫轻视我的意见,我得提醒你们,时时驻

---

[1] 王蒙:《〈红楼梦〉中的政治》,《王蒙研究》2005 年总第 2 期。

足凝视污墙、火焰余烬、云彩、污泥以及诸如此类的事物，于你并不困难，只要思索得当，你确能收获奇妙的思想。思想一被刺激，能有种种新发明：比如人兽战争的场面，各种风景构图，以及妖魔鬼怪之类的事物。这都因为思想受到朦胧事物的刺激，而能有所发明。①

笔者把达·芬奇这里所说的人们面对"污墙"可能产生的联想和想象，称之为"污墙效应"。值得注意的是，达·芬奇所说的"污墙、火焰余烬、云彩、污泥以及诸如此类的事物"，实际上正是在审美领域中属于那些具有较多的模糊性的审美对象，唯其如此，他才认为通过联想和想象，人们可以从中"收获奇妙的思想"，并且"因为思想受到朦胧事物的刺激，而能有所发明"。

在对文艺美的鉴赏中，一般来说，凡是文艺作品的属性比较简单、比较单一，就不太可能激发审美主体的丰富联想和想象；反之，如果文艺作品的属性比较复杂，具有较大程度的模糊性，反而容易激发或者说是调动审美主体的联想和想象。文学欣赏是一种特殊的审美活动，读者一般也是喜欢欣赏那些含蓄蕴藉、能够发人深思的优秀作品，而不太喜欢那些一览无余、没有内涵或者说内容贫乏的作品。

中国古代优秀诗歌和散文非常善于营造情景交融的意境，推崇景外之景、言外之意、境外之境、耐人寻味，含蓄蕴藉，言已尽而意无穷等，这类优秀作品往往受到历代人们的喜爱。审美心理学表明，通过对艺术作品模糊性的直观，比较容易激发审美主体的联想和想象，更有利于促进人才开发。

（四）客观规定性与主观创造性的辩证统一

鉴赏文艺美是丰富审美主体心灵的重要途径，体现了客观规定

---

① ［意］达·芬奇：《达·芬奇论绘画》，戴勉编译，广西师范大学出版社2003年版，第31—33页。

性与主观创造性的辩证统一。这种统一性有利于培养审美主体对人生和社会认识的客观性,激发审美主体对作品创造性的解读能力,从而开拓审美主体的想象力和创造力。

所谓客观规定性,这里主要是指文艺作品自身具有客观的质的规定性。文艺作品一方面可以作为人们思维的认识对象加以认识和考察,即作品的阅读首先具有一定的认识论性质,我们今天仍然可以从《诗经》《红楼梦》《水浒传》《三国演义》等许多文学名著中认识古代的社会生活和历史状况,可以从盘古开天辟地、女娲补天等古代神话中发现某些认识价值和历史价值;另一方面,文艺作品的审美属性具有一定的客观规定性,东坡词的豪放,清照词的婉约,这都有作品质的规定性。因此,我们在鉴赏文艺美的过程中,通过尊重文艺作品质的规定性,进而可以达到对社会人生认识的客观性。

所谓主观创造性,这里是指审美主体鉴赏艺术美的时候具有创造性阐释的可能性和主观性。为此,审美主体在鉴赏艺术美时,要运用发散思维,打破思维定式,尽情地展开联想和创造性想象。从审美与创新思维的关系来看,鉴赏文艺美具有主观创造性的品格,在一定程度上可以体现出审美主体的创造能力,能够激发审美主体的联想能力、想象能力和发现能力,因而也是对审美主体个体生命的独特体验和独特发现,进一步提升审美主体的主观创造性,这在很大程度上非常有利于提高审美主体的创造能力。

从审美经验来看,审美固然离不开对象的客观属性,但更需要主体与审美对象积极构建审美关系,在此基础上创造性地发现审美对象的多种价值。这种发现绝不仅仅是对审美客体审美价值的发现,而同时也是审美主体对于自己的心灵和本质的创造性发现,也许审美主体没有注意到这一点,但这并不影响审美活动对主体联想、想象和发现能力的开掘,因为这是由审美活动的本质所决定的。想象能力则是创造力的核心和关键,而文艺鉴赏恰恰有利于激发审美主体的想象能力。随着社会的发展进步,随着人们审美能力的提高，随着审美实践的日益丰富，人们有时间有条件通过欣赏文艺美，自觉不自觉地激发自己的联想，开拓创造性想象的能力。从"一千个读者就有一千个哈姆雷特"，再到阐释学和接受美学的问世，都揭示了文艺鉴赏具有创造性和发现性的特征。

文艺鉴赏实践证明，文艺鉴赏作为一种审美活动，能够极大地激发审美主体的想象力和创造力。由此出发，我们就可以理解一些科学家喜欢文学作品的原因，他们阅读文学作品，欣赏音乐等，不仅是为了消遣娱乐，还具有激发想象力和创造力的特殊欲求。根据笔者对一些科学家的了解，很多科学家喜欢欣赏文学艺术作品，在闲暇时间也喜欢写诗歌或散文，成为文理兼通的复合型专家。

第二节 文艺美升华审美主体的情感

从审美角度来看，一个人不仅要会欣赏自然美，而且还应该学会鉴赏文艺美，因为鉴赏文艺美有利于升华审美主体的情感，促进人才开发，所以立志成才者应该培养对文艺的爱好，学会全方位地鉴赏文艺美，用理想的文艺美升华自己的情感，提升和开阔人生的境界。因此，华兹华斯认为诗不是以告诉人或启示人去做什么变得更为高雅，而是通过使人的情感变得敏锐、纯净和坚强而直接使人变得高雅。他说，一个伟大的诗人应该"纠正人们的情感……使它更健康，更纯洁，更持久"[①]。

一 艺术境界的丰富性

所谓艺术境界，是指艺术作品中情景交融所形成的一种特殊的情境与物境，也是情境与物境的和谐统一。艺术境界的丰富性表现出多样性与层次性的特点，在较大程度上能够满足人们多方面的审

---

① 转引［美］M. H. 艾布拉姆斯《镜与灯》，郦稚牛等译，北京大学出版社2004年版，第409页。

美需要。从艺术境界的丰富性来看，我们可以切入艺术风格和审美趣味两个角度加以思考，由此进一步探讨艺术境界影响人生境界和促进人才开发的途径和方法。

(一) 从艺术风格的角度看艺术境界

艺术风格的丰富性、多样性与层次性直接蕴含了艺术境界的丰富性、多样性与层次性。从艺术风格上来看，有多少种风格，就会有多少种审美境界，而艺术风格具有豪放、洒脱、婉约、清新、自然、沉郁、优美、壮美、刚健、含蓄等各种不同的艺术特征。

从审美促进人才开发的角度来看，上述这些艺术风格本身并非作品所描绘的事物所具有的客观属性，而是在作品情景交融的基础上，经过审美主体审美以后才获得的审美关系中的审美价值属性，要受到审美主体审美需要和审美个性的影响，也要受到审美主体与审美客体所构建的审美关系的影响。

艺术风格具有丰富性、多样性与层次性，能够在较大程度上促进审美主体思维的丰富性，有助于促进审美主体形成和谐完美的个性特征，优化思维结构，完善感性与理性的和谐统一，克服和避免单一和畸形的性格，有利于和谐人际关系，扩展视野的开放性，这对于促进人才开发是非常必要的。

(二) 健康的审美趣味促进人才开发

审美主体的审美趣味具有丰富性、多样性与层次性。从审美的角度来看，不同的审美主体具有某些共同的审美趣味，但又在一定程度上体现出审美趣味的差异性。从审美趣味对人的影响来看，健康的审美趣味能够促进人才开发。

审美实践表明，审美趣味具有丰富性、多样性与层次性，非常有利于塑造审美主体和谐完美的精神个性，完善和丰富审美主体的精神世界。一般而言，一方面审美主体的审美意识、审美需要和审美能力能够直接影响审美趣味；另一方面审美主体既有的审美趣味反过来也会影响审美主体的审美意识、审美需要和审美能力。低级的审美趣味体现了审美主体审美意识和审美需要的低层次性；而健康的审美趣味则表现了审美主体具有优良的审美意识和正常的审美需要,有利于矫正审美主体的审美意识、审美需要,提升审美主体的审美能力。

审美主体的审美趣味如果比较丰富和优化,客观上就避免了审美主体"偏食"的局限性,特别有利于促进审美主体的身心健康,有利于审美主体形成比较和谐完美的精神个性,在日常的人际交往中能够善与人处,具有良好的团队协作精神,这在客观上有利于促进人际关系的和谐,对于促进人才开发也具有积极的意义。

(三) 艺术境界与审美境界的异同

艺术境界与审美境界二者关系非常密切,又有一定的差别。我们在肯定艺术境界具有丰富性的同时,还应该看到审美境界的丰富性。从审美促进人才开发的角度来看,审美境界的丰富性对于拓展审美主体的心灵和思维视野,也具有特殊的意义。

从审美层次性上看审美境界,审美境界主要体现为高雅和通俗两个大的层次。在日常审美活动中,大量的审美主要表现为对普通事物所蕴含的美的欣赏,但对于人才开发而言,审美主体不仅应该从普通事物的美中获得审美愉悦,而且更应该追求艺术美中那些典型的美、高雅的美与崇高的美。一般而言,对优秀文艺作品的欣赏所获得的美感一般要超过欣赏普通文艺作品所产生的美感,我们在具备条件的前提下,应该争取多欣赏一些较高层次的美,以便从中获得更多的美感和人生智慧的启迪。王安石在《游褒禅山记》中说:"夫夷以近,则游者众;险以远,则至者少;而世之奇伟瑰怪非常之观,常在于险远而人之所罕至焉,故非有志者不能至也。有志矣,不随以止也,然力不足者亦不能至也;有志与力,而又不随以怠,至于幽暗昏惑,而无物以相之,亦不能至也。"可见,非有志者不能至"世之奇伟瑰怪非常之观",这对于我们追求高层次的美,应该说是非常经典的解说。

从审美实践对人才的开发来看,一个人经常欣赏一些高品位的文艺作品,就能够提升自己的人生境界;反之,一个人经常接触一些庸俗的作品，就很可能逐渐变成庸俗之人。因此，经常欣赏高品位的作品，对于任何人的成才，都是非常重要的审美活动，就愈发显得必要和迫切。另外，从丰富性与多样性的角度看审美境界，我们应该注意欣赏不同风格的艺术美，不要以偏概全，要避免审美的单一性，防止审美视野的遮蔽性阻碍人才开发的广度和深度。

从审美的质的规定性来看，艺术境界侧重于对文艺作品内涵、神韵的把握，而审美境界则侧重于审美主体的审美意象或者审美观念。从人才开发的角度来看，每个人都应该具有审美境界的丰富性、多样性与层次性，因为只有具备了审美境界的丰富性、多样性与层次性，才能够真正扩大审美视野，拓展想象力和创造力。就审美视野和审美境界的关系而言，审美视野的扩大能够为人们提供审美的广度；而审美境界的提升则为人们的情感升华提供了更高品位的审美情境。

因此，为了实现文艺美的社会价值，我们应该提高审美境界的层次，升华人们的情感，提高人们审美的高度；应该尽量扩大审美视野，拓展人们审美的广度，使人们真正成为会审美的主体，在审美中获得知情意的协调发展，优化知识结构和能力结构，完善和谐完美的精神个性。

二 鉴赏文艺美促进成才者的情感升华

在审美活动中，一般的审美虽然也能够给人以美感愉悦，但主体所获得美感的程度不会太高。相比之下，通过对文艺美的鉴赏，能够更加有利于提高审美境界，进而促进审美主体的情感升华。

（一）人生在世需要情感升华

人生在世，受到学习、生活和工作的各种压力，内心世界的情感往往无法得到正常表达和升华，因此特别需要通过欣赏艺术美，促进情感的升华。

柏拉图非常重视提高审美境界的重要性，倡导作家要把真善美的东西写到读者心灵里去。他反对荷马的诗，并不是因为他站在奴隶主的立场看待荷马,而恰恰是他认为荷马的诗写了神的很多缺点,境界不高,可能会对年轻人产生不良的影响。亚里士多德也看到了悲剧能够给人特有的快感,能给人以感情的陶冶,这实质上意味着他看到了悲剧具有特殊的教育作用。自古希腊以降,柏拉图、亚里士多德、贺拉斯、布瓦洛、狄德罗和黑格尔等,都非常重视文艺对情感的升华作用。

在中国古代,孔子注重诗教,《乐记》重视"慎所以感"和"以道制欲",在中国美学史上文以载道和美教相结合的乐教文化传统,深刻影响了中华民族的精神风貌,也激励着中国传统知识分子形成"修身、齐家、治国、平天下"的人生观。古往今来,有多少爱国诗篇激励人们热爱自己的祖国!有多少爱情佳作鼓舞人们去追求真挚的爱情!又有多少经典作品至今还在影响和塑造着人的灵魂,融化进人们的血液和脉搏!

比如欣赏描写松、竹、菊、梅的抒情散文,从作家创作的角度来看,不能纯粹描绘大自然的这些植物,而是要自觉把感情投射到作者对这些自然景物的描绘,融情于景,借景抒情,进入一切景语皆情语的艺术境界。在中国传统文化中,松、竹、梅是岁寒三友:松不畏严寒,竹有气节,梅花耐寒;梅、兰、竹、菊为"四君子",其品质分别是:傲、幽、澹、逸。"四君子"是咏物诗文和艺人字画中常见的题材,也是中国传统文人借物喻志的象征,其文化寓意为:梅,探波傲雪,高洁志士;兰,深谷幽香,世上贤达;竹,清雅淡泊,谦谦君子;菊,凌霜飘逸,世外隐士。它们都超凡脱俗,不甘于平庸,具有一种特殊的内在品质。此外,周敦颐的《爱莲说》赋予了莲花出淤泥而不染的高洁品格。因此,从文艺家创作的角度来看,文艺家如果经常喜欢描写这类自然事物,就会受到这类自然事物品质的影响;如果文艺作品欣赏者经常欣赏这类文艺作品,也会在潜移默化中受到熏陶濡染。

审美实践表明,通过欣赏文艺美,非常有利于提升人们的健康情感,我们应该大力倡导人们欣赏文艺美,通过欣赏文艺美,不断丰富和完善审美主体的健康情感。

（二）雪中送炭与锦上添花

在提高审美境界与主体情感升华的问题上，我们还应该正确认识雪中送炭和锦上添花的关系，正确理解"下里巴人"和"阳春白雪"的关系。

为了促进人才开发，我们需要为广大人民群众雪中送炭，对人民群众进行艺术普及，但更需要锦上添花。特别是随着生活水平的提高，我们解决了生存问题以后，就应该马上解决发展问题，甚至在解决生存问题的同时，就应该考虑发展问题；在"输血"的同时，应该同时培育"造血"的功能。我们固然有很多人吟唱"下里巴人"，但我们不能永远停留在"下里巴人"的层面上，而是应该引导更多的人学会创造和欣赏"阳春白雪"。

在鉴赏文艺美方面，我们强调提高审美境界，就是要求通过激发人们高尚的精神吁求，去积极创造和欣赏高尚的文艺美，在人们的心灵深处播下艺术理想的种子，以此升华人们的情感，让健康、和谐、完美的情感陶冶人的心灵，以精神的力量去积极地反作用于外在环境，增强个人的自信心，激发和诱导自己的各种潜能。很显然，通过审美提高审美境界，符合我们提倡素质教育的内在要求，从根本上也非常符合社会主义核心价值观的培育要求。

第三节　文艺美拓展审美主体的想象

在审美活动中，审美主体审美愉悦的程度高低，能够直接影响审美主体想象力的拓展程度。一般来说，审美愉悦的程度越高，越有利于激发审美主体的想象力；审美愉悦的程度越低，越不利于激发审美主体的想象力。因此，为了在审美活动中能够较大程度上拓展审美主体的想象力，审美主体就必须尽可能获得更多的审美愉悦，而鉴赏文艺美恰恰非常有利于拓展人们的想象力。

一 鉴赏文艺美拓展想象力的开放性和无限性

艺术境界具有丰富性,体现了多样性与层次性的特点,这必然影响审美主体审美愉悦的丰富性、多样性与层次性。鉴赏艺术美所产生的审美感受,既取决于文艺作品的审美属性,也取决于审美主体的审美需要、审美意识和审美趣味。

(一) 鉴赏文艺美具有拓展想象力的开放性

丰富多彩的文艺美构成了文艺立体开放的审美系统,鉴赏文艺美具有拓展想象力的开放性。这种开放性对于打破审美主体的思维定式,激发想象力和激发创新活力,是非常必要的。

无论是鬼斧神工、风景如画的自然美,还是伟大崇高、朴素亲切的现实美,它们都充满了美的生命活力。自然美是人化的自然,而现实美则是人们合规律性与合目的性的自由创造,它们只有通过艺术的方式进入艺术作品,成为文艺美的素材和题材,成为文艺作品的内容,蕴含出特定的文艺美,才能够具有永恒的生命力,因为只有文艺美,才能够把自然美和现实美凝定下来,使之成为永恒的具有艺术生命力的作品。为什么说鉴赏文艺美具有拓展想象力的开放性和无限性呢?按照黑格尔的话说,诗人有徘徊于真实与虚构之间的权力,而齐白石则认为,作画妙在似与不似之间。实际上,正是文艺家在艺术构思中将审美表象自由排列、组合、剪辑和变形等,才能创造出一个奇异、诡谲而又充满高度想象的艺术世界。

艺术世界是对现实世界的审美反映和艺术超越。在广度上,艺术世界可以囊括宇宙人生、古往今来;在深度上,它能揭示生活的本质和人物形象深层的心理结构;在结构上,它可以大开大阖,打破时空限制,自由挥洒;在表现手法上,它可以运用叙述、议论、抒情、描写、夸张、变形等多种艺术方式;在艺术风格上,它可以显示出优美、崇高、壮美、自然、飘逸、洒脱、豪放、滑稽、幽默、荒诞等各具特色的审美风格。从审美的角度来看,丰富多彩的文艺美具有无限的艺术魅力,吸引无数文艺爱好者沉浸其中而乐此不疲，从中获得审美愉悦和智慧的启迪。

从人才开发的角度来看，文艺世界的这种开放性能够对审美主体产生巨大的吸引力和激发作用，促使审美主体打破原有的思维定式，激发思维的开放性，促进发散思维的再扩张，能够在潜移默化中促进审美主体的潜能开发。

（二）鉴赏文艺美具有拓展想象力的无限性

鉴赏文艺美不仅具有拓展想象力的开放性，而且具有拓展想象力的无限性，即艺术境界的开放性能够拓展想象力的无限性，即诱发潜能开发的无限性。

如果说，鉴赏文艺美对潜能的开发具有开放性，揭示了文艺美开发潜能的方式和特点，而文艺美诱发潜能的无限性，则是阐明文艺美促进潜能开发所拥有开放性的纵深发展，即这种开放性在广度和范围上没有终点，是一种可持续的开放性。比如在对意境美的欣赏过程中，因为意境美具有景外之景、言外之意、象外之象、境外之境和言已尽而意无穷的审美特点，往往能使人产生无限的联想和想象，在很大程度上能够无限度地激发审美主体的想象力。

屈原受到强烈创造欲望的催动，以问难的方式，把自己对于自然和历史的批判，一口气提出170多个问题，为后人留下了奥妙无穷的《天问》这首长诗。他仰天长叹，从开天辟地，问到天体构造、地上的布置；从神话传说时代，再问到有史时代；从身外的一切，再问到作者自己。行文瑰丽奇特，充满了激情与幻想，引发了后人无数的猜测、联想和想象。至于古代的神话传说和诸多浪漫主义作品，无不"精骛八极，心游万仞"，引人遐想，令人荡气回肠，思绪飞扬，能够在较大程度上激发审美主体者的想象能力。

从人才开发的角度来看，许多优秀的作品能够使审美主体念念不忘，历历在目，这说明优秀作品一方面具有永久的艺术魅力；另一方面，审美主体对作品的每一次解读和反复吟咏，都是一次新的阐释和再创造，审美主体的想象力将会持续得到开发，从这个角度来看，文艺审美的过程永远是激发想象力的过程，也是促进潜能开发的无限过程。

二 文艺美拓展想象力的直接性和间接性

（一）欣赏文艺美能够直接激发想象力

文艺美的欣赏能够直接激发想象力，即审美主体通过对文艺美的欣赏，在丰富审美经验和审美认识、提高艺术趣味和审美理想的基础上，能够直接提升文艺鉴赏能力和审美能力，因为审美能力不是个人单纯艺术经验的感性积淀，而是蕴含着逻辑思维和形象思维的相互融合和渗透。

从创造学的角度来说，兴趣是最好的老师。从审美促进人才开发的角度来看，审美能够体现个人的兴趣爱好，而个人的兴趣爱好能不知不觉地激发自己的潜能，审美主体经常欣赏某一类美的事物，这类美的事物就能够促进他的潜能开发；从审美心理学的角度来看，审美主体经常与特定的审美客体建构审美关系，审美主体在获得审美愉悦的同时，客观上必然会受到这类审美客体的影响。读者如果喜欢李清照的婉约词，心灵深处就可能增加婉约的元素；读者如果喜欢苏轼的豪放词，心灵深处就可能增加豪放的元素；如果经常阅读塑造英雄形象的文学作品或者观看这类影视节目，就会在潜移默化的熏陶中接受作品所蕴含的正能量，激发自己对理想与成才的追求。物以类聚，人以群分，有什么样的审美主体，就会欣赏什么样的审美客体。

由于"近朱者赤，近墨者黑"的普遍性，审美主体经常接触的文艺作品就必然会影响审美主体的心情和性灵，影响审美主体的审美心理、审美趣味和审美能力，拓展审美主体的想象能力。因为欣赏艺术美本质上不是逻辑活动，而是审美的情感冲动，一方面欣赏文艺美离不开想象力的参与；另一方面欣赏文艺美又能够直接激发和拓展审美主体的想象力。

（二）欣赏文艺美能够间接地诱发潜能

对文艺美的欣赏除了能够直接开发审美主体的潜能以外，还能够间接地诱发审美主体的潜能。这主要表现在两个方面：

1. 不知不觉和潜移默化

所谓不知不觉和潜移默化，是指欣赏文艺美对人的影响具有不知不觉和潜移默化的特点。审美主体通过长期的审美活动，就会逐渐丰富和完善自己的心灵，个人的审美素养、审美意识、审美想象和审美能力等诸多主观方面，也会在长期欣赏文艺美的过程中，逐渐得到培育和完善。

2. 在情感愉悦中诱发潜能

欣赏文艺美还能够间接地诱发审美主体的潜能，给人以情感的愉悦，促进人的身心健康。从文艺美诱发潜能的角度来看，我国中小学的艺术教育不是多了，而是太少了，这也是我国学校教育的各类人才普遍比较缺乏想象力和创造力的原因之一。因此，我们的教育应该进一步加强对学生的艺术熏陶，让学生在欣赏艺术作品中潜移默化地诱发自己的潜能，间接促进学生的智能优化和思维拓展。

从各种实用美学的角度来看，劳动美学、技术美学、环境美学、生态美学、商品美学等实用价值比较显著的美学，都在一定程度上阐释了美的产品和美的环境等对人的影响。一般来说，美的产品和美的环境能够给人带来审美的情感愉悦，促进劳动者自觉不自觉地调动较多的心理能量和体能，提高劳动效率，激发人们身心的多种潜能。比如，在设计产品的包装颜色时，相同的产品如果包装成白色，搬运工搬运时的感觉就比较轻些；而如果包装成黑色，搬运工就会感觉比较重一些。这是由于产品包装的色彩作用于搬运工的视觉以后，引起了相应的心理反应。显然，白色或者比较淡雅的颜色等在一定程度上能够引起主体的情感愉悦，有利于激发自己的体能；反之，可能就难以激发主体的体能。

欣赏文艺美之所以能够诱发人的潜能，这完全有内在的审美生理机制作基础。审美主体在欣赏文艺美的过程中，以大脑皮层为核心部位，以听、视感官为主要审美感官，各种生理构造相互联系、相互作用，激活欣赏者特有的整体性、自调性的有机动力系统，增强思维的发散性,通过"精骛八极,心游万仞",达到"观古今于须臾,抚四海于一瞬"的想象境界。

欣赏文艺美的经验表明,经过长期的文艺鉴赏,审美主体能够从文艺美中获得求知、向善和人生美化的多种价值,能够在自由自觉、循序渐进的审美过程中,潜移默化地开发多种潜能。

第十一章

文艺与人才美学论

人才美学是研究人才的美与审美推动人才开发的一门新兴的人文交叉学科。从文艺创作的角度来看，一方面任何人要成为一个真正优秀的文艺家，都必须在文艺丰富多彩的世界中广采博取，学习古今中外一切优秀的文艺作品，从中获得审美的美感、美的启迪和创作的智慧，即通过对文艺作品的审美观照，促进一个普通人向文艺家的生成；另一方面从人才的美来看，人才是最高的社会美和最高的文化美，我们既要从人才的美中得到美的熏陶和启迪，也要充分发挥文艺美的作用，利用欣赏文艺美全面促进人才的发展。

第一节 文艺与人生审美

从生命哲学的角度来看，文艺与人生审美具有非常密切的关系，一方面，文艺作品是文艺家创造出来的劳动成果；另一方面，人的一生客观上离不开丰富多彩的文艺作品，即人生需要艺术，人生需要审美。随着人生艺术化和审美化历史进程的加快，文艺之美客观上已经成为人生审美的重要对象。

一 文艺是人生认识社会的审美镜子

文艺是对社会生活的审美反映，也是对社会理想的审美表达。文艺具有审美意识形态的特点和性质，对于人生而言，虽然了解社会的途径和方法很多，但通过文艺作品的观照、体验、审美和认知，客观上也能够从文艺作品中认识到在现实中也许无法了解到的真谛。因此，我们可以说文艺是人生认识社会的一面很重要的审美镜子。

钱学森的文艺观对于我们理解文艺与人生的关系很有启发。冯亚分析了钱学森文艺观的三个重要特征：人民性、超前性、科学性。"钱学森将对美的追求自觉地融入了理论思考和顶层设计，他的文艺观具有鲜明的人民性、超前性和科学性特征。"[①] 冯亚认为，人民性来自钱学森坚定的马克思主义信仰，超前性体现在钱学森始终站在人类精神文明的高度思考文艺，科学性突出地表现在钱学森关注文艺与科技的结合。很显然，钱学森关于文艺的人民性、超前性和科学性，表现了文艺与社会人生非常密切的关系。

从文艺作品所表现的内容来看，文艺作品既能够描写和歌颂真善美，也可以描写和批判假恶丑，我们可以从中了解到社会真善美和假恶丑两种力量的对比、较量，从中了解真善美战胜假恶丑的必然规律和正义性，也可以从假恶丑暂时因为势力比较强大，真善美因此遭遇暂时的失败甚至毁灭的偶然性，揭示悲剧震撼人心的力量。

从各种心理学的角度来看，我们从各种文艺作品中可以看到文艺家对各类艺术形象内心世界的描写和揭示。我们大部分人在现实中受到各种主客观因素的影响，很难了解到形形色色人物的内心世界，而文艺家这些描写和揭示恰恰能够满足我们对这些人物了解的内心吁求。我们从《阿Q正传》中不但认识了一般的国民性，而且也了解到阿Q的变态心理及其复杂的心理世界。

从文艺作品反映社会的广度和深度来看，文艺作品是一幅幅色彩斑斓的历史画卷，我们可以从中看到一个国家、一个民族的历史兴衰，看到一个家庭、一个家族的兴亡变化，看到一个人坎坷不

[①] 冯亚：《钱学森的文艺观》，《光明日报》2020年12月18日。

平、悲欢离合、艰难曲折的命运。我们从这些丰富的历史画卷中可以认识到古代神话所蕴含的历史内容和先民瑰奇的想象，看到各种神话人物的传奇故事，领悟做人做事的哲理睿智；从各种科幻故事中领悟科技与想象的内在联系，启迪我们的想象力和创新智慧；从各种历史题材中认识社会发展兴衰、否极泰来的辩证思维；从各种军事题材中认识排兵布阵的战略智慧，等等。

但是，我们把文艺看作人生认识社会的审美镜子时，一方面要通过艺术真实看到文艺作品中所蕴含的生活真实，看到文艺作品对社会本质规律的揭示；另一方面也要注意艺术真实与生活真实的联系及其区别，注意文艺这面镜子有时也会是一面哈哈镜，在对生活真实变形的同时，有可能只是反映了社会生活的现象，而没有反映出社会生活的本质和规律，甚至是在某种程度上歪曲了事实真相，颠倒是非和混淆黑白。

二　文艺是人生审美的精神食粮

人生在世，既需要从丰富多彩的社会生活中汲取精神养分，也需要从各种精神产品中获得思想启迪，而从文艺作品的审美中获得诗意的启迪，则是完善和塑造人们精神生命的重要方式，是诗意栖居内在的精神吁求。

人的生命不仅是肉体性的物质存在，而且还在于人的精神生命。对艺术的审美是人生进入审美境界的重要方式，"因为审美境界正是人与世界、宇宙之间物我两忘、水乳交融的自由境界。这样，最高的美和最高的善就沟通起来了"[①]。也就是说，人生需要丰富的精神生命，进而需要通过对各种丰富多彩的艺术美进行观照和欣赏，在审美愉悦中丰富和完善人的精神生命，使人的精神生命审美化、诗意化，进而融入日常生活审美化的诗意栖居的境界。从审美的社会功能来看，"人类如何抵制异化、消除异化，恢复人性的

[①] 朱立元：《略论美学与伦理之关系》，《文艺美学研究》2002年第1辑。

全面发展，牵涉到人类共同的长远利益，而在这方面，审美有重大作用，它可以使人们在心理上更健康、更美好"①。席勒在《审美教育书简》中也曾经论述了审美具有克服异化、促进人性完善的重要作用。

我们在塑造精神生命时，从哲学中学会了爱智慧，爱思辨，学会了辩证思维，认识了天人关系，从天人合一中注重人与自然的和谐；从思维科学中学会了思维的系统性，学会了辐射思维、辐集思维、逻辑思维、逆向思维和光明思维等；从心理学中学会了提高情商、保持心理健康的科学方法；从社会学中了解了人与社会的关系、人与人的关系、情与婚姻、家国关系、人口流动与变迁等；从美学中学会了审美，掌握了审美的基本特点和基本规律，从欣赏文艺作品中拓展了审美视野、理解了形象思维，丰富了审美想象，提高了审美理想，提高了人生境界，增强了审美能力。人生美学启迪我们，人生离不开文艺，人生需要文艺作品为我们提供审美对象；人才美学启迪我们，人才开发需要文艺作品激发人们的美感，需要文艺作品激励自我，需要文艺美不断为人才开发注入新的动力。

从审美的复杂性来看，虽然每个人对审美的需要彼此之间是同中有异、异中有同，但都需要欣赏文艺作品，这一点却是毋庸置疑的。古往今来，各种文艺作品提供了多种可能性的审美选择，每个人都可以根据自己的兴趣爱好和审美能力，选择适合自己的文艺作品，来丰富自己审美的精神生命。

三　文艺是人生重要的消费对象

在物质生产与精神生产的过程中，人类既是生产主体，也是消费主体。人们作为消费主体，不仅要消费大量的物质财富，而且也要消费大量的精神产品，其中需要消费很多的文艺产品。

根据国家统计局中国统计年鉴统计的数字，2017年全国音像、

---

① 朱立元：《略论美学与伦理之关系》，《文艺美学研究》2002年第1辑。

电子出版物进口额 34584.46 万美元，2019 年进口额 38019.93 万美元，2021 年上升到 42688.27 万美元；2017 年电视节目进口额 190278 万元，2018 年上升到 360621 万元；2017 年全国艺术表演场馆演出场次 13454 万人次，2018 年 117569 万人次，2019 年 123020 人次。2000 年以来受新冠疫情影响，艺术表演场馆演出场次下降幅度较大。由此可见，各类文艺作品已经成为居民重要的消费对象。《管子·牧民》说"仓廪实而知礼节，衣食足而知荣辱"。我们现在可以说，不但仓廪实而知礼节，衣食足而知荣辱，而且仓廪实而知审美，衣食足而爱文艺，因为文艺已经成为居民非常重要的消费对象，人的一生已经离不开文艺审美活动了。

随着闲暇时间的增多，人们不再沉溺于打扑克，打麻将，而是在闲暇时间增加了文艺欣赏的内容。特别是随着 1999 年高校扩招，接受大学教育的人越来越多，追求精神消费的人也越来越多，因而消费文艺，欣赏文艺，已经成为比较普遍的社会现象。而随着网络自媒体的发展，网络创作也已经走向大众化，成为很多青少年满足自我实现愿望的重要尝试。在大众娱乐与健身活动中，广场舞虽然因为活动空间的原因而扰民受到非议以外，广场舞本身实际上体现了诗歌、舞蹈与音乐"三位一体"的特点，是一种群众化的娱乐与消费方式。

当然，文艺作品作为大众的消费对象，不是消费者消费掉了文艺作品，而是大众在消费中客观上为文艺作品进行了增值，实现了文艺作品价值的最大化，实现了文艺向接受者和消费者的价值赋能。

第二节　文艺与人才开发

文艺创作是文艺家呕心沥血的独特创造，是文艺家本质力量的对象化，也是社会精神生产的重要精神财富，它蕴含着巨大的精神能量和审美感染力，激励着无数读者、观众和听众积极向上的进取精神，促进着全社会的人才开发。

一　文艺对精神生命的塑造作用

文艺作品是文艺家创造出来的精神财富，对接受者的精神生命具有重要的塑造作用。精神生命包括世界观、自然观、社会观、人生观、历史观、人性观、价值观、审美观、文艺观、金钱观、权力观、爱情观、婚姻观、友谊观、职业观、性别观以及各种意识、无意识和各种思想感情，等等。

文艺内容和形式都非常丰富，文艺美学研究只有打破学科壁垒，走向理论与实践更加开放的学术视野，才能更好地研究文艺丰富多彩的美。"受审美现代性理论的影响，我国的文艺美学研究呈现出鲜明的双重性特征：一方面，审美性的张扬为文艺的正名发挥了积极的促进作用，将文艺的审美性特征清晰地揭示出来，为我们深入研究文艺本质属性及其发展规律奠定了扎实的基础；另一方面，又走向了问题的另一端，将文艺的基本属性界定为审美，并进而视此为文艺的唯一的和全部的特性，把本应与丰富多彩的社会生活相一致的具有多维度、多层次、多因素构成的复杂结构和多面性特征的文艺予以单一化、孤立化和片面化的界定，将诸如文艺与社会、文艺与历史等维度的辩证关系割裂，甚至加以屏蔽；即使是被凸显的'审美'这一特征，其内涵也被狭隘化、片面化和抽象化，背离了'审美'范畴所应有的内涵品格。"[1] 因此，我们应该把文艺美学研究推向更加广阔的学术空间，把文艺美学与社会人生更加紧密联系起来，在研究文艺美的同时，进一步研究文艺美对社会人生多方面的积极作用。

从个人精神生命的形成与发展来看，一个人的精神生命是在各种主客观诸多因素的相互影响下不断形成和发展变化的。在主客观

---

[1]　杨杰：《审美现代性与当代文艺美学的建构》，《中国文艺评论》2018年第12期。

因素的相互影响过程中，个人除了受到家庭、学校和社会的多方面影响以外，还可以从各种实践活动以及读书和欣赏各种文艺作品中汲取精神营养，来丰富和完善自己的精神生命，学到平时在学校学不到的知识。"文艺是上层建筑、意识形态，但又不是一般的，而是特殊的上层建筑、意识形态。它不仅只是传达人类既有的审美经验，而且要把自己的审美体验结晶为一个新的艺术世界，为人类提供一种新的审美经验，从而去对社会发生作用，推动人类由'必然王国'向'自由王国'迈进。"[1] 在欣赏文艺的审美活动中，想象能力的高低直接影响着艺术审美活动的成效，而"艺术教育，直接关系到人性素质的提高和社会和谐、文明的建构。……艺术教育是一种全面教育，是促进智德美全面发展的一种教育方式"[2]。"艺术是人类追求美，追求真善美合一的自由理想境界的集中体现。艺术教育是进行理想教育的最有效的形式，艺术审美活动是体验人生价值的优美园地。"[3] 从文艺作品对青少年成长的影响来看，因为中国的父母和教师平时基本上不会告诉孩子和学生怎样谈恋爱，因此，青少年许多关于爱情的知识和交异性朋友的做法往往是从爱情小说或爱情影视节目等文艺作品中间接学到的。

另外，对于人生而言，每个人都会受到时空的局限性，对于异域风情、历史兴衰、战争场面等内容，在自己所处的时空中往往很难遇到，因而对这些内容也就缺乏基本的了解。但是，人们可以通过阅读外国的文学作品，观看外国的电影和电视剧，了解外国的风情习俗，外国的历史风貌；通过描写战争题材的作品，了解战争中以少胜多、以弱胜强的智慧；通过历史题材的各类文艺作品，了解到各种相关的历史知识及其丰富的社会内容。

从文学作品来看，《三国演义》对笔者的影响是最大的，在一

---

[1] 胡经之：《文艺美学》，北京大学出版社2000年版，第12页。
[2] 聂振斌：《艺术教育的综合性及人文价值》，《文艺美学研究》2011年第5辑。
[3] 聂振斌：《艺术教育的综合性及人文价值》，《文艺美学研究》2011年第5辑。

定程度上来说,《三国演义》极大地充实和丰富了笔者的精神生命,笔者从作品中可以学习诸葛亮淡泊以明志、宁静以致远和志当存高远的人生境界;学习刘备三顾茅庐、尊重知识和尊重人才;从关羽的忠义中学习做人的正气;从赵云的智勇双全、不居功自傲和胜不骄败不馁中学习做人的品格;从张飞的鲁莽暴躁中反思做人要学会自我调控的道理;从周瑜的心理狭隘中启发人生要具有海纳百川的胸怀。从《三国演义》丰富的内容来看,作品包含着治国安邦、战略战术、政治权谋、事业兴衰以及以人为本、得人才者昌失人才者亡的大智慧、大格局,也包含着正确对待个人名利、个性塑造、情绪调控等许多做人做事的经验教训。我们从《水浒传》中看到了统治者应该如何管理国家、治国安邦以及如何避免官逼民反的社会悲剧;我们从文学史上塑造的一系列吝啬鬼的艺术形象中,认识到金钱、财富对人性的异化,其中,巴尔扎克的长篇小说《高老头》艺术地反映了金钱、名利对人性和亲情的异化,可谓一针见血,入木三分,发人深省。

从审美的角度来看,我们欣赏各种优秀的文艺作品,在获得各种美感愉悦的同时,还从中了解复杂纷纭的社会万象,深刻洞察社会和人性的本质。从完善和丰富精神生命的角度来看,我们通过欣赏各种文艺作品,一方面丰富了我们的美感,培养了我们的审美意识,提升了我们的审美理想,养成了我们健康的审美趣味;另一方面我们从包含深广社会内容的文艺作品中,间接地了解社会和人性的复杂性,了解了真善美与假恶丑的较量所形成的矛盾冲突,也从中了解了人生之路的多种可能性。

二 文艺对人才开发的激励作用

关于文艺的社会作用,从文艺的丰富性及其内容的包孕性来看,文艺对社会人生具有多方面的作用,其中包括审美功能、认识功能、教育功能、消遣功能、娱乐功能、补偿功能、传承功能、传播功能、工具功能和医疗功能,等等。这些文艺功能涉及文艺对人生社会的多方面影响，也能够直接促进全社会的人才开发。

从文艺对人才开发的激励作用来看，许多优秀的文艺作品能够对受众产生重要的激励作用。"某些文学类型，例如从主人公想象的命运中得到'快感'并使心灵获得解放的悲剧，其劝善效果使人类的行为和磨难中可以引以为鉴的事件具有振聋发聩的作用。对一个文学上的楷模作出审美反映的更大动力来自更为复杂的净化的快感。"[①] 在法国启蒙运动中，启蒙运动领袖运用启蒙思想倡导个性解放，发挥人的主观能动性，充分肯定个人的价值与尊严，反对阻碍个人发展的一切僵化保守的教条，反对传统的世俗偏见，肯定个性发展的无限可能性，通过戏剧改革，主张人民参与政治，法律面前人人平等，大力倡导"天赋人权"以反对封建专制制度对人们的束缚。狄德罗从社会发展进步的高度出发，极力主张戏剧改革，倡导突破古典主义的清规戒律，反对戏剧内容陈旧和格调轻浮，戏剧应该以艺术的方式、艺术的感染力，使人民认识到自己应该承担的责任，以实现戏剧的道德教育和思想启蒙作用。启蒙运动中的文艺美学思想，不仅促进了当时法国文艺的健康发展，而且对现代文艺美学也产生了持久的影响。就法国启蒙运动来说，狄德罗的艺术家论、艺术创作论、鉴赏批评论以及真善美与审美关系论，至今仍具有重要的美学意义。

从历史上的进步文艺来看，许多优秀的文艺作品能够对受众产生非常积极的影响，熏陶和激励着文艺作品的接受者树立积极进取的人生观，坚持不懈地努力拼搏，追求人生的美好理想，这对于激励接受者们成才具有非常重要的意义。"正是完美之物的审美性质及其超越一切期望的力量激发了对楷模发生钦慕的审美情感，突出了这种情感的特性，导致人们把它视作为一种行为模

---

① [德]汉斯·罗伯特·耀斯：《审美经验与文学解释学》，顾建光、顾静宇、张乐天译，上海世纪出版集团2006年版，第113—114页。

第十一章 文艺与人才美学论

式。"① 因此，许多以历史原型为背景塑造的正面艺术典型，客观上往往能够对读者产生重要的激励作用。即使悲剧作品，也能使读者或观众在悲痛中激发内在的生命力，沿着悲剧主人公奋斗的足迹无所畏惧地毅然前行，自觉追求未竟的正义事业。杨沫的长篇小说《青春之歌》为年轻知识分子阐明了人生的理想与奋斗之路，奥斯特洛夫斯基的长篇小说《钢铁是怎样炼成的》通过歌颂主人公坚强不屈、与命运抗争的斗争精神，激励着一代青年对人生理想的追求。因为"艺术的根本目的是通过审美之途，通过赋诗运思，感悟人生生命意蕴所在，并在唤醒他人之时也唤醒自己，走向'诗意的人生'"②。从文艺的社会作用来看，优秀的文艺作品对人才开发具有直接或间接的多种激励作用，能够催发文艺作品接受者的内生动力，有利于促进接受者的人才开发。

三 文艺对人才情商的濡化作用

文艺反映和表达文艺家对社会人生的各种思想感情，通过塑造形形色色的人物形象，展示各种人物丰富多彩的情商。文艺作品中的情商表达和形象展示能够对接受者的情商产生积极的濡化作用。

在心理学界，霍德华·加德纳重视心智结构，彼得·萨洛维和新罕布什尔大学的琼·梅耶重视"情绪智力"，丹尼尔·戈尔曼重视情感智商③，都在较大程度上发现和揭示了情商对人生的重要性。情商包括五个要素：自我认知能力、自我调控能力、自我激励能力、移情能力（共情能力）、人际交往能力。在这五个要素中，前三个要素是个人对自我生命内部指向而言；后两个要素是个人对外

---

① [德]汉斯·罗伯特·耀斯：《审美经验与文学解释学》，顾建光、顾静宇、张乐天译，上海世纪出版集团2006年版，第207页。
② 胡经之：《文艺美学》，北京大学出版社2000年版，第17页。
③ [美]丹尼尔·戈尔曼：《情感智商》，耿文秀、查波译，上海科学技术出版社1997年版，第42页。

指向而言。从古往今来大量的文艺作品所塑造的各种艺术形象来看，凡是事业成功的艺术形象，一般都具有比较高的情商；反之，那些人生没有成功或者先成功后失败的艺术形象，情商一般都比较低，或者在某个特定的关键时刻的情商比较低。从情商与事业成败得失的关系来看，一个人什么时候情商高，事业就顺利畅达；什么时候情商低，事业就遇到挫折阻碍。

《三国演义》是我国文学史上一颗璀璨的艺术明珠，是一部形象化的人才学，也是一部意蕴深厚的情商学，即情商高者胜，情商低者败。《三国演义》多层面展示了一系列各具情商特色的艺术形象，演奏了情商决定事业成败得失与人物命运悲欢离合的情商曲，可谓波澜起伏，荡气回肠，令人感慨唏嘘不已。

在情商的五个要素中，自我认知能力越高，越有利于从个人实际出发，制定正确的战略决策和未来发展规划等，更好地扬长避短；自我调控能力越高，意志品质越坚韧，越有利于攻坚克难，增强战胜挫折的可能性；自我激励能力越高，人才开发的动力更多地来自生命内部，有利于在人生旅途上打"持久战"和跑"马拉松"；移情能力越高，就越有利于善解人意，理解他人的情绪，与人和谐相处；人际交往能力越高，越有利于和谐人际关系，借力发展，形成事业成功的合力。因此，情商能够直接影响甚至决定事业的成败。

从《三国演义》中人物的兴衰际遇、悲欢离合来看，每当特定的人物情商处于比较高的状态时，其事业就顺利，甚至逢凶化吉；每当其情商比较低的时候，其事业就要遭遇失败。《三国演义》各种人物的情商高低不同，其语言和行为方式也各具特色，表现了不同人物的个性特征，审美显现了人物的音容笑貌、悲欢离合，可谓蕴藉深厚，耐人寻味。对于曹操、孙权、刘备能够三分天下，许多人认为他们分别占有天时、地利、人和。笔者认为，很大程度上在于他们都是在实践意义上真正的人才学家，他们不仅都有很好的"人谋"，而且都有很高的情商。虽然刘备三顾茅庐时，诸葛亮在给刘备的战略分析中，就有"北让曹操占天时，南让孙权占地利，将军可占人和"之说。对于《三国演义》曹操、孙权和刘备三分天下的归因探源，我国学术界和民间普遍受中国传统文化重视天时地利人和思想以及诸葛亮的影响，却在较大程度上忽略了情商对他们三人的重要影响。曹操、孙权和刘备的人生轨迹表明，他们情商高的时候，他们的事业就发展壮大；情商低的时候，就导致事业的失败。因此，从情商视角分析《三国演义》，小说描绘了三国兴衰的波澜壮阔、英雄辈出，但只需"情商"二字足以评之。

历史长河，大浪淘沙，《三国演义》中一系列人物各种不同的情商，展示了血肉丰满、各具特色的艺术形象，令人百读不厌，历历在目，呼之欲出，而情商的美学意蕴则使艺术形象愈加异彩纷呈，蕴含无尽的艺术魅力。我们阅读《三国演义》和欣赏各种优秀的文艺作品，直观各种人物形象的事业轨迹和命运的悲欢离合，从中感悟情商对于人生和事业的重要性，受到作品情商思想潜移默化的濡化，在不经意间提高了我们的情商。

第三节 文艺美与人才美

从学术史的角度来看，最初的学术研究往往是以整体性视域进行的，学科分化既是学术研究的进步，也在一定程度上限制了学科的交叉融通，学术研究本无学科壁垒，因此，我们只有打破学科壁垒，才能真正促进学科的思域融通与学术创新。随着文艺学与美学研究的深入发展，对文艺美学进行跨学科研究，已经成为文艺美学发展的大势所趋。文艺美学研究应该打破学科壁垒，推进融会贯通。"就文学学科而言，一方面，学科整体规范清晰，自成体系；另一方面，不仅文学研究与其他学科壁垒森严、难以对话，文学二级学科之间同样相互隔膜、故步自封。面对纷繁复杂的文学现实，面对时代对文学和文学研究的现实召唤，必须打破学科壁垒，在一种既坚守又开放的研究态度和学术格局中，寻求理论高度、思想深度的新突破。"①

一 人才美学的内涵与价值

从文艺美学研究跨学科的角度来看，我们可以把文艺美学与人才美学结合起来。文艺美学要研究文艺作品的艺术美，人才美学则研究人才的美，二者看似毫无关联，实则联系非常紧密。一方面，文艺美是文艺家人才自觉创造的精神产品，是文艺家人才本质力量的对象化，也是各种部门美学最需关注的研究对象；另一方面，一个人要成为人才，就应该自觉欣赏各种优秀的文艺作品，从丰富多彩的艺术美中启迪灵感和智慧，拓展丰富想象力，提升综合素质和创意能力，激励自己干事创业的进取精神。

（一）人才美学的内涵

人才美学是人才学与美学之间的交叉学科，既要吸收人才学的基本原理，对人才进行审美的烛照和探幽，全面研究人才的美，又要运用美学原理，研究通过审美（其中包括对文艺的审美）促进人才开发的基本特点和规律。人才美学研究的重点是通过对人才学和美学的交叉融合，通过阐释二者的内在关系，对生存美学和生命美学进行精神价值和社会价值的理性提升，以促进人类在审美生存和完善生命中实现生命的价值。

1. 人体美与身体美学

从自然美的角度来看，人体美是最高的自然美。人体美得天地造化、父母遗传，集各种先天因素，造就天然的人体美。当然，我们应该看到，人体美不仅属于自然，也属于社会，与艺术美息息相关，其外在显现通常与人体艺术、舞蹈艺术、人体雕塑、人体绘画相关联，体现着一定的人文性和人体的艺术性，如果没有社会性与人文性的内涵，人体美也许只能是动物的美。

---

① 中国社会科学杂志社：《2021年文学学科研究发展报告》，《中国社会科学报》2022年1月10日。

第十一章 文艺与人才美学论

人体美作为自然美,以形式美为指归,而不是以善取胜,单纯的人体美的审美意义显然比不上内容与形式和谐统一所蕴含的美。柏拉图认为身体的优美只有与心灵的优美谐和一致,才是最美的境界。黑格尔认为自然美的顶峰是动物的生命美,但他更把美视为理念的感性显现,而他所说的"理念"则具有善的意蕴。

近些年来,国外的身体美学在国内产生了较大影响。美国学者理查德·舒斯特曼试图"终结鲍姆嘉通灾难性地带进美学中对身体的否定",并"提议一个扩大的、身体中心的领域,即身体美学"[1],把身体美学定义为:"对一个人的身体——作为感觉审美欣赏(aisthesis)及创造性的自我场所——经验和作用的批判的改善的研究。因此,它也致力于构成身体关怀或对身体的改善的知识、谈论、实践以及身体上的训练。"[2] 舒斯特曼认为:"身体不仅是人们展示和培育种种气质、种种价值观的根本性物质载体,它也是人们感知和表演技巧的载体。这些技巧经过磨练,可以提高人们的认识、增强人们的德性和幸福。"[3] 舒斯特曼身体美学中的"身体"不同于一般的"肉体",而是"包括物质世界中的客体与指向物质世界的有意识的主体性。因此,身体美学不仅仅关注身体的外在形式与表现,它也关注身体活生生的体验"[4],"将身体作为感性审美欣赏与创造性自我塑造的核心场所,并研究人的身体体验与身体应用"[5]。值得注意的是,理查德·舒斯特曼如此研究身体美学,已经

---

[1] [美]理查德·舒斯特曼:《实用主义美学》,彭锋译,商务印书馆2002年版,第353页。

[2] [美]理查德·舒斯特曼:《实用主义美学》,彭锋译,商务印书馆2002年版,第354页。

[3] [美]理查德·舒斯特曼:《身体意识和身体美学》,程相占译,商务印书馆2011年版,第5页。

[4] [美]理查德·舒斯特曼:《身体意识和身体美学》,程相占译,商务印书馆2011年版,第34页。

[5] [美]理查德·舒斯特曼:《身体意识和身体美学》,程相占译,商务印书馆2011年版,第33页。

不纯粹是身体的美学了，客观上已经超越了动物性的人体美的特点。

笔者之所以研究人才美学，不仅是受到人才学和美学的双重影响，而且还受到美育学、生命美学和人生美学的启迪，也是对美国美学家理查德·舒斯特曼关于"身体美学"的回应。笔者认为，身体美学的主旨是侧重于从身体自身的角度对人的美进行研究，它虽然也关注肉体与精神的统一性，但并不主要研究人的精神性和社会性，客观上也忽略了人作为社会美所具有的审美属性，更不可能从真和善的高度统一中研究人才的美，其局限性是显而易见的。

2. 人才的美是最高的社会美和文化美

人体美是最高的自然美，但应该具有人文性和艺术性，才能超越人体美的动物性。与人体美不同，人才的美则是最高的社会美和文化美。

美学的根本问题是人的问题。人是唯一的审美主体，也是最重要的审美对象。人才作为重要的审美对象，是肉体生命、精神生命和社会生命的和谐统一，也体现了外在美与内在善的和谐。从审美的角度来看，对人才的审美观照更多地体现了审美主体与审美客体之间的相互促进、相互影响和相互制约。人才美学通过对国内外美学研究现状的分析，在借鉴实践美学、生存美学和生命美学的基础上，在理论上探究人类在生存美化和生命美化的基础上，进一步探索实现肉体生命、精神生命和社会生命的价值融合与统一的内在机制；而通过探讨人才与审美的互动关系，深入研究人才美学，则力求彰显人才美所蕴含的必然和自由的统一、功利性和审美性的统一、现实性和超越性的统一。人才美学的研究是对当代美学研究的新探索，也是一种新的跨学科的交叉研究和整合研究。

人才的美是社会美的核心。在社会美中，人的行为美、语言美、心灵美、环境美、劳动美以及创造的物质产品和精神产品的美，都不是孤立的存在，而恰恰是人的美的显现。一个人如果在社会实践中能够具有这些美的特征，毫无疑问，这个人肯定是一个人才。因此，一方面人的美构成了社会美的主要内容；另一方面人的美又离不开人才的美，甚至可以说，唯有人才的美，才真正是社会美的核心，因为人才是人口中比较优秀的部分。换言之，一个人的美是内容与形式的和谐统一，而如此一来，这个人的美显然已经具有了人才美的意蕴。在对社会美的观照中，我们不仅欣赏人的形体美和相貌美，而且还要欣赏人的语言美、人格美、心灵美、实践过程和实践结果（真和善相统一）所蕴含的美，从人类自身去探讨美的根源和美的主题，把人才视为最高的社会美。人的美是社会美的主体，人才的美是最高的社会美。社会美以内容取胜或见长，一方面社会美离不开人才美的支撑，一方面丰富多彩的社会美又为人才美提供了生动深厚的生活源泉。因此，一方面应该以全社会的人才美当作审美对象，把人才美纳入审美视野，促进审美意识和审美能力的提高，追求人生理想的崇高美；另一方面特定个体还应该使自己人成其才，自觉做他人的审美对象，为社会塑造个体的美好形象。这样，人和人之间互为审美主体和互为审美客体，个体作为审美主体，使他人客体化和审美化了；个体作为他人的审美对象，主体也客体化和审美化了。

人才美是最高的文化美。从文化的本质来看，人类是最重要的文化形态，是物质文化和精神文化的创造者和承传者，是文化的积淀者和彰显者，也是最重要的文化符号。首先，人类是宇宙间最高级的物质形态。人的生命体是物理属性、化学属性和生物属性的和谐统一，人类生命的造化可谓得天地之精华，所以在美学上一般把人体美视为最高的自然美。尽管许多动物在某些结构和功能方面可能会大大超过人类，但人类生命作为智能和体能的和谐统一，体现了结构的完善性，也具有功能的多样性和超动物性。人类无论是先天的模仿能力还是后天的学习能力，抑或是创新能力，都彰显了人类特有的主体性，能够超越其他任何高级生物。其次，人类作为最重要的物质文化形态，主要表现在人类自身具有社会属性，既有经济属性、政治属性，又有文化属性等，能够在社会意识的支配下，建立一定的社会关系,积极主动地参加特定的社会实践,是社会人、文化人和文明人的集合,也是以社会和文化的方式生存和发展的高级文化形态。所以,笔者在充分肯定人类主体性的基础上,曾经提出最高的社会美是人才美的观点,[①] 而事实上,人之所以为人,决不仅仅是因为具有思维和意识,而是具有创造文化的能力,人类自身是文化的继承者、积淀者、彰显者、传播者和创造者。

实际上,人类不但是最重要的物质文化形态,而且也是最重要的精神文化形态。人类自身作为文化的继承者、积淀者、彰显者、传播者和创造者,本身就是最具有生命力的文化载体,是文化载体和文化本体的和谐统一。人类作为文化的最高形态,人的思想、情感、智慧、意识、无意识,所谓知情意等心意诸力无不具有文化的内涵。卡西尔曾经把人视为符号动物和文化动物,认为"我们应当把人定义为符号的动物(animal symbolicum)来取代把人定义为理性的动物"[②]。他通过文化哲学和哲学人类学的结合,实际上揭示了"人—符号—文化"三位一体的内在逻辑,其核心和关键是把人看作文化动物或者符号动物。卡西尔的重要之处在于他看到了人需要通过符号来创造文化,但是,由于受到符号理论的束缚,他没有继续深入探讨人自身的文化性。

我们无论是从文化史还是文明史的角度来看,人类自身不但是文化史和文明史的创造者和承传者,而且也是文化史和文明史最重要的载体和显现者,不但承担着文化符号的特殊功能,而且自身恰恰就是最重要的文化形态。唯其如此,研究文化,就必须首先要研究人的文化特性和文化本质,而决不能仅仅把人当作文化的创造者和承传者。

在文化全球化的发展走向中,把人看作是最重要的文化形态,

---

① 薛永武:《从审美文化看人才美学》,《光明日报》2005年6月7日。
② [德]恩斯特·卡西尔:《人论》,甘阳译,上海译文出版社1985年版,第34页。

这不仅对于研究人才美学具有特殊的重要意义，而且对于实施文化战略和人才战略也具有非常重要的意义。把人视为最重要的文化形态，肯定人不仅是文化的创造主体和消费主体，而且也是具有文化属性的社会群体。从创造主体而言，无论是物质文化创造还是精神文化创造，都是特定文化主体——人的创造力的实现。在认识世界和改造世界的求真向善的各种实践活动中，唯有人的主体性和创造性，才真正具有文化的意蕴。也就是说，文化不是自身的生成，而是人类自觉创造的产物。

人才的美是重要的审美文化。在各种审美文化中，我们不仅要研究物质形态和精神形态的审美文化，而且还应该研究这些审美文化的主体性特征和本质，要研究作为审美文化的创造者所具有的审美文化特征及其本质。从社会美的角度来看，各类人才以自己独特的心灵美、语言美和行为美，在认识世界和改造世界的过程中做出了重要贡献，为人类创造了美好的生活，为社会展现了美丽的风采。

3. 审美与人才开发

美育学或审美教育学虽然都研究审美教育或者美育，但美育学或者审美教育学具有其理论和实践的局限性。

从对美育约定俗成的界定来看，美育，又称美感教育，是指施教者通过培养人们认识美、体验美、感受美、欣赏美和创造美的能力，从而使受教者具有美的理想、美的情操、美的品格和美的素养。由此可见，所谓美育，实质上是一种教育过程，而美育概念本身就已经预设了特定的前理解，即美育教育过程的两端分别是施教者和受教者。在这既定的审美教育过程中，各级领导干部、管理者、学校教师和家长都是施教者，而员工、学生或孩子则是受教者。我们需要反思的是，员工、学生或孩子绝不只是受教者，而是具有主体性的审美主体，应该具有自由和自主选择审美客体的权力，而不是被动地等着所谓的施教者给予强行美育。

人才美学则是在借鉴美育学合理内核的基础上，对审美教育进行了新的探索，在较大程度上拓展和深化了审美教育。在人才美学的视域中，教师不仅应该引导学生或青少年积极发现、欣赏和学习各类人才的美，而且还要引导他们自觉欣赏各种艺术美、社会美和自然美。"人类的审美活动和现象极为广阔，遍于社会生活的各个领域：劳动生产、军事斗争、政治交往、道德活动、科学实验、艺术创造和日常生活中，都有审美的和非审美的因素交织着。"① "审美教育直接培育人的心灵，使人的个性得到和谐而完美的发展。通过审美教育，唤醒了人在现实生活中受到束缚而沉睡着的潜在性能，激活这种潜能，从而在新的实践中得到发挥。"② 审美教育实践表明，人们在审美过程中的心灵受到审美对象潜移默化的影响，心理结构在不知不觉中就会发生变化，想象能力得到极大地拓展，个性塑造不断走向完美。素质教育实际上也是全面发展的教育，是充分发展人的一切潜能的全人塑造，"人的审美需要自由展开，人的创造力、想象力的充分伸展，人的审美信息选择（价值走向）正是总体教育达到较高级的形式。因此，属于审美教育的内容也鲜明地显现为总体教育的内容，在这个意义上说，审美教育也是一种全面的教育，一种塑造新人的全面教育"③。因此，在人才美学的视域中，学生或者青少年不再仅仅是受教者，而是各类审美客体的审美主体，具有自主审美的高度自由。因此人才美学旨在把审美主体的权力归还给孩子们，归还给所有的"受教者"，通过科学引导青少年或各类学生，自由自觉地参加各种丰富多彩的审美活动，让每个人以主体的角色充分体验审美主体的美感体验，自由地放飞想象力，提高人生的自由境界和审美境界。

从文艺审美教育功能来看，欣赏文艺作品，非常有利于审美主体增强审美素养，拓展审美视域，增加美感体验，丰富精神生活，

---

① 胡经之：《文艺美学》，北京大学出版社2000年版，第11页。
② 胡经之：《文艺美学》，北京大学出版社2000年版，第392页。
③ 胡经之：《文艺美学》，北京大学出版社2000年版，第395页。

提高想象力，培养健康的审美趣味。因为想象力是创新能力的核心和关键，所以，通过欣赏各种优秀的文艺作品，审美主体在提高想象力的同时，也有利于提高创新思维和创新能力。

(二) 人才美学的价值

1. 尊重人才的美

研究人才美学的重要性不仅在于人才学和美学理论的创新，而且还在于通过理论创新，促进全社会对人才美的肯定和欣赏。尊重人才的美，其中就包括尊重文艺人才的美。

社会美是人们思想美、语言美和行为美的具体表现，体现了真善美的有机统一。但社会美也是分层次的，一般的助人为乐，比如在公交车上给老弱病残让座，拾金不昧，等等，这是一般的社会美；而那些为了社会发展进步、科学事业和各行各业做出贡献的人们，其实践活动则构成了人才的美，甚至是最高的社会美和文化美。人才美学特别强调尊重人才，欣赏人才的美，就是要克服社会上崇拜权力和金钱的不良倾向，倡导人才的美，发现人才的美，欣赏人才的美，学习人才的美，引领社会人成其才，人崇其才，人赏其才，人学其才，最终人人成才。

2. 引领社会的审美取向

随着社会的发展进步，求真、向善与审美愈加成为社会发展进步的重要的永恒主题。在追求求真、向善与审美这三大主题的过程中，求真，促使人们认识自然界和人类社会的现象和本质，认识事物发展的规律和"道"，而审美则日益成为社会追求"诗意栖居"的重要内容。

人类正在迈入追求"诗意栖居"的时代，其显著的标志就是各种美学开始广泛渗透到社会实践的各个领域，美无处不在，德国美学家沃尔什认为"目前全球正在进行一种全面的审美化历程。从表面的装饰、享乐主义的文化系统、运用美学手段的经济策略，到深层的以新材料技术改变的物质结构、通过大众传媒的虚拟化的现实以及更深层的科学和认识论的审美化，整个社会生活从外到里、从软件到硬件,被全面审美化了"①。由此可见,在审美化的时代,"春城无处不飞花"的诗意愈加浓厚,自然美丰富多彩,艺术美异彩纷呈,社会美日新月异。随着美学的丰富和拓展,各种美学研究繁花似锦,争奇斗艳,显示出了美学的巨大生命力,诸如人生美学、生命美学、生存美学、政治美学、伦理美学、苦难美学、死亡美学、劳动美学、商品美学、广告美学、农业美学、海洋美学、数字美学、设计美学、服装美学、工程美学、建筑美学、园林美学、生态美学、影视美学、音乐美学、诗歌美学、小说美学、舞蹈美学、书法美学、戏剧美学、雕塑美学、超越美学,等等,都从各自不同的领域,对美的不同形态和本质进行了分门别类研究,丰富和深化了对美的烛照和宏观把握。

以上美学研究的一个共同特征在于它们都是研究人的实践过程及劳动成果(产品)的美,而在一定程度上忽略了对人自身美的研究,即使研究人的美,也主要是对人的外在美的研究或者是对人的心灵美的研究,尤其重视外在美的整容业。

我们已经进入了一个审美与人才开发的新时代,人才战略需要人才开发理论的支撑,人生的审美化则需要美学理论的支撑。人才美学的研究就是基于人才开发与人生的审美化的双重思考,引领社会的审美取向走向欣赏人才的美,追求人才的美,创造人才的美。

二 研究文艺美学对人才美学的启迪

文艺美学要研究文艺作品的各种美,研究各种文艺作品的创造和欣赏,阐明文艺人才的素质和能力,研究文艺人才与文艺作品之间的内在关系。文艺美学这些研究对于研究人才美学,都具有非常重要的意义。

文艺美学研究文艺人才的成长过程,也研究文艺人才的素质和

---

① 杜书瀛:《文艺美学诞生在中国》,《文学评论》2003 年第 4 期。

能力,这些研究与人才美学研究人才的美,具有内在一致的契合度。比如文艺美学认为,文艺家应该具有丰富的社会人生阅历,具有深厚的艺术素养,要有正确的社会定位,具有艺术创造的能力。文艺美学对文艺家的阐释既符合文艺人才的本质特点,也揭示了创新型人才的一般特点和本质,这对于研究人才美学也具有重要的启发。

文艺美学研究文艺创造动力论,对于人才美学研究人才的创新之美,具有启发意义;文艺美学研究文艺审美客体论,对于人才美学研究了解审美客体的特点和本质,具有启发意义;文艺美学研究文艺审美关系论,对于人才美学研究人才与社会建构和谐关系,具有启发意义;文艺美学研究文艺审美价值论,对于人才美学研究人才价值的恒常性与可变性,也具有启发意义;文艺美学研究文艺作品的构成和文艺作品的风格,对于人才美学研究如何审美,具有启发意义;文艺美学研究文艺审美主体论,对于人才美学研究审美过程和审美规律,具有启发意义;文艺美学研究文艺作品的阐释,对于人才美学研究审美内涵促进人才开发,具有启发意义;文艺美学研究文艺与审美濡化,对于人才美学研究文艺审美与人才开发的互动融合关系,具有启发意义。

因此,研究文艺美学与人才美学的关系,有利于加深对文艺美学的认识,进一步深化文艺美学研究,促进文艺美学与人才美学的融通与共生。一方面,文艺人才是文艺作品的创造者;另一方面,一个人要成为文艺人才,前提也要尽最大努力学会欣赏和学习许多优秀的文艺作品,而这恰恰与人才美学研究通过审美促进人才开发的基本规律相契合。

三 人才美学对研究文艺美学的启迪

人才美学研究可以吸取和借鉴文艺美学许多有益的营养,文艺美学也可以从人才美学中借鉴合理的内核,从而促进人才美学与文艺美学的深度融合共生。

人才美学与文艺美学之间客观上也存在着交叉融合关系。人才美学研究人才的美，也研究审美促进人才开发的特点和规律。在研究审美促进人才开发的过程中，文艺作品的审美是审美促进人才开发的重要途径和方法。人才美学研究人才的美，其中就包括研究文艺人才的美，研究文艺人才的素质和能力，研究文艺人才创造性成果之美，即各类能够代表文艺人才本质力量对象化的文艺作品，这与文艺美学研究具有内在的契合度；文艺美学研究各类文艺体裁和文艺作品的美，这些文艺体裁和文艺作品的美丰富多彩、琳琅满目、异彩纷呈，客观上构成了审美主体的审美对象，成为促进人才开发重要的审美文化形态，而这也是人才美学研究所重点关注的内容。

具体而言，人才美学要研究人才与审美的关系，研究人才美的本质、特征与人才美的创造、人才美的实现、人才美的发现、人才美的鉴赏，这些研究为文艺美学研究艺术形象和艺术典型提供了范例和参考；人才美学把人才的美视为最高的社会美和文化美，这既是对人才美的价值的确认，对于文艺美学研究艺术典型的本质内涵及其重要性也具有启发意义；人才美学研究人才开发与自然美的辩证关系，这为文艺美学研究艺术灵感提供了新的思路；人才美学研究人才开发与艺术美的辩证关系，这为文艺美学研究艺术美的社会作用或者审美教育作用提供了启迪；人才美学研究人才开发与社会美的辩证关系，这为文艺美学研究文艺人才的修身养性和选择真善美的生活素材提供了启迪；人才美学研究人才开发与崇高理想的辩证关系，这为文艺美学研究审美想象和审美理想提供了启迪；人才美学研究人才开发与审美优化人生的互动机制，这为文艺美学研究诗意栖居与人生的审美化和艺术化提供了新的思路。

特别是从人才美学对人才的审美本质的研究来看，人才的审美本质与正面艺术典型的审美本质具有内在的契合度。一般人都具有一定的审美本质，正如托马斯·阿奎那所说的"爱美之心，人皆有之"。人才也是人，也具有一般人的本质，包括具有审美本质。但是，人才与一般人还有所不同，自身除了具有一般人的社会本质以外，还特别具有创造性、进步性和审美性的本质特征。人才的审美性来源于人才的创造性和进步性，又体现了人才的审美本质。从人才美学来看，它侧重于把握人才的创造性和进步性向审美性的转化与显现，审视人才的审美本质及其特征。从文艺美学的视域来看，那些具有真善美的内涵的艺术典型也具有人才的审美本质，因为这类艺术典型不仅仅指成功的艺术形象，而是指具有真善美本质内涵的艺术典型，即正面的艺术典型，而不是具有反面意义的艺术典型。

从人才的创造性来看，人才之所以具有创造性的审美本质，就在于人生在世需要通过特定的实践活动，获得思想和行动上的双重自由，在追求自由中获得诗意地生存。人才作为人类的优秀主体，需要打破常规，突破凡庸，通过创造性的社会实践，获得较大程度上的思想自由和行动自由。人才美学这些研究不仅为文艺美学研究文艺人才的发展规律具有启发意义，而且对于文艺美学研究艺术创造也具有意义。人才由于其创造性的劳动成果蕴含了真善美的和谐统一，因而其审美本质就在于通过创造性的劳动，在追求真善美的和谐统一中更好地获得诗意地生存，实现人生的价值，促进人的全面发展和人的创造力的真正解放。文艺美学研究文艺人才的成长与发展轨迹，研究艺术的自由创造，客观上与人才进行创造性的劳动，具有异曲同工之妙。

实际上，从建构大美学的角度来看，胡家祥认为"美学最为关注人类的完满生存，如果在自然哲学的意义上建设生态美学，在精神哲学意义上建设文艺美学，二者就可以并行不悖，终将形成互利共生的'大美学'生态系统"①。从人才美学与文艺美学的内在关

---

① 胡家祥：《探寻生态美学与文艺美学的统一——关于建设"大美学"的初步思考》，《中南民族大学学报》（人文社会科学版）2019年第6期。

联来看,通过二者的交叉融合,既可以促进文艺学研究的深化,也可以促进人才美学对文艺人才研究的深化,从而促进二者发展的共生效应。

参考文献

一 著作类

北京大学哲学系美学教研室编：《中国美学史资料选编》，中华书局1981年版。

蔡仲翔、袁济喜：《中国古代文艺学》，人民文学出版社2011年版。

曹顺庆：《中外比较文论史》，山东教育出版社1998年版。

曹顺庆：《中西比较诗学史》，巴蜀书社2008年版。

陈长生：《文艺美学论要》，河南大学出版社1996年版。

陈伟：《文艺美学论纲》，学林出版社1997年版。

崔宁：《艺术美学新论》，中国社会科学出版社2010年版。

董小玉：《西方文艺美学导论》，西南师范大学出版社1997年版。

杜书瀛：《文学会消亡吗》，中山大学出版社2006年版。

杜书瀛：《文学原理——创作论》，人民文学出版社2001年版。

杜书瀛：《文艺美学原理》，社会科学文献出版社1998年版。

杜书瀛：《艺术的哲学思考》，辽宁人民出版社2001年版。

高建平：《全球与地方：比较视野下的美学与艺术》，北京大学出版社2009年版。

胡经之：《文艺美学》，北京大学出版社1989年版。

胡经之：《文艺美学及文化美学》，复旦大学出版社2016年版。

胡经之：《文艺美学论》，华中师范大学出版社2000年版。

蒋孔阳：《美学新论》，安徽教育出版社2007年版。

蒋孔阳、朱立元主编：《西方美学通史》，上海文艺出版社1999

年版。

金元浦等：《中国当代文艺学对西方马克思主义文艺美学观念的研究与接受》，群言出版社2015年版。

金元浦：《文学解释学——文学的审美阐释与意义生成》，东北师范大学出版社1997年版。

柯庆明：《文学美综论》，春风文艺出版社1988年版。

孔智光：《文艺美学研究》，中国戏剧出版社1992年版。

寇鹏程：《文艺美学新编》，西南师范大学出版社2013年版。

冷卫国：《汉魏六朝赋学批评研究》，商务印书馆2012年版。

李春青：《文学价值学引论》，云南人民出版社1994年版。

李春青：《艺术直觉研究》，辽宁大学出版社1987年版。

李德顺：《价值论》，中国人民大学出版社1987年版。

李建中：《中国文学批评史》，北京大学出版社2014年版。

李进书：《审美现代性与文化现代性：法兰克福学派思想的二重奏》，人民出版社2014年版。

李进书：《西方马克思主义的审美现代性与续写现代性》，人民出版社2011年版。

李天道：《中国传统文艺美学的现代转化》，中国书籍出版社2019年版。

李吟咏：《文艺美学》，广西师范大学出版社2007年版。

李咏吟：《文艺美学综论》，浙江大学出版社2016年版。

李志宏：《认知神经美学》，中国书籍出版社2020年版。

卢政等：《中国古典美学的生态智慧研究》，人民出版社2016年版。

栾贻信、盖光：《文艺美学》，华龄出版社1990年版。

马龙潜主编：《文艺美学的多重复合结构》，长春出版社2010年版。

聂珍钊：《文学伦理学批评导论》，北京大学出版社2014年版。

皮朝纲：《中国古代文艺美学概要》，四川社会科学院出版社1986年版。

祁志祥：《乐感美学》，北京大学出版社2016年版。

祁志祥：《中国现当代美学史》，商务印书馆2018年版。

钱中文：《钱中文文集》，上海辞书出版社2005年版。

史修永：《现代焦虑体验的美学研究》，中国社会科学出版社2018年版。

谭好哲、程相占主编：《现代视野中的文艺美学基本问题研究》，齐鲁书社2003年版。

谭好哲主编：《从古典到现代——中国文艺美学的民族性问题》，齐鲁书社2003年版。

王德胜：《当代处境中的美学问题》，中国社会科学出版社2007年版。

王德胜：《视像与快感》，安徽教育出版社2008年版。

王德胜：《文艺美学如何可能》，南京大学出版社2018年版。

王杰：《马克思主义与现代美学问题》，人民文学出版社2000年版。

王杰、仪平策主编：《文艺美学的学科定位和发展趋势研究》，人民文学出版社2010年版。

王梦鸥：《文艺美学》，台湾远行出版社1976年版。

王世德：《文艺美学论集》，重庆出版社1985年版。

王旭晓：《美学原理》，东方出版中心2012年版。

王一川：《审美体验论》，百花文艺出版社1992年版。

王一川：《艺术学原理》，北京师范大学出版社2011年版。

王元骧：《审美超越与艺术精神》，浙江大学出版社2006年版。

王岳川：《文艺美学讲演录》，北京大学出版社2011年版。

王岳川：《艺术本体论》，中国社会科学出版社2005年版。

伍蠡甫、胡经之主编：《西方文艺理论名著选编》，北京大学出版社1985年版。

邢建昌、姜文振：《文艺美学的现代性建构》，安徽教育出版社2001年版。

邢建昌：《文艺美学研究》，河北大学出版社2006年版。

阎嘉：《文艺美学专题研究》，南京大学出版社2021年版。

叶朗：《美学原理》，北京大学出版社2013年版。

叶朗：《中国小说美学》，北京大学出版社1982年版。

意娜：《文艺美学探赜》，中国社会科学出版社2020年版。

尤西林：《心体与时间：二十世纪中国美学与现代性》，人民出版社2009年版。

袁济喜：《和：审美理想之维》，百花洲文艺出版社2001年版。

袁济喜：《中国古代文论精神》，山西教育出版社2005年版。

曾繁仁、谭好哲主编：《文艺美学的新生代探索》上下集，人民出版社2016年版。

曾繁仁、谭好哲主编：《文艺美学的学科拓展》，人民出版社2016年版。

曾繁仁：《文艺美学教程》，高等教育出版社2005年版。

曾繁仁：《中国文艺美学学术史》，长春出版社2010年版。

曾军：《巴赫金对当代西方文学理论的影响研究》，社会科学文献出版社2021年版。

张晶：《偶然与永恒：中国古代文艺理论对文艺美学的建构意义》，人民文学出版社2020年版。

张居华：《文艺美学引论》，武汉大学出版社1982年版。

张少康：《古典文艺美学论稿》，中国社会科学出版社1988年版。

张玉能等：《新实践美学论》，人民出版社2007年版。

赵宪章：《文艺美学方法论问题》，暨南大学出版社2002年版。

赵宪章：《西方形式美学》，上海人民出版社1996年版。

赵宪章主编：《马克思主义文艺美学基础》，南京大学出版社1992年版。

周来祥：《文学艺术的审美特征和美学规律》，贵州人民出版社1984年版。

周来祥：《文艺美学》，人民文学出版社2003年版。

周宪：《中国当代审美文化研究》，北京大学出版社1997年版。

朱光潜：《西方美学史》，人民文学出版社1979年版。

朱立元：《现代西方美学史》，上海文艺出版社2002年版。

宗白华：《美学散步》，上海人民出版社1983年版。

宗白华：《人生自有诗意：宗白华美学精选集》，北京联合出版有限公司2017年版。

［德］格罗塞：《艺术的起源》，蔡慕晖译，商务印书馆1987年版。

［德］黑格尔：《美学》，朱光潜译，商务印书馆1986年版。

［德］卡西尔：《人论》，甘阳译，上海译文出版社1985年版。

［德］瓦格纳：《瓦格纳论音乐》，廖辅叔译，上海音乐出版社2002年版。

［美］勒内·韦勒克、奥斯汀·沃伦：《文学理论》，刘象愚等译，江苏教育出版社2005年版。

［美］理查德·舒斯特曼：《身体意识和身体美学》，程相占译，商务印书馆2011年版。

［美］诺埃尔·卡罗尔：《超越美学》，李媛媛译，商务印书馆2006年版。

［瑞士］H.沃尔夫林：《艺术风格学》，潘耀昌译，辽宁人民出版社1987年版。

［意］克罗齐：《美学原理》，朱光潜译，商务印书馆2012年版。

二 论文

陈定家：《关于文艺美学学科定位争论的回顾与反思》，《文艺争鸣》2002年第6期。

陈定家：《文艺美学：学科历程及发展前景》，《内蒙古大学学报》2003年第2期。

陈剑澜：《德国观念论美学中的直观理论》，《北京大学学报》2021年第6期。

陈剑澜：《康德论美的艺术》，《美术研究》2018年第6期。

陈剑澜：《审美主义与文学研究》，《湖北大学学报》（哲学社会科学版）2019年第1期。

陈伟:《文艺美学学科的形成及其特点》,《上海师范大学学报》2004年第1期。

陈雪虎:《试谈"文艺美学"的生成逻辑与当代问题》,《文艺争鸣》2017年第1期。

陈炎:《文艺美学、文艺社会学、文艺心理学的学科分野》,《文史哲》2001年第6期。

程相占:《生态艺术学建构的理论路径:从"美的艺术"到"生态的艺术"》,《艺术评论》2020年第10期。

程相占:《中国文艺境界论传统的文化精神与现代裂变》,《江苏大学学报》2003年第3期。

党圣元、李昕揆:《新中国70年马克思主义现实主义文艺观念的发展与走向》,《江海学刊》2019年第5期。

丁帆:《批评家与评论家的灵感》,《文艺争鸣》2020年第1期。

杜吉刚:《试析中国文艺美学学科的历史起点问题》,《中州学刊》2010年第3期。

杜书瀛:《全球化时代特征与文艺理论研究论纲》,《江汉论坛》2019年第5期。

杜书瀛:《文艺美学诞生在中国》,《文学评论》2003年第4期。

杜书瀛:《文艺美学:内在根据与学术理路》,《理论与创作》2003年第4期。

杜卫:《文艺美学与中国美学的现代传统》,《文艺研究》2019年第1期。

冯宪光:《对"文艺美学"学科的再认识》,《绵阳师范学院学报》2010年第9期。

冯宪光:《论文艺美学作为学科的事实性存在》,《吉林大学社会科学学报》2008年第4期。

高建平:《论美学学科内涵的扩展与新变》,《艺术评论》2020年第11期。

高迎刚:《论文艺美学应有的学科属性》,《山东社会科学》2008年第 12 期。

何志钧、孙恒存:《数字化潮流与文艺美学的范式变更》,《中州学刊》2018 年第 2 期。

胡家祥:《探寻生态美学与文艺美学的统一——关于建设"大美学"的初步思考》,《中南民族大学学报》2019 年第 6 期。

胡健:《中国古代文艺美学综论》,《青海师范大学学报》2016 年第 3 期。

胡俊:《"神经美学之父"泽基的审美体验及相关研究》,《文艺理论研究》2018 年第 6 期。

蒋述卓:《中国古代文艺美学研究的进程与前景》,《文艺研究》2002 年第 1 期。

金元浦:《解释学文艺美学的意义观》,《浙江学刊》1998 年第 6 期。

李庆本:《间性研究与中国当代文艺美学的理论创新》,《马克思主义美学研究》2008 年第 1 期。

李世葵:《对文艺美学的"学科"误解及其科学定位》,《社会科学论坛》2010 年第 3 期。

李天道、唐君红:《中国文艺美学之"艺道合一"说》,《成都大学学报》2020 年第 6 期。

李西建:《本体论创新与视界开放——对文艺美学学科问题的哲学思考》,《陕西师范大学学报》2004 年第 2 期。

李妍妍:《新世纪文艺美学研究的回顾与反思》,《东方丛刊》2010 年第 2 期。

李咏吟:《美丽中国与文艺美学的时代思想任务》,《温州大学学报》2014 年第 4 期。

刘士林:《趣味有争辩——关于审美趣味的本体论阐释》,《深圳大学学报》2003 年第 3 期。

刘小新:《改革开放四十年文艺美学的回顾与前瞻》,《福建论坛》(人文社会科学版)2019 年第 5 期。

马龙潜：《文艺美学与文艺研究诸相邻学科之间的互动关系》，《山东社会科学》2008 年第 12 期。

毛宣国：《意象美学的现代价值》，《社会科学战线》2021 年第 12 期。

聂振斌：《当前文艺美学所面临的问题》，《马克思主义美学研究》2007 年第 10 期。

牛月明：《何谓"中国文论"?》，《文学评论》2008 年第 4 期。

欧阳友权：《推进文艺美学的学科化建设》，《文艺报》2011 年 11 月 11 日。

彭锋：《当代艺术的中国转向》，《中国文艺评论》2021 年第 9 期。

皮朝纲：《关于创建中国古代文艺美学的思考》，《四川师范大学学报》1986 年第 6 期。

祁志祥：《胡经之"文艺美学"的思想建树及其学科创设》，《西北师大学报》2019 年第 2 期。

钱中文：《文艺美学：文艺科学新的增长点》，《文史哲》2001 年第 4 期。

沈时蓉、詹杭伦：《宋金元文艺美学思想巡礼》，《西北师大学报》1989 年第 1 期。

时胜勋：《思想史视域下的中国文艺美学》，《文艺评论》2010 年第 4 期。

宋伟：《文艺美学再出发——新时代语境中的人文艺术学科》，《中国社会科学报》2021 年 5 月 17 日。

谭好哲：《后经典时期马克思主义文艺美学的形态与主题》，《山东大学学报》2011 年第 6 期。

谭好哲：《论文艺美学的学科交叉性与综合性》，《文史哲》2001 年第 3 期。

谭好哲：《中国文艺美学的学科生成与理论进展》，《东方丛刊》2003 年第 4 辑。

陶水平：《深化文艺美学研究　弘扬中华美学精神》，《江西师范大学学报》2015 年第 3 期。

童庆炳：《文艺美学——新时期创立的关怀人的心灵的学科》，《深圳大学学报》2004 年第 1 期。

王德胜、胡兴艳：《论文艺美学的不确定性》，《天津社会科学》2017 年第 5 期。

王德胜：《文艺美学：定位的困难及其问题》，《文艺研究》2002 年第 2 期。

王德胜：《文艺美学："双重变革"与"集体转向"》，《山东社会科学》2008 年第 11 期。

王杰：《审美变形：现实关系的审美转换》，《文艺研究》1992 年第 1 期。

王杰：《中国审美经验的理论阐释与文艺美学的发展》，《江西社会科学》2008 年第 2 期。

王世德：《系统论与文艺美学散论》，《成都大学学报》1987 年第 2 期。

王一川：《今日文艺美学的限度与开放》，《当代文坛》2006 年第 6 期。

王元骧：《"文艺美学"之我见》，《河南师范大学学报》2001 年第 4 期。

王岳川：《当代中国文艺美学的学术拓展》，《深圳大学学报》2002 年第 1 期。

徐岱：《解构主义与后形而上诗学》，《文学评论》2006 年第 5 期。

徐岱：《论当代中国诗学的话语空间》，《文学评论》2000 年第 6 期。

杨杰：《论文艺美学的复合关系结构特征》，《西北师大学报》2010 年第 6 期。

杨杰：《审美现代性与当代文艺美学的建构》，《中国文艺评论》2018 年第 12 期。

杨守森：《文艺作品的审美价值与艺术价值辨析》，《文学评论》

2020 年第 3 期。

姚文放：《关于文艺美学的学科定位问题》，《春华秋实——江苏省美学学会（1981—2001）纪念文集》，2001 年。

姚文放：《文艺美学走向文化美学是否可能？——三论文艺美学的学科定位》，《社会科学战线》2005 年第 4 期。

曾繁仁：《回顾与反思——文艺美学 30 年》，《华中师范大学学报》2007 年第 5 期。

曾繁仁：《试论文艺美学学科建设》，《学习与探索》2005 年第 2 期。

曾繁仁：《中国文艺美学学科的产生及其发展》，《文学评论》2001 年第 5 期。

张盾：《文艺美学与审美资本主义》，《哲学研究》2016 年第 12 期。

张法：《艺术—文艺—美学的并置、迭交、缠绕》，《艺术学研究》2020 年第 2 期。

张法：《中国语境中的文艺美学》，《浙江学刊》2004 年第 3 期。

张进、姚富瑞：《物的伦理性：后人类语境中文艺美学研究的新动向》，《南京社会科学》2018 年第 7 期。

张晶：《对文艺美学的反思》，《文艺争鸣》2021 年第 2 期。

张晶：《新时代文艺美学的建构维度》，《现代传播》2018 年第 2 期。

张晶、杨杰：《中国文艺美学的学科特性与理论渊源》，《河北学刊》2013 年第 2 期。

张晶：《中国古代文艺理论如何进入文艺美学》，《中国文艺评论》2016 年第 7 期。

张居华：《毛泽东的文艺美学观》，《武汉大学学报》1993 年第 6 期。

张政文：《从文艺学、美学到文艺美学建构——论康德对近现代文艺美学的理论贡献》，《文史哲》2006 年第 1 期。

赵奎英：《论文艺美学的规范化与开放性》，《山东师范大学学报》

2002 年第 2 期。

赵宪章:《马克思主义文艺美学中国化问题臆说》,《南京大学学报》1998 年第 4 期。

周均平:《乌托邦的二重性:审美乌托邦研究的出发点》,《山东社会科学》2018 年第 12 期。

周来祥:《文艺美学的对象、任务和方法》,《东岳论丛》1984 年第 4 期。

周来祥:《文艺美学的对象与范围》,《文史哲》1986 年第 5 期。

三 外文文献

Charles Paudouin, *Psychoanalysis and Aesthetics*, Lightning Source Incorporated, 2007.

Chatterjee A., "Prospects for a Cognitive Neuroscience of Visual Aesthetics", *Bulletin of Psychology and the Arts*, 2004, Vol. 4 (2).

Cristina Chimisso, *Gaston Bachelard: Critic of Science and the Imagination*, London and New York, Routledge, 2001.

Cristina Chimisso, "Gaston Bachelard's Places of the Imagination and Images of Space", Bruce Janz (ed.), *Hermeneutics of Place and Space*, Springer, 2017.

G. Gabrielle Starr, *Feeling Beauty: The Neuroscience of Aesthetic Experience*, Cambridge Massachusetts: The MIT Press, 2013.

Ishizu T., S. Zeki, "Toward a Brain-Based Theory of Beauty", *PLOS One*, Vol. 6, 2011.

John Hopkins, "La théorie sémiotique littéraire de Michael Riffaterre: matrice, intertexte et interprétant", *Cahiers de Narratologie*, Issue 12, 2005.

Jos de Mul& Renee van de Vall (ed.), *Global Discourses in Aesthetics*, Amsterdam, Amsterdam University Press, 2013.

Kent C. Berridge, Terry E. Robinson, J. Wayne Aldridge, "Dissecting

Components of Reward: 'Liking', 'Wanting', and Learning", *Current Opinion in Pharmacology*, 2009, Vol. 9.

Michael Kelly (ed.), *Encyclopedia of Aesthetics*, Oxford, Oxford University Press 1998.

Raichle, M. E., Mac Leod, A. M., "A Default Mode of Brain Function", *PNAS*, 2001, Vol. 98, No. 2.

Raminder Kaur, Parul Dave Mukherji (ed.), *Art and Aesthetcs in a Globalizing World*, Bloomsbury Academic, New York, 2014.

Shulman, "Common Blood Flow Changes Across Visualtasks. II. Decreases in Cerebral Cortex", *Journal of Cognitive Neuroscience*, 1997, Vol. 9, No. 5.

后　　记

　　笔者在高校从事西方文论、文学概论、文艺美学、人才美学、美学等教学 30 多年，先后以第一作者出版著作 19 部，其中涉及文艺美学的著作有《西方美学论稿》《先秦两汉儒家美学与古希腊罗马美学比较研究》《〈礼记·乐记〉研究》《中国古代文论经典流变——〈乐记〉形成史与接受史研究》《〈乐记〉与中国文论精神》《中西文论与美学研究》。笔者在上述研究的基础上，完成了山东省教育厅研究生优质课程立项建设项目《文艺美学研究》，又撰写了这部《文艺美学新论》，既是对前期研究成果的总结提升，也是对文艺美学研究的新探索。

　　在撰写这部书稿的过程中，得到先贤时哲的许多启发。感谢钱中文先生、杜书瀛先生、曾繁仁先生、金元浦先生、赵宪章先生、姚文放先生、党圣元先生、高建平先生、肖鹰先生、李春青先生、谭好哲先生、陈定家先生、王兆胜先生、王德胜先生、程相占先生等学界大家对我学术研究的关心和支持；感谢中国海洋大学一流大学建设专项经费资助。

　　拙著能够付梓出版，还要特别感谢中国社会科学出版社领导和安芳编辑对拙著的关心和支持。

　　学界文艺美学研究成果颇丰，笔者学习和借鉴先哲时贤也许会挂一漏万；论述难免有疏漏之处，敬请学界大咖和广大读者不吝赐教。

薛永武
2022 年 12 月 26 日于青岛观日轩